दिल की अटूट यात्रा

बलविंदर सिंह संधू

भारत के पूर्व टेस्ट क्रिकेटर और 1983 की वर्ल्ड कप विजेता टीम के सदस्य हैं।

KAVYA
PUBLICATIONS

Publisher:

SDR INNOWAYS INDIA PVT. LTD.
667, Rajaward, 0Kulpahar, Mahoba – 210426

Imprint:
KAVYA PUBLICATIONS
Abhinav R.H.4, Awadhpuri, Bhopal - 462002

Centre
Kavya Publications
(Maxel Electronics) 8, 3rd floor DSIDC Shed SCHEME-1
Okhla phase -2, Delhi - 20.

Mob. : 7905266820, 9918801353
Website: www.kavyapublications.com
E-Mail: editor@kavyapublications.com

ISBN : 978-93-6431-345-2
Price : 399/-
Year : 2025

सर्मपण

मेरे पिता, हरनाम सिंह 'नाज़',

जिनकी शक्ति, ज्ञान, और मुझ पर

अटूट विश्वास हमेशा मेरी राह को रोशन करते रहे।

और मेरे परिवार के लिए,

जिनके प्यार और समर्थन ने

मुझे कहानियाँ सुनाने की इस नई यात्रा पर आगे बढ़ने का साहस दिया।

प्रस्तावना

"दिल की अटूट यात्रा: लचीलापन, प्यार और मोक्ष की कहानियां", यह मेरी अंग्रेज़ी किताब 'Unbroken Journey of My Heart' का हिंदी अनुवाद है। लेकिन यह सिर्फ कहानियों का एक संग्रह नहीं है। यह मेरी अपनी ज़िंदगी की झलक है, मेरा सफर है – एक कहानीकार के रूप में, जिसे मेरे अनुभवों ने गढ़ा है और जिसने मेरे बचपन की यादों से आकार लिया है।

मेरा बचपन एक ऐसे घर में बीता, जहां मेरे पिता हरनाम सिंह नाज की कविताओं की लय हमेशा हवा में गूंजती रहती थी। उनके शब्दों में एक जादू था, जिसने मुझे सिखाया कि कहानियां केवल लिखने के लिए नहीं होतीं – उन्हें महसूस किया जाता है, उन्हें जिया जाता है।

1970 के दशक में, जब महान अभिनेता बलराज साहनी ने मेरे पिता के गीतों को प्रस्तुत किया, तो वह मेरे लिए बेहद खास पल था। उस लम्हे ने मेरे अंदर कहानी कहने की भावना को न केवल जगाया, बल्कि इसे और भी मजबूत किया।

मेरी ज़िंदगी में क्रिकेट का भी एक अहम स्थान रहा है। जब मैंने भारतीय टेस्ट टीम में देश का प्रतिनिधित्व किया और कपिल देव के नेतृत्व में 1983 का ऐतिहासिक विश्व कप जीता, तो वह पल मेरे जीवन को पूरी तरह से बदलने वाला था। उस जीत ने मुझे दृढ़ता, टीम वर्क और विश्वास का मतलब सिखाया – और ये सभी मूल्य बाद में मेरी कहानी कहने की शैली में घुलमिल गए।

क्रिकेट के बाद, मैंने सिनेमा की दुनिया में कदम रखा। 2011 में, मुझे निखिल आडवाणी की फिल्म "पटियाला हाउस" पर सलाहकार के रूप में काम करने का मौका मिला। लेकिन असली रचनात्मक जादू तो कबीर खान की फिल्म "83" में हुआ, जो 1983 की विश्व कप जीत पर आधारित थी। इस फिल्म में गहराई से शामिल होने ने मेरे अंदर की कहानियों को फिर से जगाया।

फिल्म निर्माण के साथ इस नए जुड़ाव ने मुझे उन कहानियों का पता लगाने के लिए प्रेरित किया जो मेरे अवचेतन मन में शांति से बन रही थीं। फाइनल ड्राफ्ट सॉफ्टवेयर पर लिखी गई पटकथाओं के रूप में जो शुरू हुआ, वह जल्द ही कहानियों के संग्रह में विकसित हो गया। मैंने महसूस किया कि इन पटकथाओं को निर्माताओं को पिच करने के बजाय, मैं उन्हें कहानियों के रूप में प्रस्तुत कर सकता हूं, जिससे वे व्यापक दर्शकों के लिए सुलभ हो सकें।

और इसी का नतीजा है – "दिल की अटूट यात्रा"। ये कहानियां लचीलापन, प्यार और मोक्ष की बात करती हैं। ये मेरी ज़िंदगी के भीतर से उभरी हैं – न कि किसी प्लानिंग का हिस्सा थीं। ये कहानियां इंसानी भावनाओं की ताकत, रिश्तों की जटिलताओं और उम्मीद की खूबसूरती को दर्शाती हैं।

यह किताब सिर्फ एक लिखित दस्तावेज़ नहीं है, बल्कि मेरे दिल से निकली एक कोशिश है। मैं उम्मीद करता हूं कि ये कहानियां आपको छुएंगी, आपकी भावनाओं को झंकृत करेंगी, और आपको आपकी अपनी यात्रा की याद दिलाएंगी – वो यात्रा जो हमें सिखाती है कि हर चुनौती एक सबक है और हर दिल, मोक्ष का रास्ता खोज लेता है।

इस सफर का हिस्सा बनने के लिए धन्यवाद।

HOWZATT

प्रस्तुत करते है

बलविंदर सिंह संधू, एक ऐसा नाम जो क्रिकेट के इतिहास में दर्ज है, सिर्फ एक पूर्व टेस्ट क्रिकेटर और भारत की प्रतिष्ठित 1983 विश्व कप विजेता टीम के सदस्य से कहीं बढ़कर हैं। एक प्रसिद्ध कोच और मार्गदर्शक के रूप में, संधू ने अपना जीवन मैदान पर और मैदान के बाहर क्रिकेट के भविष्य को आकार देने के लिए समर्पित कर दिया है।

अर्थशास्त्र में स्नातकोत्तर डिग्री और बीसीसीआई और क्रिकेट ऑस्ट्रेलिया से लेवल-3 कोचिंग प्रमाणपत्रों के साथ, क्रिकेट कोचिंग में संधू की यात्रा अद्वितीय है। राष्ट्रीय क्रिकेट अकादमी (2001-03) के शुरुआती वर्षों के दौरान हेड कोच के रूप में, उन्होंने भारत में आधुनिक क्रिकेट कोचिंग की नींव रखी, 4,000 से अधिक कोचों और अनगिनत खिलाड़ियों का मार्गदर्शन किया।

संधू के शानदार कोचिंग करियर में महत्वपूर्ण उपलब्धियां शामिल हैं जैसे:

मुंबई रणजी टीम को दो सत्रों में ऐतिहासिक सात खिताब दिलाना।

वेस्ट ज़ोन को दलीप ट्रॉफी जीत की ओर ले जाना।

2003 विश्व कप के दौरान भारतीय अंडर-19 टीम को कोचिंग देना।

इंडियन क्रिकेट लीग में चंडीगढ़ लायंस, ढाका वॉरियर्स और बांग्लादेश जैसी टीमों का मार्गदर्शन करना।

उनका प्रभाव वैश्विक क्रिकेट मंचों तक फैला हुआ है, उन्होंने बड़ौदा, मध्य प्रदेश, महाराष्ट्र, उड़ीसा और यहां तक कि नैरोबी की अंडर-19 टीम को भी कोचिंग दी है। एक बहुमुखी सलाहकार के रूप में, संधू ने एमसीए बॉलिंग टैलेंट हंट जैसी परियोजनाओं का नेतृत्व किया है, जबकि तेज गेंदबाजी प्रतिभा का पोषण किया है और क्रिकेट के बुनियादी ढांचे का विकास किया है।

क्रिकेट के मैदान से परे, संधू ने 'पटियाला हाउस' और कबीर खान की '83 जैसी प्रशंसित फिल्मों के सलाहकार के रूप में सिनेमा पर भी अपनी छाप छोड़ी है, जिसने ऐतिहासिक 1983 विश्व कप जीत को पर्दे पर जीवंत कर दिया।

एक कुशल लेखक, संधू अपनी पुस्तक 'The Devil's Pack' (शैतान का समूह) में अपने साथियों के साथ अपनी यात्रा का जश्न मनाते हैं। क्रिकेट के प्रति उनका जुनून, रणनीतिक प्रतिभा और प्रतिभा को पोषित करने की प्रतिबद्धता उन्हें क्रिकेट की दुनिया में एक स्थायी प्रतीक बनाती है।

दशकों के समर्पण, नेतृत्व और उत्कृष्टता के साथ, बलविंदर सिंह संधू क्रिकेटरों, कोचों और प्रशंसकों की पीढ़ियों को प्रेरित करते रहते हैं। Howzatt! उनकी असाधारण यात्रा को प्रस्तुत करने में गर्व महसूस करता है।

सूची

Disclaimer:

This book is a work of fiction. Names, characters, businesses, events, and incidents are either the product of the author's imagination or used fictitiously. Any resemblance to actual persons, living or dead, or actual events is purely coincidental.

The views expressed in this book are those of the author and are intended for informational purposes only. This book does not replace professional advice or treatment. The author and publisher disclaim any liability for actions taken by readers based on the content of this book.

टारगेट

वाघा-अटारी स्टेशन पर तनावपूर्ण पहरा

सुबह की धुंध और सुनहरी धूप ने वाघा-अटारी स्टेशन को एक रहस्यमय आभा में ढक दिया था। समझौता एक्सप्रेस अपनी तय समय पर, ठीक 9 बजे स्टेशन पर रुकी। ट्रेन का रुकना एक आम घटना थी, लेकिन माहौल में छुपा हुआ तनाव इसे कुछ खास बना रहा था।

पाकिस्तान से आए यात्री धीरे-धीरे ट्रेन से उतरने लगे। उनके चेहरे पर नज़र दौड़ाते हुए यह साफ़ महसूस होता था कि हर कोई चौकन्ना है। उनके कदमों की आहट, ट्रेन के दरवाजों की आवाज़ और अधिकारियों की फुसफुसाहट आपस में गूंजकर एक तरह की बेचैनी पैदा कर रही थी।

प्लेटफॉर्म के चारों ओर घूमते वर्दीधारी गार्ड, किसी शिकारी की तरह हर चेहरे को परख रहे थे। उनकी आँखों में एक चुभती हुई चौकसी थी, जो किसी भी संदिग्ध हरकत को पकड़ने के लिए तैयार थी। स्टेशन का माहौल भारी था, जैसे वह खुद किसी अनदेखी घटना के इंतजार में सांस रोके खड़ा हो।

यह रोज़ का काम था—यात्रियों को आना-जाना, सुरक्षा जांच। लेकिन आज, गार्ड की चाल में, यात्रियों की हरकत में, और हवा में बहते तनाव में कुछ अलग था। ऐसा लगता था, जैसे समय ने एक पल के लिए ठहरकर अपनी नब्ज़ टटोल ली हो।

प्लेटफ़ॉर्म के ऊपर बने निरीक्षण कक्ष में अजय खड़ा था, उसकी तेज़ आँखें नीचे की हलचल पर जमी थीं। हल्की धुंध और सुबह की ठंडी हवा से बाहर का दृश्य धुंधला लेकिन स्पष्ट था। हाथ में फोन लगाए, वह चुपचाप सुन रहा था। दूसरी ओर से रॉ के निदेशक शुभमय चटर्जी की गहरी और गंभीर आवाज़ आ रही थी।

"समझौता एक्सप्रेस में एक आईएसआई मास्टरमाइंड मौजूद है," चटर्जी ने कहा, उनकी आवाज़ जैसे ठंडे लोहे से बनी हो। "वो अटारी पर भारत में दाखिल होगा।"

अजय के चेहरे पर कोई भाव नहीं थे, लेकिन उसके हाथ की पकड़ फोन पर थोड़ी और कस गई। उसकी आवाज़ में वही ठहराव था जो एक अनुभवी सिपाही के चेहरे पर होता है। "हम तैयार हैं, सर। प्लेटफ़ॉर्म पर हर किसी पर नज़र है।"

चटर्जी की आवाज़ और कठोर हो गई। "अजय, ये हल्का मामला नहीं है। स्लीपर सेल्स सक्रिय हो रहे हैं, और उनकी हरकतें बढ़ रही हैं। इस बार कोई चूक नहीं होनी चाहिए।"

अजय ने हल्के से सिर हिलाया। थोड़ी देर के लिए उसकी आँखों में हल्का भाव आया जब चटर्जी ने एक व्यक्तिगत बात कही। "तुम्हारे पिता को हम आज भी याद करते हैं। हमें तुमसे भी वही उम्मीद है।"

"धन्यवाद, सर।" अजय की आवाज़ में गर्व की एक झलक थी, लेकिन अगले ही पल चटर्जी के सख्त शब्दों ने उसे वापस खींच लिया। "पिछली बार जैसी लापरवाही मत करना। और सुषांत को भी याद दिला देना—गुस्से से काम नहीं बनता। हमें सबूत चाहिए, लाशें नहीं।"

अजय ने फोन काटा, अपनी नजरें वापस प्लेटफॉर्म पर डाल दीं। माहौल में हर एक कदम पर छिपा हुआ तनाव था। प्लेटफ़ॉर्म पर हलचल धीमी लेकिन सतर्क थी।

सुषांत, जो बगल में खड़ा था और बातचीत की गंभीरता को महसूस कर रहा था, ने चुपचाप दूरबीन थमा दी। "बॉस ने क्या कहा?" उसने हल्की जिज्ञासा से पूछा।

अजय की आँखों में हल्का झुंझलाहट थी। "तुम्हारे तरीकों पर अब भी सवाल उठ रहे हैं। उन्हें तुम्हारी आक्रामकता रास नहीं आती।"

सुषांत की भौंहें तन गईं। "तो क्या चाहते हैं? कि हम आतंकियों के साथ चाय पीने बैठ जाएं? क्या वे समझते हैं कि दुश्मन हमें गले लगाकर आत्मसमर्पण कर देंगे?"

अजय ने गहरी सांस ली और सख्त लहजे में कहा, "हम यहाँ सही तरीके से काम करने आए हैं। तुम्हारी बहादुरी पर शक नहीं है, लेकिन ये मिशन ज्यादा दिमाग और कम गुस्से की मांग करता है।"

सुषांत की आँखों में अब भी जोश था। "अगर देश के लिए जान देनी पड़े, तो मैं पीछे नहीं हटूँगा।"

अजय की नजरें उससे मिलीं, और उसने गहरी गंभीरता से कहा, "हम यहाँ जान देने नहीं, जान बचाने आए हैं। और ये काम सही तरीके से ही पूरा होगा।"

उनकी खामोशी में एक अनकहा वादा छुपा था। फिर दोनों ने अपनी नजरें प्लेटफॉर्म पर टिका दीं। हर छोटी-से-छोटी हरकत पर उनकी पैनी निगाहें जमी

थीं। वे जानते थे कि आगे की राह मुश्किल थी, लेकिन उनके इरादे किसी चट्टान से कम नहीं थे।

जैसे ही सुषांत ने दूरबीन आँखों से लगाई, उसकी नजरें भीड़ में घूमने लगीं। चेहरों को पढ़ने का उसका अपना तरीका था—आँखों में डर, चाल में झिझक, और कहीं-कहीं अजीब सी बेचैनी। तभी उसने चुप्पी तोड़ी। उसकी आवाज़ हल्की थी, लेकिन उसमें एक पुराना सवाल छिपा था।

"अजय, तुमने रॉ जॉइन क्यों किया?"

अजय ने अपनी दूरबीन नीचे रखी। कुछ पल के लिए वह चुप रहा, जैसे सवाल का सही जवाब ढूंढ रहा हो। फिर उसने हल्की मुस्कान के साथ कहा, "मेरे पिता। वो हमेशा कहते थे कि अगर तुम्हारा दिल देश के लिए नहीं धड़कता, तो उसके धड़कने फ़िज़ूल है।"

सुषांत ने सिर हिलाया। उसकी आँखों में अजय के पिता के लिए एक अदृश्य सम्मान झलक रहा था। "तुम्हारे पिता सही थे," उसने धीरे से कहा।

अजय हल्का सा हंसा। "हां, सही तो थे। लेकिन मैं इतना आदर्शवादी नहीं हूँ। सैलरी अच्छी थी, तो जॉब ले ली।" उसने दूरबीन सुषांत को पकड़ा दी। "अब तुम बताओ, तुमने क्यों जॉइन किया?"

सुषांत के होंठ हल्के से खुले, शायद वह जवाब देने ही वाला था कि अजय का फोन वाइब्रेट करने लगा। स्क्रीन पर एक फोटो चमकी—सफेद शॉल में लिपटा एक व्यक्ति, उसकी पीठ की तरफ से ली गई तस्वीर। अजय ने फोटो ध्यान से देखी और फिर फोन सुषांत की तरफ बढ़ा दिया।

सुषांत ने फोटो देखते हुए पूछा, "ये कौन है?"

अभी वह जवाब का इंतजार कर ही रहा था कि एक और नोटिफिकेशन आया। सुषांत ने स्क्रीन पर देखा और मुस्कराते हुए कहा, "तुम्हारी माँ का कॉल है।"

अजय के चेहरे पर तुरंत एक नरम-सी मुस्कान उभरी। उसने फोन उठाया और प्यार भरी आवाज़ में बोला, "कैसी हो, माँ?"

दूसरी ओर से एक आवाज़ आई, जिसमें गर्मजोशी और हल्की शिकायत थी। "तुम तो फोन करना भूल ही गए हो। कब से तुम्हारी आवाज़ नहीं सुनी।"

अजय मुस्कुराते हुए बोला, "बस काम में फंसा रहता हूँ, माँ।"

उसकी माँ ने हल्की सांस भरी। "मुझे पता नहीं तुम क्या करते हो, लेकिन जो भी करो, अपना ख्याल रखना। मुझे भरोसा है, तुम अपने पिता की तरह हो।"

अजय की मुस्कान हल्की हो गई। "आखिरकार, मैं उनका बेटा हूँ।"

उसकी माँ ने पूछा, "तुम अभी हो कहाँ?"

अजय थोड़ी देर चुप रहा। फिर उसने गोलमोल जवाब दिया, "जंगल में हूँ।"

सुषांत ने बगल से धीरे से फुसफुसाया, "कह दो, ये आतंकवादियों का जंगल है।"

अजय ने उसे एक तीखी नज़र से देखा और फोन पर बोला, "यहाँ बस कुछ सूअर और भेड़िए हैं।"

उसकी माँ की आवाज़ में हल्की चिंता झलकी। "अपना ख्याल रखना। मुझे तुम्हारी याद आती है।"

अजय की आवाज़ धीमी हो गई। "मुझे भी तुम्हारी याद आती है, माँ। तुम्हारे खाने की...और तुम्हारी डांट की भी।"

उसकी माँ हंसते हुए बोली, "तो बहू ले आ, जो मेरा ख्याल रख सके।"

अजय ने हल्का ठहाका लगाया। "तुम फिर वही शुरू कर दीं? अच्छा, बाद में बात करता हूँ।"

फोन रखकर उसने लंबी सांस ली। उसकी आँखों में हल्का सा अपनापन और थोड़ी थकान थी। सुषांत ने उसे देखते हुए कहा, "माँ हमेशा सही होती हैं।"

अजय ने मुस्कुरा कर सिर हिलाया। इसके साथ ही, दोनों फिर से अपनी चौकसी पर लौट आए, पूरी तरह सतर्क और तैयार। उनके भीतर देशभक्ति का जज्बा जल रहा था, शांत लेकिन मजबूत, क्योंकि उन्हें पता था कि इस मिशन पर हर कदम कितना महत्वपूर्ण है।

अटारी स्टेशन की हलचल भरी सुबह, सुनहरी धूप प्लेटफॉर्म पर गिर रही थी, और यात्रियों की चहल-पहल में एक अनकहा तनाव तैर रहा था। धातु की पटरियों की महक, पुराने बैगों की गंध, और हल्की सी गुनगुनाहट माहौल को किसी अनजान इंतजार से भर रही थी।

अजय और सुषांत निरीक्षण कक्ष में खड़े थे, उनकी निगाहें दूरबीन से हर चेहरे और हर हरकत को बारीकी से देख रही थीं। सुषांत की नजर अचानक भीड़ में खोए एक जोड़े पर पड़ी। वे दोनों एक-दूसरे में पूरी तरह डूबे हुए थे। उसने हल्की

हंसी के साथ कहा, " "ये पाकिस्तान वाले, सीमा पार करते ही अपने प्यार का प्रदर्शन शुरू कर देते हैं।"

अजय ने उसकी ओर देखा, उसकी हल्की मुस्कान में जिज्ञासा थी। "तुमने कभी प्यार किया है?" उसने पूछा।

सुषांत ने दूरबीन नीचे रखी, उसके चेहरे पर गंभीरता छा गई। "मेरा प्यार सिर्फ मेरे देश के लिए है। वही आग काफी है।"

अजय ने हल्के व्यंग्य से कहा, "मुझे लगा, प्यार तो औरतों और दौलत के लिए होता है।"

सुषांत ने सीधा जवाब दिया, "अभी के लिए, मेरा प्यार सिर्फ मेरा देश है।"

अजय ने उसकी ओर देखा, जैसे उसकी बात तौल रहा हो। फिर उसने गंभीरता से कहा, "तो फिर अपने इरादों को साबित करो।"

दोनों चुपचाप खड़े रहे, लेकिन उनकी एकजुटता किसी अनकही भाषा में संवाद कर रही थी। खिड़की से छनकर आती रोशनी सुषांत के चेहरे पर पड़ रही थी, और उसकी आँखों में दृढ़ता चमक रही थी।

तभी, सुषांत की नजरें दूरबीन से एक सफेद शॉल ओढ़े व्यक्ति पर पड़ीं, जो भीड़ के बीच से गुजर रहा था। उसकी पकड़ दूरबीन पर कस गई। उसने कहा, "कुछ संदिग्ध लग रहा है।"

अजय ने तुरंत पूछा, "क्या दिखा?"

सुषांत ने दूरबीन उसे पकड़ाई और कहा, "सफेद शॉल... सलवार-कमीज़...कुछ गड़बड़ लग रही है।"

अजय ने प्लेटफॉर्म पर ध्यान लगाया। सुनहरी रोशनी में वह आदमी धीरे-धीरे समझौता एक्सप्रेस के थ्री-टियर डिब्बे में चढ़ रहा था।

लेकिन, उनकी नजरों से छिपकर, एक दूसरा आदमी, साधारण जींस और टी-शर्ट में, कंधे पर बैग लटकाए, उसी डिब्बे में साइड दरवाजे से दाखिल हो गया।

उधर निरीक्षण कक्ष में, अजय के सहायक ने उसे एक फाइल दी। उसने फाइल खोली और पढ़ते हुए कहा, "इसका नाम जाहिद है। अजमेर शरीफ दर्शन करने आया है।"

सुषांत ने हल्के व्यंग्य से कहा, "दुआ मांगने आया है या दग़ा देने?"

अजय ने गंभीर स्वर में कहा, "यह तो वक्त ही बताएगा।"

ट्रेन के भीतर का तनाव

अजय और सुषांत, सादा सलवार-कमीज पहने, भीड़ में आसानी से घुल-मिल जाते हैं। वे ट्रेन में चढ़ते हैं और संकरी गलियों से होते हुए ज़ाहिद के डिब्बे तक पहुँचते हैं। सुषांत पास की एक सीट पर बैठ जाता है, जहाँ से वह बिना किसी की नजर में आए ज़ाहिद पर नजर रख सकता है। ट्रेन धीरे-धीरे चलने लगती है, और सुषांत एक उर्दू अखबार खोल लेता है। वह अखबार के पन्ने पलटते हुए ज़ाहिद की हर हरकत को बारीकी से देखता रहता है।

तीन-स्तरीय डिब्बे में, एक कैटरिंग वाला लड़का चाय, कॉफी और स्नैक्स का ऑफर देते हुए कुशलता से गलियारे से गुजर रहा है। जब वह ज़ाहिद के पास पहुँचता है, तो वह चाय और स्नैक्स के साथ एक साधारण, बिना चिह्नित लिफाफा रखता है। बिना पैसे लिए, वह जल्दी से वहां से चला जाता है। ज़ाहिद की भौंहें सिकुड़ जाती हैं। वह चारों ओर देखता है और फिर सावधानी से लिफाफा खोलता है। अंदर एक छोटा सा कागज है, जिस पर सिर्फ एक शब्द लिखा है: "WELCOME"।

कुछ सीटों दूर, सुषांत चुपचाप अजय को एक संदेश भेजता है: "कैटरिंग वाले ने ज़ाहिद को एक लिफाफा दिया। अंदर क्या है, पता नहीं।" डिब्बे के दूसरे कोने में, उस्मान—जो जींस और टी-शर्ट में साधारण दिख रहा है—ज़ाहिद को शांत भाव से देख रहा है। उसकी नजरें सतर्क हैं, लेकिन उसका चेहरा गंभीर है। मन ही मन वह सोचता है, "मैं सही था—काफिर जरूर इंतजार कर रहे होंगे।"

दोपहर में ट्रेन के एक सुनसान हिस्से में, भारतीय एजेंट रमेश और प्रीतम कैटरिंग वाले लड़के को रोकते हैं। रमेश की आवाज़ कड़ी है। "तुमने उस शॉल वाले आदमी को क्या दिया?"

लड़का घबराया हुआ बोला, "साहब, किसी ने 500 रुपये दिए और कहा, यह लिफाफा शॉल पहना आदमी को देने को कहा, बस। मैं कुछ नहीं जानता।"

रमेश ने सख्त नज़र से पूछा, "उसका चेहरा याद है?"

लड़के ने जल्दी से सिर हिलाया, "नहीं साहब। मैंने ज्यादा ध्यान नहीं दिया।"

प्रीतम ने हल्की नरमी दिखाते हुए कहा, "ठीक है, जाओ। लेकिन कुछ याद आए, तो बताना।"

लड़का राहत की सांस लेकर तुरंत चला गया।

रमेश, "लिफाफे कुछ तो ज़रूर होगा" गंभीरता से कहा, "यह मामूली बात नहीं हो सकती। इसे ध्यान से समझना होगा।"

प्रीतम ने सहमति में सिर हिलाया। ट्रेन की आवाज़ और झटकों के बीच दोनों चुपचाप सोच में पड़ गए।

जैसे ही ट्रेन गति पकड़ती है, ज़ाहिद अपनी सीट पर थोड़ा पीछे झुकता है, थकावट उसे घेर लेती है। उसकी आँखें बंद होने लगती हैं, और उसका मन उसे यहाँ तक लाने वाली घटनाओं की ओर चला जाता है। ट्रेन की लयबद्ध आवाज़ उसे एक बेचैन नींद में डाल देती है। जब वह जागता है, तो माहौल थोड़ा भारी लगता है, और खिड़की के बाहर का दृश्य यह संकेत देता है कि उनका गंतव्य नजदीक है।

साये की तरह पीछा

डिब्बे के दूसरे छोर पर, उस्मान एक पल के लिए भी अपनी सतर्कता नहीं छोड़ता। उसकी तेज़ निगाहें उन दो आदमियों पर टिकी रहती हैं, जो जाहिद का पीछा कर रहे हैं। उनकी हर हरकत, हर छोटी सी नजर और हावभाव उस सीमित जगह में तनाव को और बढ़ा देता है। उस्मान का दिमाग तेज़ी से चलता है, वह चुपचाप उनकी हर हरकत पर नज़र रखता है। उसकी प्रवृत्ति तेज़ और इरादे अटल हैं, किसी भी उकसावे पर कार्रवाई करने के लिए तैयार।

ट्रेन की हल्की चरमराहट चारों ओर गूंजती है, उस मौन तनाव को और गहरा करती है। उस्मान की नज़र जाहिद पर टिकती है, जो अपनी सीट पर हल्का सा हिलता है, अनजान कि खतरा कुछ ही कदम दूर मंडरा रहा है। उस्मान सीट के किनारे पर अपनी पकड़ और कस लेता है। उसकी नब्ज़ स्थिर है, लेकिन दिमाग चौकन्ना है। उसके लिए गलती की कोई गुंजाइश नहीं है—कम से कम अभी नहीं, जब हर चीज़ इस बात पर निर्भर करती है कि वह एक कदम आगे रहे।

शाम को जब ट्रेन दिल्ली स्टेशन की अराजक ऊर्जा में दाखिल होती है, तो चारों ओर हलचल मच जाती है। यात्री प्लेटफॉर्म पर उमड़ पड़ते हैं, कुछ तेज़ी से अपने कनेक्शन की ओर भागते हैं, तो कुछ रुककर इस व्यस्त माहौल के साथ तालमेल

बिठाते हैं। लाल पगड़ी पहने कुली भीड़ में अपने सिर पर बैग संभालते हुए कुशलता से आगे बढ़ते हैं, भीड़ के बीच रास्ता बनाते हुए।

जाहिद ट्रेन से उतरता है और यात्रियों की भीड़ में जल्दी ही गायब हो जाता है। इसी भीड़ के बीच, रमेश और प्रीतम हर कोने पर नज़र दौड़ाते हैं, किसी भी संदिग्ध संकेत के लिए सतर्क रहते हुए। उनसे ज़्यादा दूर नहीं, उस्मान अपनी नज़र जाहिद पर टिकाए रखता है। उसकी निगाहें एक पल के लिए भी नहीं भटकतीं। वह साये की तरह जाहिद के हर कदम का पीछा करता है।

शहर की परछाइयाँ

प्लेटफॉर्म की भागदौड़ भरी ऊर्जा दूर कहीं पीछे छूट जाती है, और नई दिल्ली स्टेशन की हलचल धीरे-धीरे एक विचित्र खामोशी में बदल जाती है। स्टेशन के पार, शहर की फैलती हुई रौनक अपने आगोश में ले लेती है। जाहिद बाहर कदम रखते ही चारों तरफ नजर डालते हैं। झिलमिलाते स्ट्रीट लाइट्स का उजाला घिरते अंधेरे से लड़ता हुआ सा दिखता है। सफर की थकान के बाद शाम की ठंडी हवा उसके चेहरे को छूती है, जैसे थोड़ी राहत देती हो। उसके आसपास शहर अपनी पूरी ऊर्जा में है—विक्रेता अपने सामान की आवाजें लगाते हैं, वाहन अपने बेचैनी से हॉर्न बजाते हैं, और आधुनिक गगनचुंबी इमारतों की आकृतियां शहर के ऐतिहासिक आकर्षणों के साथ खड़ी नजर आती हैं।

ऑटो-रिक्शा और टैक्सी चालकों का एक समूह जाहिद के चारों ओर इकट्ठा हो जाता है, उनकी आवाजें आपस में टकराकर एक शोर पैदा करती हैं। "होटल? सस्ता किराया? इधर आइए, साहब!" उनमें से एक चिल्लाता है। इस हलचल के बीच, एक ड्राइवर मुस्कुराते हुए उसे इशारा करता है, उसकी आवाज शोर से ऊपर उठती है। "चलिए भाई, होटल चाहिए?"

जाहिद रुकते हैं, उनके झुके कंधे और थके कदम उनकी थकावट को साफ दिखाते हैं। उनकी आवाज सख्त लेकिन समझौता करने वाली है। "मुझे एक सस्ती जगह चाहिए, बस एक रात के लिए।"

ड्राइवर उत्साह से सिर हिलाता है, मौके को भांपते हुए। "मेरे पास एकदम सही जगह है! दो हज़ार रुपये अच्छे होटल के लिए और दो सौ ऑटो का किराया।"

जाहिद थोड़ा सोचते हैं और फिर सिर हिला देते हैं। "ठीक है, ले चलो।"

एक हल्की कराह के साथ वह अपना बैग ऑटो की ओर बढ़ाता है। ड्राइवर आगे बढ़कर सहायता करता है, फिर ऑटो का इंजन फटफटाती आवाज़ के साथ चालू हो जाता है। वे दिल्ली की सड़कों के रंग-बिरंगे दृश्य-पट पर उतर आते हैं, जहाँ हॉर्न बजाते वाहन और पैदल चलने वालों की भीड़ के बीच बड़ी चतुराई से राह निकालते हुए आगे बढ़ते जाते हैं। नीयॉन साइनबोर्ड तेज़ी से गुज़रते रहते हैं, शहर की जीवन-धारा को झिलमिलाती रोशनी में नहलाते हुए।

स्टेशन के बाहर की परछाइयों में, उस्मान सावधानी से सब कुछ देख रहा है। उसकी निगाहें जाहिद पर टिकी रहती हैं। वह एक कदम आगे बढ़ता है, अपनी दूरी बनाए रखते हुए। जैसे ही जाहिद का ऑटो ट्रैफिक के सैलाब में गायब हो जाता है, उस्मान एक और ऑटो को रोकता है। "उस ऑटो का पीछा करो," वह आदेश देता है, उसकी आवाज धीमी लेकिन सख्त होती है। ड्राइवर सिर हिलाता है और वाहनों की धारा में चुपचाप शामिल हो जाता है।

सफर एक घंटे बाद होटल सूर्य के बाहर खत्म होता है। यह एक साधारण सा होटल है, जो झिलमिलाती स्ट्रीट लाइट्स की असमान रोशनी के नीचे छिपा हुआ है। जाहिद ऑटो से उतरता है, किराया चुकाता है और थोड़ी देर इलाके का जायजा लेने के बाद होटल के प्रवेश द्वार की ओर बढ़ता है। उसके कदम थकावट से भारी हैं, और उसकी नजर केवल आराम की संभावना पर टिकी है।

सड़क के उस पार, एक मद्धम रोशनी वाले खंभे के नीचे, उस्मान चुपचाप खड़ा है। उसकी आंखें बिना झपकाए जाहिद की हर हरकत पर नजर रखती हैं। शहर की हल्की गूंज अब उसकी सोच से गायब हो चुकी है। उसकी जगह एकमात्र ध्यान और फोकस ने ले ली है। इस परछाइयों के खेल में, धैर्य ही सबसे बड़ी ताकत है। और उस्मान वहीं खड़ा रहता है, देखता और इंतजार करता हुआ कि अगला कदम क्या होगा।

सन्नाटे का जाल

सूर्या होटल के सामने वाले एक कमरे में, अजय का सहायक छाया में धैर्यपूर्वक इंतजार कर रहा है। उसकी नजरें होटल लॉबी में घूमते हुए जाहिद की हर हरकत पर टिकी हुई हैं। कमरा धुंधला है, पर्दों के बीच से छनकर आती हल्की रोशनी ही उसे रोशन करती है। वह सतर्क है, किसी भी महत्वपूर्ण जानकारी को पकड़ने के लिए पूरी तरह तैयार। उसी होटल में, उस्मान, साधारण जींस और शर्ट पहने, चुपचाप जाहिद के कमरे के ठीक सामने वाले अपने कमरे में दाखिल होता है।

वह खिड़की की ओर बढ़ता है, यह सुनिश्चित करने के लिए कि सूर्या होटल का स्पष्ट दृश्य दिखाई दे, ताकि जरूरत पड़ने पर वह अपनी नजर बनाए रख सके। इस बीच, अजय और सुषांत सहायक के कमरे में दाखिल होते हैं। कमरे में शांति है, सड़क की हल्की आवाजें मुश्किल से सुनाई देती हैं। सहायक खिड़की के पास खड़ा है, पर्दों के पीछे से जाहिद को ध्यान से देख रहा है। अजय भी नीचे हो रहे घटनाक्रम को गहरी नजर से देखते हैं। वह सुषांत के साथ एक तेज़, मौन नजरों का आदान-प्रदान करते हैं, जैसे कि बिना कुछ कहे अगले कदम के लिए तैयार हों। जाहिद अपने होटल के कमरे में बिस्तर के किनारे बैठते हैं। वह अपना फोन निकालते हैं और रिसेप्शनिस्ट से बात करते हैं। उनकी आवाज में हल्की-सी तात्कालिकता झलकती है। "मुझे कल मुंबई जाने वाली ट्रेन का 3-टियर टिकट चाहिए," वह ठोस लहजे में कहते हैं। रिसेप्शनिस्ट पुष्टि करता है, "सर, तीन हज़ार रुपये लगेंगे।" जाहिद राहत की सांस लेते हुए जवाब देते हैं, "ठीक है, सुनिश्चित कर लें कि टिकट कन्फर्म हो।" वह जानकारी दोबारा चेक करते हैं और फिर फोन रख देते हैं।

कुछ ही पलों बाद, अजय के सहायक का फोन बजता है। स्क्रीन पर आए नए संदेश को वह अजय और सुषांत को जोर से पढ़कर सुनाता है: "जाहिद ने कल मुंबई जाने वाली ट्रेन का टिकट बुक कर लिया है।" साथ में टिकट की तस्वीर भी अटैच है। अजय ध्यान से सिर हिलाते हैं, उनके मन में एक योजना आकार लेने लगती है। वह और सुषांत एक और नजरों का आदान-प्रदान करते हैं, यह समझते हुए कि यह जानकारी उनके लिए बेहद महत्वपूर्ण है।

उसी समय, उस्मान के कमरे में एक हल्की दस्तक होती है—दरवाजे पर तीन तेज़ थपथपाहट। वह सावधानी से दरवाजे के झिर्री से झांकते हैं और फिर धीरे-धीरे दरवाजा खोलते हैं। बाहर, एक छोटा सा पैकेट दहलीज़ पर रखा हुआ है। वह जल्दी से गलियारे में नजर डालते हैं और फिर पैकेट उठाकर दरवाजा बंद कर लेते हैं।

अपने धुंधले कमरे में लौटकर, उस्मान हल्के से पर्दा सरकाकर बाहर सड़क पर हो रही हलचल को देखते हैं। जब सब सामान्य प्रतीत होता है, तो वह वापस मुड़ते हैं। अंधेरे में, स्थिर हाथों से वह पैकेट खोलते हैं। अंदर तीन-स्तरीय ट्रेन का टिकट, नकदी का बंडल, आपातकालीन संपर्क नंबरों की एक पर्ची, पाँच सिम कार्ड और तीन सस्ते मोबाइल फ़ोन हैं। हर चीज़ को देखते ही उसके चेहरे पर संतोष की एक हल्की मुस्कान उभरती है—वह जानता है कि इन सबकी अहमियत क्या है।

सावधानी से वह सभी चीज़ों को मेज पर व्यवस्थित करता है, एक-एक वस्तु को चेक करता है। वह कुछ पल खामोश खड़ा रहता है, जैसे अपने मन में सब कुछ व्यवस्थित कर रहा हो। फिर वह पर्दा पूरी तरह बंद कर देता है और कमरे में रात की खामोशी उसे अपने कार्यों की तैयारी के लिए घेर लेती है।

अनिता का संकल्प

सुबह की नरम, सुनहरी धूप अनिता के कमरे की खिड़कियों से झांकती है, पूरे कमरे को एक शांत गर्माहट से भर देती है। वह अपने बिस्तर में लिपटी हुई है, उसका चेहरा शांत है, अभी भी नींद के हल्के धुंधलके में डूबा हुआ। बाहर की दुनिया शांत है, सुबह की चहचहाहट जैसे इस क्षण की शांति को बनाए रखने के लिए धीमी हो गई है। लेकिन दरवाजे पर एक हल्की दस्तक इस शांति को तोड़ देती है, और अनिता जागने लगती है। वह कराहते हुए तकिया अपने सिर पर खींच लेती है, दिन की शुरुआत को टालने की कोशिश करती है।

दरवाजा धीमे से खुलता है, और उसकी मां अंदर आती हैं। उनके कदम धीमे लेकिन पक्के हैं। वह कुछ पल अनिता को देखती हैं, उनकी आवाज़ दयालु लेकिन दृढ़ है। "अनिता, सूरज चढ़ गया है। अब उठ जाओ।"

अनिता तकिए के नीचे से बुदबुदाती है, "बस पांच मिनट और, मां।" उसे पता है कि उसकी मां 'ना' को जवाब नहीं मानेंगी, लेकिन वह अपनी नींद के आखिरी टुकड़ों को पकड़ने की कोशिश करती है।

उसकी मां हाथ बांधकर खड़ी हो जाती हैं, उनकी नज़रें टस से मस नहीं होतीं। "और नहीं सोना। उठ जाओ। हमें बात करनी है। तुम कल रात इतनी देर से घर क्यों आईं?"

धीरे-धीरे अनिता खुद को उठाती है, अपनी आँखें मलते हुए। "मांशी मेरी बचपन की दोस्त है। उसकी शादी हो रही है—मैंने उसकी बैचलरेट पार्टी रखी थी। आप नहीं समझेंगी।" उसकी आवाज़ में अभी भी नींद का असर है, और उसके शब्द हल्के हैं।

लेकिन उसकी मां के चेहरे पर एक अलग गंभीरता है। "ये पार्टी के बारे में नहीं है, अनिता," वह पास आते हुए कहती हैं। "तुम्हारे चाचा महावीर ने तुम्हारे लिए एक लड़का ढूंढा है—हमारे समाज का, पढ़ा-लिखा, और इज़्ज़तदार। वे कल तुमसे मिलने आ रहे हैं।"

अनिता की आँखें चौड़ी हो जाती हैं, और उसका दिल झुंझलाहट से भर जाता है। वह खड़ी हो जाती है, उसकी आवाज़ अब तेज़ है। "आप सब हमेशा अपने फैसले मुझ पर क्यों थोपते हैं? मुझे अपनी जिंदगी जीने दीजिए, मां!"

उसकी मां की नज़रें नरम होती हैं, लेकिन उनकी आवाज़ में दृढ़ता बरकरार रहती है। "बेटा, याद है तुम्हारे पिता शहीद हो गए थे। तब से तुम्हारे चाचा महावीर हमारे लिए खड़े हैं। हमें उनका सम्मान करना चाहिए।"

अनिता, खुद को कोने में फंसा हुआ महसूस करती है, वॉशरूम की ओर बढ़ती है। उसकी आवाज़ तनी हुई है। "लेकिन मेरी अपनी जिंदगी, मेरे अपने फैसलों का क्या?"

उसकी मां अपनी आवाज़ थोड़ी ऊंची करती हैं। "यह महावीर का फैसला है। वह हमारे समाज के मुखिया हैं, और उनका हर कोई सम्मान करता है। उनकी बात को नज़रअंदाज़ नहीं किया जा सकता।"

अनिता पलटती है, समझाने की कोशिश करती है, उसकी आवाज़ लगभग गुहार लगाती है। "लेकिन मां... क्या मेरी पसंद कोई मायने नहीं रखती?"

उसकी मां दूसरी ओर देखती हैं, उनके शब्दों में भारीपन है। "लोग उनका सम्मान करते हैं। अगर तुम मना करोगी... तो इसके परिणाम होंगे।"

"लेकिन मां!" अनिता की आवाज़ कांपती है।

वह अपने कमरे में ठिठकी खड़ी रहती है, उसकी मां के सख्त शब्द हवा में एक अटल वजन की तरह तैर रहे हैं। उसके भीतर झुंझलाहट उठती है, और वह कमरे में चक्कर लगाने लगती है। उसके कदम उसकी मन की उथल-पुथल को दर्शाते हैं। उसके हाथ हल्के से कांपते हैं, जैसे वह अपने परिवार की दमघोंटू उम्मीदों से जूझ रही हो। पर्दों से छनकर आती सुबह की मद्धम रोशनी कमरे में पड़ती है, और परछाइयों के साथ उसकी अकेलेपन की भावना और गहरी हो जाती है।

फिर अचानक, वह रुक जाती है, उसके चेहरे पर दृढ़ता की एक झलक आती है। एक सख्त इरादा उसके अंदर पनपने लगता है।

अनिता जल्दी से अपना फोन उठाती है और तेज़ी से रहिम का नंबर डायल करती है। उसकी आवाज़ स्थिर लेकिन तात्कालिक है। "रहिम, तुम मेरे स्कूलमेट हो; तुम मना नहीं करोगे। मुझे कल मुंबई जाना है, और जल्दी।" उसकी आवाज़ में कोई गुंजाइश नहीं है।

रहिम, थोड़े हैरान, जवाब देता है, "इतनी जल्दी?"

"सवाल मत पूछो। मुझे जल्दी निकलना है... मुझे नई नौकरी जॉइन करनी है," वह उसके सवाल को अनसुना करते हुए कहती है।

वह हिचकिचाता है, कल रात की बातचीत को याद करते हुए। "कल रात तो सब ठीक था।"

अनिता इसे टालते हुए बोलती है, "कल रात तुमने कहा था कि तुम मुंबई जा रहे हो।"

आखिरकार वह मान जाता है। "मेरे पापा की तबीयत बेहतर है। मैं कल सुबह मुंबई जा रहा हूं। मेरी ट्रेन रतलाम से है।"

एक राहत की लहर अनिता को घेर लेती है। वह कहती है, "तो मैं तुम्हारे साथ चलूंगी।"

रहिम पुष्टि करता है। "ठीक है। मैं सलीम की बाइक लूंगा। बाइक को मंसूर चाचा की दुकान पर रतलाम में छोड़ दूंगा। सुबह 5 बजे तक तैयार रहना, मैं लेने आऊंगा।"

अनिता के तनावभरे कंधे थोड़े ढीले पड़ते हैं, और वह उसे धन्यवाद कहकर कॉल काट देती है।

नेटवर्क बार-बार कट रहा है, जिससे उसकी खीज बढ़ती है, लेकिन उसका इरादा स्पष्ट है। वह पैकिंग शुरू कर देती है, अपने पीछे उन बंदिशों को छोड़ने के दृढ़ निश्चय के साथ, जो उसे बांधे हुए हैं।

भोर की खामोशी

सुबह की ठंडी हवा में एक सुकून भरी खामोशी है, जो उस पल तक रहती है जब दुनिया पूरी तरह जागती नहीं। हल्की रोशनी शांत सड़क पर फैलती है, दीवारों पर लंबी परछाइयाँ डालती हुई। महावीर के घर का मुख्य दरवाजा धीरे-धीरे चरमराता है, और अनिता बाहर कदम रखती है। उसके कंधे पर एक छोटा बैग टंगा है। उसकी हरकतें सोच-समझकर की गई लगती हैं, और उसकी निगाहें सतर्कता से इधर-उधर देखती हैं। वह बरामदे पर पहला कदम रखते हुए चारों ओर का जायज़ा लेती है।

सड़क लगभग वीरान है, सिर्फ दूर से आती किसी मोटर की हल्की आवाज़ और पत्तों की सरसराहट सुनाई देती है। गली के सिरे से, मोहल्ले का दूधवाला भोलू अपनी पुरानी साइकिल पर आता दिखाई देता है। दूध के बड़े-बड़े डिब्बे उसकी साइकिल के साथ हल्के से खड़खड़ाते हैं। जब वह अनिता को तेजी से चलते हुए देखता है, तो उसकी आँखें चौड़ी हो जाती हैं।

भोलू धीरे-धीरे साइकिल चलाने लगता है, उसकी उत्सुकता बढ़ जाती है। इस समय अनिता को अकेले बाहर देखना असामान्य है, और उससे भी अजीब यह है कि वह रहिम के पास जा रही है, जो पास ही अपनी बाइक पर इंतजार कर रहा है। रहिम, जिसे मोहल्ले वाले जानते तो हैं, लेकिन पूरी तरह भरोसा नहीं करते।

रहिम अपनी बाइक पर बैठा शांत दिखने की कोशिश करता है, लेकिन उसकी मुद्रा में सतर्कता और तैयारी झलकती है। अनिता बिना किसी हिचकिचाहट के उसकी बाइक पर पीछे बैठ जाती है, उसका बैग कसकर पकड़े हुए। उनकी नज़रें एक पल के लिए मिलती हैं, "चलो," उसने कहा।

रहीम ने बिना कुछ कहे बाइक स्टार्ट की। दोनों गली के कोने से मुड़ते हुए जल्द ही अंधेरों में गुम हो जाते हैं। सड़क पर सिर्फ टायरों की हल्की आवाज़ रह जाती है।

भोलू रुक जाता है, उसकी साइकिल के दूध के डिब्बे खड़कते हैं। उसके माथे पर शिकन आ जाती है, और उसके चेहरे पर बेचैनी साफ झलकने लगती है। हिंदू दल का सदस्य होने के नाते, अनिता का इस तरह रहिम के साथ चुपचाप जाना उसे खटकता है। यह समय, यह गुप्तता—सब कुछ गलत लगता है।

वह अपनी जेब में हाथ डालकर फोन निकालता है। उसके हाथ हल्के से कांपते हैं जब वह महावीर का नंबर लगाता है। कॉल कनेक्ट होती है, और उसकी आवाज़ धीमी लेकिन गंभीर होती है। "महावीर जी, अनिता को अभी-अभी रहीम के साथ उसकी बाइक पर जाते देखा... क्या आप जानते हैं?" दूसरी तरफ, महावीर भारी खामोशी में सुनते हैं। फोन को पकड़ने की उनकी पकड़ कस जाती है। उनके सीने में शक की लहर दौड़ जाती है, और उनका दिमाग तेजी से चलने लगता है। वह जानते हैं कि यह कोई साधारण बात नहीं है; यह उस तनाव से जुड़ा लगता है जो अनिता को शादी के प्रस्ताव के बाद से चल रहा है। लेकिन उसका इस तरह जाना, और वह भी रहिम के साथ, उनकी चिंता को और गहरा कर देता है। जो उनके भीतर की उथल-पुथल को और बढ़ा देते हैं। कॉल खत्म हो जाती है, लेकिन

वह बेचैनी अब भी हवा में टंगी रहती है, सुबह की शांत खामोशी को और भारी बना देती है।

भागने का रास्ता

सुबह की रोशनी महावीर के बेडरूम में हल्के-हल्के फैल रही थी, लेकिन कमरे के भीतर तनाव घना हो चुका था। महावीर, फोन को कसकर पकड़े हुए, बिस्तर के पास खड़ा था। उसकी आँखों में गुस्सा और चेहरे पर कठोरता थी।

"रहीम," उसने फोन पर लगभग चीखते हुए कहा, "उसने मेरी भतीजी अनिता को बहला-फुसलाकर ले जाने की जुर्रत की है। इसे किसी भी हाल में रोको।"

डिप्टी एसपी की शांत लेकिन कड़ी आवाज़ दूसरी तरफ से आई, "हमने हर चौराहे पर नाके लगा दिए हैं। वो शहर से बाहर नहीं जा पाएंगे।"

महावीर ने बिना जवाब दिए फोन काट दिया। उसका गुस्सा ठंडा होने का नाम नहीं ले रहा था। उसने फौरन स्थानीय हिंदू संगठन के नेता को कॉल किया।

"उन दोनों को रोकना है। यह हमारी इज़्ज़त का सवाल है," उसकी आवाज़ में सख्ती और आक्रोश साफ झलक रहा था।

"यह तो बड़ा मुद्दा बन जाएगा। उन्हें सबक सिखाना होगा," दूसरी तरफ से जवाब आया।

महावीर ने कड़े लहजे में कहा, "पहले उन्हें पकड़ो, बाकी बाद में देखेंगे।"

खबर आग की तरह पूरे इलाके में फैल गई। हिंदू-मुस्लिम तनाव, जो वर्षों से दबी चिंगारी की तरह था, अब धधकने लगा। हर गली में यही चर्चा थी। दोनों समुदायों के नेता अपने-अपने तरीकों से हालात को भड़काने में लगे थे।

भागने की शुरुआत

रहीम और अनिता बाइक पर हवा से बातें कर रहे थे। रहीम का चेहरा शांत था, लेकिन उसकी नजरें हर मोड़ पर थीं। "कसकर पकड़ो," उसने अनिता से कहा।

बाइक जब एक बड़े चौराहे के पास पहुंची, तो उसने पुलिस बैरिकेड और गुस्से में भरी भीड़ देखी। रहीम को समझने में देर नहीं लगी कि उन्हें रोकने की पूरी तैयारी हो चुकी थी।

"हम दूसरी तरफ से निकलेंगे," उसने खुद से कहा और तुरंत बाइक को एक तंग गली में मोड़ दिया।

गलियों का भूलभुलैया उनकी ढाल बन गया। तेज रफ्तार और चतुराई से रास्ता बदलते हुए रहीम और अनिता पीछा करने वालों को पीछे छोड़ते चले गए।

जब उन्हें यकीन हो गया कि खतरा कुछ कम हो गया है, तो रहीम ने बाइक सड़क किनारे एक पेड़ की छांव में रोकी। दोनों ने राहत की सांस ली, लेकिन दोनों की साँसें अभी भी तेज़ चल रही थीं।

"अब क्या करेंगे?" अनिता ने घबराई हुई आवाज़ में पूछा।

रहीम ने ठंडे दिमाग से जवाब दिया, "पहले उनका ध्यान भटकाना होगा।"

चालाकी का खेल

ढाबे के पास रुकते ही रहीम ने जेब से दो नए सिम कार्ड निकाले।

"ये कहाँ से आए?" अनिता ने हैरानी से पूछा।

"तैयारी हमेशा करनी चाहिए," रहीम ने सिम कार्ड बदलते हुए जवाब दिया। उसने अनिता के पुराने सिम कार्ड को एक अतिरिक्त फोन में डाला और इसे एक बस यात्री के बैग में चुपचाप रख दिया। वह बस विपरीत दिशा में जा रही थी।

"अब वे गलत दिशा में हमें ढूंढेंगे," रहीम ने मुस्कुराते हुए कहा।

इसके बाद, दोनों ने बाइक फिर से स्टार्ट की और रतलाम स्टेशन की ओर निकल पड़े।

रतलाम पहुँचकर रहीम ने फुर्ती से ऑनलाइन ट्रेन टिकट बुक कर ली।

साझा सफर, साझा इंसानियत

ट्रेन धीरे-धीरे स्टेशन से बाहर निकलती है, पहियों की चरमराहट के साथ गति पकड़ते हुए, प्लेटफॉर्म के जाने-पहचाने दृश्य पीछे छोड़ती हुई। रहीम और अनिता, जो अभी भी अपने हड़बड़ाए हुए भागने से उबरने की कोशिश कर रहे

हैं, अपनी सीटों के नंबर ढूंढते हुए जाते हैं। आखिरकार, उन्हें कुछ राहत का पल मिलता है। उन्होंने खुद को थोड़ा वक्त दे दिया है, एक छोटा-सा विराम अपने न खत्म होने वाले सफर में। लेकिन उनके हालात की सच्चाई अभी भी उनके मन में बनी हुई है। खतरा खत्म होने से कोसों दूर है, और उन्हें सतर्क रहना होगा—हमेशा एक कदम आगे।

डिब्बे में चलते हुए, वे एक शांत मुस्लिम परिवार के पास से गुजरते हैं। माता-पिता, गहरी बातचीत में व्यस्त, ऊपर देखते हैं जब रहीम और अनिता उनके पास से गुजरते हैं। वे दोनों हल्के से सिर हिलाकर उन्हें देखते हैं और फिर अपनी बातों में लौट जाते हैं। रहीम और अनिता आगे बढ़ते हैं, अपनी खाली सीटों की तलाश करते हुए।

आखिरकार, उन्हें चार सदस्यीय सिख परिवार के पास सीट मिलती है, जो उनकी तरह मुंबई जा रहा है। उनके पास की सीटों पर ज़ाहिद, एक तीस वर्षीय व्यक्ति, और एक बुजुर्ग सज्जन, प्रेम कुमार, बैठे हैं, जो लगभग अस्सी साल के लगते हैं। डिब्बे का माहौल शांत और दोस्ताना है, हल्की बातचीत की गूंज पूरे वातावरण में फैल रही है।

सिख परिवार का नेतृत्व गुरनाम सिंह कर रहे हैं, एक अनुभवी व्यक्ति जो अपने अस्सी के दशक में हैं। उनके चेहरे पर जीवन के अनुभव और उद्देश्य की झलक साफ दिखती है। उनके पास उनकी पत्नी मनप्रीत बैठी हैं, जिनका चेहरा कोमल और शांत है। उनके बेटे और बहू इस परिवार को पूरा करते हैं। रहीम और अनिता, अपनी सीट पर बैठते ही, उनसे गर्मजोशी से मिलते हैं और अपना परिचय देते हैं। जल्द ही, डिब्बे का माहौल एक छोटे से साझा घर जैसा महसूस होने लगता है। हल्की-फुल्की बातचीत होने लगती है, घड़ी की सुइयाँ आगे बढ़ती रहती हैं। वे सफर, उम्मीदों और अपने-अपने रास्तों की बात करते हैं। कुछ पल के लिए, ट्रेन के बाहर की दुनिया मानो गायब हो जाती है। अब वे सभी यात्री नहीं, बल्कि एक साझा अनुभव में बंधे हुए इंसान हैं—हर किसी की अपनी कहानी, लेकिन एक ही रास्ते से जुड़े हुए।

जैसे-जैसे दोपहर का समय होता है, ताजा बने खाने की खुशबू हवा में भर जाती है। ज़ाहिद, जो अभी वॉशरूम से लौटे हैं, तिफिन से आती खाने की सुगंध को सूंघते हैं, और उनके पेट से हल्की आवाज़ निकलती है। आस-पास के यात्री अपने-अपने खाने में जुटे हैं—कुछ घर का बना, तो कुछ ट्रेन के कैटरिंग सर्विस से।

गुरनाम सिंह अपनी बहू की ओर मुस्कुराते हुए इशारा करते हैं कि तिफिन खोल दें। वह हल्की मुस्कान के साथ उनकी बात मानती हैं, और घर के बने खाने की खुशबू पूरे डिब्बे में फैल जाती है। परिवार खाना बाँटने लगता है, और गुरनाम बाकी यात्रियों की ओर मुड़ते हैं, उन्हें भी खाने के लिए आमंत्रित करते हैं।

"गुरु का लंगर है जी", गुरनाम ने गर्मजोशी से कहा। "झिझकने की जरूरत नहीं। खाइए।"

उनकी आवाज़ में ऐसा अपनापन था कि सभी सहज हो गए। ज़ाहिद, प्रेम, रहीम और अनिता एक पल के लिए हिचकते हैं, लेकिन फिर गुरनाम कागज़ की प्लेटों पर सबको खाना परोसते हैं। साधारण लेकिन पौष्टिक यह खाना सबको जोड़ देता है, एक छोटे से पल में।

ज़ाहिद, गुरनाम को दूसरों की सेवा करते हुए देखता है। उनके चेहरे पर संतोष की चमक है। उसे महसूस होता है कि खाना साझा करना लोगों को जोड़ सकता है, मतभेद मिटा सकता है, और अपनापन पैदा कर सकता है। यह छोटा-सा कार्य गहरे अर्थों को समेटे हुए था, जिसे ज़ाहिद ने दिल से समझा।

जैसे-जैसे यात्री खाना खाते हैं, डिब्बे का माहौल और भी गर्मजोशी भरा और जुड़ा हुआ महसूस होता है। हंसी-ठिठोली शुरू हो जाती है, और बातचीत जीवन, सपनों और अनुभवों तक पहुँच जाती है। इस छोटी-सी जगह में, पल भर के लिए, कोई विभाजन नहीं था—बस लोग थे, एक साथ खाना खा रहे थे, एक पल साझा कर रहे थे।

मनप्रीत अपने पति गुरनाम की ओर झुककर मुस्कुराती हैं। "सिर्फ एक रोटी बची है, जी।"

"कोई बात नहीं, हम बाँट लेंगे," गुरनाम ने अपनी आँखों में चमक के साथ कहा। "हमारी उम्र में भूख आसानी से नहीं लगती।" दोनों हँस पड़ते हैं, रोटी बाँटकर खा लेते हैं, उस पल की सादगी में संतुष्ट।

संकट के बीच इंसानियत

ट्रेन जैसे ही रुकती है, माहौल बदल जाता है। रहीम और अनिता की बेचैन निगाहें उनकी घबराहट जाहिर करती हैं। हिंदू कार्यकर्ता डिब्बे के करीब आते हैं, हर कोने को ध्यान से देखते हुए। गुरनाम यह सब चुपचाप देखते हैं, उनकी अनुभवी

नजरें हालात को भांप लेती हैं। "शांत रहो," गुरनाम धीरे से कहते हैं। "डर मत दिखाना।"

रहीम थोड़ा सीधा होकर बैठता है, अपने चेहरे पर सामान्यता का भाव लाने की कोशिश करता है। गुरनाम तुरंत एक योजना बनाते हैं। उन्होंने अपनी बहू से कहा, "फुलकारी दुपट्टा और केसरिया साफा मुझे दे दो।"

बिना सवाल किए, बहू ने बैग से एक रंग-बिरंगा फुलकारी दुपट्टा और साफा निकाला। उन्होंने दुपट्टा अनिता को दिया, जिसने उसे अपने सिर पर लपेट लिया, अपने चेहरे के खास लक्षण छुपाते हुए। साफा रहीम को दिया गया।

"जल्दी पहन लो। मुझ पर भरोसा करो," गुरनाम ने दृढ़ता से कहा।

रहीम ने झिझकते हुए साफा पहना और तुरंत माहौल में घुल-मिल गया। कार्यकर्ताओं की नजरें खिड़कियों पर घूमीं, लेकिन उन्होंने डिब्बे को साधारण यात्रियों का समूह मानकर आगे बढ़ गए। गुरनाम की नजरें रहीम की कृतज्ञ आँखों से मिलीं, और उन्होंने हल्की मुस्कान के साथ सिर हिलाया।

"तुम दोनों बहुत अच्छे लग रहे हो," गुरनाम ने कहा। "खतरा टल जाएगा। शांत रहो।" यह छोटा-सा दयालुता का कार्य ज़ाहिद को गहराई से छू गया। उसने महसूस किया कि इंसानियत हर दीवार के पार जाती है। यह वही छोटे-छोटे, निःशब्द कार्य हैं, जो मुश्किल समय में लोगों को जोड़ते हैं।

चलती ट्रेन में रहस्य

ट्रेन पटरियों पर खटर-पटर करते हुए आगे बढ़ रही है, उसकी लय धीमी बातचीत और यात्रियों की हलचल में घुलमिल जाती है। बाहर, आसमान गोधूलि में डूब चुका है, जिससे डिब्बे में एक हल्की गर्माहट फैल जाती है। चाय की खुशबू और पसीने की हल्की गंध हवा में है—लंबे, थकाऊ सफर की याद दिलाते हुए। लेकिन ट्रेन अपनी रफ्तार बनाए रखती है, हर यात्री अपनी कहानी लिए, हर चेहरा अपने अंदर कोई रहस्य छुपाए।

अजय, एक सिख के भेष में, डिब्बे में तेजी से चलता है। वह वॉशरूम की ओर जा रहा है, लेकिन उसकी निगाहें भीड़ को खंगालती रहती हैं। उसके दिमाग में सतर्कता है। वह यात्री की बातचीत और हंसी को अनसुना करते हुए किसी खास चीज़ की तलाश में है—शायद किसी गुप्त एजेंट की। अचानक, एक आक्रामक

दिखने वाला आदमी, जिसकी आंखें इधर-उधर भटक रही हैं, तेजी से उसकी ओर बढ़ता है। उसके हाथ में मोबाइल में अनिता और एक आदमी की तस्वीर है

"सर्दार जी, आपने इन दोनों को देखा है?" वह संदेह भरी आवाज़ में पूछता है, उसकी नजरें गहरी और तीखी हैं।

अजय तस्वीर पर एक नजर डालता है और सिर हिलाते हुए कहता है, "नहीं, मैंने नहीं देखा। क्यों?" उसकी आवाज़ शांत और तटस्थ है। वह आदमी आगे बढ़ जाता है, लेकिन अजय उसकी ओर ध्यान से देखता है, उसके अंदर तनाव की एक लहर उठती है। उसे एहसास होता है कि अनिता ट्रेन में है, और यह आदमी उसे ढूंढ रहा है—शायद किसी परेशानी के साथ।

वॉशरूम जाने की बजाय, अजय डिब्बों को स्कैन करता है, भीड़ के बीच जल्दी से अनिता को ढूंढने और उसकी रक्षा करने के लिए बढ़ता है। आखिरकार, उसे अनिता दिखाई देती है। उनकी नजरें एक पल के लिए मिलती हैं। अनिता अपनी नजरें हटाकर बगल में बैठे एक बुजुर्ग सिख व्यक्ति की ओर ध्यान देती है और अजय की ओर देखना टालती है। अजय को हल्की निराशा होती है, लेकिन वह उसे नजरअंदाज करते हुए पास की सीट पर जाकर बैठ जाता है, जहां उसका जूनियर एजेंट सुषांत पहले से बैठा है। सुषांत उसे हल्का सा सिर हिलाकर इशारा करता है और अगले डिब्बे में निगरानी के लिए चला जाता है।

बंटवारे की गूँज

डिब्बे की हल्की रोशनी में, प्रेम कुमार चुपचाप बैठे थे। ट्रेन के पहियों की आवाज़ उनकी सोच में खो जाने का एक मधुर बहाना बन गई थी। उनके सामने खुला अखबार पढ़ने की बजाय उनकी यादें बंटवारे के दौर की ओर खिंच गईं। इतिहास की पीड़ा, बंटवारे की त्रासदी, और बेघर होने की कड़वाहट उनके मन को भारी कर रही थी।

उन्होंने अखबार एक तरफ रखते हुए ऊँची आवाज़ में कहा, "देखो, जो बंटवारा नहीं देख पाए, वे इसके बारे में ऐसे बात करते हैं जैसे सब अपनी आँखों से देखा हो।"

उनके शब्द हवा में लटक गए। उनकी नजरें कहीं दूर, उन संघर्षों और क्षति की ओर चली गईं, जिनसे उनका परिवार गुज़रा था। इससे पहले कि बातचीत और

गहरी हो, पास बैठे ज़ाहिद ने इस मौन को तोड़ा। उनकी जिज्ञासा जाग उठी थी। "आप लोगों ने तो बंटवारा देखा होगा, है न?"

प्रेम की आवाज़ नरम हो गई। वह अतीत में और गहराई तक डूबने लगे। "हमारा परिवार बंटवारे से पहले ही दिल्ली आ गया था। लेकिन आप, सरदार जी? आप पाकिस्तान से कैसे आए?"

गुरनाम, वृद्ध सिख, बातचीत में शामिल हो गए। माहौल में जो तनावरहित ठहराव था, वह धीरे-धीरे साझा यादों के बोझ से भरने लगा। गुरनाम ने खिड़की से बाहर देखा, उनकी नजरें उस लैंडस्केप से परे थीं जो ट्रेन से गुजर रहा था।

ऊपर जलते बल्ब की रोशनी उनके चेहरे पर पड़ रही थी, उनकी उम्र के अनुभवों और थकावट को उजागर करते हुए। जब उन्होंने बोलना शुरू किया, तो उनकी आवाज़ में जीवन भर की कहानियों का भार था। "हम किसी तरह रावलपिंडी से भागकर अमृतसर पहुँचे, बाबा जी की कृपा से," उन्होंने धीमी आवाज़ में कहा, मानो अपने भीतर के संघर्षों को फिर से जी रहे हों।

प्रेम ने उनके पास बैठे-बैठे, उनकी ओर सहानुभूति भरी नजरों से देखा। "आपने बहुत कुछ खोया होगा," प्रेम ने कहा, उनकी आवाज़ में गहरी सहानुभूति थी, जैसे वे खुद उस दर्द को महसूस कर रहे हों।

गुरनाम धीरे से सिर हिलाते रहे। उनकी आँखें अभी भी दूरी पर टिकी थीं, मानो कुछ खोए हुए की तलाश कर रही हों। "पाकिस्तान में हमारा अच्छा व्यापार था," उन्होंने कहा। उनकी आवाज़ में गहरी उदासी थी। "सब कुछ बर्बाद हो गया। लेकिन जब यहाँ आए, तो अपनी मेहनत से सब कुछ फिर से खड़ा किया।"

उनके शब्द हवा में भारी हो गए। यह एक साझा समझ थी, जो दोनों के बीच बन रही थी। प्रेम का चेहरा और भी गंभीर हो गया, क्योंकि उनके मन में बंटवारे के दौरान की हिंसा और बेघर होने की यादें ताज़ा हो गईं। "हाँ, वो अजीब बंटवारा था," उन्होंने धीरे-धीरे कहा। "कितने घर उजड़ गए, कितने परिवार बिखर गए, कितने बच्चे अनाथ हो गए... लेकिन फायदा किसका हुआ?" वे वाक्य पूरा नहीं कर पाए, क्योंकि पास से आती कदमों की आवाज़ ने उनकी सोच को तोड़ दिया।

कैटरिंग वाला लड़का, जोश से भरी आँखों वाला एक युवा, उनके सामने आकर रुका। उसकी मौजूदगी ने उन्हें उस गंभीर बातचीत से बाहर खींच लिया। प्रेम ने जेब में हाथ डालकर एक 500 रुपये का नोट निकाला और लड़के को थमा दिया।

लड़के के चेहरे पर उलझन झलकने लगी। "साहब, इतना बड़ा नोट क्यों दे रहे हैं? छोटा दीजिए," उसने हल्की जिज्ञासा से पूछा।

प्रेम, अपनी सोच में खोए हुए, चुपचाप उसे खुल्ले पैसे थमाते हुए बोले, "हाँ... फायदा तो सिर्फ कुछ लोगों का हुआ।" उनकी नजर नोट पर छपे गांधी की तस्वीर पर कुछ पल के लिए रुकी और फिर उन्होंने उसे वापस अपनी जेब में रख लिया।

गुरनाम, जो अब तक चुप थे, फिर से बोले। "हमें भी एक फायदा हुआ," उन्होंने स्थिर और आत्मविश्वास से भरी आवाज़ में कहा। "ज़िंदगी ने हमें मेहनत पर भरोसा करना सिखाया दिया। अब हमें कुछ खोने का डर नहीं लगता।" उनकी बातों में जीवन के अनुभवों की गहराई थी, और बाकी यात्री ध्यान से सुन रहे थे। उनकी शांत बुद्धिमत्ता वहाँ बैठे सभी को एक साझा दृढ़ता का एहसास दिला रही थी।

ज़ाहिद, जो अब तक चुपचाप सुन रहे थे, ने सवाल किया। "हमने सुना है कि उस वक्त बहुत खून-खराबा हुआ था," उन्होंने कहा, उनकी आवाज़ में सोचने की जिज्ञासा थी।

प्रेम का चेहरा सख्त हो गया। खून-खराबे का जिक्र करते हुए उनकी आवाज़ में भावनाओं का भार था। "खून-खराबा दोनों तरफ हुआ था। लेकिन बंटवारा दोनों देशों के लिए एक घाव बनकर रह गया है।" उनकी बातों में दर्द के अनुभव की सच्चाई झलक रही थी।

ज़ाहिद ने सिर हिलाया, प्रेम के शब्दों की गहराई को समझते हुए। "आप सही कह रहे हैं," उन्होंने धीरे से कहा, जैसे इतिहास का भार उनके कंधों पर महसूस हो रहा हो।

गुरनाम ने आगे कहा, उनकी आवाज़ धीमी लेकिन दृढ़ थी। "हाँ, घाव भर जाते हैं, लेकिन निशान हमेशा रहते हैं।" उनकी नजरें खिड़की के बाहर, दूर क्षितिज पर टिक गईं, मानो स्टील की दीवारों से परे कुछ देख रहे हों, जो अतीत को वर्तमान से जोड़ता हो। "संघर्षों में अक्सर दोष दूसरों पर मढ़ा जाता है, लेकिन छलनी तो माँ का दिल ही होता है।"

प्रेम का चेहरा इन शब्दों से थोड़ा नरम हो गया। उनकी आँखें खोई हुई थीं, और वह सिर हिलाने लगे। उन्हें गुरनाम के शब्दों में सच्चाई महसूस हुई। उनके बीच की खामोशी में एक अनकही समझ थी, जो उन सबके भीतर गहराई तक गूँज रही थी।

"जो वाहेगुरु की मर्जी, तेरे दिया सब मीठा लगे।", गुरनाम ने कहा, उनकी आवाज़ विश्वास की धीमी फुसफुसाहट थी, "वो सब मीठा ही लगता है।" उनके शब्द प्रार्थना की तरह हवा में फैल गए, वहाँ बैठे सभी को शांति की भावना से भरते हुए।

इस बीच, रहीम उन बातचीतों से दूर अपने फोन में व्यस्त था। उसकी उंगलियाँ तेजी से चल रही थीं, और स्क्रीन की रोशनी में उसका चेहरा चमक रहा था। उसका ध्यान पूरी तरह किसी और दुनिया में था। अचानक, वह खड़ा हुआ, अपने बैग में से एक छोटा पैकेट निकाला, और बिना कुछ कहे वॉशरूम की ओर तेज़ी से बढ़ गया।

भाग-दौड़ के बीच का एक शांत पल

शाम की रोशनी धीमी पड़ चुकी थी। ट्रेन की गूँजती आवाज़ और डिब्बे के भीतर की हल्की बातचीत के साथ सफर जारी था। रहीम वॉशरूम की ओर जाते हुए, एक माँ और उसके छोटे बेटे को देखता है। लड़का अपनी माँ का आंचल खींचकर बेचैनी से कहता है, "माँ, ज़ोर की आई है।"

माँ एक पल के लिए झिझकते हुए आगे की भीड़ को देखती है। "थोड़ी देर और रुक जाओ, बेटा। वहाँ लोग नमाज़ पढ़ रहे हैं," वह धीमी आवाज़ में कहती है।

लड़का और जोर देकर कहता है, "माँ, अब और इंतजार नहीं कर सकता।"

माँ ने गहरी सांस लेते हुए कहा, "ठीक है, चलो दूसरी तरफ चलते हैं।" रहिम, पहले से ही भीड़ की धीमी गति से परेशान, चुपचाप उनका अनुसरण करता है। तभी उसकी नज़र उस बुजुर्ग सिख व्यक्ति, गुरनाम सिंह पर टिक जाती है। गुरनाम सिंह शांतिपूर्वक प्रार्थना में लीन हैं। उनके हाथों में 'पोथी साहेब' है, और वह धीरे-धीरे शब्दों का पाठ कर रहे हैं। उनके चारों ओर एक अद्‌भुत शांति का वातावरण है, जो गली के हंगामे और तनाव के विपरीत, सुकून भरा है।

माँ भी इस दृश्य को देखती हैं और रहिम की ओर हल्की, समझदारी भरी मुस्कान देती हैं, मानो यात्रा की थकान के बीच एक अनकहा आराम साझा कर रही हों। गुरनाम पर एक आखिरी नज़र डालने के बाद, माँ और बेटा दूसरे वॉशरूम की ओर बढ़ जाते हैं। रहिम, थोड़ा खीजा हुआ, चुपचाप अपना रास्ता जारी रखता है।

वॉशरूम पहुँचकर, वह उस लड़के को पहले जाने देता है और फिर जल्दी से अंदर चला जाता है। उसकी जेब में रखा फोन लगातार बज रहा था। अंदर जाकर,

वह फोन चेक करता है, लेकिन उस छोटे से व्यवधान के कारण उसके भीतर हल्की बेचैनी बनी रहती है।

वह बाहर निकलते ही एक मारवाड़ी आदमी से टकरा जाता है, जो वॉशरूम की ओर बढ़ रहा था। "माफ कीजिए," वह आदमी शिष्टता से कहता है और एक तरफ हट जाता है। रहिम सिर हिलाकर आगे बढ़ता है और अपनी सीट की ओर लौट जाता है।

अपनी सीट पर लौटकर, रहिम देखता है कि गुरनाम सिंह अपनी प्रार्थना पूरी कर चुके हैं। अत्यंत श्रद्धा के साथ, वे 'पोथी साहेब' को केसरिया कपड़े में लपेटते हैं। रहिम कुछ पल के लिए ठहर जाता है, उसके मन में हल्का सा सम्मान उभरता है। गुरनाम की कोमल और शांत गतिविधियों में ऐसा सुकून था, जो रहिम के भीतर की बेचैनी को पल भर के लिए शांत कर देता है। यह मानो उसे याद दिलाता है कि इस भागमभाग और शोरगुल के बीच भी गहरी शांति संभव है।

जैसे-जैसे रात घिरती है, डिब्बे का माहौल और गहरा और रहस्यमय हो जाता है। हल्की रोशनी यात्रियों के चेहरों पर नरम छायाएं डाल रही थी। इसी दौरान, रहिम की नज़र मारवाड़ी आदमी की हरकतों पर पड़ती है। वह देखता है कि आदमी चुपके से वही रहिम का छोटा पैकेट अपने बैग में रख रहा है। यह हरकत इतनी सावधानी से की गई थी कि किसी का ध्यान न जाए।

रहिम की भौंहें सिकुड़ जाती हैं। उसके अंदर शक की लहर उठती है। जैसे-जैसे बाहर का अंधेरा और गहराता है, ट्रेन एक शांत, रहस्यमय छाया में लिपट जाती है, और डिब्बे का माहौल अजीब सा तनावपूर्ण हो जाता है।

खतरे का अहसास

जैसे-जैसे अंधेरा गहराता है, अजय देखता है कि वही आदमी अनिता का पीछा कर रहा है, जो अब वॉशरूम की ओर बढ़ रही है। उसकी नजरें तीखी हैं। अजय खतरा भांपकर तेजी से पीछे जाता है। वह सुनता है कि अनिता फोन पर बात कर रही है, उसकी आवाज़ में खीझ झलक रही है।

अजय का फोन बजता है। वह धीरे से जवाब देता है। "आखिरकार! मैं कब से तुम्हें कॉल कर रही हूं," अनिता कहती है, उसकी आवाज़ में हल्की बेबसी है।

"मैं अनजान नंबरों का जवाब नहीं देता," अजय जवाब देता है, चारों ओर देखते हुए।

अजय की आवाज़ में हल्की छेड़छाड़ है। "तुम पर फुलकारी दुपट्टा बहुत फबता है।"

अनिता हैरानी से चारों ओर देखती है, जैसे ही वह मुड़ती है, वह आदमी उसका हाथ पकड़कर उसे दूसरे डिब्बे की ओर खींचने लगता है। अजय के अंदर गुस्सा भड़क उठता है। वह बिना सोचे कदम बढ़ाता है।

"उसे छोड़ दो," उसकी आवाज़ सख्त और ठंडी है।

आदमी रुकता है, उसकी पकड़ और कस जाती है। "तुम क्यों बीच में आ रहे हो?"

अजय की आंखें सिकुड़ जाती हैं। "मैं सिख हूं; अपनी जिम्मेदारी निभा रहा हूं।"

एक तेज़ मूवमेंट में, अजय उसे ट्रेन के दरवाजे से लगा देता है और अपनी टीम को इशारा करता है। कुछ ही पलों में, बैकअप आ जाता है और उस आदमी को ले जाते हैं।

अनिता राहत और अविश्वास के मिश्रण से उसे देखती है। "धन्यवाद... मेरी मदद करने के लिए।"

अजय हल्की मुस्कान देता है। "सच कहूं, तो अपनी जान को बचा रहा था।" शर्त भरी, रोमांचक अंदाज से कहते हैं

अनिता भौहें चढ़ाते हुए कहती है, "तुम सिख के लायक नहीं लगते।"

वह हल्के मज़ाकिया स्वर में झुककर कहता है, "सिख का दिल भी खूबसूरती देखकर धड़क उठता है।"

अनिता नाराजगी से पीछे हटती है। "तुम सिख नहीं हो।"

वह हल्के से हंसता है, आवाज़ धीमी करते हुए। "मैं हूं, अजय। भेष बदला है, लेकिन मैं ही हूं।"

अनिता चौंकती है। "तुम ऐसा क्यों कर रहे हो?"

वह हाथ उठाता है। "बाद में बताऊंगा। अभी अपनी सीट पर जाओ। मुंबई पहुंचकर तुम्हें अपने घर ले जाऊंगा।"

वह हिचकिचाती है, लेकिन सिर हिलाकर वापस अपनी सीट पर चली जाती है। दूसरी ओर से रहिम उसे ध्यान से देख रहा है, उसकी बदली हुई भावनाओं को समझने की कोशिश कर रहा है।

अराजकता और शांति का शहर

मुंबई सेंट्रल स्टेशन पर सुबह की भीड़ अपने चरम पर है। प्लेटफॉर्म पर लोग लहरों की तरह बह रहे हैं, वेंडर्स जोर-जोर से आवाज़ लगा रहे हैं, और ट्रेनों के रुकने की चीखती आवाज़ माहौल में गूंज रही है। इस पूरे शोरगुल के बीच, अनिता अपने सूटकेस के साथ खड़ी है। उसके चेहरे पर घबराहट और उम्मीद का मिला-जुला भाव है। यह शहर अपनी तेज़ रफ्तार में डराने वाला लगता है, और वह खुद को इसके किसी भी चैलेंज के लिए तैयार कर रही है।

उसी समय, एक शांत आवाज़ उसके ख्यालों को तोड़ देती है। "अनिता," रहीम कहता है, उसकी मौजूदगी उसे इस पल में वापस खींच लाती है। उसकी नज़रें स्थिर हैं, और वह पूछता है, "क्या तुमने सोचा है कि कहाँ रुकोगी?" अनिता, आत्मविश्वास भरी मुस्कान के साथ जवाब देती है, हालाँकि उसकी आवाज़ में हल्की झिझक झलकती है। "किसी दोस्त के यहाँ, कुछ दिनों के लिए," वह कहती है। रहीम हल्का सिर हिलाता है। "अपना ख्याल रखना," वह कहता है, और यह शब्द वहीं रुक जाते हैं, जैसे वे स्टेशन के शोरगुल को शांत कर रहे हों। उसकी टैक्सी लोगों के समंदर में खो जाती है।

उसी समय, ज़ाहिद एक टैक्सी में बैठता है, ड्राइवर को धीमी आवाज़ में निर्देश देते हुए, "मुझे किसी सस्ते होटल ले चलो।" टैक्सी तेज़ी से निकल जाती है, और ज़ाहिद शहर की रफ्तार में गुम हो जाता है। उसे यह पता नहीं कि अजय की टीम उसकी हर हरकत पर नज़र रखे हुए है। शुशांत और अन्य टीम के सदस्य भीड़ में इस तरह घुलमिल गए हैं कि कोई उन्हें पहचान नहीं सकता। वे अपनी योजना के तहत बारी-बारी से उसका पीछा करते हैं, हर कदम सोच-समझकर उठाते हैं।

जैसे ही ज़ाहिद की टैक्सी ओझल होती है, एक काली कार अनिता के सामने रुकती है। कार के अंदर अजय बैठा है, उसकी आँखें सीधे अनिता की आँखों से मिलती हैं। उस पल में, ऐसा लगता है जैसे शहर का शोर गायब हो गया हो। गहरी साँस लेते हुए, अनिता कार में बैठ जाती है। दरवाज़ा बंद होते ही, बाहरी दुनिया धुंधली लगने लगती है, शहर का शोर दब सा जाता है। कार मुंबई की व्यस्त

सड़कों से गुजरती है, बाहर की रोशनी और आवाज़ें धुंधली हो जाती हैं, लेकिन कार के अंदर एक गंभीर शांति छाई रहती है। अनिता महसूस करती है कि कुछ बड़ा होने वाला है, लेकिन वह चुपचाप बैठी रहती है, खिड़की से शहर को गुजरते हुए देखती है, सोचती है कि आगे क्या होगा।

दिल का घर लौटना

"अजय, क्या हम तुम्हारे घर जा रहे हैं?" अनिता अपने स्वर को सामान्य रखने की कोशिश करती है, लेकिन उसके अंदर हल्की घबराहट है।

"हाँ," अजय शांत भाव से जवाब देता है, लेकिन उसकी नज़रों में कुछ गहराई छिपी है। कार एक साधारण इमारत के बाहर रुकती है, जो शहर के शांत हिस्से में है। अजय अनिता को अंदर ले जाता है और दरवाज़े की घंटी बजाता है।

दरवाजा खुलता है, और अजय की माँ, सुनीता, चेहरे पर आश्चर्य और खुशी के भाव लिए खड़ी हैं। वह तुरंत अपने बेटे को गले लगाती हैं, स्नेह भरी आवाज़ में कुछ कहती हैं। जैसे ही वह पीछे हटती हैं, उनकी नज़र अनिता पर पड़ती है, जो थोड़ा पीछे खड़ी मुस्कुरा रही है लेकिन थोड़ी असहज भी है।

सुनीता की आँखों में हल्की शरारत झलकती है। "अजय, शादी करके ही घर लौटे हो क्या? अच्छा किया!" वह मज़ाक करती हैं।

अजय हँसते हुए सिर हिलाता है। "नहीं, माँ। यह सिर्फ कॉलेज की दोस्त है—अनिता। मैंने आपको इसके बारे में बताया था। यह कुछ दिनों के लिए यहाँ रुकेगी; इसे मुंबई में नौकरी मिली है।"

अनिता आगे बढ़कर विनम्रता से मुस्कुराती है। "नमस्ते, माँ जी।"

सुनीता भौहें उठाकर अजय की ओर देखती हैं, उनकी मुस्कान में छेड़ने का भाव है। "दोस्त, हाँ?"

अजय झेंपते हुए बातचीत का रुख बदल देता है। "माँ, अंदर चलें? भूख लगी है।" वह अनिता को घर के अंदर ले जाता है और उसे गेस्ट रूम दिखाता है। सुनीता, अभी भी मुस्कुराते हुए, कहती हैं, "ठीक है, फ्रेश हो जाओ। मैं खाने का इंतज़ाम करती हूँ।"

थोड़ी देर बाद, तीनों डाइनिंग टेबल पर बैठते हैं और सुनीता के बनाए प्यार भरे खाने का आनंद लेते हैं। घर का आराम चारों ओर महसूस होता है, और माहौल

सहज हो जाता है। खाने के दौरान, अनिता अपनी कहानी खोलती है, उसकी आवाज़ में हल्का दर्द झलकता है। "मेरे पापा आर्मी में थे। करगिल युद्ध में शहीद हो गए। उसके बाद, महावीर चाचा ने हमारा ख्याल रखा। उनके बिना हम शायद खो जाते।"

सुनीता की नज़रें कोमल हो जाती हैं। "अजय के पापा भी आर्मी में थे। वह भी ड्यूटी पर शहीद हो गए।" एक शांत बंधन बनता है, जो साझा बलिदान और आपसी सम्मान पर आधारित है।

बातचीत शादी के विषय पर आ जाती है, जो जैसे हवा में लटका हुआ था। अनिता अपनी प्लेट की ओर देखती है, झिझकते हुए। "महावीर चाचा और माँ मेरी शादी करना चाहते थे... बिना यह पूछे कि मैं क्या चाहती हूँ।"

सुनीता उसे स्नेह से देखती हैं। "तुम क्या चाहती हो, अनिता?"

अनिता थोड़ी देर सोचती है, फिर कहती है, "मैं शादी करना चाहती हूँ, लेकिन अपनी पसंद से।" उसकी आवाज़ में दृढ़ता है, लेकिन आंखों में झलकती है एक हल्की कमजोरी।

अजय, उसकी झिझक समझते हुए, हल्की मुस्कान के साथ बोलता है। "माँ, ये सवाल क्यों पूछ रही हो?"

सुनीता का चेहरा और भी नरम हो जाता है। वह दोनों को देखती हैं, और फिर हँसती हैं। "अच्छा, तो बात यहाँ तक पहुँच गई है।" उनकी हँसी माहौल को हल्का कर देती है, और अनिता को भी राहत का एहसास होता है।

खाना खत्म होने के बाद, सुनीता अनिता की चिंता को समझते हुए कहती हैं, "अनिता बेटा, क्या महावीर जी का नंबर तुम्हारे पास है? मुझे लगता है, हमें उन्हें बता देना चाहिए कि तुम यहाँ सुरक्षित हो।"

अनिता सहमति में सिर हिलाती है और नंबर देती है। सुनीता कॉल करती हैं, उनकी आवाज़ स्थिर और गर्मजोशी से भरी है। "नमस्कार, महावीर जी। मैं सुनीता भारद्वाज बोल रही हूँ, अजय की माँ।"

महावीर का स्वर तुरंत उत्सुक और चिंतित हो जाता है। "नमस्कार जी। आपने कॉल क्यों किया?"

सुनीता की आवाज़ में सुकून था। "मैं बस आपको बताना चाहती थी कि अनिता अब हमारे साथ है। वह हमारे घर पर रह रही है।"

महावीर की आवाज़ में राहत साफ सुनाई दी। "भगवान का शुक्र है। हम उसके लिए बहुत परेशान थे। वह मेरी अपनी बेटी जैसी है।"

सुनीता मुस्कुराते हुए कहती हैं, "अजय और अनिता ने दिल्ली में साथ पढ़ाई की है। "वे एक-दूसरे को पसंद करते हैं। हम उसे अपनी बहु बनाना चाहते हैं।"

थोड़ी देर की चुप्पी के बाद महावीर बोले, "आप भारद्वाज हैं, हमारी ही बिरादरी के। भला हम कैसे मना कर सकते हैं? यह हमारे लिए सम्मान की बात होगी।"

महावीर जी ने कहा, "जब हम मिलेंगे, तब और बात करेंगे। क्या मैं अनिता से बात कर सकता हूं?"

अनिता कमरे में आई, उसके चेहरे पर जिज्ञासा और डर का मिश्रण था। सुनीता ने मुस्कुराते हुए उसे फोन थमाया। "महावीर जी आपसे बात करना चाहते हैं।"

अनिता ने फोन लिया, उसकी आवाज़ राहत और पछतावे से कांप रही थी। "माफ़ करना चाचू, पहले आपको बताने से डर रही थी कृपया मुझे माफ़ कर दीजिए।"

महावीर की आवाज़ नर्म थी, लेकिन सख्त भी। "तुम नहीं जानती बेटा, हम कितने परेशान थे। लेकिन अब हमें राहत है कि तुम सुरक्षित हो।"

सुनीता ने कहा, "अब कोई चिंता की बात नहीं है, वह अब हमारे पास है।"

महावीर की आवाज़ में स्नेह था। "भाई साहब के जाने के बाद, यह मेरी जिम्मेदारी थी। अब मुझे राहत है कि वह अच्छे हाथों में है।"

सुनीता ने उन्हें आश्वस्त किया, "चिंता मत करो। अब से वह हमारी जिम्मेदारी है।"

तभी अनिता की माँ कमरे में आईं और महावीर ने उन्हें फोन दिया।। "भाभी जी आ गईं हैं, वह भी आपसे बात करना चाहेंगी।"

अनिता की माँ और सुनीता ने देर तक बात की, उनकी आवाज़ों में दोनों के लिए आशीर्वाद और कृतज्ञता थी।

फोन के बाद, अनिता खिड़की के पास खड़ी होकर मुंबई की जगमगाहट को देखती है। उसके चेहरे पर एक नई स्पष्टता झलकती है। इस अजनबी शहर में, उसने एक अनपेक्षित घर और एक नई दिशा पा ली थी।

एक अनोखा मेल-मिलाप

सुबह के शुरुआती घंटों में, महावीर के घर के बाहर की सड़क पर शांति पसरी हुई थी। हवा ठंडी और ताज़गी भरी थी। महावीर अपने कुछ दोस्तों के साथ टहल रहे थे, उनकी हल्की हंसी जागते हुए शहर की हलचल में घुल-मिल रही थी। जैसे ही वे मोड़ पर पहुँचे, उन्होंने देखा कि रहीम के पिता नमाज़ पढ़कर लौट रहे थे, उनके साथ कुछ और लोग भी थे। दोनों की नज़रें मिलीं, और एक साधारण सा सिर हिलाकर एक-दूसरे को अभिवादन किया।

महावीर ने हाथ जोड़कर और एक गर्म मुस्कान के साथ कहा, "भाई साहब, रहीम को लेकर कुछ गलतफहमी हो गई थी।"

रहीम के पिता, जो अपनी शांत और स्थिर स्वभाव के लिए जाने जाते थे, हल्की मुस्कान के साथ सिर हिलाते हुए बोले, "अच्छा हुआ कि वक्त रहते सब साफ हो गया। भाईचारा बनाए रखना ज़रूरी है।"

दोनों गले मिले, एक मौन समझ के साथ। ऐसा लगा मानो पुरानी गलतफहमियों का बोझ हल्का हो गया हो, और उनके चारों ओर शांति का एक एहसास छा गया हो।

तभी, रहीम के पिता के साथ चल रहे एक व्यक्ति ने नाराज़गी भरी नज़रों से देखा। "भाई साहब," उसने कहा, उसकी आवाज़ में कड़वाहट थी, "हम काफिरों को गले नहीं लगाते, न ही माफ करते हैं।"

रहीम के पिता का चेहरा कोमल हो गया, लेकिन उनके शब्द दृढ़ थे। "शांति से जीने के लिए कभी-कभी हमें कुछ कदम आगे बढ़ाने पड़ते हैं," उन्होंने शांत लेकिन आत्मविश्वास से कहा।

उस आदमी की भौंहें और सिकुड़ गईं। "मैं इन काफिरों के लिए कोई कदम नहीं बढ़ाऊँगा," उसने तीखी आवाज़ में कहा।

रहीम के पिता ने उसकी आँखों में सीधे देखते हुए जवाब दिया, "अगर समय के साथ बदलोगे नहीं, तो समय तुम्हें बदल देगा।" उनके शब्दों में गहराई थी, और वह व्यक्ति चुप हो गया। उसका असहज चेहरा उसके भीतर उठते द्वंद्व को दिखा रहा था। यह एक ऐसा पल था जिसने आपसी समझ की एक छोटी सी किरण जला दी।

छिपी हुई चालबाजी

मस्जिद में शांति थी। वहाँ की पवित्रता ने माहौल को और शांत बना दिया था। है। ज़ाहिद सजदे में सिर झुकाए गहरी प्रार्थना करते हैं, दिल में सुकून और ताकत पाने की उम्मीद लिए। नमाज़ खत्म करके उठते हैं, उनकी निगाहें सीधे मौलवी साहब पर टिक जाती हैं।

"मौलवी साहब, मेरी मदद कीजिए। कसाब मेरा बचपन का दोस्त है, मेरा भाई जैसा। मैं उसे मिलने पाकिस्तान से यहाँ तक आया हूँ। मेरी उम्मीदें आपसे जुड़ी हैं," ज़ाहिद ने भावुक आवाज़ में कहा।

मौलवी साहब कुछ कह पाते, इससे पहले ही ज़ाहिद ने मस्जिद के अंदर आते हुए किसी को देखा। यह उस्मान था, जिसके कदम धीमे लेकिन निश्चित थे। ज़ाहिद का चेहरा पहचान के साथ चमक उठा।

"उस्मान भाई! आप कैसे हैं? आप भी यहाँ हैं?" ज़ाहिद ने हैरानी भरी आवाज़ में कहा।

उस्मान धीरे-धीरे पास आया, उसका बर्ताव सतर्क लेकिन सौहार्दपूर्ण था। मौलवी साहब ने दोनों को देखते हुए कहा, "ज़ाहिद, कसाब से मिलने की जिद कर रहा है। कई दिनों से पूछ रहा है। मुझे समझ नहीं आ रहा, क्या करूँ।"

उस्मान हल्का मुस्कराया, सिर हिलाते हुए बोला, "मौलवी साहब, छोड़ दीजिए। यह नादान है। चलो ज़ाहिद, चाय पीते हैं।"

दोनों मस्जिद से बाहर निकले और गली के कोने में एक साधारण से चाय के ठेले पर पहुँच गए। वहाँ की टिन की छत झुकी हुई थी और धार्मिक वचनों के धुंधले पोस्टर लगे हुए थे। चाय वाला चुपचाप टेबल साफ कर रहा था, उसकी आँखें और कान सतर्क, क्योंकि वह पुलिस का मुखबिर भी था।

एक चरमराती बेंच पर बैठकर ज़ाहिद ने अपनी चाय का कप पकड़ा और धीमी आवाज़ में बात की। उस्मान झुका और गंभीर स्वर में बोला, "मुझे अपना मोबाइल नंबर दो, ज़ाहिद। शायद मैं तुम्हारी मदद कर सकूँ।"

ज़ाहिद का चेहरा कृतज्ञता से भर गया। "धन्यवाद, भाई। अल्लाह तुम्हें लंबी उम्र दे," उसने ईमानदारी से कहा।

चाय पीने के बाद, दोनों चुपचाप उठ खड़े हुए। जाते-जाते ज़ाहिद ने कहा, "उस्मान भाई, तुम्हारा शॉल अभी भी मेरे पास है। अगली बार लौटा दूँगा।"

उस्मान मुड़ा, हल्की मुस्कान के साथ बोला, "रख लो, ज़ाहिद। उसका काम हो गया।" उसके शब्दों में एक अजीब सी अंतिमता थी, जैसे कुछ अनकहा उनके बीच रह गया हो।

पास ही एक दूसरी बेंच पर अजय और सुशांत बैठे थे, उनकी नजरें और कान ज़ाहिद की हरकतों पर थे।

चायवाले लड़के ने नोट लिया और पास आकर फुसफुसाते हुए कहा, "हाँ, उसने मौलवी से यही कहा कि कसाब उसका बचपन का दोस्त है। वह उससे मिलने की बात कर रहा था... और किसी शॉल लौटाने का जिक्र भी किया।

सुशांत ने तुरंत चायवाले से पूछा, "क्या ये लोग अक्सर यहां चाय पीने आते हैं?" और उसे सौ रुपए का नोट थमाया। सुशांत उसे और सौ रुपए का नोट देते हैं। "इन पर नज़र रखना। कुछ भी असामान्य लगे, तो मुझे तुरंत फोन करना," वह कहते हैं और अपनी संपर्क संख्या वाला कागज़ चायवाले को थमा देते हैं। चायवाला लड़का जल्दी से नोट और नंबर को अपनी जेब में डाल लेता है।

अजय की आँखें सिकुड़ गईं, जैसे कोई बड़ा राज़ समझ में आ रहा हो। "तो ज़ाहिद कसाब से जुड़ा है... लेकिन अभी क्यों?", जैसे ही वह विचारों में खोता है, भीड़ भरी गली में उसकी नज़रें किसी को ढूंढने लगती हैं। हर आवाज़, हर हलचल उसे और अधिक बेचैन करती है। "वो गायब हो गया," अजय कहते हैं, उनकी आवाज़ में झुंझलाहट साफ झलकती है।

सुशांत का माथा और सिकुड़ जाता है। "कौन गायब हो गया?" अजय सिर हिलाते हुए कहते हैं, "जिससे ज़ाहिद ने बात की थी... शॉल तो बस एक बहाना था। असली मास्टरमाइंड हमारी नज़रों से बच गया।"

दोनों कुछ पल के लिए खामोश खड़े रहते हैं। आसपास की आवाज़ें जैसे धीमी पड़ जाती हैं। उनकी नाकामयाबी का एहसास उन पर भारी पड़ता है, और उनके मन में एक ही सवाल घूमता है: इस गलती के नतीजे क्या होंगे?

एक जाल का खुलासा

सीन अब RA&W के ऑफिस में शिफ्ट होता है। अजय के केबिन का माहौल तनाव से भरा हुआ था। टीम नए सुराग पर चर्चा कर रही थी। तभी सुशांत का फोन बजा। दूसरी तरफ से तेज़ आवाज़ में चाय वाला लड़का बोल रहा था। "साहब, मेरे दोस्त ने होटल में एक आदमी को देखा है। उसके पास एक अजीब सा फोन है, साधारण मोबाइल जैसा नहीं।"

"कौन सा होटल?" अजय ने तेजी से पूछा।

"अप्सरा होटल, ग्रांट रोड। सतर्क रहिए, साहब," कहकर फोन कट गया।

अजय ने सुशांत को तुरंत आदेश दिया। दोनों होटल की ओर बढ़े, उनकी चाल में दृढ़ निश्चय था।

होटल के अंदर, अजय ने अपनी पहचान दिखाकर गेस्ट लिस्ट और सीसीटीवी फुटेज मांगा। स्क्रीन पर जो दिखा, वह एक काले और सफेद फुटेज में साफ था—वह व्यक्ति उस्मान ही था।

"हमें उस कार का पीछा करना होगा," अजय ने कहा।

होटल रिसेप्शनिस्ट ने पुष्टि की, "कमरा नंबर 303, पेमेंट मौलवी ने किया था।"

"यही है," अजय ने तेज़ी से बाहर निकलते हुए कहा।

एक रोमांटिक पल, जो अधूरा रह गया

होटल लॉबी की शांति से चौपाटी बीच की खूबसूरती तक का सफर अद्भुत था। देर दोपहर की सुनहरी रोशनी आसमान पर बिखरी हुई थी, हर चीज़ को नारंगी और गुलाबी रंगों में रंगते हुए। गर्म हवा अनिता के बालों को सहला रही थी, उन्हें उसके चेहरे के चारों ओर नाचने पर मजबूर कर रही थी। उसकी हँसी समुद्र की लहरों की आवाज़ में घुलकर एक मधुर गूँज पैदा कर रही थी। अजय और अनिता हाथों में हाथ डालकर बीच के किनारे चल रहे थे, उनके कदम गीली रेत पर अस्थायी निशान छोड़ते जा रहे थे, जिन्हें अगली लहर मिटा देने वाली थी।

"तुम्हारी नौकरी कैसी चल रही है?" अजय ने सहज लेकिन जिज्ञासा भरे लहजे में पूछा, उसकी नज़रें अनिता पर थीं।

अनिता ने मुस्कुराते हुए जवाब दिया, उसका चेहरा ढलते सूरज की रोशनी में चमक रहा था। "बहुत अच्छी चल रही है। मुझे बहुत मज़ा आ रहा है। सीखने को बहुत कुछ है, और कभी-कभी मुझे शहर से बाहर भी जाना होगा।"

अजय ने पानी की ओर देखते हुए हल्की मुस्कान दी, उसकी आँखों में बीते समय की यादें झलक रही थीं। "सालों हो गए चौपाटी आए हुए," उसने थोड़ी भावुक आवाज़ में कहा। "यहाँ आकर अच्छा लग रहा है।"

अनिता की आँखें खाने के ज़िक्र से चमक उठीं, और उसने पास के भेल वाले की ओर इशारा करते हुए शरारती लहजे में कहा, "सुना है यहाँ की भेल बहुत मशहूर है।"

अजय ने भौंहें उठाते हुए मजाकिया अंदाज में कहा, "यहाँ की भेल? यह मुंबई की सबसे अच्छी भेल है," और भेल वाले को बुलाने के लिए हाथ हिलाया।

भेल वाला, जो दुबला-पतला आदमी था और जिसकी उंगलियाँ तेज़ी से काम कर रही थीं, उनके पास आया। अजय ने बड़े आराम से ऑर्डर दिया, "दो अच्छी भेल देना!"

अनिता ने शरारत से मुस्कुराते हुए जोड़ा, "एक में थोड़ा ज्यादा तीखा डालना।"

अजय ने उसे देखकर चुटकी ली, "मेरी मीठी बनाना। आखिरकार, मैं तो मीठा इंसान हूँ।"

अनिता ने नाटकीय हैरानी जताते हुए कहा, "तो तुम कहना चाह रहे हो कि मैं तीखी हूँ?"

अजय हँस पड़ा, उसकी आँखों में हंसी की चमक थी। "तुम नहीं," उसने चिढ़ाते हुए कहा, "तुम्हारा अंदाज तीखा है।"

जैसे ही वे हँसे, भेल वाले ने उन्हें उनके स्नैक्स दिए। अनिता ने जल्दी से पहला निवाला लिया, लेकिन तीखेपन से उसका चेहरा सिकुड़ गया। वह तुरंत अपनी पानी की बोतल की तरफ भागी, आँखें बड़ी-बड़ी हो गईं, जैसे वह अपने मुँह की जलन कम करने की कोशिश कर रही हो।

अजय, उसे इस हालत में देखकर, शरारत भरे मूड में था। उसने अचानक उसका चेहरा हल्के से पकड़ा और एक चौंकाने वाली सहजता में उसे चूम लिया।

अनिता ने झटके में पीछे हटते हुए हैरानी से कहा, "अरे, तुम्हें क्या हो गया?" उसने अपने होठों को पोंछते हुए पूछा।

अजय मुस्कुराया, उसकी आँखों में स्नेह झलक रहा था। "तुम्हारा मुँह मीठा कर रहा था।"

अनिता ने भौंहें उठाई, लेकिन उसके होठों पर हल्की मुस्कान खेल रही थी। "अब भी तीखा ही है," उसने चुटकी लेते हुए कहा।

अजय हँस पड़ा, और उसे अपने पास खींचते हुए कंधों पर हाथ रखा। "यह बातचीत बहुत आगे तक जाएगी," उसने मजाकिया लहजे में कहा।

अनिता, अपनी आँखों में शरारत भरी चमक के साथ, उसके करीब झुकते हुए बोली, "देखते हैं, यह कितनी दूर जाती है।"

उसी समय, भेल वाले ने पास खड़े एक जोड़े को अपने स्टॉल के नीचे छाया दी। अजय ने तेजी से 500 रुपये का नोट निकालकर उसे सौंपा और छतरी उनके लिए सेट करने को कहा।

लेकिन तभी, अजय का फोन उसकी जेब में वाइब्रेट हुआ। उसने स्क्रीन पर नज़र डाली, और उसका चेहरा गंभीर हो गया।

"हमें चलना होगा," अजय ने गंभीर आवाज़ में कहा।

अनिता, बदलाव को भांपते हुए, हल्के झुकी और मुस्कुराई। "तो, हमारी बात अधूरी रह जाएगी, है ना?" उसने हल्के-फुल्के अंदाज़ में कहा।

अजय ने नरम लेकिन दृढ़ स्वर में जवाब दिया, "फिलहाल के लिए," और उसकी उँगलियाँ कसकर अनिता के हाथ को थामे रहीं।

गुनाह का बोझ

अप्सरा होटल के वातावरण में अजीब सी बेचैनी फैली हुई है। धीमी-धीमी बातचीत और चाबियों की खनक के बीच तनाव महसूस किया जा सकता है। सुशांत रिसेप्शन काउंटर की ओर तेज कदमों से बढ़ते हैं, उनका हर कदम मजबूती और जल्दी का संकेत देता है।

"मुझे उस्मान के फ्लोर पर ही एक रूम चाहिए," वह दृढ़ता से कहते हैं, उनकी आवाज में आदेश साफ झलकता है। उनकी नज़रें लिफ्ट की ओर घूमती हैं, लाबी में किसी गड़बड़ी का संकेत ढूंढती हुई।

रिसेप्शनिस्ट सिर हिलाकर चुपचाप एक की कार्ड उनके हाथ में थमा देता है। माहौल में एक अजीब तनाव है, जो सुशांत के वहां से हटते ही और गहराता हुआ महसूस होता है।

कुछ पलों बाद, अजय होटल में प्रवेश करते हैं। उनके चेहरे पर एकाग्रता साफ झलकती है। उनके जेब में रखा फोन लगातार बज रहा है।

वह तुरंत कॉल उठाते हैं। उनकी भौहें चढ़ जाती हैं क्योंकि निगरानी टीम से महत्वपूर्ण जानकारी मिलती है: ज़ाहिदके कॉल रिकॉर्ड्स से खींचे गए उस्मान के मोबाइल नंबर की लोकेशन पूरे दिन होटल की ही दिखा रही है।

"उस्मान का फोन... लोकेशन यही होटल दिखा रही है," अजय बुदबुदाते हैं, मानो खुद से बात कर रहे हों। सुशांत, जो ध्यान से उन्हें देख रहे हैं, बीच में कहते हैं, "लेकिन हमने सुबह उसे वीडियो में जाते हुए देखा था।" अजय रुकते हैं, सुशांत के शब्द उनके भीतर डूबते हुए। "कुछ गड़बड़ है," वह स्वीकारते हैं, उनके चेहरे पर अनिश्चितता की छाया गहरी हो जाती है।

इससे पहले कि वे आगे कुछ समझ पाते, अजय का फोन फिर से बजता है। कॉल खत्म करने के बाद, उनकी आंखों में घबराहट साफ झलकती है। बिना कुछ कहे, वह सुशांत को टीवी ऑन करने का इशारा करते हैं।

टीवी स्क्रीन पर रोशनी चमकती है, और एक न्यूज एंकर की गंभीर आवाज कमरे को भर देती है। जर्मन बेकरी, पुणे की भयानक तस्वीरें स्क्रीन पर उभरती हैं—टूटी हुई खिड़कियां, सड़कों पर बिखरा खून और मलबे के बीच जीवन बचाने की कोशिश करते लोग। "15-20 की मौत का डर, 60-70 गंभीर रूप से घायल," एंकर की आवाज दुःख से भरी होती है।

अजय स्क्रीन के सामने जड़ हो जाते हैं। तबाही की तस्वीरें उनके भीतर कुछ गहरे में झकझोर देती हैं। उनका दिमाग तेजी से चल रहा है, सूचना के टुकड़ों को जोड़ने की कोशिश करता है, और आखिरकार उनके असफलता का कड़वा अहसास उन पर हावी हो जाता है।

उनके हाथ कांपते हैं, फोन को कसकर पकड़ते हुए वह अपडेट्स स्क्रॉल करते हैं, हर एक खबर उनके आत्मविश्वास पर चोट करती है। उनकी आवाज टूट जाती है, अपराधबोध से भरी हुई। "एक गलती की वजह से इतनी जिंदगियां खत्म हो गईं। मासूम लोग सब चले गए।"

सुशांत पास आते हैं, उनके चेहरे पर खुद भी चिंता साफ झलकती है। "सर, ये आपकी गलती नहीं है। हमें धोखा दिया गया है," वह धीमे स्वर में कहते हैं, हालांकि उनकी बात अजय तक पहुंचती नहीं लगती।

अजय की नजरें टीवी पर अटकी रहती हैं। उनके चेहरे पर गुस्से और दर्द का मिलाजुला भाव है। "क्या कसूर था उनका? उनके दुश्मन कौन थे? मासूम लोग...

क्यों उनके साथ ऐसा हुआ?" उनकी आवाज तेज हो जाती है, और वह अपने गुस्से को रोक नहीं पाते।

गुस्से में वह टेबल पर जोर से मुक्का मारते हैं, आवाज कमरे में गूंज उठती है। सुशांत, खुद भी परेशान, एक ग्लास में व्हिस्की डालते हैं, उनके हाथ हल्के कांप रहे हैं। वह एक घूंट लेते हैं और फिर बोतल अजय की ओर बढ़ाते हैं।

"सर, थोड़ा पी लीजिए। आपको शांत होने की जरूरत है," वह कहते हैं, उनकी आवाज खोखली लगती है।

अजय बोतल लेते हैं, लेकिन ग्लास में डालने के बजाय सीधे उससे पीने लगते हैं। शराब का जलन भी उनके अंदर की पीड़ा को शांत नहीं कर पाती। "क्यों?" वह बड़बड़ाते हैं, उनकी आवाज दरक रही होती है। "मेरी गलती का खामियाजा मासूम लोग क्यों भुगतें?"

वह फिर से पीते हैं, इस बार और जोर से, जैसे अपनी असहनीय अपराधबोध को डुबोने की कोशिश कर रहे हों। उनके शब्द दोहराव में बदल जाते हैं, हर एक पहले से भारी। "सब खत्म... मेरी असफलता... मेरी गलती..."

शराब, उनके दर्द को शांत करने के बजाय, उसे और भड़काती है। अजय लड़खड़ाते हैं, उनकी आवाज धीरे-धीरे धीमी पड़ती है। आखिरकार, वह फर्श पर गिर जाते हैं, उनके बड़बड़ाते शब्द कमरे की खामोशी में खो जाते हैं।

माँ का दृढ़ निश्चय

दरवाजे की घंटी की तेज आवाज ने कमरे की खामोशी को चीर दिया। अनीता ने दरवाजा खोला तो देखा, अजय दरवाजे की चौखट से टिके खड़े हैं। उनका चेहरा लाल है, और उनकी सांसों से शराब की गंध आ रही है। लड़खड़ाते हुए वह अंदर आए, और अनीता ने तुरंत उनका हाथ पकड़कर उन्हें सहारा दिया और सोफे पर बैठा दिया।

"अजय, क्या हुआ है?" अनीता ने धीरे से पूछा, उनकी आवाज में चिंता साफ झलक रही थी। "इतनी ज्यादा क्यों पी है?"

अजय ने सिर झुका लिया, उनके हाथों में चेहरा छिपा हुआ था। उनकी आवाज भारी और टूटी हुई थी, हर शब्द दर्द से लबालब। "मैं हार गया, अनीता। इतने मासूम लोग... मेरी वजह से सब खत्म हो गए।" यह सुनकर अनीता को गहरा

झटका लगा। इससे पहले कि वह कुछ कह पाती, कमरे के शोर को सुनकर उनकी मां अंदर आईं। एक नजर अजय पर डालते ही वह हालात की गंभीरता समझ गईं।

"अनीता, इसे काली कॉफी लाकर दो," उन्होंने शांत लेकिन दृढ़ स्वर में कहा।

अनीता थोड़ी देर के लिए झिझकी, लेकिन फिर रसोई की ओर चली गई। इस बीच, अजय ने अपनी मां की ओर देखा, उनकी आंखों में आंसुओं की चमक थी। "मां, टीवी चालू कर दो," उन्होंने धीरे से कहा। अनीता कॉफी लेकर लौटी, तभी टीवी की स्क्रीन पर खबरें चलने लगीं। न्यूज एंकर की गंभीर आवाज कमरे में गूंज उठी। जर्मन बेकरी बम धमाके की तस्वीरें स्क्रीन पर आ रही थीं—टूटे हुए कांच, खून से सनी सड़कें, और घायलों को बचाने की कोशिश करते लोग। अजय बिना पलक झपकाए स्क्रीन को देखते रहे। उनके हाथ में कॉफी का कप कांपने लगा, और आंसू उनके चेहरे पर लुढ़कने लगे। "सब मेरी वजह से हुआ," वह सिसकते हुए बोले। "मैंने सब बर्बाद कर दिया... मेरी गलती से इतने मासूम मारे गए।"

दुख और अपराधबोध से भरे हुए, अजय ने अपनी मां की ओर देखा। उनकी आवाज कांप रही थी। "मां, मुझे अपनी गोद में सुला लो। अब और सहन नहीं होता।"

उनकी मां उनके पास बैठ गईं और उनका सिर सहलाने लगीं। उनकी आंखों से एक आंसू टपका और अजय के गाल पर गिरा। अजय ने ऊपर देखा और धीमे स्वर में पूछा, "मां, मेरी नाकामी पर क्यों रो रही हो?"

उनकी मां के होंठ कांपे, लेकिन वह खुद को संभालते हुए बोलीं। उन्होंने अजय का चेहरा अपने हाथों में लिया और कहा, "मैं इसलिए रो रही हूं क्योंकि तुमने हार मान ली है, अजय। तुम्हारे पिता, जो एक बहादुर फौजी थे, उन्होंने आखिरी सांस तक लड़ाई की। उन्होंने तुम्हारा नाम 'अजय' रखा था—जिसका मतलब है जो कभी हारता नहीं। क्या वह गलत थे?"

अजय की नजरें झुक गईं, उनकी मां के शब्द उनके दिल में गूंज रहे थे।

"तुम्हारे पिता ने मौत का सामना बहादुरी से किया," वह आगे बोलीं। उनकी आवाज में दृढ़ता थी। "उन्होंने इस देश के लिए अपनी जान दी। और उनका बेटा? यहां बैठकर खुद पर तरस खा रहा है?"

उनकी बातों ने अजय के भीतर एक चिंगारी जला दी। सुबह की हल्की रोशनी कमरे में फैलने लगी, और उनकी मां उन्हें उनके पिता की तस्वीर के सामने ले गईं।

"उन्हें देखो," उन्होंने कहा, उनकी आवाज स्थिर और मजबूत थी। "तुम एक बहादुर योद्धा के बेटे हो। अगर तुम रणभूमि में शहीद हो गए, तो मेरी आंख से एक भी आंसू नहीं गिरेगा। लेकिन अगर तुमने कायरता दिखाई, तो मैं शर्म से मर जाऊंगी।" उनकी आवाज और तीखी हो गई। "उन्होंने एक कायर को नहीं पाला। तुम उनके बेटे हो। जाओ, अपनी लड़ाई लड़ो। जीतकर आओ या तिरंगे में लिपटकर।"

अनीता ने यह सब देखा, और उनकी मां की अडिग ताकत ने उनके दिल में सम्मान भर दिया। अजय के कंधे सीध हो गए, और उनकी आंखों में एक नई दृढ़ता चमक उठी। वह अनीता की ओर मुड़े, जिसने शांत समर्थन के साथ उनकी ओर देखा, और फिर अपनी मां को जोर से गले लगा लिया।

"धन्यवाद, मां," उन्होंने धीरे से कहा।

उनकी मां की आवाज अब नरम हो गई थी, लेकिन उनका विश्वास अटूट था। "जाओ अब। दुनिया उस आदमी का इंतजार कर रही है, जो तुम बन सकते हो।"

अजय दरवाजे की ओर बढ़े। सुबह की किरणें कमरे में फैल रही थी, गिल्ट की परछाइयों को मिटाते हुए। उनके कदम स्थिर थे, और उनके दिल में नया साहस था। रास्ता मुश्किल था, लेकिन उनके परिवार की ताकत उनके साथ थी। अब वह किसी भी चुनौती का सामना करने के लिए तैयार थे।

पकड़ का शिकंजा कसता हुआ

उस्मान ने होटल के अपने कमरे में भोर से ठीक पहले कदम रखा। हल्की रोशनी दीवारों पर लंबी परछाइयाँ डाल रही थी। बाहर शहर हल्की फुसफुसाहटों में जाग रहा था, जैसे उसके भीतर चल रहे तूफान से बेखबर हो। उसने दरवाज़ा धीरे से बंद किया, उसकी हर हरकत सावधानी से भरी हुई थी। उसकी आदतें उसे कभी चैन से बैठने नहीं देती थीं, खासकर अब।

उसने कमरे को तेज़ नज़रों से देखा। हर चीज़ वैसी ही थी जैसी वह छोड़कर गया था। लेकिन तभी उसने कुछ देखा—एक सफेद लिफाफा, जो लगभग कालीन से मिलता-जुलता था, दरवाज़े के पास पड़ा हुआ था।

उसका दिल ज़ोर से धड़कने लगा। वह झुककर लिफाफा उठाने लगा, उसकी उंगलियाँ हल्के से कांप रही थीं। उसने लिफाफे को पलटा, लेकिन उस पर कोई पहचान चिन्ह नहीं था। धीरे-धीरे उसने इसे फाड़ा, कागज़ की हल्की फाड़ने की आवाज़ कमरे की शांति में असामान्य रूप से तेज़ महसूस हुई।

संदेश छोटा था, लेकिन उसके दिल पर गहरा वार करने वाला: RA&W एजेंट तुम्हारा पीछा कर रहे हैं।

उसका सांस अटक गया। ये शब्द उसके दिमाग में घंटी की तरह गूंजने लगे। उसकी बारीकी से तैयार की गई शांति एक पल के लिए टूटी, लेकिन वर्षों की ट्रेनिंग ने उसे संभाल लिया। उसने कागज़ को सावधानी से मोड़ा और अपनी जेब में डाल लिया।

अपने सैटेलाइट फोन की ओर बढ़ते हुए उसने वह नंबर डायल किया जो उसे ज़ुबानी याद था। फोन बजता रहा, और हर सेकंड के साथ उसका दिल तेज़ी से धड़कता गया।

लाइन कनेक्ट हुई। दूसरी ओर से उसका संचालक एक ठंडे और निर्लिप्त स्वर में बोला, "शाबाश।" यह स्वर इतना शांत था कि उसमें व्यंग्य जैसा महसूस हुआ।

उस्मान ने धीमी लेकिन बेचैन आवाज़ में कहा, "कुत्ते काफ़ी करीब आ चुके हैं। उनकी सूंघने की ताकत तेज़ हो गई है। हमें जल्दी करनी होगी।"

दूसरी ओर एक लंबा मौन छा गया। उस्मान का पेट मरोड़ने लगा। आखिरकार संचालक ने कहा, "छुपे रहो। शांत रहो। उन्हें परछाइयों के पीछे भागने दो।" फिर एक पल रुककर उसने जैसे फालतू में जोड़ दिया, "अल्लाह हाफिज़।" लाइन कट गई।

उस्मान ने फोन को घूरते हुए रखा। उसकी आँखों में गुस्सा और असंतोष साफ था। वह उस लापरवाह रवैये से नफरत करता था, जैसे उसकी चिंता महज़ एक छोटा सा मुद्दा हो। उसने फोन को टेबल पर सावधानी से रखा, लेकिन उसका तनाब उसका साथ छोड़ने को तैयार नहीं था।

कमरे की दीवारें अब उसे करीब लग रही थीं, और कमरे की शांति अब सुकून देने के बजाय उसे जेल जैसी लग रही थी। उसकी नज़रें खिड़की की ओर गईं, जहाँ से हल्के पर्दे बाहर की आती हुई सुबह को पूरी तरह रोक नहीं पा रहे थे। कहीं बाहर, इस बड़े शहर की भीड़ में, कोई उसकी हर हरकत देख रहा था।

उसने कमरे में टहलना शुरू किया, हर कदम सावधानी से रखा, जैसे चलने से उसे कोई समाधान मिल जाएगा। उसके दिमाग में भागने के रास्ते, भटकाने की योजनाएँ, और अपने निशान मिटाने के तरीके बनते और मिटते रहे। लेकिन शिकंजा कसता जा रहा था, और हर कदम उसे और करीब खींचने जैसा लग रहा था।

आखिरकार, वह शीशे के सामने रुका और अपनी परछाई को घूरने लगा। उसकी गहरी आँखों में हताशा और डर की झलक थी। उसने ड्रेसर के किनारे को इतनी ज़ोर से पकड़ा कि उसकी उंगलियाँ सफेद पड़ गईं।

"वे मुझे नहीं पकड़ेंगे," उसने फुसफुसाते हुए खुद से कहा, मानो खुद को दिलासा दे रहा हो।

लेकिन जैसे ही सूरज की पहली किरण कमरे में दाखिल हुई, उसकी आवाज़ की दृढ़ता डगमगाने लगी।

किस्मत और हार की कीमत

देर रात तक न्यूज़ चैनलों पर जर्मन बेकरी धमाके की डरावनी तस्वीरें दिख रही थीं। स्क्रीन पर जलता मलबा, खून से भरी सड़कें और अफरा-तफरी का माहौल नजर आ रहा था। ये नजारे दिल को झकझोरने वाले थे। रिपोर्टर हर तरफ तबाही की खबरें सुना रहे थे। कमरे में तनाव साफ महसूस हो रहा था।

उसी समय, शहर को ऊपर से देखने वाले अपने ऊंचे ऑफिस में, सुर्या पाटिल बेचैनी से इधर-उधर टहल रहे थे। उनका चेहरा गुस्से से तना हुआ था। फोन पर उनकी आवाज़ तेज़ और चुभने वाली थी। कनेक्शन हल्का-सा टूट रहा था, लेकिन उनके अंदर उबलते गुस्से को यह रोक नहीं पाया।

"मैंने सिर्फ एक काम सौंपा था, और तुमसे वो भी ठीक से नहीं हुआ," सुर्या तमतमाते हुए बोले। उनके कदम संगमरमर के फर्श पर तेज़ आवाज़ करते हुए गूंज रहे थे। उनके शब्द जैसे कोड़े की तरह बरस रहे थे। उनकी मुट्ठियाँ बार-बार कस और खुल रही थीं।

दूसरी तरफ से आवाज़ शांत थी, शायद जरूरत से ज्यादा शांत। "राजा कदम, किस्मत वाला था, सर। बेकरी के पास मोड़ पर ट्रैफिक जाम हो गया, जिससे कदम देरी से वहां पहुंचा और एक बड़े हादसे से बच गया। उसने घायलों को अपनी कार में बैठाया और उन्हें तुरंत अस्पताल ले गया।"

सुर्या के हाथ गुस्से से कांपने लगे। उन्होंने डेस्क के किनारे को मजबूती से पकड़ लिया। "ये तो हमारे लिए बुरी खबर है," उन्होंने धीरे लेकिन गहरी आवाज़ में कहा। उनकी नजरें स्क्रीन पर टिक गईं, जहाँ अब राजा कदम को हीरो की तरह दिखाया जा रहा था। "ये चुनाव जीतना और मुश्किल कर देगा। अब जनता उसे किसी हीरो की तरह देखेगी।"

दूसरी तरफ से आवाज़ ने हालात को संभालने की कोशिश की। "चिंता मत कीजिए, सर। चुनाव अभी दूर हैं। किस्मत हमेशा साथ नहीं देती।"

"किस्मत?" सुर्या तमतमा गए। "किस्मत से नाकामी छुपती नहीं!" उनकी आवाज़ अब बेकाबू हो चुकी थी।

उन्होंने गुस्से में डेस्क पर जोर से हाथ मारा। आवाज़ कमरे में गूंज गई। उनकी नजरें स्क्रीन पर टिक गईं, जहाँ राजा का मुस्कुराता चेहरा बार-बार दिखाया जा रहा था। जिसने कुछ नहीं किया था, सिवाय इंसानियत दिखाने के, अब वही सबकी वाहवाही लूट रहा था। और सुर्या, अपनी तमाम योजनाओं के बावजूद, खुद को परदे के पीछे जाते देख रहे थे। एक ऐसा मोहरा, जिसे लगता था कि खेल अब उनके हाथ से फिसल रहा है।

फोन फिर से बजा। सुर्या ने झट से फोन उठाया। उनकी उंगलियाँ गुस्से में सख्ती से रिसीवर को दबा रहीं थीं। उनकी आवाज़ इस बार और गहरी थी। "हमारा काम पूरा नहीं हुआ, लेकिन तुम्हारा काम पूरा होगा। और याद रखना, चुनाव नज़दीक हैं। अगर मैं हारा, तो हम सब हारे।"

दूसरी तरफ की आवाज़ अब और तीखी हो जाती है। "चिंता मत करो। तुम्हारा हिस्सा मिल जाएगा। लेकिन अगर तुमने अपना काम जल्द पूरा नहीं किया, तो अच्छा नहीं होगा, दोनों मुसीबत में पड़ जाएंगे।"

सुर्या का गुस्सा चरम पर पहुँच गया। उन्होंने इतनी जोर से फोन रखा कि रिसीवर कांप उठा। "अब ये चूहे मुझे धमकी दे रहे हैं," उन्होंने दांत भींचते हुए बुदबुदाया।

कुछ पल के लिए वह वहीं खड़े रहे, उनकी सांसें तेज चल रही थीं। उनके सीने का उतार-चढ़ाव गुस्से और हताशा को बयां कर रहा था। वह हमेशा हालात को

काबू में रखने वाले इंसान रहे थे—लेकिन अब? उनके ऑफिस की दीवारें, जो कभी उन्हें सुकून देती थीं, अब उनके लिए एक पिंजरा बन गई थीं। हालात का बोझ उनकी गर्दन पर भारी पड़ रहा था।

उन्हें पता था कि क्या करना है। लेकिन हर बीतते पल के साथ दबाव बढ़ रहा था। उनके दिमाग में अंधेरे ख्यालों का तूफान चल रहा था। और स्क्रीन पर, जर्मन बेकरी के धमाके की तस्वीरें लगातार चल रही थीं, उनके हर विचार को और गहरा, और काला बनाती हुईं।

आखिरी मौका

अगली सुबह, अजय अपने ऑफिस में दाखिल हुआ। खिड़कियों से अंदर आती धूप कमरे को रोशन कर रही थी, लेकिन यह रोशनी उस तनाव को और उजागर कर रही थी जो माहौल में पसरा हुआ था। बाहर शहर का हल्का शोर उसकी छाती में बंधी बेचैनी को कम करने के बजाय और गहरा कर रहा था। उसके चेहरे पर संयम झलक रहा था, लेकिन उसकी तेज़ चलती सोच और जिम्मेदारी का बोझ उसके हर कदम में झलक रहा था।

RA&W डायरेक्टर पहले से ही कमरे में मौजूद थे। टेबल के सिरहाने पर बैठे हुए, उनका चेहरा सख्त और भावशून्य था।

अजय ने उन्हें एक संक्षिप्त सिर हिलाकर अभिवादन किया। उसकी आवाज़ में तनाव की कोई झलक नहीं थी। "गुड मॉर्निंग, सर।"

RA&W डायरेक्टर की आवाज़ सन्नाटे को चीरती हुई आई, नपी-तुली और तीखी। "गृह मंत्रालय बहुत नाराज़ है। विपक्ष पुणे बम विस्फोट को लेकर सवाल उठा रहा है। वे इसे हमारी खुफिया विफलता बता रहे हैं।" उनकी नज़रें अजय की आँखों में गहराई तक झांक रही थीं, जैसे किसी बहाने की तलाश कर रही हों।

अजय का जबड़ा कस गया। उसकी असफलता का अहसास भीतर ही भीतर उसे काटने लगा। "माफ कीजिए, सर। ISI एजेंट हमारे जाल से निकल गया। हम गलत व्यक्ति का पीछा कर रहे थे।" उसके मन में उस पल की छवि तैर गई जब उन्होंने चूक की थी। यह गलती उसे कड़वी लग रही थी।

RA&W डायरेक्टर की नज़रें और सख्त हो गईं। उनके चेहरे पर निराशा साफ झलक रही थी। "गृह मंत्रालय इस बात से खुश नहीं है। तुमसे यह उम्मीद नहीं थी," उन्होंने कहा, उनके शब्द अजय के भीतर गहराई तक चुभ गए।

अजय ने अपना सिर थोड़ा झुका लिया, अपनी गलती को चुपचाप स्वीकार करते हुए। "मैं बहुत शर्मिंदा हूँ, सर। कृपया मुझे एक और मौका दें। हम ISI एजेंट के करीब पहुँच चुके हैं।" उसकी आवाज़ स्थिर थी, लेकिन उसमें मौजूद तनाव उसकी हताशा को जाहिर कर रहा था।

RA&W डायरेक्टर का चेहरा थोड़ी देर के लिए नरम पड़ा, लेकिन उनके शब्दों का बोझ बना रहा। "अजय, यह तुम्हारा आखिरी मौका है खुद को साबित करने का।" उनकी आवाज़ में दृढ़ता और अंतिम चेतावनी का भाव था।

अजय सीधा खड़ा हो गया, उसके अंदर नई ऊर्जा जाग उठी। "धन्यवाद, सर।" उसकी आँखों में दृढ़ संकल्प की एक चमक थी।

RA&W डायरेक्टर ने आगे झुकते हुए गंभीर लहजे में कहा, "और अगर इस बार असफल हुए, तो हम दोनों अपनी नौकरी से बाहर होंगे।" ये शब्द कमरे में गूंज उठे, और अजय ने इन्हें अपनी छाती में उतरते हुए महसूस किया। उसका संकल्प और मजबूत हो गया। "समझ गया, सर। हम करीब पहुँच रहे हैं।"

ऑफिस से बाहर निकलते समय, बंद होते दरवाजे के पीछे RA&W डायरेक्टर का फोन तेज़ी से कंपन करने लगा। उन्होंने फोन उठाया, उनके चेहरे पर गंभीरता और बढ़ गई।

"अभी जानकारी मिली है," उनकी आवाज़ तेज़ और गंभीर थी। "महाराष्ट्र का एक राजनेता दाऊद से संपर्क में है, और दाऊद ISI के ज़रिए मुंबई में लॉजिस्टिकल सपोर्ट दे रहा है।"

अजय का दिमाग तेजी से काम करने लगा, जैसे यह नई जानकारी उसके विचारों को एक दिशा दे रही हो। "जी, सर। मैंने नोट कर लिया है।"

RA&W डायरेक्टर ने चेतावनी भरे स्वर में कहा, "कुछ बड़ा पक रहा है। इस बार कोई गलती नहीं होनी चाहिए।"

अजय की आवाज़ में आत्मविश्वास था। "मैं इसे संभाल लूँगा, सर।"

जैसे ही अजय ऑफिस से बाहर निकला, उसे कार्य की गंभीरता का पूरा एहसास हुआ। पहेली के टुकड़े बिखरे हुए थे, लेकिन पहली बार उसे उम्मीद की झलक महसूस हुई। यह सब सुधारने का आखिरी मौका था, और वह इसे खोने नहीं देगा।

परछाइयों का पीछा

उस रात होटल के कमरे में खामोशी छाई हुई थी। सिवाय सुषांत की धीमी और सतर्क हरकतों के, जो छोटी सी मेज पर बैठा पिस्तौल की सफाई कर रहा था। उसके हाथ सधे हुए थे, हर एक हिस्सा ध्यान से अलग करते और साफ करते हुए। कमरे में एयर कंडीशनर की हल्की गूंज थी, लेकिन माहौल में एक घबराहट महसूस हो रही थी।

अजय पलंग के किनारे बैठा उसे देख रहा था। कुछ देर तक वह चुप रहा, अपने दोस्त की तनावभरी मुद्रा को पढ़ने की कोशिश करता हुआ। आखिरकार, उसने चुप्पी तोड़ी, उसकी आवाज धीमी और जिज्ञासु थी।

"तू अपनी बंदूक क्यों साफ कर रहा है?" अजय ने पूछा, उस बेचैनी को महसूस करते हुए जो कमरे में तैर रही थी।

सुषांत ने रुककर ऊपर देखा। उसकी आंखों में गुस्सा और अंदरूनी दर्द झलक रहा था। उसने पिस्तौल को मेज पर रखा और एक गहरी सांस ली।

"क्या आपको लगता है कि जंग खत्म हो गई है?" उसकी आवाज में दबा हुआ गुस्सा था, जो कमरे में फैल गया।

अजय ने भौंह उठाई, उसकी बातों में दिलचस्पी लेते हुए। "जंग?"

"यह जंग केवल सीमा पर नहीं, बल्कि आतंकवाद के रूप में हमारे भीतर लड़ी जा रही है। इन आईएसआई एजेंट्स को देखते ही ठोक देना चाहिए।"

सुशांत का गुस्सा अचानक भड़क उठता है।

अजय उसके पास चला गया, उसके कंधे पर हल्के से हाथ रखते हुए कहा, "शांत हो, सही वक्त का इंतजार कर।" लेकिन उसकी बात सुषांत तक नहीं पहुंची।

सुषांत अचानक खड़ा हो गया, उसकी आवाज में गुस्सा भड़क उठा। "क्या वो आतंकवादी वक्त का इंतजार करते हैं? क्या वो दया दिखाते हैं? जब उन्हें पकड़ते

हैं, तो कौन आता है उनकी मदद करने? मानव अधिकार कार्यकर्ता। और उन मासूमों का क्या, जो मारे गए? कोई उनकी मदद के लिए क्यों नहीं आता?"

अजय ने अपने दोस्त की दर्दभरी बातें ध्यान से सुनीं। वह जानता था कि यह दर्द सुषांत के अतीत का हिस्सा था। "तू सही कह रहा है," अजय ने शांत स्वर में कहा। "यहां सब अपने फायदे के लिए हैं।"

सुषांत की मुट्ठियां भिंच गईं। "मेरे माता-पिता और बहन मुंबई ट्रेन धमाके में मारे गए थे। बाकी मासूम भी मरे। उस वक्त ये मानव अधिकार वाले कहां थे? इन्हें सिर्फ आतंकवादियों की चिंता होती है। मौका मिले तो हमें पहले वार करना चाहिए, वरना वो हमें खत्म कर देंगे।"

अजय ने गंभीरता से सिर हिलाया। इससे पहले कि वह कुछ कह पाता, सुषांत का ध्यान डेस्क पर रखे मॉनिटर की ओर गया। उसकी आंखें सिकुड़ गईं। "अजय, बाहर दो आदमी हथियारों के साथ हैं," उसने दबे स्वर में कहा।

अजय ने तुरंत अपनी बंदूक उठाई और दरवाजे की ओर बढ़ा। दरवाजा अचानक जोर से खुला, और दो हथियारबंद लोग अंदर घुस आए। लड़ाई शुरू हो गई। अजय और सुषांत ने कुशलता से उन्हें काबू में कर लिया, लेकिन तभी दो और हमलावर अंदर घुसे और दोनों को नीचे गिरा दिया।

इसी बीच अजय की नज़र मॉनिटर पर पड़ी। उसमें उस्मान को बैग के साथ भागते हुए देखा। "मैं इसे छोड़ने वाला नहीं," अजय ने कहा।

उन्होंने एक हमलावर को धक्का देकर खिड़की से बाहर फेंका और तेजी से कमरे से बाहर निकले। बाहर, उस्मान सड़क पर एक कार की ओर दौड़ता है। कार स्टार्ट होती है और धूल उड़ाती हुई तेज़ी से निकल जाती है। सड़क पर पहुंचकर उन्होंने पास खड़ी एक बाइक पकड़ी। "इसे बाद में लौटा दूंगा," उन्होंने चिल्लाते हुए बाइक स्टार्ट की और उस्मान के पीछे निकल पड़े।

पीछा तीव्र और रोमांचक होता है। कार भीड़भाड़ भरी सड़कों पर फुर्ती से भागती है, राहगीरों और विक्रेताओं को किनारे हटने पर मजबूर करती है। जैसे ही कार एक मस्जिद के पास पहुंचती है, एक ट्रक रास्ते में आ जाता है। अजय बिना समय गंवाए बाइक को नीचे झुकाते हुए ट्रक के नीचे से निकालते हैं।

बाइक फिसलती है, लेकिन अजय बिना ज्यादा चोट खाए दूसरी तरफ निकल आते हैं। वह तुरंत उठते हैं, अपनी पिस्तौल उठाते हैं और भागती कार पर निशाना

साधते हैं। लेकिन कार एक मोड़ पर मुड़ जाती है और उनकी नज़रों से ओझल हो जाती है।

जैसे ही उन्होंने कार पर निशाना साधा, वह एक मोड़ पर मुड़कर गायब हो गई।

अजय के चेहरे पर हताशा थी, लेकिन उनकी आंखों में अब भी लड़ाई जारी रखने का जज्बा था।

भीड़ उन्हें देख रही थी, कुछ लोग उनकी ओर बढ़ने लगे, लेकिन जैसे ही अजय पलटे, पिस्तौल देखकर लोग रुक गए। माहौल में जो तनाव था, वह धीरे-धीरे खत्म हो गया।

अजय ने गहरी सांस ली और खुद से कहा, "ये सिर्फ शुरुआत है। लड़ाई अब भी बाकी है।"

अनदेखा जाल

उस्मान थकी हुई सांसें लेते हुए मौलवी के घर की अंधेरी गलियारे में कदम रखता है। उसकी नसों में दौड़ता हुआ एड्रेनालिन अभी भी उसे बेचैन रखे हुए है। अजय के साथ हुई खतरनाक मुठभेड़ की यादें उसके दिल की धड़कन को तेज कर रही हैं। वह माथे से पसीना पोंछता है, और दरवाजे के बंद होते ही बाहर की हलचल और शोरगुल पीछे छूट जाते हैं। लेकिन यह शांति उसे सुकून नहीं देती। अभी नहीं। तब तक नहीं जब तक उसे यकीन न हो जाए कि वह सुरक्षित है।

मौलवी सामने खड़े हैं, उनकी नजरें गहरी और भावहीन हैं, जैसे वह उस्मान को तौल रहे हों। घर में हल्की सी अगरबत्ती की महक फैली हुई है, जो कमरे में मौजूद भारी तनाव के विपरीत लगती है। कोने में जलती हुई दीया की धीमी रोशनी दीवारों पर लंबी-लंबी परछाइयाँ बना रही है।

"मौलवी जी, मुझे एक सुरक्षित जगह चाहिए," उस्मान अपनी आवाज को धीमा और गंभीर रखते हुए कहता है। उसके शब्द उसके दिल की घबराहट को बयान करने के लिए काफी नहीं लगते। वह केवल आश्रय नहीं, बल्कि अपनी जान की भीख मांग रहा है।

मौलवी कुछ देर तक चुप रहते हैं, जैसे उस्मान के इरादों को समझने की कोशिश कर रहे हों। अंततः वह सिर हिलाते हैं, उनकी आवाज स्थिर लेकिन गहरी है। "तुम यहाँ रुक सकते हो," वह कहते हैं। लेकिन उनके लहजे में कुछ ऐसा है जो

उस्मान को सतर्क कर देता है। ऐसा लगता है जैसे मौलवी ने बहुत कुछ देखा और सहा है।

मौलवी घर के पिछले हिस्से की ओर बढ़ते हैं, और उस्मान उनकी पीछे-पीछे चलता है। चलते हुए वह दरवाजे के बाहर अंधेरी गलियों की ओर एक तिरछी नजर डालता है। उसकी छठी इंद्रिय उसे सचेत कर रही है; गलियों में कुछ असामान्य सा महसूस होता है। लेकिन जब वह मुड़कर देखता है, तो गली खाली होती है।

"मुझे रातभर के लिए छुपने की जगह चाहिए," उस्मान फुसफुसाते हुए कहता है। "जहाँ कोई मुझे ढूंढ न सके। क्या आप इसकी व्यवस्था कर सकते हैं?"

मौलवी एक पल के लिए रुकते हैं और फिर धीरे से जवाब देते हैं। "मैं इसकी व्यवस्था कर सकता हूँ। लेकिन ध्यान रखना, यहाँ हर जगह आँखें हैं।"

उस्मान के अंदर बेचैनी बढ़ जाती है। "क्या मतलब है आपका?" वह घबराते हुए पूछता है।

मौलवी अपनी नजरें कमरे के चारों ओर घुमाते हैं, जैसे अदृश्य ताकतों को देख रहे हों। "तुम्हें ढूंढने वाले सिर्फ पुलिस नहीं हैं," वह धीमी और गंभीर आवाज़ में कहते हैं। "कुछ लोग तुम्हें पकड़ने के लिए किसी भी हद तक जा सकते हैं। और कुछ लोग तो..." उनकी बात अधूरी रह जाती है।

मौलवी कमरे के कोने में रखे लकड़ी के बक्से की ओर बढ़ते हैं। बक्सा खोलते हुए उनकी हरकतें धीमी और शांत हैं, लेकिन उसमें कुछ रहस्यमय झलकता है। जब वह पलटते हैं, तो उनके हाथ में एक छोटा लिफाफा है।

"अगर तुम्हें बचना है," मौलवी कहते हैं, "तो इसमें लिखे निर्देशों का पालन करो। इसे तब तक मत खोलना, जब तक तुम अकेले न हो।"

उस्मान लिफाफा लेता है, उसकी उंगलियाँ हल्के से मौलवी के हाथ से टकराती हैं। उस्मान महसूस करता है कि कमरे में सर्दी बढ़ गई है। वह जानता है कि यह घर उतना सुरक्षित नहीं है जितना दिखता है।

मौलवी धीरे-धीरे घर की छाया में गुम हो जाते हैं, और उस्मान का ध्यान लिफाफे पर टिक जाता है। अज्ञात का बोझ उसके सीने पर भारी पड़ रहा है। उसे एहसास है कि यह आश्रय अस्थायी है, और खतरे उसके हर कदम पर मंडरा रहे हैं।

शबाना के घर में साजिश

उस रात उस्मान ग्रांट रोड के व्यस्त इलाके में शबाना के घर पहुंचा। तंग गलियां और पुरानी गाड़ियों की खड़खड़ाहट इस जगह की पहचान थीं। बाहर स्ट्रीट फूड की महक हवा में तैर रही थी, लेकिन उस्मान का ध्यान सिर्फ उस पनाह पर था, जिसकी उसे सख्त जरूरत थी। शहर का शोर बाहर गूंज रहा था, लेकिन शबाना के कमरे के अंदर अजीब सी खामोशी थी।

दरवाजे के अंदर कदम रखते ही, शबाना ने उसे एक जानी-पहचानी मुस्कान के साथ स्वागत किया। कमरा छोटा लेकिन आरामदायक था। एक पुराने लैम्प की हल्की रोशनी दीवारों पर नरम साये बना रही थी। हवा में धूप की हल्की खुशबू फैली थी। उस्मान, जो दिनभर की भागदौड़ से थक चुका था, अपने कपड़े और तनाव दोनों को उतार फेंककर थोड़ी राहत महसूस करने लगा।

लेकिन शबाना की नज़र उस्मान पर टिकी रही। उसकी निगाहें उसके सीने पर बने उर्दू में लिखे टैटू पर जा टिकीं। उसने भौंहें उठाते हुए चुटकी ली, "कई दिनों से नहाए नहीं हो, है ना?" उसकी आवाज़ में हल्की छेड़छाड़ और मज़ाक का पुट था।

उस्मान, उसकी बातों से थोड़ा चौंक गया, फिर सिर हिलाते हुए बोला, "शायद हां। समय ही कहां मिला?" उसकी आवाज़ उसकी थकान और तनाव को बयान कर रही थी।

वह उठा और बाथरूम की ओर बढ़ा, न केवल अपना शरीर बल्कि अपना मन भी साफ करने की उम्मीद में। इसी बीच, शबाना ने मौके का फायदा उठाते हुए जल्दी से अपना फोन उठाया। उसने उस्मान की एक तस्वीर खींची, जब वह बाथरूम की ओर जा रहा था। उसके चेहरे पर शातिर मुस्कान थी, और उसने वह तस्वीर किसी को भेज दी। उसके दिल की धड़कन तेज़ हो गई, जैसे उसने कोई बड़ा कदम उठा लिया हो। पानी के बहने की आवाज़ कमरे की खामोशी को भर रही थी, उसे एक पल के लिए राहत देने के लिए।

जब उस्मान बाथरूम से लौटा, तो उसने बिस्तर की ओर कदम बढ़ाए, लेकिन शबाना ने अपने हाथ से इशारा कर उसे रोक दिया। उसकी आवाज़ धीरे और रहस्यमयी थी, "ज़रा सब्र करो।"

उस्मान कुछ कहने ही वाला था कि दरवाजे के बाहर से पैरों की आहट सुनाई दी। दोनों सहम गए। उस्मान का शरीर सतर्क हो गया। वह खिड़की के पास गया और

बाहर झांका। उसकी सांसें थम गईं जब उसने अजय को पिस्तौल थामे बाहर खड़े देखा, उसके साथ दो और लोग थे।

बिना वक्त गंवाए, उस्मान अपनी बंदूक और कपड़े उठाता है। "तुमने पुलिस को खबर दी? गद्दार कुतिया!" वह गुस्से से दबी आवाज़ में बोलता है।

शबाना उसे देखकर शांत भाव से बोली, "हम लोग जिस्म का सौदा करते हैं, मुल्कों का नहीं।" उसकी आवाज़ स्थिर थी, जैसे उसने इस तरह के खतरे पहले भी देखे हों।

उस्मान का गुस्सा फूट पड़ा। उसने तीखे स्वर में कहा, "अगर मैंने तेरे सिर में गोली उतार दी, तो तुझे चिंता करने की जरूरत ही नहीं रहेगी।" उसकी आंखें संकरी हो गईं। "तू भी उनके साथ मिली हुई है, है ना?"

"नहीं, उस्मान! मैं सच कह रही हूं, मैं उनके साथ नहीं हूं," शबाना ने घबराहट में कहा। उसकी आंखों में डर साफ झलक रहा था।

लेकिन उस्मान ने उसे बोलने का मौका नहीं दिया। उसने दरवाजा खोला और बाहर खड़े अजय और उसके साथियों की ओर चिल्लाया, "अगर किसी ने एक कदम भी बढ़ाया, तो इस औरत के सिर में सारी गोलियां उतार दूंगा। अपने हथियार नीचे फेंको!"

उस्मान धीरे-धीरे पीछे हटते हुए छत की ओर बढ़ा। उसने शबाना को ढाल की तरह अपने सामने कर रखा था। उस्मान ने शबाना को धक्का दिया, अजय ने उसे सीढ़ियों से गिरने से बचा लिया। लेकिन उस्मान ने तुरंत छत का दरवाजा बंद कर दिया और बगल की छत पर छलांग लगाते हुए अंधेरे में गायब हो गया।

बाहर सड़कों पर अफरा-तफरी मच गई। भागते हुए, उस्मान की मुलाकात जाहिद से हुई। जाहिद ने उसकी हालत देखकर पूछा, "क्या हो रहा है?"

उस्मान ने जल्दी-जल्दी एक कहानी बनाई। बिना समय गंवाए, जाहिद बोला, "मेरे साथ चलो।"

जाहिद उसे तंग गलियों के जाल से निकालकर एक पुराने से लॉज में ले गया। वह जगह साधारण लेकिन सुरक्षित थी।

कमरे के अंदर, उस्मान ने गहरी सांस ली। एक पल के लिए वह राहत महसूस कर सका, लेकिन वह जानता था कि यह सिर्फ अस्थायी है। खतरा अभी भी बाहर मंडरा रहा था।

कुछ देर बाद, उसने फोन उठाया और मौलवी को कॉल की। उसकी आवाज़ में बेचैनी थी। "मौलवी, शबाना गद्दार कुतिया है। मुझे तीन नए सिम कार्ड, नए कपड़े और कुछ पैसे चाहिए, जल्दी।"

दूसरी तरफ से मौलवी की शांत लेकिन दृढ़ आवाज़ आई, "चिंता मत करो, सब इंतज़ाम हो जाएगा।"

फोन रखते हुए, उस्मान की सोच तेज़ी से दौड़ रही थी। अगले कुछ घंटे बेहद अहम थे, और वह जानता था कि उसे हर कदम फूंक-फूंक कर रखना होगा। उसके पीछा करने वाले उसे रोकने की हर कोशिश करेंगे, लेकिन उस्मान भी हार मानने वालों में से नहीं था।

मूक आदेश

मुंबई के आर्थर रोड जेल की उच्च सुरक्षा दीवारों के भीतर, माहौल में एक अलग तरह का तनाव महसूस हो रहा था। एक दिन पहले, दो कैदियों ने सख्त सुरक्षा उपायों को दरकिनार कर दिया और अजमल कसाब को बाथरूम में घेर लिया, हाथ में अस्थायी हथियार लिए। एक कैदी ने सख्त आवाज़ में कहा। "क्या हुआ, छोटे से चाकू से पैंट गीली हो गई? हाथ में बंदूक लिए तो बहुत बहादुरी दिखाते हो, निहत्थे लोगों पर" । कसाब ने खतरे को भांपते ही ज़ोर से 'बचाओ, बचाओ!' चिल्लाता हुआ पीछे हट रहा था। दीवार से सटते हुए खुद को एक कोने में समेट लिया। उसकी सांसें तेज़ हो गईं, दिल जोर-जोर से धड़कने लगा । हमलावरों ने उस पर हमला करने के लिए लपकते हुए हिंसक संघर्ष छेड़ दिया।

तभी जेल में जोरदार अलार्म बजने लगे। पूरी जेल गूंज उठी। गार्ड्स तेजी से मौके पर पहुंचे, हाथों में डंडे लिए, हमलावरों को काबू में कर लिया और व्यवस्था बहाल कर दी। कसाब, जो बुरी तरह घायल हो चुका था लेकिन जिंदा था, को मेडिकल वार्ड ले जाया गया। जेल प्रशासन ने तुरंत खबर को दबाने और इसे मीडिया तक पहुंचने से रोकने के लिए तेजी से कदम उठाए।

दूसरी ओर, सुर्या पाटिल अपने सादगीपूर्ण लेकिन प्रभावशाली बैठक कक्ष में अपने पार्टी कार्यकर्ताओं के साथ बैठे थे। कमरा हल्की रोशनी में डूबा हुआ था। शहर का शोर कमरे तक हल्के से ही पहुंच रहा था। चर्चा राजनीतिक थी, लेकिन सुर्या का ध्यान कहीं और था। उनके विचार कसाब पर हुए हमले की खबर पर केंद्रित थे।

अचानक, दरवाज़ा खुला। पुलिस कमिश्नर अंदर आए, उनका चेहरा गंभीर था। उनके पीछे सुर्या के सचिव खड़े थे। सुर्या ने अपने पार्टी कार्यकर्ताओं को एक इशारे में कमरे से बाहर जाने का आदेश दिया। कार्यकर्ता चुपचाप बाहर निकल गए।

जैसे ही दरवाज़ा बंद हुआ, सुर्या की नजर सीधा पुलिस कमिश्नर पर गई। पुलिस कमिश्नर कुर्सी की ओर देख रहे थे, लेकिन सुर्या ने जानबूझकर उन्हें बैठने के लिए नहीं कहा। उनकी आवाज़ तेज़ और कटाक्ष से भरी हुई थी। "यह अविश्वसनीय है," उन्होंने गुस्से में कहा। "आपके रहते आर्थर रोड जेल में कसाब पर हमला हो गया। यह शर्मनाक है।"

कमिश्नर ने अपनी माफी जताई, लेकिन उनके चेहरे पर भाव स्थिर थे। "सॉरी, सर। जांच चल रही है," उन्होंने शांत स्वर में जवाब दिया।

"अगर कसाब को कुछ हो गया, तो विपक्ष बड़ा हंगामा खड़ा करेगा," सुर्या ने गंभीर स्वर में कहा। उनकी आवाज़ में संभावित राजनीतिक परिणामों का संकेत था।

"हमने खबर को दबा दिया है," कमिश्नर ने आश्वासन दिया। "जांच जारी है। जैसे ही रिपोर्ट आएगी, मैं आपको भेज दूंगा।"

लेकिन सुर्या अभी भी असंतुष्ट थे। "रिपोर्ट का इंतज़ार मत करो," उन्होंने सख्त स्वर में कहा। "कसाब की जान आर्थर रोड जेल में खतरे में है। उसे पुणे की येरवडा जेल में ट्रांसफर किया जाए।"

कमिश्नर ने हामी भरी। "जी, सर। मैं यह रिपोर्ट भेजूंगा।"

सुर्या ने अपनी बात को और मजबूती से कहा, "यह सुनिश्चित करो कि RA&W की निगरानी में ट्रांसफर हो। जिम्मेदारी उनके ऊपर डाल दो।"

कमिश्नर ने समझदारी से सिर हिलाया। "समझ गया, सर। मैं इस पर काम करता हूँ।"

सुर्या ने पुलिस कमिश्नर को कुर्सी की ओर बैठने का इशारा किया। पुलिस कमिश्नर अदब से कहते हैं, "शुक्रिया, सर।"

इसके बाद, सुर्या ने हल्के स्वर में पूछा, "तुम्हारी प्रमोशन कब तक है?"

"दो महीने में, सर," कमिश्नर ने मुस्कुराते हुए जवाब दिया।

सुर्या हल्की मुस्कान के साथ बोले, "प्रमोशन के बाद मुझे पेड़े देना मत भूलना।" कमिश्नर खड़े होकर सलामी दी और कमरे से बाहर निकल गए।

संदेह का जाल

पुलिस कमिश्नर के सादे ऑफिस में, रिसेप्शनिस्ट की आवाज गूंजती है। "सर, एसीपी राठौड़ और रॉ के अजय आए हैं।"

"उन्हें अंदर भेजो," कमिश्नर कहते हैं, उनकी आवाज सख्त लेकिन संतुलित है।

दरवाजा खुलता है। एसीपी समीर राठौड़ अंदर आते हैं, उनके पीछे अजय। दोनों सलामी देते हैं।

कमिश्नर उन्हें बैठने का इशारा करते हुए कहते हैं, "बैठिए। हमें एक महत्वपूर्ण बात करनी है।"

अजय, बातचीत शुरू करने के लिए तैयार, सिर हिलाते हुए कहते हैं, "धन्यवाद, सर।"

कमिश्नर सीधे अजय से कहते हैं, "कसाब पर आर्थर रोड जेल में हमला हुआ। ऊपर से आदेश है कि उसे येरवडा जेल, पुणे में शिफ्ट किया जाए। मैंने रॉ के निदेशक चटर्जी से बात कर ली है। अजय, तुम इस ट्रांसफर के प्रभारी हो, और एसीपी राठौड़ तुम्हारी मदद करेंगे।"

अजय बिना झिझक के जवाब देते हैं, "जी सर।"

कमिश्नर अपनी बात जारी रखते हैं, उनकी आवाज में अधिकार झलकता है। "कसाब को अधिकतम सुरक्षा के साथ शिफ्ट किया जाए। कोई चूक नहीं होनी चाहिए।"

अजय सिर हिलाते हैं, उनका चेहरा दृढ़ता से भरा हुआ है। "जी सर, हम पूरी सावधानी बरतेंगे।"

कमिश्नर धीमे लेकिन सख्त स्वर में बोले, "योजना को गुप्त रखना है। मीडिया को जरा भी आभास नहीं होना चाहिए।"

अजय जवाब देते हैं, "समझ गया, सर।"

इसके बाद अजय और राठौड़ सलामी देकर तेजी से कमरे से बाहर निकलते हैं। उनके कदमों की गूंज जैसे उनके कंधों पर पड़े जिम्मेदारी के वजन को बयान करती है।

रात का फोन कॉल

अजय, एक छोटे से होटल के कमरे में बैठते हुए फोन घुमाते हैं। उनकी आवाज में गंभीरता झलकती है। "सर, पुलिस कमिश्नर ने आदेश दिया है कि कसाब को येरवडा जेल में शिफ्ट किया जाए। उन्होंने मुझे इसकी जिम्मेदारी सौंपी है।"

रॉ निदेशक की आवाज सख्त हो जाती है। "हां, मुझे पता है। लेकिन अचानक से मुंबई से पुणे कसाब का ट्रांसफर अजीब लग रहा है।"

अजय, चिंता से कहते हैं, "मुझे भी कुछ गड़बड़ लग रही है। उन्होंने कहा कि यह ऊपर से आदेश है।"

निदेशक थोड़ा रुककर गंभीर स्वर में कहते हैं, "महाराष्ट्र पुलिस इसे संभाल सकती थी। रॉ क्यों? कुछ गड़बड़ है।"

अजय सोचते हुए कहते हैं, "सर, मुझे लगता है कि इसमें कोई बड़ा खेल है।"

निदेशक चेतावनी देते हैं, "सावधान रहो, अजय। मुंबई पुलिस के साथ योजना साझा मत करना। सतर्क रहो।"

अजय भरोसा दिलाते हैं, "चिंता मत करें, सर। मैं पूरी तैयारी करूंगा।"

फोन रखने के बाद, अजय सोच में डूब जाते हैं। हर कड़ी जुड़ नहीं रही है, और उन्हें एहसास होता है कि आने वाले दिन उनके लिए नई चुनौतियां लेकर आएंगे।

छल का पर्दा

आर्थर रोड जेल के बाहर माहौल तनावपूर्ण है। मुंबई की धूल भरी गलियां रोज़ की हलचल में डूबी हुई हैं, लेकिन जेल के गेट के पास एक कोने में खड़ी कार के अंदर सन्नाटा छाया हुआ है। कार में रज्जन और जलील पूरी सतर्कता के साथ बैठे हैं, उनकी निगाहें उस पुलिस वैन पर टिकी हैं जो धीरे-धीरे जेल के गेट से बाहर आ रही है। नसीर फोन पर है, उसकी आवाज़ धीमी लेकिन गंभीर है। वह हर अपडेट किसी अनजान संपर्क को दे रहा है, और कार में बैठे दोनों लोगों पर नजर बनाए हुए है ताकि सब कुछ योजना के मुताबिक हो।

जलील, जो हमेशा सतर्क रहता है, दूरबीन उठाकर चारों ओर का मुआयना करता है। उसकी तेज़ नजरें हर छोटी-बड़ी हलचल पर टिकी हैं। वह फौरन कैमरा उठाकर तस्वीर खींचता है। पास ही, एक शख्स तेजी से फोन पर कुछ टाइप कर रहा है, शायद कोई अहम जानकारी तुरंत भेज रहा है। ये तीनों पूरी तरह अपने मिशन पर ध्यान लगाए हुए हैं। कड़ी सुरक्षा व्यवस्था के बावजूद, वे हर मिनट का

फायदा उठाकर पुलिस काफिले की हर हरकत पर नजर रख रहे हैं और अपने संपर्क को अपडेट भेज रहे हैं।

कसाब को वैन में चढ़ते हुए देखते ही जलील ने तुरंत उसकी तस्वीर खींची और हैंडलर को भेज दी। वह वैन की हर हलचल पर नजर रखता है और लगातार तस्वीरें और अपडेट फॉरवर्ड करता रहता है। जलील बिना किसी शक पैदा किए, हर गतिविधि को बारीकी से देखता है और सतर्क रहता है कि कहीं पकड़ा न जाए।

पुलिस वैन को ट्रैफिक के बीच से बड़े ही कुशल तरीके से निकाला जा रहा है। एक एस्कॉर्ट कार आगे चलकर रास्ता साफ कर रही है ताकि वैन बिना रुकावट के निकल सके। दूसरी एस्कॉर्ट कार वैन के पीछे चल रही है, यह सुनिश्चित करते हुए कि यात्रा सुरक्षित रहे और पीछे से किसी तरह का हमला न हो।

जैसे ही कसाब को ले जा रही पुलिस वैन मुंबई-पुणे एक्सप्रेसवे पर पहुंची, एस्कॉर्ट कार के लिए ट्रैफिक संभालना आसान हो गया और तनाव भी कम हो गया। लेकिन सुषांत, जो वैन चला रहा था, माहौल में एक अलग सा तनाव महसूस कर रहा था। हाईवे पर गाड़ी कुशलता से चलाते हुए, उसकी नजरें हर तरफ चौकस थीं। जैसे ही वैन सुरंग के करीब पहुंची, उसने बाईं ओर एक ट्रेलर ट्रक को असामान्य तरीके से खड़ा देखा। ट्रक का भारी ढांचा रास्ते के एक हिस्से को अवरुद्ध कर रहा था।

वैन जैसे ही सुरंग के अंदर दाखिल हुई, ट्रेलर अचानक आगे बढ़ा और रास्ता काट दिया। पीछे चल रही बस ने जोर से ब्रेक मारी, रबर के सड़क पर रगड़ने की आवाज़ गूंज उठी। लेकिन यह काफी नहीं था। पिछली एस्कॉर्ट कार समय पर रुक नहीं सकी और सड़क के किनारे गड्ढे में गिर गई।

सुरंग के अंधेरे में माहौल पल भर में बदल गया। सुषांत ने तुरंत वैन रोक दी। बिना समय गंवाए, उसने अपनी पिस्तौल, बुलेटप्रूफ जैकेट और गोलियों से भरा बैग उठाया और वैन के पीछे फेंक दिया, जहां कसाब बैठा था। कसाब ने झट से पिस्तौल पकड़ ली। वैन का सीमित स्थान अब संघर्ष का मैदान बन गया। कसाब अपनी तेज़ और प्रशिक्षित हरकतों से पिस्तौल पर कब्जा कर लेता है, जिससे पास बैठा कांस्टेबल चौंक जाते हैं और तीनों के बीच संघर्ष शुरू हो जाता है—कसाब आज़ादी के लिए लड़ रहा था, और कांस्टेबल उसे काबू में रखने की कोशिश कर रहा था।

तभी, कसाब की पिस्तौल उसके हाथ में आ जाती है, और वो कहता है। "पीछे हटो!" कसाब ने कड़क आवाज़ में कहा। "अपनी बंदूक नीचे रखो, कोने में बैठो और पलटो मत।" उसकी आवाज़ में ठंडापन और दृढ़ता साफ झलक रही थी। कसाब ने जल्दी से बुलेटप्रूफ जैकेट अपने कपड़ों के नीचे पहन ली, मानो आगे के लिए पूरी तरह तैयार हो।

सुषांत ने जल्दी से वैन का गियर डाला और तेज़ी से आगे बढ़ाया, फिर वॉकी-टॉकी पर कहा, "साब, ठीक है। चलो।" उसने कसाब की ओर हल्का सिर हिलाकर संकेत दिया कि योजना आगे बढ़ रही है। सुरंग से बाहर निकलते ही काफिला सामान्य रूप से चलने लगा, इस बात से बेखबर कि अंदर क्या हो चुका था। सुषांत वैन चलाता रहा, मानो सबकुछ सामान्य हो।

सुरंग के पास की अजीबोगरीब मुठभेड़

सुरंग के एंट्री पर एक और नज़ारा देखने को मिलता है। एसीपी राठौड़, सरदार के भेष में, बस ड्राइवर के साथ गरमागरम बहस कर रहा है। दोनों की आवाज़ें इतनी ऊंची हैं कि आसपास का ट्रैफिक पूरी तरह रुक गया है। "तुम दोनों क्यों लड़ रहे हो? पूरी सड़क जाम हो गई है, और हम सब फंसे हुए हैं!" एक नशे में धुत यात्री बस से बाहर आता है। वह बहस सुलझाने की कोशिश करता है, लेकिन मामला और मज़ेदार हो जाता है।

सरदार गुस्से में बस ड्राइवर से कहता है, "तुम दिन में शराब पीकर गाड़ी चला रहे हो!"

बस ड्राइवर झुंझलाते हुए जवाब देता है, "मुझे तो लगता है आप शराब के नशे में हो, सरदार जी, और दूसरों की जान खतरे में डाल रहे हो!"

इस बीच, ट्रैफिक में फंसे लोग भी चिढ़े हुए इधर-उधर देख रहे हैं। तभी, सरदार का फोन बजता है। वह फोन उठाता है, सुनता है, और फिर अचानक उसका लहजा बदल जाता है। वह हंसते हुए बस ड्राइवर से कहता है, "भाई, जाने दो। लड़ाई छोड़ो।" गुस्सा थूक, जफ़्फी पा। सरदार बस ड्राइवर को गले लगाता है और तुरंत अपने ट्रक की ओर दौड़ पड़ता है।

बस ड्राइवर, अभी भी थोड़ा उलझन में, गुस्से में बड़बड़ाते हुए बस में वापस चढ़ जाता है। आसपास के लोग भी अपने-अपने वाहनों की तरफ लौटते हैं, लेकिन उनकी नजरें अब भी सरदार पर टिकी रहती हैं।

सुरंग के दूसरे छोर पर, सुरक्षा काफिले की अगली कार इंतजार कर रही है। उसकी हेडलाइट्स अंधेरे को चीर रही हैं। जब कसाब को ले जा रही पुलिस वैन समय पर नहीं पहुंचती, तो ड्राइवर रेडियो उठाता है। उसकी आवाज़ में चिंता साफ झलकती है, "पीछे क्या हो रहा है? सब ठीक है?"

सुषांत की शांत और स्थिर आवाज़ रेडियो पर सुनाई देती है, "मुझे लगा टायर पंक्चर हो गया है, लेकिन चेक किया तो सब ठीक है। सब क्लियर है।"

"ठीक है," ड्राइवर जवाब देता है, हल्की राहत के साथ लेकिन सतर्कता बनाए रखते हुए।

कुछ ही देर बाद, पुलिस वैन सुरंग से बाहर निकलती है और बिना किसी रुकावट के काफिले में शामिल हो जाती है। सुरक्षा कर्मी राहत की सांस लेते हैं, उनका तनाव थोड़ा कम हो जाता है। काफिला पुणे की ओर अपनी यात्रा जारी रखता है, इस बात से अनजान कि कितना बड़ा खतरा उनके इतना करीब से गुजर चुका है।

निर्णायक मोड़

दोपहर की तपती गर्मी सड़क को झुलसा रही थी। टोल नाका पर सन्नाटा था, बस गाड़ियों की लंबी कतारें और इक्का-दुक्का हॉर्न की आवाज़ें गूंज रही थीं। सुषांत काफिले के साथ चलते हुए हर छोटी-बड़ी हरकत पर नजर रखे हुए था।

अचानक उसकी निगाह सड़क किनारे खड़ी दो कारों और एक ट्रक पर गई। उनकी पोजिशन और चाल उसे सामान्य नहीं लगी। ऐसा लग रहा था, जैसे उनके इंजन मौके की तलाश में दबी आवाज़ में गुर्रा रहे हों। काफिला जैसे ही आगे बढ़ा, एक कार ने फुर्ती से एस्कॉर्ट वाहन और पुलिस वैन के बीच जगह बना ली। ट्रक धीरे-धीरे पुलिस वैन को बाईं ओर सर्विस रोड पर धकेलने लगा, और दूसरी कार वैन के पीछे आ गई।

सुषांत के भीतर का अलार्म बज उठा। उसने देखा कि ट्रक का ड्राइवर, चालाकी से वैन को एक तंग सर्विस रोड की ओर धकेल रहा था, ज़ो पास ही एक गैस स्टेशन और रेस्टोरेंट पर खत्म होती थी।

काफिले की गति धीमी पड़ गई। ट्रक और कारों ने रास्ता जाम कर दिया था। सुरक्षा वाहन बीच में फंस गए। तभी, एक बंदूकधारी सड़क के बीच आकर

अधिकारियों को वहीं रुकने का इशारा करने लगा। सब कुछ इतनी तेजी से हुआ कि किसी को कुछ समझने का मौका नहीं मिला।

सुषांत ने तुरंत वैन को रेस्टोरेंट के सामने रोका। वह फुर्ती से हरकत में आया। कसाब, एक बैग पकड़े, वैन से कूद पड़ा। सुषांत ने तुरंत उसकी पीठ पर पिस्तौल तानी और उसे रेस्टोरेंट के अंदर ले गया। वैन के भीतर कांस्टेबल जमे हुए बैठे रहे, बाहर हो रही हलचल ने उनके साहस को कुचल दिया।

तभी ट्रक के आगे से दो लोग कूदे, उनके हाथों में बंदूकें थीं। रहमान और उस्मान, जिनके चेहरे सख्त और इरादे खतरनाक थे, तेजी से सुषांत और कसाब की ओर बढ़े।

उसी समय, गैस स्टेशन पर अपनी कार में ईंधन भरवा रही अनिता यह सब देखकर सन्न रह गई। उस्मान के हाथ में बंदूक देखकर उसका दिल जोर से धड़कने लगा। वह डर के मारे जैसे जम सी गई। लेकिन उसे और भी बड़ा झटका तब लगा जब उसने रहमान को बंदूक लिए देखा। उसने कभी सोचा भी नहीं था कि उसका वह दोस्त, जिस पर वह भरोसा करती थी, एक राक्षस बन सकता है। अपने भरोसेमंद दोस्त का यह खतरनाक और डरावना चेहरा देखकर वह पूरी तरह से सदमे में आ गई।

"सब नीचे झुको! अपनी गाड़ियों में रहो!" रहमान की जोरदार आवाज़ ने पूरे माहौल को और डरावना बना दिया। तभी राइफल से गोली चलने की आवाज गूंज उठी। ग्राहक घबराकर इधर-उधर भागने लगे।

एक व्यक्ति भागने की कोशिश कर रहा था, लेकिन उस्मान ने सटीक निशाना लगाया। उसकी कार के टायर में गोली लगी और तेज धमाके के साथ टायर फट गया। ग्राहक वहीं रुकने पर मजबूर हो गया, जबकि बाकी लोग झुककर अपनी जान बचाने की कोशिश करने लगे।

सुषांत ने कसाब को दीवार के सहारे खींच लिया। दोनों एक टेबल के पीछे छिप गए। लेकिन खतरा अभी खत्म नहीं हुआ था।

उस्मान की नजर अनिता पर पड़ी। वह तुरंत उसकी ओर बढ़ा और उसे कंधे से पकड़कर सिर पर बंदूक तान दी। दूसरी ओर, रहमान ने एक मां की गोद से बच्चा छीन लिया और उसे बंधक बना लिया।

इसी दौरान, ज़ाहिद ट्रक के पीछे से दौड़ता हुआ गैस स्टेशन तक पहुंचा। जो कुछ उसने देखा, उससे वह हक्का-बक्का रह गया। उसकी नजर अनिता और बच्चे

पर पड़ी। उसका दिल तेज़ी से धड़कने लगा। वह समझ गया कि हालात नियंत्रण से बाहर हो चुके हैं।

"उस्मान, ये तुम क्या कर रहे हो? यह गलत है!" ज़ाहिद ने चिल्लाते हुए कहा। उसकी आवाज सदमे और गुस्से से कांप रही थी।

अंतिम मोर्चा

उस्मान ने ज़ाहिद की बातों को नज़रअंदाज़ करते हुए एक ठंडी मुस्कान के साथ रेस्टोरेंट की ओर इशारा किया और कहा, "जाओ, ज़ाहिद। कसाब उस टेबल के पीछे छुपा है। उससे जाकर मिलो।" फिर उसने अनिता के सिर पर पिस्तौल ज़ोर से दबाई और धमकी भरे लहजे में बोला, "कसाब को हमारे हवाले कर दो, वरना मैं इसके दिमाग के परखच्चे उड़ा दूंगा!" उसकी आवाज़ में बर्फ जैसी ठंडक और मौत का संदेश साफ झलक रहा था।

सुषांत टेबल के पीछे से धीरे-धीरे बाहर निकला। उसकी पिस्तौल कसाब की ओर तनी हुई थी, हाथ पूरी तरह स्थिर। उसने कसाब को मजबूर किया कि वह आगे बढ़े। अनिता ने खुद को छुड़ाने की कोशिश की, लेकिन उस्मान ने उसके बाल खींचकर उसका सिर पीछे झटका। झटके की आवाज़ पूरे रेस्टोरेंट में गूंज उठी, जैसे सबको चेतावनी दे रही हो।

कसाब, अनीता की चीखें और उस्मान की बंदूक उसके सिर पर देखता रहा। उसका चेहरा भय और निराशा से भरा हुआ था। उसने सुषांत की ओर गिड़गिड़ाते हुए कहा, "मुझे जाने दो! वे इन्हें मार देंगे—कृपया, मुझे जाने दो!"

सुषांत की आवाज़ उस तनावपूर्ण माहौल को चीरते हुए आई। उसकी आंखें उस्मान पर गड़ी थीं, और उसका स्वर ठंडा और दृढ़ था। "लड़की और बच्चे को छोड़ दो," उसने आदेश दिया। उसकी शांत आवाज़ के पीछे छुपा गुस्सा महसूस किया जा सकता था। "वरना मैं कसाब का सिर उड़ा दूंगा। किसी फांसी का इंतज़ार नहीं करूंगा।"

रहीम ने बच्चे को और कसकर पकड़ लिया और उसकी बंदूक ऊपर उठाई। उसकी आवाज़ में खतरनाक धमकी थी, "कसाब को हमारे हवाले करो, नहीं तो इस बच्चे की मौत तुम्हारी जिम्मेदारी होगी।"

कसाब, पहले से ही डर के मारे कांपते हुए, सुषांत की ओर देखने लगा। "कृपया, सुषांत, ऐसा मत करो। मुझे जाने दो," उसने गिड़गिड़ाते हुए कहा। उसकी नजरें बंधकों और सुषांत के बीच बार-बार घूम रही थीं, जैसे वह खुद को बचाने और दूसरों को बचाने के बीच फंसा हो।

सुषांत ने अपने जबड़े भींचे और मजबूती से खड़ा हो गया। "ठीक है," उसने कहा, उसकी आवाज़ में अडिगता थी। "लड़की और बच्चे को मेरे पास आने दो, फिर मैं कसाब को छोड़ दूंगा। यहीं पर।" उसके शब्द हवा में ठहर गए, एक नाजुक समझौता, जो उस अराजकता को टालने की कोशिश कर रहा था।

अनिता और बच्चा झिझकते हुए, लेकिन सुषांत पर भरोसा करते हुए उसकी ओर बढ़े। कसाब, धीमे और सतर्क कदमों से, रहीम और उस्मान की ओर बढ़ने लगा। उनके बीच की दूरी हर कदम के साथ घट रही थी, और माहौल का तनाव असहनीय होता जा रहा था।

जैसे ही अनिता कसाब के पास पहुंची, उसने अचानक उसकी ओर देखा और धीमी आवाज़ में फुसफुसाया, "बच्चे को पकड़ो, दाईं ओर की कार की तरफ भागो और छुप जाओ। जल्दी करो।"

अनिता के लिए ये शब्द किसी जीवनदान से कम नहीं थे। उसने तुरंत बच्चे को कसकर पकड़ा और दाईं ओर की कार की ओर दौड़ पड़ी। उसके कदम तेज़ थे, और हर धड़कन जैसे समय की गिनती कर रही थी।

तभी, एक तेज़ बंदूक की आवाज़ ने माहौल को चीर दिया। सुषांत ने गोली चला दी थी। कसाब जमीन पर गिर पड़ा, और उसके गिरने की आवाज़ ने सभी को स्तब्ध कर दिया।

क्षणभर के लिए खामोशी छा गई, लेकिन यह शांति ज्यादा देर नहीं टिक सकी। रहीम और उस्मान ने तुरंत गोलियाँ चलानी शुरू कर दीं। सुषांत ने फुर्ती से कवर लेते हुए जवाबी फायर किया। गोलीबारी की आवाज़ पूरे रेस्टोरेंट में गूंज रही थी, और हर कोने में अराजकता फैल गई।

ज़ाहिद जो अब तक यह सब स्तब्ध होकर देख रहा था, कसाब की ओर भागा। उसके चेहरे पर गुस्से और दर्द का मिला-जुला भाव था। उसने कसाब के पास झुकते हुए भावुक होकर कहा, "भाई, तुमने ये आतंकवाद का रास्ता क्यों चुना? क्या तुम्हारे दिल में जरा भी इंसानियत नहीं बची?"

लेकिन तभी, कसाब की नकली मूंछ उसके चेहरे से फिसलकर नीचे गिर गई। ज़ाहिद की आंखें फटी रह गईं। उसने अविश्वास भरी आवाज़ में चिल्लाते हुए कहा, "तुम कसाब नहीं हो!"

उसकी चीख ने बाकी सब को भी चौंका दिया। सच्चाई का यह खुलासा एक और बड़ा झटका था। रहस्य की परतें खुलने लगी थीं, और माहौल में मौजूद हर शख्स इस नए मोड़ को समझने की कोशिश कर रहा था।

अंतिम लड़ाई का दृश्य

दोपहर की धूप झुलसा रही थी, लेकिन मैदान में फैली अराजकता इससे भी ज्यादा जलती हुई लग रही थी। सुषांत ने बिना समय गवांए बैग अजय की ओर फेंका। अजय ने ज़ाहिद को चकमा देते हुए बैग को लपक लिया। वह फुर्ती से पास खड़ी एक कार के पीछे लुढ़क गया, अपनी वेशभूषा हटाई और पिस्तौल निकाल ली।

उसकी नजरें एक पल में स्थिति का आकलन कर चुकी थीं। रहीम और उस्मान, लगभग चालीस गज दूर, एक वैन की ओर भाग रहे थे। अजय ने तेजी से दाईं ओर खिसकते हुए वैन के नीचे दिख रहे रहीम के पैरों पर निशाना साधा। उसकी प्रशिक्षित सटीकता ने काम किया। गोली लगते ही रहीम तेज़ चीख के साथ जमीन पर गिर पड़ा। अजय ने बिना रुके तीन-चार गोलियां दाग दीं, रहीम को क्रूर दक्षता के साथ खत्म कर दिया।

जैसे ही रहीम का शरीर जमीन पर ढहा, अजय तुरंत एक दूसरी कार के पीछे लुढ़क गया। हर कदम उसे अगली कार्रवाई के लिए तैयार कर रहा था।

अजय ने सुषांत की ओर देखा और इशारा किया, कवर फायर के लिए। सुषांत ने अपनी फायरिंग जारी रखी, उस्मान को और पीछे हटने पर मजबूर कर दिया। अजय ने मौका देखा और एक कार की छत पर कूद गया। दोनों पिस्तौल से गोलियां चलाते हुए वह तेजी से आगे बढ़ा। उसकी गोलियों ने उस्मान को निशाना बनाया। उस्मान लड़खड़ाते हुए गिर पड़ा।

धूल और गनपाउडर की गंध धीरे-धीरे कम हुई। अनिता, अपनी घबराहट को काबू करते हुए, अजय की ओर दौड़ी और उसे कसकर गले लगा लिया। दोनों चारों ओर का जायजा ले रहे थे, उनके दिल अभी भी इस रोमांचक लड़ाई से उबरने की कोशिश कर रहे थे।

अनिता ने रहीम का शरीर ज़मीन पर पड़ा देखा और व्यंग्यपूर्ण स्वर में कहा "रहीम, तुम तो गंगा-जमुना की एकता की बड़ी-बड़ी बातें करते थे। लेकिन हकीकत में, तुम सिर्फ एक आतंकवादी निकले।" उसके शब्द हवा में गूंजे, सच का बोझ हर किसी पर भारी पड़ता हुआ।

अजय ने गंभीरता से सिर हिलाया। "हां," उसने शांत स्वर में कहा। "ऐसे लोग हमारी सभ्यता की जड़ों को खोखला कर देते हैं। जो हाथ इन्हें सहारा देता है, ये उसी को काटते हैं।"

तभी, घायल और लगभग निर्जीव उस्मान ने एक आखिरी प्रयास किया। उसने धीरे-धीरे एक छिपी हुई पिस्तौल की ओर हाथ बढ़ाया। उसकी आंखों में अब भी नफ़रत की जिद थी।

"अजय, सावधान!" सुषांत की आवाज़ गूंजी। अजय ने बिना देर किए पलटकर उस्मान के सीने में गोली मार दी। गोली की आवाज़ के साथ ही उस्मान का शरीर एक आखिरी झटका खाकर ज़मीन पर गिर पड़ा। एसीपी राठौड़, ट्रक ड्राइवर के वेश में घटनास्थल पर पहुंचे। उन्होंने उस्मान की हरकत समझते हुए तुरंत निशाना साधा और उसकी पीठ में गोली दाग दी। ठीक उसी पल अजय ने भी गोली चलाई। दोनों गोलियों की गूंज ने उस खूनी अध्याय का अंत कर दिया। इस बीच, ज़ाहिद ने अपने भीतर के संघर्ष को तोड़ते हुए रहीम की गिरी हुई पिस्तौल उठाई और उस्मान पर गोली चला दी। यह सुनिश्चित करते हुए कि वह अब कभी नहीं उठ सके।

अजय, अनिता और अन्य लोग उस्मान के निर्जीव शरीर के पास इकट्ठा हुए। उनकी पिस्तौलें अब भी किसी अप्रत्याशित हरकत के लिए तनी हुई थीं। ज़ाहिद पास खड़ा था, उसके चेहरे पर राहत और दुख का अजीब सा मिश्रण दिख रहा था।

"ऐसी सोच ने मेरे देश को बर्बाद कर दिया है," ज़ाहिद ने पिस्तौल नीचे फेंक दी और दर्द भरी आवाज़ में उस्मान की ओर इशारा करते हुए कहा। उसके शब्द जैसे हर किसी की आत्मा को झंझोड़ रहे थे।

सुषांत ने अपनी पिस्तौल ज़ाहिद पर तान रखी है, उसकी ओर बढ़ा, लेकिन अजय ने उसे रोकते हुए कहा, "रुको, सुषांत। एक सच्चा भारतीय निहत्थे या निर्दोष पर वार नहीं करता।" फिर ज़ाहिद की ओर मुड़ते हुए उसने कहा, "अब तुम सुषांत की हिरासत में हो। वह तुम्हें सुरक्षित सीमा पार तक छोड़ आएगा।"

सुषांत की ओर देखते हुए अजय ने जोड़ा, "अपनी रिपोर्ट में, ज़ाहिद का नाम कभी नहीं आएगा।" ज़ाहिद ने हल्की आवाज़ में बुदबुदाया, "मेरा काम अभी खत्म नहीं हुआ।"

इस बीच, एसीपी राठौड़ ने चुपचाप अपना फोन निकाला और कहा, "काम हो गया"। दूसरी ओर से आवाज़ आई, "तुम्हारी कीमत चुकाई जाएगी।" उनकी आवाज़ में संतोष का हल्का संकेत था, जैसे एक सफल मिशन को पूरा करने की स्वीकृति मिल गई हो।

तनाव अब धीरे-धीरे कम हो रहा था। अजय और अनिता ने बच्चे को उसके आभारी माता-पिता को लौटा दिया। माता-पिता की आंखों में मौन कृतज्ञता थी, जो उस बहादुरी और त्याग का सम्मान कर रही थी। यह पल छोटा था, लेकिन इसकी गूंज अजय और अनिता के दिलों में लंबे समय तक बनी रही। उन्हें याद दिलाते हुए कि अराजकता के बीच उन्होंने कितनी जिंदगियां बचाई थीं।

सीमाओं से परे

एक संयोग, जहां मिला अनगढ़ हुनर

एक सुनहरी सुबह थी, जब प्रथमेश कदम अपनी पुरानी लैंब्रेटा स्कूटर पर ऑफिस के लिए निकले। आज उन्होंने सोचा कि रोज़ की भीड़-भाड़ से बचने के लिए थोड़ा अलग रास्ता लिया जाए—शायद शॉर्टकट लेने से जल्दी पहुँचकर बॉस की डाँट से बच जाएंगे।

सुबह की हल्की धूप मोहल्ले की तंग गलियों में इस तरह फैली थी, जैसे किसी ने सोने की पतली चादर बिछा दी हो। आस-पास के घरों से उठती सुबह की महक, परिंदों की चहचहाहट, और पास वाली गली में बच्चों के क्रिकेट खेलने की आवाज़ें मिलकर एक प्यारा सा माहौल बना रही थीं।

स्कूटर अपनी हल्की घरघराहट के साथ आराम से आगे बढ़ रही थी कि तभी, न जाने कहाँ से एक टेनिस बॉल उछलती हुई आई और सीधे प्रथमेश के सिर पर जा लगी। वह हड़बड़ा गए, झटके से ब्रेक लगाया, स्कूटर को रोका, और सिर सहलाते हुए इधर-उधर देखने लगे। इस शांत सुबह में यह छोटा-सा हादसा जैसे अचानक कहीं से टपक गया था, एक अनचाही उलझन की तरह।

बॉल सिर लगने की वजह से उनका स्कूटर का संतुलन बिगड़ गया था, पर उन्होंने फुर्ती से संभाल लिया। इसी बीच, गली में क्रिकेट खेल रहे लड़कों का झुंड उनकी ओर भागा चला आया। उनके चेहरों पर चिंता लिखी थी।

उनमें सबसे आगे एक बड़ा लड़का था, जिसने तुरंत अपना गुस्सा एक छोटे खिलाड़ी पर निकाल दिया।

"कितनी बार कहा है, नीचे खेलो!" बड़े ने उंगली हिलाते हुए डांटा।

छोटा लड़का, सहमा और घबराया हुआ, माफी मांगने लगा। "जानबूझकर नहीं किया, भैया!" उसने विनती की।

लेकिन बड़ा लड़का मानने को तैयार नहीं था। "अब तेरा बैटिंग खत्म!" उसने गुस्से से ऐलान किया।

"पर मैं आउट नहीं हूं!" छोटे लड़के ने हल्की आवाज में विरोध किया। "तूने किसी के सिर पर गेंद मारी है—तू आउट है!" बड़े लड़के ने सख्ती से कहा।

प्रथमेश, अब तक स्कूटर पर बैठे, उन्हें हाथ हिलाकर शांत करने लगे। "मैं ठीक हूं, बच्चों। कोई नुकसान नहीं हुआ। जाओ, खेलो," उन्होंने मुस्कुराते हुए कहा।

लड़के कुछ पल रुके, फिर खेल में लौट गए। इस बीच, प्रथमेश ने अपना स्कूटर गली के किनारे खड़ा किया और पास की दीवार पर बैठ गए। शुरुआत में तो यह सिर्फ थोड़ा आराम करने का मौका था, लेकिन जल्दी ही यह खेल को करीब से देखने का मौका बन गया।

खेलते बच्चों के बीच, खेलते बच्चों के बीच, वही छोटा लड़का फिर से बल्लेबाजी करने लगा। उसकी शांति और आत्मविश्वास ने प्रथमेश का ध्यान खींचा। उसकी स्थिरता और आत्मीयता कुछ अलग थी। जैसे ही उसने अपना बल्ला थामा, प्रथमेश ध्यान से उसकी हर हरकत देखने लगे। हर शॉट में उसका टाइमिंग और नियंत्रण अद्भुत था। कठिन गेंदें भी वह इतनी सहजता से खेल रहा था कि प्रथमेश मंत्रमुग्ध हो गए।

थोड़ी ही देर में खेल का रुख बदला। एक सीनियर बल्लेबाज क्रीज पर आया और गेंदबाजों को आसानी से छक्के-चौके लगाने लगा। ऐसा लग रहा था कि उसे रोक पाना किसी के बस की बात नहीं। तभी उस छोटे लड़के को गेंदबाजी करने का मौका मिला।

बिना घबराए, लड़के ने गेंद हाथ में ली, ग्रिप को ठीक किया, और रन-अप लेने लगा। उसका लेफ्ट-आर्म स्पिन देखते ही बनता था—संतुलित और सटीक, लाइन और लेंथ पर बेहतरीन नियंत्रण। प्रथमेश देखते रहे, जैसे वह जादू देख रहे हों। बड़े बल्लेबाज की हर कोशिश नाकाम हो रही थी। बार-बार गेंद बल्ले को चकमा देती, और बल्लेबाज हताश नजर आता।

प्रथमेश ने पास खड़े एक फील्डर से पूछा, "इस लड़के का नाम क्या है?"

फील्डर ने उस छोटे गेंदबाज की ओर इशारा करते हुए कहा, "अजय। वो सामने वाली झुग्गियों में रहता है। दूसरी गली के पास पूछ लो, सब उसे जानते हैं।"

घड़ी पर नजर डालते ही प्रथमेश को अहसास हुआ कि उन्हें देर हो रही है। आखिरी बार अजय की ओर देखते हुए, वह अपने स्कूटर पर वापस लौटे और उसे किक मारकर चालू किया। ऑफिस जाते हुए भी उनका ध्यान उस लड़के पर ही था।

अजय में कुछ खास था—एक चमक, जो अभी अनगढ़ थी लेकिन संभावनाओं से भरी हुई थी। प्रथमेश के मन में कहीं गहरे, एक विश्वास जाग उठा कि यह लड़का कुछ बड़ा कर सकता है।

प्रथमेश को अपने जुनून की कीमत चुकानी पड़ी

ऑफिस में, प्रथमेश अभी अपनी कुर्सी पर बैठे ही थे कि बॉस की तीखी आवाज ने उन्हें केबिन में बुला लिया। आवाज में हमेशा की तरह अधिकार की झलक थी। खुद को तैयार करते हुए वह अंदर गए। मिस्टर शर्मा, तेजतर्रार शब्दों और समय की पाबंदी के लिए जाने जाते थे, उन्होंने अपनी नजरें कागजों के ढेर से ऊपर उठाने की जहमत भी नहीं की।

"यह इस महीने की तीसरी बार है जब तुम लेट आए हो," मिस्टर शर्मा ने सख्त लहजे में कहा। "क्या तुम्हें समझ में आता है कि इस ऑफिस में समय की पाबंदी कितनी जरूरी है? तुम्हारी देरी से काम का फ्लो बिगड़ता है, और बाकी लोगों को तुम्हारा काम संभालना पड़ता है।"

डेस्क के पास खड़े प्रथमेश ने ईमानदारी से माफी मांगी और बताया कि सुबह एक टेनिस बॉल की वजह से हुए छोटे से हादसे के कारण उन्हें देर हो गई। लेकिन मिस्टर शर्मा के चेहरे पर कोई नरमी नहीं आई। उन्होंने कलम नीचे रखी और सीधा उनकी तरफ देखा, उनकी नजरें टिकी रहीं।

"ऐसा लगता है जैसे हादसे तुम्हारे साथ ही होते हैं, प्रथमेश," उन्होंने हल्के व्यंग्य और निराशा के मिश्रण वाले स्वर में कहा। "तुम्हारी यहां ज़िम्मेदारियां हैं। यह सिर्फ तुम्हारे बारे में नहीं है—यह पूरी टीम के बारे में है, जो तुम पर भरोसा करती है कि तुम अपना काम ठीक से करोगे।"

कुछ पल के लिए चुप्पी छा गई, और प्रथमेश को लगा कि डांट यहीं खत्म हो गई। लेकिन फिर, एक हल्की समझदारी भरे लहजे में, मिस्टर शर्मा ने कहा, "देखो, मुझे पता है कि तुम बच्चों को क्रिकेट सिखाने में कितना समर्पित हो। यह सराहनीय है, सच में। लेकिन इसे यहां के काम पर हावी मत होने दो। तुम्हें दोनों के बीच संतुलन बनाना होगा।"

प्रथमेश ने गहरी ईमानदारी से सिर हिलाया और अपने बॉस के बदले हुए लहजे की सराहना की। "समझ गया, सर। अब ऐसा नहीं होगा," उन्होंने वादा किया।

केबिन से बाहर निकलते समय, प्रथमेश के मन में अपराधबोध और संकल्प का एक अजीब सा मिश्रण था। वह अपने काम को महत्व देते थे, लेकिन क्रिकेट और

उन बच्चों के प्रति उनका जुनून उनकी ज़िंदगी का अटूट हिस्सा था। उन्होंने खुद से वादा किया कि वह दोनों दुनियाओं को संतुलित करने का रास्ता निकालेंगे, ताकि किसी एक का असर दूसरे पर न पड़े।

आशा और विश्वास की यात्रा

उस शाम, अजय की प्रतिभा और उसके जीवन की सच्चाइयों के बीच उलझते हुए, प्रथमेश कदम तंग और घुमावदार झुग्गी बस्तियों की गलियों में पहुंचे। टिमटिमाती स्ट्रीट लाइट्स का हल्का उजाला रास्ता दिखा रहा था, और हवा में मिट्टी के तेल और बनते हुए खाने की महक तैर रही थी। सुबह मिली जानकारी के सहारे वह एक छोटे और भीड़भाड़ वाले घर के सामने पहुँचे, जिसकी जर्जर दीवारें भीतर की परेशानियों की कहानी कह रही थीं।

धीमे से दरवाजा खटखटाने पर, एक चरमराती आवाज के साथ दरवाजा खुला और अजय की माँ सामने आईं। उनके चेहरे पर सतर्कता और जिज्ञासा थी। इससे पहले कि वह कुछ कह पातीं, अजय दौड़कर बाहर आया, उसके चेहरे पर घबराहट और अपराधबोध झलक रहा था। "मैंने सुबह ही माफी मांग ली थी," उसने हड़बड़ाते हुए कहा। "मैंने जानबूझकर आपको चोट नहीं मारी!"

प्रथमेश हँस पड़े, उनका स्वर गर्मजोशी भरा था। "आराम से, अजय। मैं यहाँ उस बात के लिए नहीं आया हूँ। मैं तुमसे तुम्हारे क्रिकेट के बारे में बात करने आया हूँ।"

अजय की माँ ने झिझकते हुए उन्हें अंदर बुला लिया। घर छोटा था, दीवारों पर उखड़ती हुई पेंट और गिने-चुने सामान थे। उन्होंने प्रथमेश को दो पुरानी-सी कुर्सियों में से एक पर बैठने का इशारा किया। "यह हमेशा क्रिकेट खेलता रहता है," उन्होंने हाथ मोड़ते हुए शिकायत की। "मैं इसे पढ़ाई पर ध्यान देने को कहती हूँ, लेकिन यह सुनता ही नहीं। क्रिकेट से पेट नहीं भरता।"

प्रथमेश ने उनकी बात गौर से सुनी और नर्मी से कहा, "पढ़ाई की अहमियत मैं समझता हूँ, लेकिन अजय में कुछ खास है। उसकी प्रतिभा को नज़रअंदाज़ नहीं किया जा सकता।"

बात अभी आगे बढ़ती ही कि दरवाजा अचानक खुला और अजय के पिता लड़खड़ाते हुए अंदर आए। शराब की गंध उनके साथ थी, और उन्होंने अपनी पत्नी को पैसे के लिए डांटना शुरू कर दिया। कमरे का माहौल अचानक भारी हो

गया। अजय एक कोने में सिमट गया, असहज और चुप। परिस्थिति को बिगड़ने से रोकने के लिए, प्रथमेश चुपचाप खड़े हो गए। "मैं किसी और वक्त आऊंगा," उन्होंने धीमे स्वर में कहा और ठंडी हवा में बाहर निकल आए।

एक योजना बनती है

जैसे ही वह अपनी स्कूटर की तरफ बढ़े, अजय के घर में देखे उस उथल-पुथल भरे दृश्य की छवि उनके मन में बस गई। वह तनाव, चिंता, और भावनाओं का तीव्र प्रवाह उनके भीतर गूंजता रहा। लेकिन उस सबके बीच अजय की क्रिकेट प्रतिभा की झलकें सबसे अधिक साफ थीं। अजय का हुनर बेमिसाल था, और खेल के प्रति उसका जुनून उसकी जिंदगी की मुश्किलों के बावजूद झलकता था।

उस रात, नींद प्रथमेश की आँखों से कोसों दूर रही। उनके ख्याल अजय के भविष्य पर टिके रहे। उन्होंने कई बार देखा था कि कैसे हालात की मार ने बेहतरीन प्रतिभाओं को पीछे धकेल दिया। वह नहीं चाहते थे कि अजय का भी यही अंजाम हो। अजय को उसके संघर्षों से ऊपर उठने का मौका मिलना चाहिए था। उसके पास हुनर था, हौसला था, और सबसे बढ़कर, उसकी आँखों में वह दृढ़ता थी जो उसे महान बना सकती थी।

सुबह की पहली रोशनी के साथ, प्रथमेश के इरादे और भी पक्के हो गए। उन्होंने अपनी पुरानी और भरोसेमंद लैम्ब्रेटा स्कूटर स्टार्ट की। इस बार उनका मिशन साफ था—अजय को एक बेहतर भविष्य का मौका देना। यह अब केवल क्रिकेट की बात नहीं थी। यह एक जिंदगी बचाने और उसे उसकी काबिलियत के अनुसार नया मुकाम देने की बात थी।

स्कूटर की गड़गड़ाहट के साथ, प्रथमेश का दिल दृढ़ संकल्प से भर गया। वह अजय के घर लौट रहे थे, इस यकीन के साथ कि इस बार वह उस लड़के की जिंदगी बदलने के लिए आए हैं।

एक वादा भरी बातचीत

प्रथमेश जब अजय के घर पहुँचे, तो दरवाजे पर दस्तक देने से पहले एक पल के लिए ठिठके। इस बार दरवाजा अजय के पिता ने खोला। उनका मिज़ाज पहले से शांत लेकिन सतर्क था। "जी, कहिए?" उन्होंने उत्सुकता से पूछा।

"मैं अजय के बारे में बात करना चाहता हूँ," प्रथमेश ने कहा। "उसमें बेहतरीन क्रिकेटर बनने की जबरदस्त क्षमता है, और मैं उसे अपनी अकादमी में दाखिला देना चाहता हूँ।"

अजय के पिता ने दरवाजा थोड़ा और खोलते हुए उन्हें अंदर आने दिया। परिवार के सभी सदस्य छोटे-से कमरे में इकट्ठा हो गए, उनके चेहरों पर उम्मीद और संशय का मिश्रण था। प्रथमेश ने अपनी बात जारी रखी, उनका स्वर स्थिर और आत्मविश्वास से भरा था। "मैं उसकी ट्रेनिंग और पढ़ाई का सारा खर्च उठाऊंगा। मेरी बस एक ही शर्त है—आप उसे क्रिकेट खेलने दें।"

अजय के पिता के चेहरे पर संदेह की लकीरें उभर आईं। "हम तो जैसे-तैसे गुज़ारा कर रहे हैं। क्रिकेट से हमें क्या फायदा होगा?"

प्रथमेश ने थोड़ा आगे झुकते हुए दयालु लेकिन दृढ़ स्वर में कहा, "एक अच्छा खिलाड़ी न सिर्फ अपने परिवार का भरण-पोषण कर सकता है, बल्कि इस बस्ती का नाम भी रोशन कर सकता है। मुझे पूरा यकीन है कि अजय में वह काबिलियत है।"

अब तक चुप बैठी अजय की माँ धीरे से बोलीं, "अगर वह सफल हुआ, तो हमारी ज़िंदगी बदल सकती है।"

प्रथमेश ने आश्वस्त करते हुए सिर हिलाया। "मेरा यही उद्देश्य है—अजय को न सिर्फ अपने लिए बल्कि आप सभी के लिए सफल बनाना।" एक लंबी चुप्पी के बाद, अजय के पिता ने अपना हाथ बढ़ाया। "आपकी बात पर भरोसा है, साहब। हम आपको अपना बेटा सौंपते हैं।"

प्रथमेश ने उनका हाथ मजबूती से थामा। उनकी आँखों में कृतज्ञता और दृढ़ निश्चय झलक रहा था। "हम मिलकर अजय को अच्छा क्रिकेटर बनाएंगे।"

घर से बाहर निकलते हुए, प्रथमेश के भीतर एक नया जोश उमड़ रहा था। वह जानते थे कि आगे का रास्ता कठिन होगा, लेकिन उन्होंने अजय को एक उज्ज्वल भविष्य की ओर ले जाने का ठान लिया था।

अजय का सफर: सपनों से हकीकत तक

अजय के महान सफर की शुरुआत क्रिकेट अकादमी के मैदान पर उस सुबह हुई। वह एक खड़खड़ाती ऑटो से उतरा, हाथ में छोटा-सा पुराना बैग लिए हुए,

जिसमें उसकी कुछ ही ज़रूरी चीज़ें थीं। अकादमी के साफ-सुथरे मैदान को देखकर उसकी आँखें चमक उठीं। ताज़ा कटी घास की खुशबू और बल्ले से टकराती गेंदों की आवाज़ ने उसके भीतर एक अजीब-सी अपनापन की भावना जगा दी।

पहली बार अकादमी के गेट से गुजरते हुए, अजय के चेहरे पर दृढ़ता साफ झलक रही थी। उसकी विनम्र शुरुआत अकादमी के चमकदार ढांचे से बिल्कुल उलट थी, लेकिन उसके भीतर एक साइलेंट कॉन्फिडेंस था।

अजय को एक छोटे लेकिन जीवंत कमरे में जगह मिली, जिसे वह तीन और खिलाड़ियों के साथ साझा करता था। जब उसने बिस्तर पर बैठकर अपने नए घर को देखा, तो बिस्तर की चरमराहट ने उसे थोड़ा हंसा दिया। उसके रूममेट्स—रवि, कुणाल, और सिद्धार्थ—ने उसका गर्मजोशी से स्वागत किया। कुछ ही पलों में क्रिकेट के प्रति उनके साझा जुनून ने उन्हें एक कर दिया।

शाम के समय कमरे में हंसी-ठिठोली और साझा स्टोव पर पकते साधारण खाने की महक छाई रहती। गर्म चाय के कप के साथ, लड़के अपने किस्से, सलाह, और सपने बांटते। सीमित संसाधनों के बावजूद, कमरे में जोश और उम्मीद की ऊर्जा बहती रहती।

मैदान पर: एक सितारे का उदय

अकादमी के मैदान पर, अजय ने अपना पहला कदम रखा। किसी के पुराने क्रिकेट गियर पहने, उसने इतना अच्छा क्रिकेट बैट पहली बार हाथ में लिया था। बैट का वजन और उसमें छिपी संभावनाओं को उसने महसूस किया। सूरज की तेज़ रोशनी के बीच, अजय ने अपनी पहली गेंद का सामना किया। उसकी पकड़ बल्ले पर मजबूत थी और नज़रें पूरी तरह केंद्रित। गेंदबाज़ तेजी से दौड़कर आया, लेकिन अजय के बल्ले ने गेंद को जोरदार झटके से दूर उछाल दिया।

हर सेशन में उसका कच्चा लेकिन शानदार टैलेंट झलकने लगा। चाहे वह अनगिनत लैप्स दौड़ना हो, बैटिंग स्ट्रोक्स को सुधारना हो, या स्पिन गेंदबाज़ी का अभ्यास करना—अजय ने हर काम में अपनी पूरी ताकत लगा दी। उसकी अथक मेहनत ने प्रथमेश और बाकी कोचों का ध्यान खींचा। वे उसकी प्रतिभा में महानता की झलक देखने लगे।

अजय की परफॉर्मेंस की खबरें तेजी से अकादमी में फैलने लगीं। साथी खिलाड़ी और फैन्स उसे प्रैक्टिस करते देखने जुटने लगे। सबके बीच एक ही चर्चा थी— "यह लड़का तो सोने के स्पर्श वाला है!"

सफलता की सीढ़ियाँ चढ़ते हुए

जल्द ही, अजय की मेहनत रंग लाने लगी। उसे एक प्रतिष्ठित क्रिकेट क्लब में खेलने का मौका मिला, जहाँ उसकी हरफनमौला क्षमताएँ—मजबूत बल्लेबाजी और चतुराई भरी गेंदबाजी—सबका ध्यान खींचने लगीं। सीनियर डिवीजन लीग में खेलते हुए, अजय ने लगातार अनुभवी खिलाड़ियों को पीछे छोड़ दिया, और सबका सम्मान और प्रशंसा अर्जित की।

कुछ ही महीनों में, अजय का नाम क्रिकेट की दुनिया में उभरती हुई प्रतिभा के रूप में मशहूर हो गया। उसकी शानदार परफॉर्मेंस ने उसे फ़र्स्ट-क्लास टीम में जगह दिलाई, जहाँ वह सबसे कम उम्र का खिलाड़ी बनकर इतिहास रचने में कामयाब रहा। मैच दर मैच, अजय ने जबरदस्त प्रदर्शन किया और भविष्य के स्टार के रूप में अपनी पहचान मजबूत की।

एक खास रात, जब दिनभर की कड़ी प्रैक्टिस के बाद अजय अपने कमरे के फर्श पर पालथी मारकर दोस्तों के साथ खाना खा रहा था, कमरे में सिर्फ एक बल्ब की हल्की, झपकती रोशनी थी। बातचीत क्रिकेट और जीवन के इर्द-गिर्द घूम रही थी।

"अजय," रवि ने प्रशंसा भरे स्वर में कहा, "तुम्हें बहुत किस्मत मिली है कि तुम्हारे कोच प्रथमेश सर हैं। वह सिर्फ क्रिकेट सिखा नहीं रहे, हमें खिलाड़ी और इंसान बना रहे हैं।"

कुणाल ने उत्साह से सिर हिलाया। "और जब ज़रूरत हो, तो सख्त भी हो जाते हैं। अगर कोई मेहनत से पीछे हटे, तो तुरंत टोक देते हैं। लेकिन ये सब हमारी भलाई के लिए है।" सिद्धार्थ ने गंभीरता से कहा, "वो हमारे लिए पिता जैसे हैं। अगर वो ना होते, तो शायद हम यहाँ भी नहीं होते। वह इस अकादमी की जान हैं।"

अजय ने ध्यान से उनकी बातें सुनीं, जो उसके दिल को छू गईं। "मैंने ये पहले दिन से महसूस किया है," उसने सच्चाई से जवाब दिया। "मैं अपना सब कुछ दूंगा ताकि ये मौका व्यर्थ ना जाए। मैं न तो उन्हें निराश कर सकता हूँ, न ही खुद को।"

सितारे का उदय

जैसे-जैसे अजय का करियर आगे बढ़ा, उसके प्रदर्शन ने उसे अकादमी से बड़े मंच तक पहुँचा दिया। पत्रकार उसके मैचों पर रिपोर्ट लिखने लगे, फैन्स उसकी हर हरकत पर तालियाँ बजाने लगे, और सिलेक्टर्स ने भी उसे नोटिस करना शुरू कर दिया। अजय विनम्र लेकिन महत्वाकांक्षी बना रहा, अपने परिवार के संघर्ष और प्रथमेश सर के अटूट विश्वास से प्रेरित।

प्रथमेश अकसर किनारे खड़े होकर अजय को खेलते देखते, उनका दिल गर्व से भर जाता। वह लड़का, जो कभी फटे पुराने बैग के साथ अकादमी में दाखिल हुआ था, अब ऐसा नाम बन चुका था जिसकी गूंज क्रिकेट स्टेडियमों में सुनाई देती थी।

अजय का उदय सिर्फ उसकी सफलता नहीं थी, बल्कि यह दृढ़ता, प्रतिभा और एक ऐसे मेंटर के विश्वास की कहानी थी, जिसने उस पर भरोसा किया। प्रथमेश के लिए यह सफर अभी खत्म नहीं हुआ था, लेकिन यह एक जश्न मनाने लायक जरूर था।

शानदार पल

स्टेडियम में उत्साह चरम पर था, जब केवल 14 साल का अजय मंच पर चढ़ा। उसकी हाथों में मैन ऑफ द टूर्नामेंट की चमचमाती ट्रॉफी थी, जो डूबते सूरज की रोशनी में और भी चमक रही थी। चेहरे पर गर्व भरी मुस्कान थी, और चारों तरफ तालियों की गूंज। अजय ने अपने हरफनमौला प्रदर्शन से सबको चौंका दिया था— बल्ले से उसकी नाजुक लेकिन दमदार स्ट्रोक्स और उसकी चालाकी भरी लेफ्ट-आर्म स्पिन ने अनुभवी खिलाड़ियों को भी मात दे दी थी। अब उसका नाम हर जुबां पर था।

मंच से नीचे उतरते ही, उसके कोच प्रथमेश उसके पास आए। उन्होंने अजय के कंधे पर एक सख्त लेकिन स्नेह भरा हाथ रखा और आँखों में चमक लिए कहा, "शानदार खेला, अजय! आज रात मेरे घर आना। इस पल को सेलिब्रेट करना बनता है।"

अजय, अपनी उपलब्धि की चमक में डूबा, कृतज्ञता से सिर हिलाते हुए बोला, "धन्यवाद, सर। यह मेरे लिए सम्मान की बात होगी।"

प्रथमेश का घर - गर्मजोशी भरा स्वागत

उस शाम, अजय प्रथमेश के घर पहुँचा। यह घर साधारण लेकिन स्नेह और परिवार की गर्मजोशी से भरा हुआ था। दरवाजा खुला तो सामने प्रथमेश की पत्नी आरती खड़ी थीं। उनकी मुस्कान उतनी ही मधुर थी जितनी उनकी आवाज़। "अजय, स्वागत है! तुम्हारे बारे में बहुत सुना है। अंदर आओ, इसे अपना ही घर समझो।"

"धन्यवाद, मैम," अजय ने उत्तर दिया और अंदर कदम रखा। घर में पके खाने की खुशबू हवा में घुली हुई थी, जो उसे तुरंत उसके अपने घर की याद दिला गई।

प्रथमेश ने आवाज़ लगाई, "रिया, नेहा, इधर आओ! देखो आज रात हमारे साथ कौन है।"

डाइनिंग एरिया से दो चमकते चेहरे बाहर आए। रिया, जो बड़ी थी, ने सौम्य मुस्कान दी, जबकि नेहा, छोटी, उत्साह से उछल पड़ी। "वाह, पापा! उभरता हुआ क्रिकेट स्टार हमारे घर आया है!" नेहा ने चमकती आँखों से कहा।

अजय, उनकी बातों से शर्माते हुए, हल्के से मुस्कुराया। "नमस्ते, रिया, नेहा।"

सब लोग खाने की मेज पर बैठे। आरती ने यह सुनिश्चित किया कि अजय की प्लेट कभी खाली न हो। वह उसे ममता भरे अंदाज़ में खाना परोसते हुए बोलीं, "अच्छे से खाओ, अजय। एक सच्चे खिलाड़ी को ताकत की ज़रूरत होती है।"

अजय मुस्कुराया, खुद को लंबे समय बाद किसी परिवार का हिस्सा महसूस करते हुए। "धन्यवाद, मैम। इतना अच्छा खाना तो मैंने बहुत दिनों बाद खाया है।

आरती हँस पड़ीं। "मुझे मैम मत कहो, अजय। आंटी कहो। और अगर कभी घर का खाना खाने का मन करे, तो यहाँ आ जाना।"

अजय की मुस्कान गहरी हो गई। "आज की दाल ने मुझे घर की याद दिला दी। धन्यवाद, आंटी।"

बातचीत के दौरान, रिया ने उत्सुकता से आगे झुकते हुए पूछा, "अजय, अनुभवी खिलाड़ियों के खिलाफ खेलना कैसा लगता है? और इतनी कम उम्र में मैन ऑफ द टूर्नामेंट जीतने का अनुभव कैसा है?"

अजय ने नर्म स्वर में जवाब दिया, "शुरुआत में डरावना लगता था। लेकिन जब खेलना शुरू किया, तो ध्यान सिर्फ खेल पर था। जीतना... यह एक सपने जैसा लगता है, जिससे जागना नहीं चाहता।"

नेहा बीच में बोली, "पापा कहते हैं कि तुम सिर्फ टैलेंटेड ही नहीं, बल्कि बहुत मेहनती भी हो। यही कारण है कि तुम सफल हो रहे हो।"

प्रथमेश ने सिर हिलाया, उनके चेहरे पर गर्व साफ दिख रहा था। "अजय में भूख है—सिर्फ खाने की नहीं, बल्कि सफलता की। यही उसे सबसे अलग बनाता है।"

अजय ने नज़रें झुका लीं, अपनी आँखों में भर आए आँसू छुपाने की कोशिश करते हुए। "सर ने मुझ पर तब भरोसा किया, जब मुझे खुद पर भी यकीन नहीं था। मैं सब कुछ उनका ही कर्ज़ मानता हूँ।"

डिनर खत्म होने के बाद, आरती ने अजय के हाथ पर धीरे से हाथ रखा। "तुम अब हमारे परिवार का हिस्सा हो। इसे हमेशा याद रखना।"

अजय का दिल भावनाओं से भर गया। लंबे समय बाद उसे ऐसा लगा जैसे वह किसी परिवार का हिस्सा है। इस स्नेहमयी परिवार के बीच, उसने मन ही मन और कड़ी मेहनत करने का संकल्प लिया—सिर्फ अपने लिए नहीं, बल्कि उन लोगों के लिए भी जो उस पर विश्वास करते थे।

नेहा और रिया ने मुस्कान भरे चेहरों से उसे विदा किया। "शुभकामनाएँ, अजय। हमें यकीन है तुम बहुत आगे जाओगे!"

जैसे ही अजय रात के सन्नाटे में ट्रॉफी हाथ में लिए घर से बाहर निकला, उसने आसमान की ओर देखा। भविष्य उसे असीम संभावनाओं और उम्मीदों से भरा हुआ महसूस हुआ। उसे एहसास हुआ कि इस नए परिवार के प्यार और समर्थन के साथ कोई भी चुनौती असंभव नहीं होगी।

ड्रेसिंग रूम में प्रतिद्वंद्विता

अजय लकड़ी की बेंच पर बैठा था, ड्रेसिंग रूम की हलचल के बीच। अभी-अभी मिली शानदार जीत का भार वह महसूस कर रहा था। मैच का जोश अब भी उसकी रगों में था, और उसके साथ गर्व की भावना भी। केवल 18 साल की उम्र में, अजय ने फर्स्ट-क्लास टीम के लिए डेब्यू किया था और अपने बेहतरीन प्रदर्शन

से टीम को जीत दिलाई थी। लेकिन साथियों की हंसी-ठिठोली के बीच एक तनाव का साया भी था।

कोने में, जतीन मल्होत्रा, टीम का सीनियर बल्लेबाज, चुपचाप बैठा था। उसके कंधे झुके हुए थे, और चेहरे पर नाराज़गी साफ झलक रही थी। पास ही खड़े दानिश, जो हर बात पर नजर रखने वाले खिलाड़ी थे, यह देखकर उसके पास आ गए।

"क्या बात है, जतीन? इतना उदास क्यों दिख रहे हो?" दानिश ने जानबूझकर हल्के अंदाज़ में पूछा।

जतीन ने गहरी सांस ली, उसकी हताशा शब्दों में छलक पड़ी। "आज अजय ने मेरी जगह ली और मैच जिता दिया। पाँच साल की मेहनत लग रहा है जैसे हाथ से फिसल रही हो।"

दानिश के चेहरे पर एक शरारती मुस्कान उभरी। "अरे, उसने आज तुम्हारी जगह ले ली होगी, लेकिन हमेशा के लिए तुम्हारी पोज़िशन छीनने मत देना। तुम्हें लड़ना होगा, जतीन। उसकी कमजोरियों पर ध्यान दो, और उसे दबाव महसूस कराओ।"

जतीन थोड़ी देर के लिए झिझका, उसकी आवाज में संदेह झलक रहा था। "लेकिन उसका प्रदर्शन लाजवाब था। हर कोई उसकी तारीफ कर रहा है। मेरा आत्मविश्वास डगमगा रहा है।"

दानिश ने गुप्त अंदाज में थोड़ा झुकते हुए कहा, उसकी आवाज़ में चालाकी टपक रही थी, "आत्मविश्वास तो आता-जाता रहता है। लेकिन तुम्हें चाहिए रणनीति। उसे धीरे-धीरे नीचे गिराओ—उसकी हर छोटी-सी गलती को उछालो। उसे खुद पर शक करने पर मजबूर करो।"

जतीन के चेहरे पर पहले की उदासी की जगह अब एक धीमी, दृढ़ मुस्कान ने ले ली। "तुम ठीक कह रहे हो। मैं अजय को दिखा दूंगा कि वह 'अजेय' नहीं है।"

दानिश ने हंसते हुए सहमति में सिर हिलाया। "यही जज्बा चाहिए। बस सही चाल चलो, और वह खुद ही लड़खड़ा जाएगा।"

अजय की पहली कमाई: कृतज्ञता और संकल्प का पल

ड्रेसिंग रूम में चल रही खामोश प्रतिद्वंद्विता के बीच, मैनेजर हाथ में कुछ लिफाफे लिए अंदर आए। उन्होंने एक लिफाफा अजय को दिया। अजय ने कांपते हाथों से

उसे पकड़ा। उस लिफाफे का वजन उसे प्रतीकात्मक लगा—उन तमाम संघर्षों और बलिदानों का, जो उसने और उसके परिवार ने झेले थे।

लिफाफे के अंदर एक लाख रुपये थे—इतनी बड़ी रकम की उसने कभी कल्पना भी नहीं की थी। नए कड़क नोटों को देखते ही अजय की आंखें चौड़ी हो गईं, और एक भावनात्मक लहर उसे घेरने लगी।

राज, एक सीनियर खिलाड़ी, ने अजय के चेहरे के भाव देखे और हंसते हुए उसके कंधे पर थपकी दी। "बधाई हो, अजय! तुम्हारी पहली बड़ी कमाई! चलो, इसे मनाने के लिए शॉपिंग करते हैं।" अजय ने सिर उठाया, अभी भी लिफाफे को पकड़े हुए। "धन्यवाद, राज, लेकिन मैं नहीं जा पाऊंगा। मेरे पास इसके लिए और योजनाएं हैं।"

विक्रम, एक और साथी खिलाड़ी, ने भौंहें उठाईं। "क्यों नहीं? तुमने ये कमाया है, इसका आनंद लो!"

अजय ने सिर हिलाया। उसकी आवाज़ में स्थिरता के साथ गहरी भावना झलक रही थी। "ये पैसे सिर्फ मेरे लिए नहीं हैं। इसमें मेरे परिवार और कोच के बलिदानों का हिस्सा शामिल है। उन्होंने मेरे लिए बहुत कुछ सहा और किया है। अब मेरी बारी है कि मैं उन्हें कुछ लौटाऊं।"

राज ने एक बार फिर कोशिश की, लेकिन इस बार नरमी से कहा। "अजय, तुम्हारे पास समझदारी है। लेकिन सफर का मज़ा लेना भी मत भूलना।"

अजय मुस्कुराया, उसकी दृढ़ता अडिग थी। "मैं जश्न मनाऊंगा, राज, लेकिन पहले अपनी जिम्मेदारियां पूरी करूंगा। यह जीत सिर्फ मेरी नहीं है—यह उन सबकी है जिन्होंने मुझ पर विश्वास किया।"

कमरे में कुछ देर के लिए सन्नाटा छा गया। साथियों के बीच अजय के प्रति सम्मान की लहर दौड़ गई। विक्रम ने अजय के कंधे पर हाथ रखते हुए कहा, "तुम अलग हो, अजय। इसी फोकस को बनाए रखना, और तुम बहुत आगे जाओगे।"

कृतज्ञता का एक भावपूर्ण इशारा

उस शाम, अजय ने प्रथमेश सर के साधारण घर के बाहर खड़े होकर दरवाजा खटखटाया। अब यह लिफाफा, जो कृतज्ञता का प्रतीक बन गया था, पहले से भी भारी लग रहा था।

आर्ती ने दरवाजा खोला, उनकी गर्म मुस्कान ने तुरंत उसे सहज कर दिया। "अजय! यह तो सरप्राइज है। अंदर आओ, अंदर आओ।"

अजय अंदर कदम रखते हुए, दिल की धड़कनों को संभाल रहा था। अगले कमरे से प्रथमेश सर बाहर आए। अपने शिष्य को देखकर उनका चेहरा खिल उठा। "अजय! इतनी जल्दी क्या लाया है तुझे?"

अजय ने बिना कुछ कहे लिफाफा बढ़ा दिया। उसकी आवाज़ भावनाओं से कांप रही थी। "सर, यह आपके लिए है। मेरी पहली कमाई। आपने मेरे लिए इतना कुछ किया— इसपर आपका हक है।"

प्रथमेश ने लिफाफे को देखा, फिर अजय को। उनकी आंखें गर्व से भर गईं। उन्होंने अजय के कंधे पर आश्वासन भरा हाथ रखा। "अजय, इन पैसों पर सिर्फ तेरी माँ का हक़ बनता है। उसी ने सबसे ज्यादा बलिदान दिया है। पहले उसे सम्मान दे।"

अजय की आँखों में आँसू आ गए। "जी, सर, धन्यवाद।"

घर की ओर वापसी

जैसे ही अजय घर की ओर बढ़ा, उसके दिल में कृतज्ञता और एक उद्देश्य की भावना भरी हुई थी। रास्ता अभी लंबा था, लेकिन उसके आदर्श और प्रथमेश सर जैसे लोगों का साथ उसे हर चुनौती का सामना करने के लिए तैयार महसूस करवा रहा था।

घर पहुँचते ही, झुग्गी की तंग और हलचल भरी गलियां उसका स्वागत कर रही थीं। पड़ोसियों की बातचीत और रसोई के बर्तनों की आवाज़ें शाम के माहौल को जीवंत बना रही थीं। लकड़ी के चरमराते दरवाजे को धकेलते हुए, वह घर के अंदर आया। भीतर दाल की खुशबू और घर की परिचित गर्माहट ने उसे घेर लिया।
अंदर, उसकी माँ आटा गूंथ रही थीं। उनके हाथ अनुभव की लय में चल रहे थे।

उन्होंने नजर उठाई, उनके थके हुए लेकिन चमकते चेहरे पर मुस्कान उभर आई। "अजय, कब आया?" "पता ही नहीं चला," उन्होंने अपने आटे सने हाथों से चेहरे पर गिरी लट को पीछे करते हुए कहा।

अजय ने अपना बैग उतारा और प्यारी मुस्कान के साथ कहा, "आप व्यस्त थीं, माँ।"

आवाज सुनकर उसका छोटा भाई, भाऊ और बहन रुपाली दूसरे कमरे से झाँकते हुए बाहर निकले। दोनों दौड़कर उसकी तरफ आए, उनके चेहरों पर खुशी चमक रही थी।

"दादा, मैच कैसा रहा? सब बताओ!" रुपाली ने उत्साह से पूछा।

अजय ने जवाब देने से पहले अपनी जेब में हाथ डाला और एक भारी-भरकम लिफाफा निकाला। वह आगे बढ़ा और लिफाफा अपनी माँ के हाथों में सावधानी से रखते हुए बोला, "माँ, ये आपके लिए है। क्रिकेट से मेरी पहली कमाई।" उसकी आवाज़ भावनाओं से भरी थी लेकिन स्थिर थी।

माँ ठिठक गईं, लिफाफे को इस तरह देख रही थीं जैसे उसमें उनके सपनों की पूरी दुनिया छिपी हो। उनके हाथ कांप रहे थे, जब उन्होंने उसे खोला और उसमें पैसे देखे। उनकी आँखें भर आईं। "अजय, बेटा, तू कितना बड़ा हो गया है... मुझे तुझ पर गर्व है," उन्होंने उसे करीब खींचा और उसके माथे को चूम लिया।

इतने में अजय का पिता बाहर से लड़खड़ाते हुए अंदर आया। शराब की तेज गंध उनके साथ थी। उनकी नजर कमरे में चारों ओर घूमी और फिर उनकी पत्नी के हाथ में पकड़े लिफाफे पर जाकर ठहर गई। "ये सब क्या हो रहा है?" उन्होंने खीझ भरे स्वर में पूछा।

अजय ने उनकी ओर घूरते हुए जवाब दिया। उसकी नजर अडिग थी। "बाबा, ये मेरी क्रिकेट की पहली कमाई है। इसे मैं घर के खर्चों में मदद के लिए लाया हूँ।"

पिता कुर्सी पर ढह गए, उनकी अपनी कमियों का बोझ उनके चेहरे पर झलक रहा था। लेकिन अजय की दृढ़ता डिगी नहीं। उसने लिफाफे से पैसे निकाले और छोटे लिफाफों में बाँट दिए।

"भाऊ, ये तुम्हारे लिए," उसने अपने छोटे भाई को पैसे थमाते हुए कहा। "और ये रुपाली की स्कूल की फीस के लिए है।"

रुपाली की आँखें चमक उठीं। उसने लिफाफे को कसकर पकड़ लिया। "धन्यवाद, दादा! अब मैं वो किताबें और स्कूल बैग ले सकूंगी जो मुझे चाहिए था!"

इसके बाद अजय ने अपनी माँ को एक बड़ा हिस्सा दिया। "माँ, ये घर के खर्चों के लिए है।"

माँ ने लिफाफे को सहेजते हुए मुस्कान दी, जिसमें गर्व और चिंता दोनों थे। "कुछ अपने लिए भी बचा लो, अजय। तूने इसके लिए बहुत मेहनत की है।"

अजय कुछ कह पाता, इससे पहले ही उसके पिता ने कहा, "और मेरे लिए?"

अजय उनकी तरफ मुड़ा, उसकी आवाज़ शांत लेकिन दृढ़ थी। "बाबा, मैं अपनी कमाई शराब पर बर्बाद नहीं करूंगा।" उसके सख्त लहजे ने बहस की कोई गुंजाइश नहीं छोड़ी।

माँ की आँखों में आँसू थे, लेकिन उन्होंने कुछ नहीं कहा। बस चुपचाप अपने बेटे के लिए एक कृतज्ञता भरी दुआ माँगी।

घर से बाहर, एक नेक दया

घर के तनावपूर्ण माहौल से बाहर निकलकर, अजय ने ठंडी शाम की हवा में गहरी सांस ली। पिता के साथ हुई कड़वाहट को भूलने की कोशिश करते हुए, वह धीमे कदमों से गली के उस पार चला गया। राशन की दुकान के पास पहुंचा, तो देखा कि वहां एक तीखी बहस चल रही थी।

दुकानदार, जो दुबला और गुस्सैल दिख रहा था, एक औरत से कड़ाई से बोल रहा था, "पैसे लेकर आओ, वरना आज चावल नहीं मिलेगा!"

वह औरत, जो उसके दोस्त की मां थी, मिन्नत करती हुई बोली, "भाईसाहब, अगले हफ्ते पैसे दे दूंगी। मेरे पति बीमार हैं, अभी मेरे पास कुछ भी नहीं है।"

यह सुनकर अजय का दिल भर आया। बिना कुछ सोचे, वह तुरंत आगे बढ़ा और अपनी जेब से थोड़े पैसे निकालकर औरत के हाथ में रख दिए। उसकी आंखों में देख कर बोला, "मौसी, यह मेरी

पहली कमाई है। कृपया इसे रख लीजिए।"

वह औरत चौंक गई। उसकी आंखें आंसुओं से भर आईं, लेकिन उसने चुपचाप सिर हिलाकर पैसे स्वीकार किए। उसकी आंखों में कृतज्ञता साफ झलक रही थी।

अजय के चेहरे पर हल्की मुस्कान आ गई। उसके दिल में एक अजीब-सी शांति थी। जेब में अब सिर्फ दस रुपये बचे थे, लेकिन उसने तय कर लिया कि वह बस से घर लौटेगा।

बस स्टॉप पर खड़ा, ढलते सूरज को देखते हुए अजय के मन में ख्याल उमड़ने लगे। यह पैसा केवल उसका नहीं था; यह उन सभी का था, जिन्होंने उसके साथ संघर्ष किया, उस पर विश्वास किया, और उसके सपनों को अपना समझा। हर छोटे से छोटे अच्छे काम के जरिए अजय न केवल उनका सम्मान कर रहा था बल्कि उन मूल्यों को जी रहा था, जो उन्होंने उसे सिखाए थे।

दो साल बाद

अजय के सफर का एक निर्णायक मोड़

अकादमी के मैदान पर सूरज धीरे-धीरे ढल रहा था। लंबे अभ्यास के बाद अजय ड्रेसिंग रूम में अकेला बैठा था। शरीर थकावट से चूर था, लेकिन दिमाग पूरी तरह से जागा हुआ। यह उसका रोज का नियम बन चुका था—थकाने वाले सत्र के बाद अपने सपनों और संघर्षों पर विचार करने का यह एक शांत समय। ड्रेसिंग रूम का दरवाजा हल्के से चरमराया और भीतर से प्रथमेश सर दाखिल हुए। उनके हाथ में एक चिट्ठी थी, जो उसके महत्व का इशारा दे रही थी।

"अजय," उन्होंने कहना शुरू किया, उनकी आवाज स्थिर लेकिन उत्साह से भरी हुई थी। "मुंबई ब्लास्टर्स तुम्हें उनके सीनियर प्रोफेशनल लीग डेवलपमेंट स्क्वाड के लिए साइन करना चाहते हैं।"

अजय चौंक गया। उसकी नजरें धीरे-धीरे ऊपर उठीं, सर की आंखों से मिलीं। यह शब्द उसके लिए अविश्वसनीय थे, जैसे वह कोई सपना देख रहा हो। उसने धीरे से कहा, "सर, मुझे... मुझे लगता है कि मुझे अभी फर्स्ट-क्लास क्रिकेट पर ध्यान देना चाहिए।" उसकी आवाज में अनिश्चितता झलक रही थी। प्रथमेश मुस्कुराए और उसके पास बेंच पर बैठ गए। "अजय, सीनियर लीग का सीजन फर्स्ट-क्लास क्रिकेट के बाद शुरू होगा। यह तुम्हारे लिए अनुभव और कौशल बढ़ाने का एक बेहतरीन मौका है। मुझ पर भरोसा करो, यह तुम्हारे सफर को बेहतर ही बनाएगा, बाधा नहीं बनेगा।"

अजय ने गहरी सांस ली और सर की बातों पर विचार किया। प्रथमेश सर ने कभी उसे गलत रास्ते पर नहीं ले जाया था। आखिरकार, उसने सिर हिलाते हुए कहा, "अगर आप कह रहे हैं, सर, तो मैं तैयार हूं।"

प्रथमेश की मुस्कान और चौड़ी हो गई। उन्होंने अजय की पीठ थपथपाई और थोड़ी देर बाद एक सूट-बूट में सजे टैलेंट स्काउट को लेकर आए। स्काउट ने

अजय को एक कॉन्ट्रैक्ट सौंपा। नई आत्मविश्वास से भरा अजय उसे पढ़कर साइन कर दिया।

साइनिंग बोनस के तौर पर दो लाख रुपये उसे दिए गए—सफलता की ओर बढ़ते कदम का पहला ठोस संकेत।

अपना घर

अपनी नई कमाई से, अजय ने अकादमी के पास एक छोटे-से एक बेडरूम वाले अपार्टमेंट में शिफ्ट किया। यह जगह सादी लेकिन दिल को छू लेने वाली थी, जैसे कि उसकी सोच-समझ और सादगी को दर्शाती हो। एक लकड़ी की मेज, एक आरामदायक बिस्तर, और एक कोने में जलता एक साधारण लैंप उस जगह को एक खास अपनापन दे रहे थे। अपने इस नए पड़ाव को किसी खास से साझा करने की उत्सुकता में, अजय ने अपनी छोटी बहन, रुपाली को बुलाया। वह अभ्यास के बाद आई, और जैसे ही कमरे में कदम रखा, उसकी आंखें खुशी से चमक उठीं। "यह बहुत सुंदर है, भैया! मैं कह नहीं सकती कि मुझे आप पर कितना गर्व है," उसने कहा और अजय को गले से लगा लिया।

अजय का सीना गर्व से चौड़ा हो गया। उसने एक लिफाफा निकाला और उसे थमाते हुए बोला, "यह तेरी पढ़ाई और घर के खर्चों के लिए है। इसे मां तक पहुंचा देना।"
रुपाली ने दोनों हाथों से लिफाफा लिया, उसकी उंगलियां हल्के-से कांप रही थीं। "धन्यवाद, भैया। आपने इसके लिए इतनी मेहनत की है। हम इसकी अहमियत कभी नहीं भूलेंगे," उसने कहा, उसकी आवाज कृतज्ञता से भरी हुई थी। अजय ने मुस्कुराते हुए एक और लिफाफा निकाला, और उसे देते हुए चुपके से कहा, "यह रघु की मां को देना। लेकिन उनसे कहना मत कि यह मेरी तरफ से है।"
रुपाली ने उसकी निस्वार्थ भावना को समझते हुए सिर हिलाया। "मैं उन्हें खुद दे दूंगी। भैया, आप हमेशा सबके बारे में सोचते हैं। मैं बहुत किस्मतवाली हूं जो आप मेरे भाई हैं।"

अकादमी को लौटाया सम्मान

अगले कुछ दिनों में, अजय ने अपनी मेहनत और कमाई का एक हिस्सा अकादमी को समर्पित कर दिया, ताकि वह भी उसके साथ तरक्की कर सके। पुराने, घिसे हुए अभ्यास के नेट्स को बदलवाया गया, वॉशरूम में नए नल लगाए गए, और ड्रेसिंग रूम में पंखा लगवाया गया ताकि खिलाड़ियों को गर्मी से राहत मिल सके। उसने खिलाड़ियों के आराम के लिए मजबूत कुर्सियां भी खरीदीं, ताकि वे अभ्यास सत्रों के बीच चैन की सांस ले सकें।

लेकिन अजय यहीं नहीं रुका। एक शाम, जब वह ड्रेसिंग रूम में बैठा था, उसने जालंधर में अपने किट प्रायोजक को फोन किया। "हैलो, अमित पाजी। मुझे प्रथमेश सर की अकादमी के लिए कुछ सामान चाहिए—छह बैट, चार पैड, तेज गेंदबाजों के लिए छह जोड़ी स्पाइक्स, 12 जोड़ी ग्लव्स, और 10 दर्जन अभ्यास गेंदें। इनका खर्च मेरे प्रायोजन शुल्क से समायोजित कर लेना।" दूसरी तरफ से अमित पाजी ने गर्मजोशी से हंसते हुए कहा, "चिंता मत कर, अजय। मैं सब कल भेज दूंगा। अपने बैट्स पर मेरे स्टीकर्स लगा देना।"

अजय मुस्कुराया। उनके बीच का भरोसा साफ झलक रहा था। "धन्यवाद, पाजी। मैं हमेशा आपके बैट्स ही इस्तेमाल करूंगा—यह वादा है।"

अजय को यह नहीं पता था कि ड्रेसिंग रूम में कुछ सीनियर और जूनियर खिलाड़ी चुपचाप उसकी बात सुन रहे थे। उसकी सोच और कार्यों से प्रेरित होकर, वे चुपचाप खड़े थे, उसकी हर बात से उनकी प्रशंसा और भी गहरी होती जा रही थी।
अजय, अपने काम में तल्लीन, उनकी उपस्थिति से बेखबर था। जब वह जाने के लिए मुड़ा, तो उनकी नजरें मिलीं। उस बिना बोले पल में, उनका सम्मान अजय के लिए और भी बढ़ गया।

अजय सिर्फ उभरता हुआ सितारा नहीं था; वह ऐसा इंसान था जिसने कभी अपनी जड़ों को नहीं भुलाया और उस समुदाय को लौटाने का प्रयास कर रहा था, जिसने उसे यहां तक पहुंचाया।

अभ्यास के नेट्स पर तनाव

मुंबई ब्लास्टर्स का अभ्यास मैदान गहमा-गहमी से भरा हुआ था। दोपहर की तेज धूप में खिलाड़ी अपनी कड़ी मेहनत कर रहे थे, और कोचिंग स्टाफ की नजरें हर

हरकत पर थीं। अजय, जो एक थकाऊ फील्डिंग ड्रिल के बाद पसीने से तर-बतर था, नेट्स के किनारे बेंच पर बैठा था। वह अपनी पानी की बोतल से गहरी, स्थिर सिपें ले रहा था, लेकिन उसका ध्यान कहीं और था। उसकी नजरें लगातार मध्य मैदान पर जा रही थीं, जहाँ बाकी खिलाड़ी बल्लेबाजी कर रहे थे और गेंदबाजों के खिलाफ अभ्यास कर रहे थे।

अजय की टांग लगातार हिल रही थी, और उसकी उंगलियां उसके थाई पर तेज़ी से थापें मार रही थीं, क्योंकि उसका गुस्सा धीरे-धीरे बढ़ता जा रहा था। वह बेंच पर बैठा, यह सोच रहा था और उसे ऐसा महसूस हो रहा था कि कब उसे भी मैच में खेलने का मौका मिलेगा।

वह धीरे-धीरे बुदबुदाया, "मैं बेंच पर बैठा हूं। मुझे मैच में होना चाहिए था; कोच को मुझे एक मौका देना चाहिए, ताकि मैं दिखा सकूं कि मैं क्या कर सकता हूं।"

एक दृढ़ सांस लेकर, अजय उठा। उसका दिल तेजी से धड़क रहा था, लेकिन उसने खुद को ध्यान केंद्रित करने के लिए मजबूर किया। अब और इंतजार नहीं किया जा सकता था—यह वही पल था, जिसका वह इंतजार कर रहा था। वह हेड कोच क्रिस कॉर्निंग की तरफ बढ़ने लगा, जो सत्र पर नजर रखे हुए थे, और मैदान से अपनी निगाहें नहीं हटा रहे थे। अजय की आवाज थोड़ी कांपती हुई, लेकिन संजीदा थी, जब वह कोच के पास पहुंचा। "कोच, एक मौका। बस एक। मैं तैयार हूं, आपने देखा है, मैं इसे आसानी से संभाल सकता हूं।"

क्रिस कॉर्निंग ने अपने क्लिपबोर्ड से नजर उठाई, उनका चेहरा धैर्य और चिंता का मिश्रण था। उनकी आवाज शांत लेकिन दृढ़ थी, जैसा कि हमेशा होती थी जब उनके पास कुछ महत्वपूर्ण कहने होता था।

"अजय, मैं तुम्हारी उत्साही सोच की सराहना करता हूं, लेकिन यह कोई स्थानीय खेल नहीं है। हम अंतरराष्ट्रीय गेंदबाजों का सामना कर रहे हैं। तुम युवा हो, तुम्हारे पास समय है। चलो, जल्दी मत करो।"

अजय का गुस्सा उबल पड़ा। उसने गहरी सांस ली, और उसकी आवाज एक याचना की तरह निकली। "लेकिन कोच, अगर आप मुझे मौका नहीं देंगे, तो मैं कैसे जान पाऊंगा कि मैं तैयार हूं? मुझे बेंच पर बैठकर थक चुका हूं। मैं बल्लेबाजी कर सकता हूं और लेफ्ट-आर्म स्पिन को संभाल सकता हूं, मैं हमारे लिए मैच जीत सकता हूं।"

क्रिस कॉर्निंग ने हल्का सिर हिलाया, उनकी आवाज स्थिर लेकिन चेतावनी से भरी थी। "यह सिर्फ कौशल की बात नहीं है, अजय। यह अनुभव की बात है। वहां बाहर दबाव बहुत ज्यादा होता है। मैं तुम्हें ऐसी स्थिति में नहीं डालना चाहता, जिसके लिए तुम तैयार नहीं हो।"

अजय की नजरें टीम के उपकप्तान, दानिश पर पड़ीं, जो दूर से यह बातचीत सुन रहे थे। उनकी आंखों में समझ थी, लेकिन वह पूरी तरह से आश्वस्त नहीं लग रहे थे। अजय, अब पूरी तरह से निराश, दानिश की ओर मुड़ा। "कप्तान, आपने मुझे मैचों में खेलते हुए देखा है। मैं पेस और स्पिन दोनों को संभाल सकता हूं, आप जानते हैं। मुझे मौका दो, ताकि मैं इसे साबित कर सकूं।"

दानिश थोड़ी देर रुके, जमीन की तरफ देखते हुए, जैसे वे अजय की बातों पर विचार कर रहे हों। अंत में, उन्होंने नजरें उठाईं और अजय की आँखों में देखा। "देखो, अजय, तुम्हारे पास टैलेंट है। लेकिन ये अंतरराष्ट्रीय गेंदबाज हैं, यह बिल्कुल अलग लेवल है। हम इस रिस्क को नहीं उठा सकते।"

अजय का गुस्सा अब संकल्प में बदल गया था। वह आगे बढ़ा, उसकी आवाज अब स्थिर थी और उसका इरादा मजबूत हो चुका था। "हमारी टीम वैसे भी हार रही है, तो रिस्क लेने में क्या बुराई है? हो सकता है हम जीत जाएं। मैं तुमसे वादा करता हूं, मैं तुम्हें निराश नहीं करूंगा।"

दानिश और क्रिस कुछ कहने ही वाले थे कि अचानक मैदान पर एक हलचल मच गई। सीनियर ऑलराउंड स्पिनर गिर पड़ा था और उसकी एंकल में बहुत दर्द हो रहा था। फिजियो तुरंत दौड़कर गया और यह साफ हो गया कि वह खिलाड़ी अगले मैच के लिए फिट नहीं होगा। हवा में घबराहट बढ़ गई और क्रिस और दानिश ने एक-दूसरे को चिंतित नजरों से देखा।

वे आपस में जल्दी-जल्दी बातें करने लगे, और कुछ निर्णय लेने लगे।

क्रिस कॉर्निंग ने अजय की ओर देखा, जो अब नेट्स में गेंदबाजी कर रहा था। कोच कॉर्निंग बोले, 'हमें एक रिप्लेसमेंट चाहिए। मुझे लगता है कि समय आ गया है कि अजय को एक मौका दिया जाए।

दानिश ने कुछ देर तक अजय को देखा, और फिर जैसे ही वह निर्णय पर पहुंचे, उन्होंने क्रिस से कहा, "वह बहुत कम अनुभव वाला है। उसे चुनना जोखिम भरा है, लेकिन अगर आप उसे चाहते हो, तो शुभकामनाएं।"

क्रिस ने गहरी सांस ली, और धीरे-धीरे अजय की तरफ बढ़े। उनके कदमों में थोड़ी झिझक थी, लेकिन उन्हें पता था कि कभी-कभी जोखिम उठाना पड़ता है। जैसे ही वह अजय के पास पहुंचे, उन्होंने उसकी आंखों में देखा, और यह सचमुच का पल था।

"ठीक है, अजय, तुम अगला मैच खेलोगे। लेकिन याद रखना, यह बड़ा पल है। दबाव को अपने ऊपर हावी मत होने देना।"

अजय का दिल तेजी से धड़कने लगा, और एक उत्साह की लहर उसकी नसों में दौड़ गई, लेकिन उसने तुरंत खुद को संभाल लिया। उसने उत्सुकता से सिर हिलाया, और अपनी मुस्कान को छुपाने की कोशिश करते हुए बोला, "धन्यवाद, कोच। मैं निराश नहीं करूंगा, चिंता मत करो।"

अब वह मौका जो अजय ने हमेशा से चाहा था, उसके हाथ में था। उसने मैदान की ओर रुख किया, और उसके मन में अनगिनत संभावनाएं दौड़ने लगीं। यह उसका पल था, और वह इसे कभी नहीं गंवाने वाला था।

एक नई शुरुआत: बेंच से मैदान तक

अजय ने मैदान पर कदम रखा, उसके दिल की धड़कनें तेज थीं, हर कदम जैसे उम्मीदों से भरा हुआ। दर्शकों की गगनभेदी चीखें हवा में गूंज रही थीं। उसने अपनी कैप को ठीक किया और गेंद को मजबूती से पकड़ते हुए अपने हौसले को संभाला। घबराहट थी, लेकिन उसके भीतर कुछ और था—एक जलती हुई दृढ़ता। उसने इस पल का बेसब्री से इंतजार किया था, और अब वह यहां था।

एक गहरी सांस लेते हुए, अजय ने अपनी नजर सामने के लक्ष्य पर टिकाई। उसने अपनी जगह ली, और पहली गेंद डाली। गेंद ने परफेक्ट स्विंग किया, बल्ले का किनारा छुआ और पहली विकेट गिर गई। दर्शकों का शोर गगनभेदी था। अजय ने एक हल्की मुस्कान दी, और तनाव को झाड़ते हुए खुद को शांत किया।

अगले कुछ ओवर धुंधले से गुजर गए। अजय की गेंदें तेज़, सटीक और घातक थीं। हर विकेट के साथ उसकी आत्मविश्वास बढ़ती गई। एक के बाद एक विकेट गिरते गए, और हर बार मैदान पर तालियों की गूंज तेज होती गई।

जब उसकी बल्लेबाजी की बारी आई, तो माहौल बदल गया। जैसे ही अजय ने पिच पर कदम रखा, ऐसा लगा जैसे पूरी दुनिया थम गई हो। हर गेंद के साथ, वह

अपने तत्व में था। उसका बल्ला हवा में तलवार की तरह लहराता, और गेंद सीमा रेखा के पार जाती। चौके और छक्के, एक के बाद एक, दर्शकों को झूमने पर मजबूर कर रहे थे। वह पूरी तरह से नियंत्रण में था, और कोई उसे रोक नहीं सकता था।

मैच कांटे की टक्कर का था, लेकिन अजय के प्रदर्शन ने पासा पलट दिया। जैसे ही आखिरी रन बना, मुंबई ब्लास्टर्स ने शानदार जीत दर्ज की। मैदान पर खिलाड़ियों का हुजूम उमड़ पड़ा। दर्शकों की गगनभेदी चीखों के बीच, अजय के साथी खिलाड़ी उसे उठाकर जश्न मनाने लगे।

अजय का उभरता क्षण: जीत से संकल्प तक

टीम ड्रेसिंग रूम में जश्न का माहौल था। खुशियों और उत्साह से भरे खिलाड़ियों के चेहरों पर जीत की चमक थी। सभी अजय को घेरकर पीठ थपथपा रहे थे और उसे उसकी शानदार परफॉर्मेंस के लिए बधाई दे रहे थे।

टीम के उप-कप्तान, दानिश, उसकी पीठ पर जोर से थपकी देते हुए मुस्कुराए।

"अजय, तुमने साबित कर दिया। कोई शक नहीं है, तुम पक्के हो," दानिश ने कहा, उनकी आंखों में गर्व झलक रहा था।

पूरी टीम खड़ी हो गई और तालियों की गड़गड़ाहट से कमरे को भर दिया। दानिश ने अजय को गले लगाते हुए धीरे से कहा, " ये हमेशा याद रखना कि मैंने कोच से तुम्हारी सिफारिश की थी।"

अजय, इस पल की गर्मजोशी से अभिभूत, सिर्फ मुस्कुराया और सिर हिलाया। उसकी खुशी उसके चेहरे से झलक रही थी। उसने खुद को साबित कर दिया था, और अब वह एक बड़ी टीम का हिस्सा था।

कोच क्रिस कॉर्निंग कमरे के कोने में खड़े थे, उनकी आंखों में गर्व का भाव था। लेकिन जब उन्होंने अजय को संबोधित किया, तो उनकी आवाज में एक सतर्कता भी थी।

"शानदार खेल, अजय। तुमने इसे कमाया है। लेकिन याद रखना, यह सिर्फ शुरुआत है। अपने कदम जमीन पर रखो और ध्यान केंद्रित रखो," कोच ने कहा, उनकी आवाज अनुभव और मार्गदर्शन से भरी हुई थी।

अजय ने उनकी बात ध्यान से सुनी और उनकी आंखों में देखते हुए दृढ़ता से जवाब दिया, "धन्यवाद, कोच। मैं कभी नहीं भूलूंगा कि मैं कहां से आया हूं... और मैं और मेहनत करूंगा।"

जश्न जारी रहा। हंसी, तालियां, और प्रोत्साहन के शब्दों से कमरा गूंज उठा। अजय ने उस पल में गर्व और अपनापन महसूस किया। लेकिन जैसे ही उत्सव अपने चरम पर था, उसके विचार कहीं और भटकने लगे।

जैसे ही उसने अपना किट बैग उठाया और दरवाजे की ओर बढ़ा, उसने एक पल के लिए रुककर पीछे मुड़कर देखा। कमरे का शोर धीमा पड़ गया, और वह पल उसके लिए स्थिर सा हो गया। उसके दिल की धड़कनें तेज थीं।

उसके मन में एक विचार आया, जो धीरे-धीरे उसके भीतर बन रहा था:

"बेंच से मैदान तक, झुग्गियों से यहां तक... यह सिर्फ शुरुआत है।"

अजय की आंखों में दृढ़ता झलक रही थी, जैसे उसने अपने आगे के सफर का वादा खुद से किया हो। यह सिर्फ इस जीत की बात नहीं थी। यह हर उस चीज़ के बारे में था जो इसके बाद आने वाली थी—कड़ी मेहनत, बलिदान और वह सपने जो अभी पूरे होने बाकी थे।

वह एक लंबा सफर तय करने के लिए तैयार था, और वह जानता था कि यह सफर आसान नहीं होगा। लेकिन वह हर चुनौती के लिए तैयार था, अपनी पूरी ताकत और हिम्मत के साथ।

प्रथमेश के घर में राखी का जश्न

राखी का दिन था, और सुबह का समय। अजय, हल्की घबराहट और उत्साह के साथ, प्रथमेश सर के घर की ओर बढ़ रहा था। उसकी बड़ी बहन, रुपाली, ने उसका हाथ हल्के से दबाया। उसकी मुस्कान ने अजय के चेहरे पर राहत ला दी। "दीदी, मुझे थोड़ी घबराहट हो रही है," उसने धीमे स्वर में कहा, उसकी निगाहें ज़मीन पर टिकी थीं। "पहली बार ऐसा कर रहा हूं।"

रुपाली ने उसकी तरफ मुस्कुराते हुए छेड़ते हुए कहा, "क्यों घबरा रहे हो, अजय? तुम तो खिलाड़ी हो, आराम करो।"

अजय ने हल्की मुस्कान दी और कहा, "मैदान पर खिलाड़ी हूं, यहां नहीं। अंदर कुछ बढ़ रहा है," उसने अपने कंधे पर तनाव महसूस करते हुए कहा।

दरवाजे पर पहुंचते ही, आर्टी, प्रथमेश की पत्नी, ने उन्हें मुस्कान के साथ स्वागत किया।

"अजय, रुपाली, स्वागत है! हम आपका इंतजार कर रहे थे," उसने कहा और उन्हें अंदर बुलाया।

अंदर, प्रथमेश की बेटियां, नेहा और रिया, दौड़कर आईं, उनके चेहरे पर उत्साह झलक रहा था।

"अजय भैया, आखिर आप आ गए!" नेहा ने हंसते हुए कहा। "हम आज का दिन लेकर बहुत उत्साहित थे।"

रिया ने चमकती मुस्कान के साथ जोड़ा, "हम राखी का इंतजार कर रहे थे!"

नेहा ने शरारत भरी आंखों से कहा, "जब राखी बांध लेंगे, तो हम सबको कह सकते हैं कि हमारे भाई क्रिकेट स्टार हैं!" उसने कहा, जिससे अजय के गाल थोड़े लाल हो गए।

रुपाली ने मजाक में कहा, "देखा? चिंता की कोई जरूरत नहीं। राखी सिर्फ त्योहार नहीं है; यह बहन के प्यार का धागा है।"

अजय के भीतर भावनाओं की लहर उठी। उसने हल्के स्वर में कहा, "मैं खुशनसीब हूं, अब मेरी तीन बहनें हैं, जो मुझे राखी बांध रही हैं।"

प्रथमेश कमरे में दाखिल हुए, उनके चेहरे पर गर्व भरी मुस्कान थी। "अजय, अब तुम हमारे परिवार का हिस्सा हो," उन्होंने कहा, उनकी आवाज गर्व से भारी थी। "आज ये धागे सिर्फ खून के रिश्ते नहीं, बल्कि भाईचारे के प्यार और बंधन को बांध रहे हैं।"

लड़कियां अजय को एक कुर्सी तक ले गईं और राखी का समारोह शुरू हुआ। नेहा ने सबसे पहले राखी बांधी। उसकी आंखों में सच्चाई और भरोसा झलक रहा था।

"अजय भैया, मैं ये राखी प्यार और विश्वास के साथ बांध रही हूं," उसने साफ और दृढ़ आवाज में कहा।

अजय की आवाज हल्की कांप गई। उसने नेहा की तरफ देखा और कहा, "मैं वादा करता हूं, नेहा, हमेशा तुम्हारी रक्षा करूंगा," उसकी आंखें नेहा की आंखों से मिलीं।

फिर रिया ने राखी बांधी। उसके हाथ स्थिर थे, लेकिन उसकी आंखों में भावनाओं की चमक थी।

"ये धागा हमें हमेशा के लिए जोड़ता है," उसने कहा, उसकी आंखें भावनाओं से भरी हुई थीं।

अजय ने अपनी कलाई पर बंधी राखियों को देखा और उस बंधन से गहराई तक प्रभावित हुआ, जो अब उसने नेहा और रिया के साथ साझा किया। उसने रुपाली की तरफ देखा, जो भावुक आंखों से यह सब देख रही थी।

"दीदी, अब मुझे इन धागों का मतलब समझ आ गया। मुझे यहां लाने के लिए धन्यवाद।"

रुपाली ने उसे कसकर गले लगा लिया, उसकी आंखों में आंसू थे। "अजय, तुम दुनिया की सारी खुशियां के हक़दार हो, और अब तुम्हारे पास वो सब है," उसने कहा, उसकी आवाज स्थिर थी।

प्रथमेश ने यह दृश्य संतोष भरी मुस्कान के साथ देखा। वह राखी का असली जादू—प्यार, रक्षा, और परिवार—सामने आते देख भावुक हो गए।

"यह रक्षाबंधन हमेशा याद किया जाएगा, हमारे द्वारा और सबके द्वारा," उन्होंने कहा, उनकी आवाज भावनाओं से भारी थी।

जैसे ही समारोह समाप्त हुआ, आर्टी ने सभी को विशेष राखी के भोजन के लिए बैठने का न्योता दिया। कमरे में हंसी और बातचीत गूंजने लगी, और परिवार का प्यार हर तरफ महसूस हो रहा था।

अजय के लिए, यह रक्षाबंधन एक नए अध्याय की शुरुआत थी—एक ऐसा अध्याय जो प्यार, समर्थन और परिवार के अटूट बंधन से भरा था।

एक संकट के बीच परिवार का संघर्ष

तेज़ धूप मैदान पर आग बरसा रही थी, खिलाड़ियों की सहनशक्ति की परीक्षा ले रही थी। अजय क्रीज़ पर खड़ा था, बल्ला मज़बूती से पकड़े, उसकी आँखें मैदान पर एक अडिग फोकस के साथ घूम रही थीं। उसकी टीम मुसीबत में थी—पांच विकेट गिर चुके थे, पहली पारी की बढ़त खत्म हो चुकी थी, और हर गुजरते पल के साथ दबाव बढ़ता जा रहा था। खेल में दो दिन बचे थे, और अजय जानता था

कि अब सारी उम्मीदें उसी पर टिकी थीं। जिम्मेदारी का बोझ उसके कंधों पर भारी था।

गेंदबाज़ दौड़ता हुआ आया, और अजय ने गेंद को पूरी कुशलता के साथ खेला। हर शॉट उद्देश्यपूर्ण था, और रन धीरे-धीरे बनते जा रहे थे। चाय के समय तक, अजय ने 80 रन बना लिए थे। उसकी पारी उसकी संघर्ष करती टीम के लिए उम्मीद की किरण बन चुकी थी। लेकिन जैसे ही वह ड्रेसिंग रूम की तरफ बढ़ा, उसे एक अजीब-सा बेचैनी महसूस हुई। एक अनजाना डर, जो हर पल गहराता जा रहा था।

ड्रेसिंग रूम में एक असामान्य-सी खामोशी थी। टीम मैनेजर एक ओर खड़े थे, उनका चेहरा गंभीर था। ऐसा लग रहा था जैसे उनके पास कोई ऐसा समाचार था जो बोलने के लिए बहुत भारी था। अजय ने माथे से पसीना पोंछ रहा था तभी मैनेजर धीरे-धीरे उसके पास आए।

"सर, सब ठीक है ना?" उसने चिंता भरी आवाज़ में पूछा।

मैनेजर ने कुछ पल झिझकते हुए उसकी ओर देखा, उनकी आँखें दुःख से भरी हुई थीं। एक गहरी सांस लेते हुए, उन्होंने आखिरकार कहा, "अजय... मेरे पास बहुत बुरी खबर है। दोपहर में तुम्हारे भाई का फोन आया था। तुम्हारे पिता... अब हमारे बीच नहीं रहे।"

यह सुनते ही अजय पर जैसे वज्रपात हो गया। उसका बल्ला हाथ से गिर गया, और उसके चेहरे पर अविश्वास की लहर दौड़ गई। "नहीं... ये नहीं हो सकता। ये सच नहीं हो सकता," उसने कांपती आवाज़ में कहा।

मैनेजर ने उसके कंधे पर हाथ रखा, सांत्वना देने की कोशिश करते हुए कहा, "मुझे खेद है, अजय। यह भगवान की मर्ज़ी थी। तुम्हारी माँ का ख्याल रखा जा रहा है। प्रथमेश के परिवार ने सब संभाल लिया है।"

अजय कुर्सी पर बैठ गया, उसका शरीर दुःख के बोझ से कांप रहा था। आँसू उसकी आँखों से बहने लगे, और उसने अपना चेहरा हाथों में छिपा लिया। "मुझे अब घर पर होना चाहिए... ऐसे वक्त में," उसने फूट-फूट कर कहा।

उसी वक्त, उसका एक साथी खिलाड़ी उसके पास आया, उसकी आँखों में चिंता साफ दिख रही थी। "भाई, हमें अभी-अभी पता चला। हमें इस ग़म का बेहद अफसोस है। हम तुम्हारे साथ हैं," उसने कहा।

एक और खिलाड़ी, जो उसके पास घुटनों के बल बैठा, ने सहानुभूति भरी आवाज़ में कहा, "अजय, परिवार सबसे पहले आता है।"

अजय ने धीरे-धीरे अपना सिर उठाया, उसकी आँखें आँसुओं से भरी हुई थीं। "मुझे पता है कि मेरे पिता सही इंसान नहीं थे... लेकिन वो मेरे पिता थे। हमारे परिवार ने बहुत कुछ सहा है... और अब..." उसकी आवाज़ टूट गई, और वह चुपचाप रोने लगा।

उसके कप्तान ने, स्थिति की गंभीरता को समझते हुए, आगे बढ़कर दृढ़ लेकिन सौम्य स्वर में कहा, "अजय, तुमने अब तक टीम को संभाले रखा है। हम तुम्हारे हर फैसले के साथ हैं। अगर तुम जाना चाहते हो, तो हम समझते हैं। तुम्हारे परिवार को अभी तुम्हारी ज़रूरत है।"

अजय ने अपनी आँखें पोंछी, उसका दिल भारी था, लेकिन एक दृढ़ निश्चय उसकी आँखों में उभर आया। "मुझे अपने परिवार के पास जाना है... लेकिन अभी मेरी टीम को मेरी ज़रूरत है। मैंने अपनी माँ से हमेशा शक्ति लेना सीखा है। उन्होंने हमें कभी हार मानने नहीं दिया। अब मेरी बारी है कि मैं उन्हें निराश न करूँ।"

मैनेजर ने उसके कंधे पर सांत्वना भरा हाथ रखा। "अजय, मैं गाड़ी की व्यवस्था करता हूँ। हम सब तुम्हारे साथ हैं।"

जैसे ही कोच ने अगले बल्लेबाज़ को तैयार रहने का इशारा किया, अजय अपनी जगह से खड़ा हुआ। उसका चेहरा दुःख और दृढ़ता का मिश्रण था। उसने धीमे स्वर में कहा, "जो वहाँ हुआ, मैं उसे बदल नहीं सकता। लेकिन जो यहाँ कर रहा हूँ, वह मेरे हाथ में है।"

जल्दी से उसने अपने गार्ड पहने और मैदान की ओर बढ़ गया। उसके साथियों ने उसे जाते हुए देखा, उनकी आँखों में प्रशंसा और सम्मान साफ झलक रहा था। उन्हें पता था कि अजय इस पल में सिर्फ अपने लिए नहीं खेल रहा था। वह अपने पिता, अपनी माँ, और अपने परिवार की हर संघर्ष भरी याद के लिए खेल रहा था। और इस पल में, अजय और उसकी टीम के बीच का बंधन और भी गहरा हो गया।

विदाई की लौ: शक्ति का नया सवेरा

उस शाम अजय श्मशान घाट पर खड़ा था, उसका दिल गम से भारी था। हवा में दुःख की चुप्पी घुली हुई थी, जैसे हर सांस एक टीस दे रही हो। चिता की तैयारियां देख, उसके आँसू छलक पड़े। उसने गहरी सांस ली, अपने भीतर उमड़ते दुःख को थामने की कोशिश की। उसका परिवार पास ही खड़ा था, उनके चेहरे दुःख की गहरी लकीरों से भरे हुए थे। अजय ने धीरे-धीरे उनकी ओर कदम बढ़ाए, उसका सीना कसकर दबा हुआ महसूस हो रहा था।

उसकी माँ, जो हमेशा परिवार का स्तंभ रही थीं, चिता के पास खड़ी थीं। उनके कंधे रोने से कांप रहे थे। अजय ने उनके पास जाकर उन्हें गले से लगा लिया।

"माँ, आप ठीक हैं। चिंता मत कीजिए। मैं सब संभाल लूंगा। अब आपको किसी बात की फिक्र करने की ज़रूरत नहीं," उसने कहा, अपनी खुद की टूटती आवाज़ को संभालते हुए।

उसकी माँ ने उसे कसकर पकड़ा, उनकी आवाज़ दर्द से भरी हुई थी। "अजय, अब क्या होगा? ज़िंदगी हमें और कितना दर्द देगी?"

अजय ने उनके आँसू पोंछे, उसकी आवाज़ में एक शांत लेकिन मजबूत दृढ़ता थी। "माँ, आपकी वजह से ही हम जिंदा हैं। आपने हमें हमेशा मजबूत रहना सिखाया है। अब मेरी बारी है, मैं आपके लिए मजबूत बनूंगा।"

उसकी छोटी बहन, रुपाली, पास ही खड़ी थी। उसके चेहरे पर आँसुओं की लकीरें थीं। उसने अजय का हाथ पकड़ लिया, उसकी आवाज़ डर से कांप रही थी। "भैया, मुझे डर लग रहा है। अब क्या होगा हमारे साथ?"

अजय ने उसका हाथ हल्के से दबाया और कहा, "डर मत, रुपाली। मैं हूँ, और हम सब एक-दूसरे का ख्याल रखेंगे, जैसे हमेशा रखते आए हैं।"

धीरे-धीरे रिश्तेदार और दोस्त इकट्ठा होने लगे, अपनी सांत्वना देने के लिए। उनमें से अजय का करीबी दोस्त, प्रथमेश और उसका परिवार भी था। उनकी मौजूदगी एक शांत सांत्वना की तरह थी। प्रथमेश ने अजय की आँखों में देखा, और बिना कुछ कहे उसे गले लगा लिया। उनका यह स्पर्श मानो कह रहा हो कि अजय इस बोझ को अकेले नहीं उठाएगा।

अंतिम संस्कार शुरू हुआ, और अजय अपने परिवार के साथ खड़ा रहा। उसके मन में उसकी माँ के बलिदान और परिवार के संघर्षों की यादें उमड़ने लगीं। दुःख

के बावजूद, उसके दिल में एक चिंगारी थी—एक दृढ़ निश्चय। यह ऊर्जा उसे अपनी माँ से मिली ताकत की याद दिला रही थी।

जैसे ही चिता की लपटें उठीं, अजय को हमेशा के लिए कुछ खोने का गहरा एहसास हुआ। उसके पिता का सफर समाप्त हो चुका था, लेकिन अजय का सफर अभी शुरू ही हुआ था। राह कठिन होगी, लेकिन उसे पता था कि अपने परिवार और दोस्तों के सहारे, वह हर मुश्किल को पार कर सकता है।

अगली सुबह, अजय अपने भाई-बहनों के साथ समुद्र के किनारे खड़ा था। उसके पिता की अस्थियाँ लहरों में विसर्जित हो रही थीं। सुबह की ठंडी हवा, पानी की लहरों की आवाज़, जीवन के चक्र की एक सौम्य याद दिला रही थी। अजय को एक गहरी शांति महसूस हुई, लेकिन उसके कंधों पर जिम्मेदारी का बोझ भी था। दुनिया भारी लग रही थी, लेकिन उसे पता था कि अब क्या करना है।

गम से ताकत तक: अजय का अदम्य सफर

पिता की अस्थियाँ लहरों में विसर्जित करने के बाद, अजय सीधा क्रिकेट के मैदान पर वापस लौटा। उसका दिल अब भी दुःख से भारी था, लेकिन उसके कंधों पर एक ज़िम्मेदारी थी। मैच अब भी जारी था, और उसकी टीम को उसकी जरूरत थी। जब अजय ड्रेसिंग रूम में दाखिल हुआ, तो उसके साथी खिलाड़ी और कोच ने उसे हैरानी से देखा।

अजय ने बिना झिझक, स्पष्ट आवाज़ में कहा, "मेरा बैटिंग अभी खत्म नहीं हुआ।" उसने जल्दी से अपनी क्रिकेट की किट पहनी। उसके हावभाव में आत्मविश्वास था, भले ही वह अंदर से टूट रहा था।

जैसे ही अजय मैदान पर उतरा, उसकी झिझक कहीं नहीं दिख रही थी। उसके बल्ले ने गेंद को सटीकता से छुआ, और दर्शकों का शोर गूंज उठा। उसने चार जबरदस्त छक्के लगाए। हर शॉट के साथ, उसका स्कोर बढ़ता गया। जल्द ही, उसने दोहरा शतक पूरा कर लिया। दर्शकों की गर्जना उसे और प्रेरित कर रही थी। अंततः, 240 रन बनाकर वह आउट हुआ। पूरी टीम उसके प्रदर्शन और मानसिक शक्ति की तारीफ कर रही थी।

मैच के आगे बढ़ते ही, अजय का प्रदर्शन सिर्फ कौशल का प्रदर्शन नहीं रह गया। यह उसके हौसले और संघर्ष का प्रतीक बन गया। अपनी भावनाओं के बावजूद,

वह अपनी टीम, अपने परिवार के सम्मान और अपने पिता की स्मृति के लिए खेल रहा था।

अजय की इस अविश्वसनीय पारी ने मीडिया, पूर्व क्रिकेटरों और विश्लेषकों का ध्यान खींचा। उन्होंने उसकी मानसिक ताकत और दबाव में प्रदर्शन करने की क्षमता की तारीफ की।

जल्द ही, अजय का नाम स्थानीय क्रिकेट जगत में सबसे चमकदार सितारों में शामिल हो गया। और जब SPL की नीलामी हुई, तो अजय पर जमकर बोलियाँ लगीं। आखिरकार, उसे 10 करोड़ रुपये में साइन किया गया, जिससे वह SPL का सबसे अधिक भुगतान पाने वाला और सबसे युवा खिलाड़ी बन गया। "उस रात इंग्लैंड दौरे के लिए भारतीय क्रिकेट टीम का चयन करने के लिए एक बैठक आयोजित की गई। चयनकर्ताओं ने अजय को टीम में शामिल करने का फैसला किया।" SPL में सबसे अधिक भुगतान पाने वाला खिलाड़ी बनना और भारतीय टीम में चयन: दोनों ही बड़ी उपलब्धियां- अजय खुशी से फूला नहीं समा रहा था। वह जानता था कि यह जिम्मेदारी उसके कंधों पर उठाने के लिए वह तैयार है।

यह केवल अजय के लिए ही नहीं, बल्कि उसके परिवार के लिए भी एक जीत थी। वह लड़का, जिसने कभी गुजारे के लिए संघर्ष किया था, अब एक सितारा बन चुका था। लेकिन अजय जानता था कि चाहे वह कितनी भी ऊँचाइयों पर क्यों न पहुँच जाए, वह हमेशा अपने परिवार से मिली अनमोल शिक्षाओं और अपने प्रथमेश सर की दी हुई प्रेरणाओं को अपने साथ लेकर चलेगा। इन यादों और शिक्षाओं ने उसे हर चुनौती का सामना करने की ताकत दी है।

प्यार और ज़िम्मेदारी का तोहफा

अजय सोफे पर बैठा था, उसके दिल में भावनाओं का तूफान उमड़ रहा था। टेबल पर उसके सामने कॉन्ट्रैक्ट रखा था, जो एक उज्जवल भविष्य का दरवाजा खोल रहा था। यह मौका उत्साहजनक होने के साथ-साथ डराने वाला भी लग रहा था। उसका हाथ पेपर के ऊपर झिझकते हुए मंडरा रहा था, मानो उसे छूने से यह पल सच हो जाएगा।

उसके सामने विजय बैठा था, एक भरोसेमंद दोस्त और चार्टर्ड अकाउंटेंट। विजय ने स्कूल के दिनों में प्रथमेश सर की अकादमी में ट्रेनिंग ली थी। वह पढ़ाई में शानदार था और दसवीं कक्षा में टॉपर रहा। प्रथमेश सर ने ही उसे पढ़ाई पर ध्यान

केंद्रित करने और क्रिकेट को शौक के रूप में खेलने की सलाह दी थी। सही समय पर मिली उस सलाह ने विजय की जिंदगी की दिशा तय कर दी। आज वह हमेशा सर का आभारी रहता है। खेल से जुड़े रहने के लिए, वह अब अकादमी के अकाउंट्स संभालता है। प्रथमेश सर के कहने पर, वह अब अजय को उसकी नई कमाई को संभालने में भी मदद कर रहा है।

विजय शांत भाव से बैठा वित्तीय विवरण देख रहा था, जबकि अजय कॉन्ट्रैक्ट को घूर रहा था, उसके मन में विचार दौड़ रहे थे। अचानक चुप्पी तोड़ते हुए अजय ने सिर हिलाया और अविश्वास में कहा, "10 करोड़... मैं यकीन नहीं कर सकता। इसमें कितने जीरो होते हैं? मुझे नहीं पता कि मैं इसके लिए तैयार हूं या नहीं।"

विजय ने अपनी स्थिरता बनाए रखी और एक आश्वासन भरी मुस्कान के साथ अजय की ओर देखा। "यह बहुत बड़ी रकम है, अजय," उसने शांत और दृढ़ आवाज में कहा। "लेकिन याद रखना, पैसा कमाना उतना मुश्किल नहीं है जितना इसे समझदारी से संभालना। यही तुम्हारा असली फोकस होना चाहिए।"

विजय के ये शब्द कमरे में गूंजते रहे। ये बात अजय के लिए चेतावनी भी थी और प्रेरणा भी, जब उसने इस मौके और उसके साथ आने वाली जिम्मेदारी का महत्व समझना शुरू किया।

अजय ने गहरी सांस ली और पीछे टेक लगाई। "कमाऊंगा तो सही, लेकिन इसे संभालूं कैसे? मैंने कभी सोचा भी नहीं था कि इतना कमाऊंगा। साइन करते ही 20 प्रतिशत मिल रहे हैं।"

विजय ने सिर हिलाया और शांत स्वर में कहा, "यानी तुरंत 2 करोड़ रुपए। लेकिन याद रखना, उस पर टैक्स भी देना होगा।"

अजय ने माथे पर हल्की शिकन लाते हुए पूछा, "टैक्स? कितना टैक्स देना होगा?"

विजय ने जल्दी से गणना की। "करीब 30-35 प्रतिशत। लगभग 60-70 लाख टैक्स में जाएंगे। बाकी बची रकम को समझदारी से खर्च करो या सही जगह निवेश करो।"

अजय ने सिर हिलाते हुए सारी जानकारी को सोखा। "ठीक है, फिलहाल मेरे खर्चे ज्यादा नहीं हैं। कहाँ निवेश करना सही रहेगा?"

विजय थोड़ा झुका, उसकी आवाज़ गंभीर लेकिन मददगार थी। "इसे छोटे-छोटे हिस्सों में बांटते हैं। सबसे पहले एक आपातकालीन फंड बनाओ, जो कभी भी

इस्तेमाल के लिए तैयार हो। उसके बाद, लिक्विड म्यूचुअल फंड्स पर विचार करते हैं। लंबे समय के लिए, स्टॉक्स, म्यूचुअल फंड्स और प्रॉपर्टी में निवेश करना समझदारी होगी।"

अजय ने सहमति में सिर हिलाया। "प्रॉपर्टी सही लगेगी। सबसे पहले मैं माँ और परिवार को उन मुश्किलों से निकालना चाहता हूँ," उसने गहरी ज़िम्मेदारी भरी नज़रों से कहा।

विजय के चेहरे पर सहमति झलक रही थी। "यह अच्छा विचार है। और अपनी रिटायरमेंट फंड को मत भूलना।"

अजय ने हंसते हुए हल्के अंदाज़ में कहा, "रिटायरमेंट फंड? अभी तो शुरुआत है, और तुम पहले ही रिटायरमेंट की बात कर रहे हो।"

विजय भी मुस्कुराया। "भरोसा रखो, हमें अभी से भविष्य के लिए योजना बनानी होगी।"

अजय की मुस्कान गंभीरता में बदल गई। "ठीक है, हम करेंगे। मैं अपने परिवार को एक अच्छी ज़िंदगी देना चाहता हूँ।"

विजय ने उसके कंधे पर हल्के से हाथ रखते हुए कहा, "तुम्हारे इरादे बहुत अच्छे हैं, दोस्त। यह तो बस शुरुआत है। तुम बहुत आगे जाओगे।"

एक गहरी सांस लेते हुए, अजय ने अनुबंध पर हस्ताक्षर किए। उसके दिल में उत्साह और दृढ़ निश्चय का मिश्रण था। उसने विजय की ओर देखा, जो मुस्कुराते हुए उसकी तरफ देख रहा था। दोनों ने समझ लिया था कि यह सफर की बस पहली सीढ़ी है।

परिवार के लिए एक नई शुरुआत

अजय, उसकी माँ और उसके भाई-बहन एक नई बिल्डिंग के सामने खड़े थे। सुबह की सुनहरी धूप ने इमारत के प्रवेश द्वार को एक सुनहरा आभास दिया था। वे दरवाजे पर खड़े, अंदर क्या होगा यह समझने की कोशिश कर रहे थे।

अजय की माँ, जिनके चेहरे पर जिज्ञासा और हल्की घबराहट थी, धीरे से बोलीं, "अजय, हम कहाँ जा रहे हैं?"

अजय ने एक शांत और गर्मजोशी भरी मुस्कान के साथ कहा, "माँ, चिंता मत करो। हम बस एक दोस्त के घर जा रहे हैं।"

उसने दरवाजे की घंटी बजाई, और जैसे ही दरवाजा खुला, विजय,प्रथमेश और उनके परिवार के चेहरे पर चमकती मुस्कान ने उनका स्वागत किया। उनकी गर्मजोशी ने कमरे में फैले तनाव को जैसे पिघला दिया।

आरती, आगे बढ़ीं। उनके हाथों में पूजा की थाली और जलता हुआ दीपक था। अजय की माँ कुछ भ्रमित लग रही थीं, लेकिन अजय का भरोसा देखकर सबकुछ मानने को तैयार थीं। उन्होंने दरवाजे पर खड़े होकर पारंपरिक आरती की, और उनके होंठों पर एक हल्की मुस्कान आ गई।

आरती खत्म होते ही, अजय उनके चरणों में झुका और सम्मान से उनके पैर छुए। उसने धीरे से कहा, "माँ, ये लो, ये आपके नए घर की चाबी है।"

अजय की माँ, वहीं खड़ी रह गईं, जैसे समय थम गया हो। उनकी आँखों में पूर्ण अविश्वास था। "अजय, ये तुम क्या कह रहे हो? मैं समझी नहीं।"

अजय की आवाज भावनाओं से भर गई। उसने समझाते हुए कहा, "माँ, ये अब आपका घर है। अब चिंता करने की जरूरत नहीं। आपने बहुत मेहनत की है। अब आराम करिए। विजय हर महीने आपके बैंक खाते में एक लाख रुपये जमा करेगा, घर चलाने के लिए।"

आरती की आँखों में आँसू भर आए। उन्होंने चाबी को अपने हाथों में कसकर पकड़ लिया, जैसे यह उनकी सारी जिंदगी का सपना हो। उनके हाथ काँप रहे थे। "अजय... मैंने कभी इतना बड़ा घर सोचा भी नहीं था। ये सपना भी नहीं देखा था," वह फुसफुसाई, उनकी आवाज भावनाओं से लड़खड़ा गई।

अजय उन्हें धीरे-धीरे बेडरूम की ओर ले गया। वहाँ उन्होंने सुसज्जित बिस्तर और सुंदर पर्दों को देखा। उनके हाथ फर्नीचर को छूने लगे, जैसे अब भी वह यकीन करने की कोशिश कर रही हों। "इतना बड़ा... इतना सुंदर... और ये नरम बिस्तर..."

अजय ने हल्की मुस्कान के साथ कहा, "माँ, आप इससे भी ज्यादा की हकदार हैं।"

अजय की माँ, की भावनाएं उमड़ पड़ीं, और आँसू उनकी आँखों से बहने लगे। "मैंने ऐसे बड़े घर साफ किए हैं... कभी सोचा नहीं था कि मेरा अपना भी ऐसा घर होगा," वह भर्राई हुई आवाज़ में बोलीं।

अजय का छोटा भाई उत्साह से बोला, "कितना सुंदर घर है। ये सब आपके कारण है, अजय भैया।"

अजय की बहन, जिसकी आवाज़ भावनाओं से काँप रही थी, बोली, "अगर बाबा यहाँ होते, तो वो इसे देखकर कितने खुश होते।"

अजय ने उन्हें गले से लगा लिया, उसका दिल प्यार और आभार से भर गया। चारों ओर,प्रथमेश और उनका परिवार चुपचाप यह दृश्य देख रहे थे। उनकी आँखों में गर्व था, उस इंसान के लिए जो अजय बन चुका था।

आरती नेप्रथमेशके कानों में धीरे से फुसफुसाया, "वो कितना प्यारा है। अपनी जिम्मेदारियों को कितने ध्यान और समझदारी से निभाता है।"

प्रथमेश ने सिर हिलाते हुए कहा, "उसे क्रिकेट और परिवार, दोनों की जिम्मेदारी का पूरा एहसास है।"

आरती ने आगे कहा, "सारा श्रेय उसे जाता है, आपने उसे सही रास्ता दिखाया।"

इस बीच, विजय और रूपाली ने एक-दूसरे की ओर देखा। उनकी खामोश मुस्कान उनके दिलों में खिलते एक नए रिश्ते की कहानी कह रही थी। आरती ने यह देखते हुए मुस्कुरा दिया। उन्हें महसूस हो गया कि यहाँ कुछ खास शुरू हो रहा है।

अजय ने कमरे की दूसरी महिलाओं, अपनी माँ की दोस्तों और अपने दोस्तों की माताओं की ओर रुख किया। उसने हर किसी को एक-एक लिफाफा दिया, जिसमें पैसे थे।

"मासी, आप भी मेरी माँ की तरह हैं। आप भी इसका हक रखती हैं," उसने अपनी आवाज में सच्चाई और गर्मजोशी भरकर कहा।

महिलाएं, अजय के इस कदम से गहराई से प्रभावित हुईं। उन्होंने उसे ढेरों आशीर्वाद दिए। उनका गर्व अजय पर स्पष्ट था, जो एक ऐसा युवक बन गया था, जिस पर हर कोई नाज़ कर सके। उन्होंने अजय की माँ को बधाई दी और उस अद्‌भुत घर के लिए उनकी तारीफ की जो उसने अपने परिवार के लिए बनाया था।

जैसे-जैसे खुशी और आभार से भरा माहौल कमरे में फैलता गया, अजय ने अपने कंधों पर जिम्मेदारी का वजन महसूस किया। लेकिन साथ ही, उसने वह आनंद भी महसूस किया, जो अपने परिवार को एक ऐसा जीवन देने से आता है जिसे वे आखिरकार खुशी से जी सकते थे।

एक मां का आभार

अजय की मां, प्रथमेश के सामने खड़ी थीं, उनका हाथ अजय के हाथ में मजबूती से पकड़ा हुआ था। उनकी आवाज़ भावनाओं से भरकर कांप रही थी। आंखों में आंसू चमक रहे थे, और उनका दिल कृतज्ञता से छलक रहा था।

"प्रथमेश जी," उन्होंने कहा, उनके लहजे में गहरी श्रद्धा झलक रही थी, "आप हमारे घर भगवान के रूप में आए। आपने हमें गरीबी के अंधेरे से बाहर निकाला। आपका यह एहसान हम जिंदगी भर नहीं भूल पाएंगे।"

प्रथमेश हल्के से मुस्कुराए, उनकी विनम्रता उनके चेहरे पर साफ झलक रही थी। "मैंने तो बस अजय को रास्ता दिखाया। उसके परिश्रम ने आपके सपनों को साकार किया है," उन्होंने नम्रता से जवाब दिया।

अजय चुपचाप खड़ा, इस भावुक बातचीत को देख रहा था। उसके चेहरे पर एक मुस्कान फैल गई, और उसकी नज़रें कमरे में मौजूद अपने परिवार और दोस्तों पर घूमने लगीं। कमरे में मौजूद स्नेह और प्यार से उसका दिल भर आया। पहली बार उसने महसूस किया कि उसने उन लोगों के लिए कुछ किया है जो उसके लिए सबसे ज्यादा मायने रखते हैं।

धीरे से, मानो खुद से ही कह रहा हो, उसने फुसफुसाया, "ये तो बस शुरुआत है। परिवार के लिए अभी और बहुत कुछ करना है।"

तभी अजय का फोन बजा। दूसरी ओर से उसके कप्तान, डैनिश की आवाज़ आई, जो उत्साह से भरी हुई थी। "अजय," डैनिश ने कहा, "आज शाम हमारी टीम का गेट-टुगेदर है। प्रेसिडेंट होटल के सुइट 101 में। सब आ रहे हैं। सात बजे तक पहुंच जाना।"

अजय ने सिर हिलाया, उसकी आवाज़ स्थिर थी। "मैं समय पर पहुंच जाऊंगा," उसने कहा।

कॉल खत्म करने के बाद वह कमरे की ओर पलटा और अपने परिवार और दोस्तों के घेरे में वापस आ गया। वहां की हंसी-मजाक, दिल से की गई बातें, और साझा खुशी से कमरा जीवंत हो गया था।

अपनी मां के पास खड़े होकर, जिनका हाथ अब भी उसके हाथ में था, अजय ने उस पल को महसूस किया। वह गहराई, वह प्यार, वह कृतज्ञता... सब कुछ उसे अपने चारों ओर लिपटता हुआ महसूस हो रहा था। उस पल में उसे एहसास हुआ कि जिंदगी उसे चाहे कहीं भी ले जाए, यह बंधन—यह अटूट जुड़ाव—उसकी सबसे बड़ी जीत है।

डैनिश की पार्टी

शानदार होटल सुइट नरम रोशनी से सजा हुआ था। हल्की संगीत की धुनें और धीमी-धीमी बातचीत एक विशेष माहौल बना रही थीं। अजय दरवाज़े के भीतर कदम रखते ही थोड़ा असहज महसूस कर रहा था। उसने कमरे को देखा, जहां दानिश अपने दोस्तों के साथ हंसी-मजाक में व्यस्त था। उनके हाथों में महंगे सिंगल माल्ट व्हिस्की के गिलास थे। भव्यता के बीच, अजय थोड़ा अलग महसूस कर रहा था लेकिन उसने अपने चेहरे पर एक सहज मुस्कान ओढ़ ली।

"अरे! आज की शाम का सितारा आखिरकार पहुंच गया!" दानिश ने अजय को देखते ही कहा, उसकी आवाज में गर्मजोशी थी।

अजय ने हल्के से मुस्कुराते हुए जवाब दिया, "हां, दानिश, आना तो बनता था। आज तुम्हारा खास दिन है।"

"औपचारिकता छोड़ो, यार," दानिश ने हंसते हुए कहा। "आज मस्त करो, यह मौका बार-बार नहीं आता।"

राज, जो दानिश का दोस्त था और हाथ में वोडका की बोतल पकड़े हुए था, धीरे से मुस्कुराते हुए अजय के पास आया। "ये लो, ये खास जूस ट्राई करो," उसने शरारती अंदाज़ में कहा। "मूड बन जाएगा। चीयर्स!"

अजय ने गिलास को देखा, थोड़ी झिझक के साथ, लेकिन पार्टी के मूड में बहते हुए उसने एक घूंट लिया। गिलास में भरी शराब धीरे-धीरे उसके शरीर में असर दिखाने लगी। जैसे-जैसे संगीत तेज़ हुआ, उसका मूड भी हल्का होता गया और कमरे की अजीब सी असहजता पीछे छूटने लगी।

दानिश ने यह बदलाव देखा और मुस्कुराते हुए अजय के पास आकर उसके कंधे पर हाथ रखा। "देखो, यार, ज़िंदगी में सिर्फ क्रिकेट ही सब कुछ नहीं है। थोड़ा ब्रेक लो, आराम करो, मस्ती करो।"

अजय हंस पड़ा, उसके अंदर की सतर्कता धीरे-धीरे कम हो रही थी। "मैंने ऐसी पार्टी पहले कभी नहीं देखी।"

दानिश ने ठहाका लगाया। "मैंने भी नहीं, यार! लेकिन जहां ज़िंदगी ले आई है, वहां जी भर के जीते हैं।"

अजय ने दूसरा ड्रिंक मांगा, और राज ने तुरंत उसे पकड़ा दिया। शराब का असर अब साफ दिखने लगा। अजय का मूड और मस्त हो गया, और उसके हाव-भाव पहले से ज़्यादा सहज दिखने लगे।

तभी, दरवाज़ा खुला और कुछ आकर्षक महिलाएं सुइट के अंदर आईं। संगीत की धुन तेज़ हो गई और कमरे का माहौल और भी रंगीन हो गया। दानिश ने उत्साह से अजय को धक्का दिया।

"चल, अजय! अपने डांस मूव्स दिखा!"

शराब के असर में अजय ने बिना झिझक नाचना शुरू कर दिया। उसकी हरकतों में एक मस्त अंदाज़ था, जैसे वह पूरी तरह लय में बह गया हो। महिलाएं उसके आस-पास जमा हो गईं, उसकी ऊर्जा से प्रभावित होकर। उनमें से एक ने उसके हाथ को थामा और उसे एक निजी कमरे की ओर खींचने लगी। अजय ने बिना कोई सवाल किए उसका साथ दिया, पूरी तरह से उस रात के जादू में डूबा हुआ।

कुछ महीने बाद,

एक बहन की चिंता और एक दोस्त की सच्चाई शादी का पंडाल खुशी और उमंग से गूंज रहा था। हर कोने में गेंदा के फूलों की लड़ी सजी हुई थी, जिनके रंग इस मौके के मूड से मेल खा रहे थे। हंसी और संगीत से वातावरण भरपूर था, लोग आपस में मिल रहे थे, और उनकी पारंपरिक पोशाकें उत्सव की खुशी को और बढ़ा रही थीं। लेकिन, इस खुशी के बीच, रुपाली की नजरें लगातार भीड़ को तलाश रही थीं। एक चेहरा—जो परिचित और प्यारा था—नदारद था, और यह उसे बेचैन कर रहा था। रघु को मंच के पास फूलों की सजावट की दिशा देते हुए देखा, तो रुपाली उस दिशा में बढ़ी। पारंपरिक लहंगा पहने हुए, उसका दुपट्टा

सिर पर बड़ी सलीके से लहराता हुआ था। उसने आवाज़ दी, जिसमें घबराहट और दृढ़ता दोनों थे। "रघु!" वह पल भर के लिए फूलों की सजावट से ध्यान हटाकर मुड़ा।

"मैंने अजय को नहीं देखा," उसने कहा, उसकी आवाज़ में चिंता झलक रही थी। "तुमने उसे बुलाया था, न? वो तुम्हारी बहन की शादी जैसे खास मौके को कैसे मिस कर सकता है?"

रघु के हाथ रुक गए, और वह आत्मविश्वास जो पहले दिख रहा था, वह फिसल सा गया। वह उसकी आँखों से बचते हुए, अपनी नजरें फूलों की माला पर डालकर बोला, "मैंने उसे बुलाया था, रुपाली। हम उसके होटल भी गए थे," वह बुदबुदाया, और उसकी आवाज़ में हल्की सी झिझक थी।

रुपाली की भौंहें सिकुड़ गईं, उसकी चिंता बढ़ गई। उसने अपनी बाहें क्रॉस कीं और अब वह और दृढ़ होकर बोली, "फिर वो यहाँ क्यों नहीं है? रघु, ये अजय का तरीका नहीं है। वो बिना वजह कुछ मिस नहीं करता। तुम मुझे क्या नहीं बता रहे हो?"

रघु ने गहरी सांस ली, न कहे गए सचों का बोझ उस पर था। उसने आखिरकार मुंह मोड़ा और एक कोशिश की मुस्कान दी। "अजय शायद अपनी व्यस्तताओं में फंसा होगा—शायद कुछ ऐसा था जिसे वह टाल नहीं सका। वो देर से आ सकता है, रुपाली। घबराओ मत, सब कुछ ठीक है," उसने कहा, अपनी आवाज़ में विश्वास लाने की कोशिश करते हुए, हालांकि वह थोड़ी कमजोर लग रही थी।

रुपाली की मुरझाई हुई सूरत थोड़ी सी नरम पड़ी, उसकी आँखों में उम्मीद की किरण चमकी। "मुझे सच में उम्मीद है कि वो आए," उसने धीरे से कहा। "केवल जोड़े को आशीर्वाद देने के लिए नहीं, बल्कि... हमें यह दिखाने के लिए कि वह अब भी हमसे दूर नहीं हुआ है।"

रघु कुछ पल के लिए चुप रहा, और फिर उसने अपने असंतोष को छुपाते हुए कहा, "तुम शादी पर ध्यान दो, रुपाली। मुझे पूरा यकीन है कि अजय, जैसा कि मैं जानता हूँ, किसी शानदार तरीके से आखिरी वक्त पर आएगा," उसने हलके से और सतर्क स्वर में कहा।

वह असहजता के साथ सिर झुकाती हुई चली गई, लेकिन रघु उसे देखते हुए खड़ा रहा, चुपचाप यह प्रार्थना करता हुआ कि उसके शब्द सही साबित हों।

एक सच का खुलासा: विक्रम ने चुप्पी तोड़ी

रुपाली विक्रम के सामने बैठी थी, उसकी आँखें उसके चेहरे पर उत्तर की तलाश में थीं। कमरे में सिर्फ पंखे की हल्की आवाज़ सुनाई दे रही थी। न कहे गए शब्दों का बोझ हवा में लटक रहा था, और विक्रम की बेचैनी को नज़रअंदाज करना मुश्किल था। उसके हाथ कुर्सी के किनारे से खेल रहे थे, और फिर उसने चुप्पी तोड़ी, उसकी आवाज़ धीमी लेकिन स्थिर थी।

"रुपाली," उसने कहा, उसकी आवाज़ में संकोच था, "तुम्हें कुछ जानने की जरूरत है—कुछ ऐसा जो रघु ने छुपा रखा है। यह उस शाम के बारे में है, जब हम अजय से मिलने गए थे।"

रुपाली का चेहरा चिंता से सिकुड़ गया और वह आगे झुकी। "तुम क्या कह रहे हो, विक्रम? क्या हुआ था?"

विक्रम ने गहरी सांस ली और अपने विचार इकट्ठे किए। उसकी नजरें ज़मीन पर थीं, जैसे वह साहस जुटा रहा हो। "रघु, मैं और कुछ और लोग... हम होटल के लॉबी के बाहर खड़े थे। रघु के हाथ में शादी का निमंत्रण था। वह... उम्मीद से भरा हुआ लग रहा था। घबराया हुआ लेकिन उम्मीद से भरा हुआ। यह शादी सिर्फ उसकी बहन की नहीं थी—यह अजय को हमारे जीवन में वापस लाने का उसका तरीका था। वह चाहता था कि अजय भी इस खुशी में हमारे साथ हो, जैसे पुराने दिनों में था।"

रुपाली के होठ हलके से खुले और उसकी नज़रों में नरमी आ गई। "रघु ने कभी इसके बारे में नहीं बताया। फिर क्या हुआ?"

विक्रम की आवाज़ में अब और भी भावनाएं आ गईं। "जब अजय आखिरकार नीचे आया, तो वह अकेला नहीं था। वह अपने नए दोस्तों से घिरा हुआ था—वो लड़के जो हमसे बिल्कुल अलग थे, चमकदार और आत्मविश्वासी। वे जोर से हंस रहे थे, उनका व्यवहार... नकारात्मक था। अजय ने मुश्किल से हमें देखा। रघु आगे बढ़ा, निमंत्रण हाथ में थामे हुए, और उसने कांपती हुई आवाज़ में कहा, 'अजय, यह तुम्हारे लिए है। मेरी बहन की शादी अगले हफ्ते है। हम चाहते हैं कि तुम आओ और हमारे साथ रहो।'"

विक्रम रुका, उसकी जांघें कस गईं जैसे वह उस पल को याद कर रहा हो। "लेकिन अजय ने कुछ कहने से पहले, उसके एक नए दोस्त ने रघु के हाथ से निमंत्रण छीन लिया। उसने उसे इस तरह देखा जैसे यह कोई मजाक हो, उसे मरोड़कर फेंक दिया। वह हंसा और बोला, 'अजय, चलो, ये छोटे-मोटे चीज़ें अब तुम्हारे लिए नहीं हैं।'"

रुपाली के हाथ उसकी होठों पर जा पहुंचे, उसकी आँखें हैरान होकर चौड़ी हो गईं। "नहीं... नहीं, यह सच नहीं हो सकता। अजय ऐसा नहीं करेगा।"

विक्रम ने सिर झुकाया, उसकी आवाज़ में गुस्सा और ग़म था। "मैं भी यही विश्वास करना चाहता था, रुपाली। लेकिन अजय ने उसे रोका नहीं। वह बस वहीं खड़ा रहा, चुपचाप। रघु... रघु ने भी एक शब्द नहीं कहा। वह बस झुका, निमंत्रण उठाया और देखा जैसे अजय अपने दोस्तों के साथ चला गया।"

रुपाली की आँखों में आँसू थे, उसने कहा, "वह ऐसा कैसे कर सकता है? जो कुछ भी हुआ, जो कुछ हमने साथ में बिताया?"

विक्रम की आँखों में चमक आई, और उसने अपना हाथ उसके हाथ पर रखकर सांत्वना दी। "रघु ने यह तुम्हें नहीं बताया क्योंकि वह जानता था कि यह तुम्हारे लिए कितना दर्दनाक होगा। वह सोचता था... शायद अजय अपनी गलती समझे और वापस लौट आए।"

रुपाली ने एक आँसू पोंछते हुए कहा, "मुझे रघु से बात करनी होगी। और अजय से भी। उसे सुनना चाहिए कि वह जितना चाहता है, उतना सबको दुखी कर रहा है।"

विक्रम गंभीरता से सिर हिलाया। "तुम्हें बात करनी चाहिए। लेकिन रुपाली, एक बात याद रखना—अजय शायद अपनी राह खो चुका है, लेकिन अंदर से वह वही दोस्त है जिसे हम सभी जानते थे। अगर कोई उसे यह याद दिला सकता है, तो वह तुम हो।"

कमरा फिर से शांत हो गया, लेकिन इस बार वह शांति एक सामूहिक दृढ़ संकल्प के साथ थी। रुपाली का दिल धोखे और संकल्प से भरा था। उसे एहसास हुआ कि वह अजय के साथ उनके रिश्ते को अभी नहीं छोड़ सकती।

प्रथमेश के घर की अनकही खामोशी

प्रथमेश के घर का लिविंग रूम अपनी गर्मजोशी और जिंदादिली के लिए जाना जाता था, लेकिन आज वहां एक अनकही बेचैनी का माहौल था। रिया और नेहा डाइनिंग टेबल पर चुपचाप बैठी थीं, उनकी आंखों में चिंता साफ झलक रही थी। आमतौर पर ठहाकों और हल्के-फुल्के मज़ाक से भरा यह घर आज गहरी खामोशी में डूबा हुआ था।

प्रथमेश अपनी पसंदीदा कुर्सी पर बैठे थे। उनकी आंखें खिड़की के बाहर टिकी थीं, लेकिन उनका मन कहीं और भटक रहा था। उनकी उंगलियां कुर्सी के हत्थे पर हल्के-हल्के थपथपा रही थीं—उनके भीतर चल रही उथल-पुथल का संकेत। उन्होंने अजय को जिस जुनून और विनम्रता के साथ बढ़ते हुए देखा था, आज वह सब कहीं खोता हुआ महसूस हो रहा था। लेकिन फिर भी, उनके भीतर एक छोटी सी उम्मीद की किरण बाकी थी।

नेहा ने आखिरकार खामोशी तोड़ी, उसकी आवाज धीमी लेकिन चिंता से भरी हुई थी। "पापा... क्या हम अजय के लिए कुछ कर सकते हैं?" उसकी आंखों में एक जवाब की उम्मीद थी।

प्रथमेश ने गहरी सांस ली, मानो उसके सवाल का बोझ उनके कंधों पर और भारी हो गया हो। "काश मेरे पास इसका जवाब होता, नेहा," उन्होंने धीमे स्वर में कहा। "वह एक ऐसी दुनिया में खो गया है जो उसे खुद से दूर ले जा रही है। शोहरत, पैसा... इन सबने उसकी नजरें धुंधला कर दी हैं। लेकिन वह अभी भी पूरी तरह नहीं भटका है। हमें बस इंतजार करना होगा और उम्मीद करनी होगी कि वह खुद को फिर से पा ले।"

रिया, जो अब तक चुप थी, धीरे से बोली, "पापा, अगर हम उसे समझाने की कोशिश करें, तो क्या फर्क पड़ेगा? क्या वह हमारी बात सुनेगा?"

प्रथमेश ने उसकी ओर देखा, उनकी आंखों में चिंता और प्यार का मिश्रण था। "अभी नहीं, बेटा," उन्होंने गंभीर स्वर में कहा। "अभी वह ऊंचाई पर है, जहां उसे अपनी ही आवाज सुनाई देती है। लेकिन जब वह नीचे आएगा, तब उसे हमारी जरूरत महसूस होगी। बस उस वक्त का इंतजार करना होगा।"

नेहा ने सहमति में सिर हिलाया, लेकिन उसकी आंखों में अब भी नमी थी। "उसे खोने का डर लगता है, पापा," उसने कहा। "हमने उसे इतने करीब से देखा है... वह ऐसा नहीं था।"

प्रथमेश ने एक पल के लिए खामोशी ओढ़ ली, फिर उसके कंधे पर हाथ रखा। "डर मत, नेहा," उन्होंने आश्वस्त करते हुए कहा। "अजय भटक सकता है, लेकिन वह खो नहीं सकता। उसकी जड़ें मजबूत हैं।"

लिविंग रूम की खामोशी में यह बातचीत जैसे एक हल्की सी उम्मीद की लौ जला गई। बाहर सूरज धीरे-धीरे ढल रहा था, लेकिन अंदर, उनके दिलों में अजय के लौटने की उम्मीद की किरण चमक रही थी।

शोहरत और अकेलेपन के दोराहे पर

अजय की ज़िंदगी अब हाई-प्रोफाइल पार्टियों और रेड कार्पेट इवेंट्स में उलझ गई थी। फ्लैश लाइट्स और दिखावटी तालियों की गूंज ने पुराने दोस्तों की सच्ची हंसी को पीछे छोड़ दिया था। हर दिन वह महंगे होटलों और खोखली बधाइयों के बीच गुजरता, जबकि उसके फोन पर रघु, रुपाली और बाकी दोस्तों के संदेश आते रहते। लेकिन शायद ही कभी वह जवाब देता। उनकी बातें उसे अब किसी पुरानी, भूली-बिसरी दुनिया की लगती थीं।

रातें आलीशान होटल के कमरों में नई संगत के साथ पार्टी करते बीततीं। लेकिन इन रातों की खुमारी ने उसके प्रदर्शन को बुरी तरह प्रभावित किया। वह जो कभी टीम की रीढ़ था, अब कमजोर कड़ी बनता जा रहा था। मीडिया में उसकी चर्चा ज़रूर हो रही थी, लेकिन उसकी मेहनत और खेल की नहीं, बल्कि उसकी बिखरती जिंदगी और बदलती प्राथमिकताओं की।

क्रिकेट का मैदान, जो कभी उसका मंदिर था, अब उसे पराया सा लगने लगा। दर्शकों की तालियां, जो कभी उसके लिए प्रेरणा थीं, अब उसे खालीपन का एहसास कराती थीं। उस रात, जब वह होटल के कमरे में खिड़की के बाहर शहर की चमकती रोशनी को देख रहा था, उसे पहली बार महसूस हुआ कि वह खुद से कितना दूर हो गया है। उसकी आँखों के सामने उसकी गलतियां तैर रही थीं, और उनका बोझ उसके दिल को भारी कर रहा था।

अजय के घर का बेडरूम अब उसे अजनबी सा लगने लगा था, उसके कमरे के कोने में पुरानी दोस्तों की एक तस्वीर थी, जिस पर धूल की परत जम चुकी थी। तस्वीर में उसका बचपन का हंसता हुआ चेहरा और दोस्तों का साथ था। वह लड़का, जो कभी सपनों और जुनून से भरा हुआ था, अब उसे अनजाना सा लग रहा था। मानो वह किसी और की कहानी देख रहा हो।

घर का माहौल भी अजीब सा हो गया था। कभी हंसी से गूंजने वाली डिनर टेबल अब खामोश थी। उसकी मां की चिंतित निगाहें उससे जवाब मांगती थीं, लेकिन उनके बीच एक अनकही दीवार खड़ी थी। उसकी बहन और भाई हल्की आवाज़ में आपस में बात करते, सोचते कि आखिर अपने अजय भैया को कैसे वापस लाया जाए। जो रिश्ता कभी इतना गहरा था, वह अब एक धुंधली याद बनकर रह गया।

एक दिन, परिवार के समझाने के बाद हुई बहस ने अजय को गुस्से में घर से बाहर निकल गया । दरवाजा इतनी जोर से बंद हुआ कि उसकी आवाज़ ने रात की

खामोशी तोड़ दी। सड़क पर अकेले चलते हुए, उसकी जेबों में हाथ थे, लेकिन उसका दिल खाली था।

उस रात, वह एक सुनसान गली में खड़ा था। थकान से झुका हुआ चेहरा और पछतावे से भरा दिल। उसके सामने दो रास्ते थे—एक जो और गहरे अंधेरे की ओर जा रहा था और दूसरा, जो अनिश्चित लेकिन उम्मीद से भरा था।

कुछ पल के लिए वह ठिठका रहा। उसकी गलतियों का बोझ उसके कंधों पर था। दिल मानता था कि वह ग़लत है, लेकिन दिमाग़ हार नहीं मान रहा था। भीतर एक आवाज़ गूंज रही थी, "अभी भी समय है। अगर तू हिम्मत करे, तो खुद को बदल सकता है।"

रात भले ही शांत थी, लेकिन अजय के दिल में तूफान मचा हुआ था। सवाल अब सिर्फ इतना था—क्या वह इस गहराई में और डूबेगा, या फिर उस इंसान को बचाने की कोशिश करेगा, जो वह कभी था और जिसे वह अभी भी बन सकता है?

कुछ महीनों बाद,

कोच की दृढ़ता

सुबह की हल्की रोशनी खिड़की के पर्दों से छनकर प्रथमेश के लिविंग रूम में फैल रही थी। डाइनिंग टेबल पर चाय का कप लिए बैठे प्रथमेश खिड़की के बाहर देख रहे थे, उनकी आंखों में गहरी सोच की झलक थी। कमरे में एक शांत वातावरण था, जिसे रिया और नेहा की हल्की-फुल्की बातचीत ने तोड़ा।

"पापा, देखिए यह!" नेहा ने खेल पृष्ठ को ऊंचा उठाते हुए कहा। मोटे अक्षरों में लिखा था: "प्रथमेश कदम नियुक्त हुए फर्स्ट-क्लास टीम के मुख्य कोच।"

प्रथमेश ने अखबार लिया, उनके चेहरे पर शांत भाव थे, लेकिन उनकी आंखों में गर्व और चिंता का मिला-जुला एहसास झलक रहा था। उन्होंने लेख को ध्यान से पढ़ा, फिर उसे एक तरफ रख दिया। उनकी आवाज में एक गहरी सोच थी। "यह बहुत बड़ी जिम्मेदारी है," उन्होंने धीरे से कहा। "यह सिर्फ क्रिकेट के बारे में नहीं है; यह खिलाड़ियों को मैदान के अंदर और बाहर दोनों जगह सही दिशा दिखाने के बारे में है।"

नेहा ने उनके स्वर में छिपी चिंता को भांप लिया और धीरे से पूछा, "आप अजय को लेकर परेशान हैं, है ना?"

प्रथमेश ने एक गहरी सांस ली, जैसे उनके दिल का बोझ और भारी हो गया हो। "परेशान होना तो बस कहने की बात है," उन्होंने स्वीकारा। "अजय की प्रतिभा कभी समस्या नहीं रही—वह हमेशा शानदार खिलाड़ी रहा है। लेकिन उसका अनुशासन... या यूं कहें कि उसका अभाव, यही असली चुनौती है। उसे सही राह पर वापस लाना शायद मेरे कोचिंग करियर की सबसे कठिन परीक्षा होगी।"

उनकी आवाज में चिंता और दृढ़ संकल्प का अनूठा मेल था। यह सिर्फ एक टीम को कोचिंग देने का नहीं, बल्कि एक खिलाड़ी को उसकी खोई हुई पहचान दिलाने का मिशन था।

चयन समिति की बैठक

शाम को चयन समिति के सदस्य बैठक कक्ष में धीरे-धीरे अपनी जगह ले रहे थे। हल्की बातचीत का शोर कमरे में गूंज रहा था। मेज के शीर्ष पर, अध्यक्ष श्री कुलकर्णी बैठे थे, उनका रुख सख्त और अधिकारपूर्ण था। संयोजक ने पिछले सीज़न की प्रबंधन रिपोर्ट की प्रतियां सभी को वितरित कीं और गंभीर स्वर में बात शुरू की।

“इससे पहले कि हम टीम का अंतिम चयन करें, मैं चाहता हूं कि आप सब प्रबंधन की रिपोर्ट पढ़ लें। इसमें अजय के अनुशासनहीन व्यवहार का ज़िक्र है—लंच के बाद मैचों में देर से आने और जिम्मेदारी न निभाने की शिकायतें। क्या हम ऐसे खिलाड़ी को टीम में रखना चाहते हैं?”

कमरे में भारी खामोशी छा गई। समिति के सदस्य रिपोर्ट को ध्यान से पढ़ने लगे, उनके चेहरों पर चिंता की लकीरें साफ़ थीं। एक ओर शांत बैठे प्रथमेश आगे झुके, उनकी आवाज़ में एक ठहराव था, लेकिन उसमें दृढ़ता भी झलक रही थी।

“अजय के टैलेंट पर कोई सवाल नहीं उठा सकता,” उन्होंने शुरू किया। “मैदान पर वह मैच-विनर है। लेकिन आज उसका प्रदर्शन उम्मीद से बहुत कम है, ये भी सही है। जिसका कारण उसके मैदान के बाहर का व्यवहार, वो बड़ी चिंता है।"

श्री कुलकर्णी ने भौंहें उठाईं, संकेत दिया कि वे विस्तार से सुनना चाहते हैं।

“मैं प्रस्ताव करता हूं कि अजय के प्रशिक्षण और अनुशासन की जिम्मेदारी सीधे मेरे अधीन हो,” प्रथमेश ने आत्मविश्वास के साथ कहा। “वह सिर्फ एक महान

खिलाड़ी नहीं है—वह एक आदर्श पेशेवर बनने की क्षमता रखता है। लेकिन इसके लिए कुछ शर्तें होंगी।"

"कैसी शर्तें?" कुलकर्णी ने उत्सुकता और सतर्कता के मिश्रण के साथ पूछा।

प्रथमेश की आवाज़ तीखी और सख्त हो गई, उनकी गंभीरता हर शब्द में झलक रही थी। "अगर अजय अभ्यास में चूकेगा, देर से आएगा, या उसकी जीवनशैली टीम के अनुशासन को प्रभावित करेगी, तो सख्त कार्रवाई होगी—कोई रियायत नहीं। उसे तीन मैच दिए जाएंगे खुद को साबित करने के लिए। अगर वह हमारे मानकों पर खरा नहीं उतरा, तो उसे टीम से बाहर कर दिया जाएगा।"

कमरे में उनके शब्दों की गूंज सुनाई दी। समिति के सदस्य एक-दूसरे की ओर देखने लगे, इस फैसले की गंभीरता को समझते हुए। लंबी चुप्पी के बाद, कुलकर्णी ने आखिरकार बोलना शुरू किया, उनकी आवाज़ दृढ़ थी।

"हम सब मानते हैं कि अजय की क्षमता असाधारण है, लेकिन टीम का अनुशासन और तालमेल हमारी प्राथमिकता है। हम आप पर भरोसा करते हैं, प्रथमेश, कि आप इसे संभालेंगे। आइए आपके प्लान के साथ आगे बढ़ते हैं।"

प्रथमेश ने सिर हिलाया, उनकी आँखों में जिम्मेदारी का भाव स्पष्ट था।

एक नए अध्याय की शुरुआत

बैठक खत्म होने के बाद, संयोजक ने घोषणा की कि अगले तीन मैचों के लिए टीम का चयन हो गया है। सभी खिलाड़ियों को सोमवार दोपहर 2 बजे अभ्यास मैदान पर रिपोर्ट करने का निर्देश दिया गया।

अपने कागज़ समेटते हुए, प्रथमेश कमरे से बाहर निकल गए। उनके मन में पहले से ही कई योजनाएँ बन रही थीं। आने वाला रास्ता मुश्किल था, खासकर अजय के पिछले रिकॉर्ड को देखते हुए। लेकिन प्रथमेश जानते थे कि क्रिकेट केवल कौशल का खेल नहीं है—यह चरित्र का भी खेल है। और वह मानते थे, हमेशा संभव है, अगर कोई पहला कदम उठाने की हिम्मत जुटा सके।

ड्रेसिंग रूम – मोचन की बातचीत

अजय धीरे-धीरे अकादमी के ड्रेसिंग रूम में दाखिल हुआ, उसके कदम अनिश्चित और झिझक से भरे हुए थे। वह जगह, जो कभी दोस्ताना माहौल और हंसी-ठिठोली से गूंजती थी, अब खामोशी और गहराई से भरी हुई लग रही थी। दीवारों पर पुराने विजय पलों की तस्वीरें टंगी थीं, और शीशे के केबिन में चमकते ट्रॉफी, जिनमें न जाने कितने घंटों की मेहनत और समर्पण की गाथा छिपी थी। आज ये सब अजय को अतीत की किसी ऐसी कहानी की तरह लग रहे थे, जो अब उससे कोसों दूर थी।

खिड़की के पास, प्रथमेश खड़े थे, उनकी पीठ अजय की ओर थी। सुबह की हल्की धूप ने उनकी काया को ऐसा बना दिया जैसे वह किसी विशाल और सशक्त व्यक्तित्व की छवि हों। उनकी नजरें क्रिकेट मैदान पर टिकी थीं, वह जगह जहां कई सपने शुरू हुए थे—और उनमें से एक अजय का भी।

बिना पलटे, प्रथमेश ने खामोशी तोड़ी, उनकी आवाज शांत थी, लेकिन उसमें दृढ़ता झलक रही थी।

"अजय, क्या तुम इस कमरे को पहचानते हो?" उनके शब्द हवा में तैर गए, अपने साथ एक गहरी गंभीरता लिए हुए। "यहीं से सब शुरू हुआ था—तुम्हारा जुनून, तुम्हारा अनुशासन, और तुम्हारे सपने। क्या तुम्हें वे दिन याद हैं?"

अजय की नजरें जमीन पर टिक गईं। उसने हल्के से सिर हिलाया, अपराधबोध का भार उसे दबा रहा था। "याद है, सर," उसने बमुश्किल सुनाई देने वाली आवाज में कहा।

प्रथमेश उसकी ओर मुड़े, उनके चेहरे पर निराशा और दृढ़ता का मिश्रण था। "उस समय, तुम्हारी ज़िंदगी क्रिकेट के इर्द-गिर्द घूमती थी। अब, ऐसा लगता है कि क्रिकेट के अलावा हर चीज़ तुम्हारी प्राथमिकता बन गई है," उन्होंने तीखे शब्दों में कहा, उनकी नजरें अजय पर जमी थीं। "तुम्हारे आसपास जो लोग हैं—जिन्हें तुम दोस्त समझते हो, वे दोस्त नहीं हैं, मतलबी लोग हैं, अजय। उन्हें तुम्हारी प्रसिद्धि से प्यार है, तुमसे नहीं।"

अजय ने मुश्किल से गहरी सांस ली, प्रथमेश की बातों की सच्चाई उसकी आत्मा तक उतर गई। "प्रथमेश सर की कड़वी सच्चाई को उसने महसूस किया और उसके पास अपने बचाव में कहने को कुछ भी नहीं था।"। उसने बस धीरे से कहा, "मैंने गलतियां की हैं, सर। बहुत सारी।"

प्रथमेश उसके करीब आए, उनकी आवाज थोड़ी नरम हुई, लेकिन उसमें अभी भी दृढ़ता थी। "हम सब गलतियां करते हैं, अजय। फर्क इस बात से पड़ता है कि तुम उनसे सीखते हो या उन्हें अपनी पहचान बनने देते हो।" उन्होंने दीवार पर लगी तस्वीरों की ओर इशारा किया। "वो जीत के पल शॉर्टकट या ध्यान भटकाने से हासिल नहीं हुए थे। वो इसलिए मुमकिन हुए क्योंकि तुमने मेहनत की, खेल का सम्मान किया, और खुद के प्रति सच्चे रहे।"

अजय की आवाज कांप गई, जब उसने कहा, "मैं इसे ठीक करना चाहता हूं, सर। मैं सबकुछ खोना नहीं चाहता, जिसके लिए मैंने मेहनत की है।" उसकी आंखें आंसुओं से भर आईं, उसकी भावनाओं ने प्रथमेश को भी छू लिया।

प्रथमेश ने उसका कंधा थाम लिया, उनकी पकड़ मजबूत थी। "तो ध्यान से सुनो। यह तुम्हारा आखिरी मौका है। तुम्हारे पास तीन मैच हैं खुद को साबित करने के लिए। समय पर आओ, ध्यान केंद्रित करो, और मैदान पर प्रदर्शन करो। अगर तुम फिसले—अगर तुम्हारी पुरानी आदतें फिर लौट आईं—तो तुम टीम से बाहर हो। कोई दूसरी बार मौका नहीं मिलेगा।"

अजय ने सिर हिलाया, अल्टीमेटम की गंभीरता को समझते हुए। "मैं आपको निराश नहीं करूंगा, सर," उसने लगभग विनती करते हुए कहा। "इस दलदल से बाहर निकालो, सर, फंस गया हूं," अजय ने भारी दिल से कहा, जैसे उसकी सारी ताकत उसी एक वाक्य में झोंक दी हो। "

प्रथमेश की नजरें नरम हो गईं, लेकिन उनका संकल्प अडिग रहा। "तुम फंसे नहीं हो, अजय। तुम बस अपना रास्ता खो बैठे हो।

अजय जब कमरे से बाहर गया, तो उसके कंधे बातचीत के भार से झुके हुए थे। प्रथमेश ने उसे जाते हुए देखा, चिंता के साथ उम्मीद का हल्का सा चमकता भाव उनके चेहरे पर था।

अनुशासन पर नजर

सूरज आसमान में ऊपर चढ़ रहा था, मैदान पर खिलाड़ी पूरे जोश के साथ अभ्यास में जुटे थे। अभ्यास क्षेत्र के किनारे से, प्रथमेश एक बाज की तरह खड़े थे, उनकी तेज नजरें मैदान को बारीकी से देख रही थीं। सत्र की लय तब बाधित हुई जब उन्होंने दानिश को मैदान के बाहर देखा। वह अपनी कार में कुछ लड़कियों के साथ बैठा था, उसका बेपरवाह अंदाज एक सीनियर खिलाड़ी से अपेक्षित अनुशासन से कोसों दूर था।

प्रथमेश का चेहरा गंभीर हो गया। अभ्यास शुरू हुए 45 मिनट हो चुके थे, और दानिश अभी तक अनुपस्थित था। बिना समय गंवाए, उन्होंने अपने सहायक कोच श्याम को बुलाया, उनकी आवाज सख्त थी।

"श्याम, मैंने देखा कि दानिश अभी तक अभ्यास में नहीं आया है। जब वह आए, तो उसे अपना बैग पैक करने और तुरंत मैदान छोड़ने के लिए कहो। पहले ही दिन 45 मिनट की देरी, खासकर एक सीनियर खिलाड़ी से, अस्वीकार्य है।"

श्याम ने सिर हिलाया, उनका चेहरा स्थिति की गंभीरता को दर्शा रहा था। जैसे ही दानिश कार से बाहर निकला और अभ्यास क्षेत्र की ओर बढ़ा, श्याम ने उसे रोक लिया।

"दानिश," श्याम ने कहा, अपनी आवाज को नियंत्रित करने की कोशिश करते हुए, "प्रथमेश सर ने कहा है कि तुम अपना बैग पैक करो और मैदान छोड़ दो। तुम्हारा देर से आना अस्वीकार्य है।"

दानिश स्तब्ध रह गया, जैसे किसी ने उसे करारा झटका दिया हो। उसकी हैरानी गुस्से में बदल गई, और वह तेज कदमों से प्रथमेश की ओर बढ़ा, अपनी सफाई देने के लिए।

"सर," दानिश ने शुरू किया, उसकी आवाज अस्थिर लेकिन बचाव में थी। "मैं देर से आया क्योंकि मुझे कुछ जरूरी काम निपटाने थे। मेरा इरादा अभ्यास को बाधित करने का नहीं था।"

प्रथमेश की कठोर नजरें अडिग रहीं। "तुम अभ्यास का समय जानते थे, दानिश। 'कुछ जरूरी काम' कोई बहाना नहीं है। तुम्हारे पास अपने व्यक्तिगत मामलों को संभालने का समय अभ्यास से पहले या बाद में था। यह टीम ऐसे खिलाड़ियों का भार नहीं उठा सकती जो अपनी प्रतिबद्धताओं को प्राथमिकता नहीं देते। आज तुम्हारी यहां जरूरत नहीं है।"

दानिश का चेहरा सफेद पड़ गया, स्थिति की गंभीरता उसे पूरी तरह समझ में आ गई। वह अपनी गलती सुधारने की उम्मीद में टीम के कप्तान के पास गया।

"कप्तान, प्लीज," दानिश ने कहा, उसकी आवाज में निराशा थी। "मैंने गलती की है, और मैं इसे मानता हूं। लेकिन मैं टीम से बाहर होने का जोखिम नहीं उठा सकता। क्या आप सर से बात कर सकते हैं? शायद वह आपकी बात सुनें।"

कप्तान ने पल भर के लिए सोचा, अनुशासन के महत्व को समझते हुए, लेकिन साथ ही दानिश के पश्चाताप को भी महसूस किया। उन्होंने धीरे से सिर हिलाया। "ठीक है, मैं बात करता हूं।"

कप्तान और दानिश दोनों ने प्रथमेश से संपर्क किया, जो अपने हाथों को छाती पर बांधे, गंभीर मुद्रा में खड़े थे।

"सर," कप्तान ने शुरुआत की, उनकी आवाज में संतुलन था। "दानिश अपनी गलती समझ गया है और अपना रवैया बदलने के लिए तैयार है। मैं जानता हूं कि अनुशासन कितना महत्वपूर्ण है, लेकिन क्या हम उसे एक आखिरी मौका दे सकते हैं? मैं उसकी हरकतों की व्यक्तिगत जिम्मेदारी लूंगा।"

प्रथमेश ने कप्तान को लंबे समय तक देखा, उनका चेहरा भावहीन था। "क्या तुम सच में उसकी जिम्मेदारी लेने के लिए तैयार हो? अगर दानिश फिर से चूका, तो मैं तुम्हें जिम्मेदार ठहराऊंगा। सोच लो, फिर वादा करो।"

कप्तान ने दृढ़ता से सिर हिलाया। "हां, सर। मैं वादा करता हूं कि वह दोबारा यह गलती नहीं करेगा। मैं खुद इसे सुनिश्चित करूंगा।"

प्रथमेश ने कुछ देर चुप रहकर कहा, "ठीक है। दानिश, तुम रुक सकते हो, लेकिन ध्यान से सुनो—एक और गलती, और तुम टीम से बाहर हो जाओगे। कोई दूसरी बार मौका नहीं मिलेगा। और कप्तान, याद रखना, अब यह तुम्हारी जिम्मेदारी है।"

दानिश ने राहत की सांस ली और दोनों को धन्यवाद दिया। जैसे ही वह अभ्यास में शामिल होने के लिए वापस लौटा, बाकी खिलाड़ी, जिनमें अजय भी शामिल था, एक-दूसरे की ओर इशारा करते हुए देख रहे थे। संदेश स्पष्ट था—प्रथमेश के नेतृत्व में अनुशासन पर समझौता नहीं किया जाएगा।

अभ्यास सत्र फिर से पूरी गंभीरता के साथ शुरू हुआ। खिलाड़ियों को यह एहसास हो गया कि प्रथमेश के कड़े मानक केवल नियम नहीं थे; वे उत्कृष्टता की नींव थे। उनके सतर्क नेतृत्व में, आलस्य के लिए कोई जगह नहीं थी, केवल विकास की गुंजाइश थी।

जड़ों की ओर वापसी का सफर

सूरज की रोशनी ने झुग्गी बस्तियों की तंग गलियों में लम्बे-लम्बे साये बना रहे थे। बच्चे सड़कों पर क्रिकेट खेल रहे थे, उनकी हंसी दीवारों से टकराकर गूंज रही थी। महिलाएं कपड़े सुखाने के लिए बाहर खड़ी थीं, और उनके बोलने की आवाज़ घरों से बर्तन बजने की आवाज़ में मिल रही थी।

अजय परिचित रास्तों से होते हुए अपनी पुरानी मोहल्ले के गली में कदम रखता है। उसकी चाल हिचकिचाती और धीरे-धीरे थी। पुराने दिन याद आए, पतंग उड़ाने की, कीचड़ से बचने की और इस आसमान के नीचे अपने सपनों को बांटने की। उसके जूते धूल उड़ा रहे थे और उसने अपनी कैप को ठीक किया, जैसे ही वह नुक्कड़ वाले दुकान के पास पहुंचा, उसने उन्हें देखा—रघु और उसके कुछ पुराने दोस्त, चाय की प्यालियों के साथ इकट्ठे बैठे थे। अजय को देखकर उनके चेहरों पर हैरानी की लकीरें थी, और उनकी हंसी धीमी हो गई जैसे ही उन्होंने अजय को आते देखा। रघु की आंखों में आश्चर्य और खुशी झलक उठी। अजय ने अपने दोस्तों को देखा और मुस्कुराते हुए कहा, "यारों, कैसो हो? कितने दिन हो गए मिले हुए।"

ग्रुप ने एक-दूसरे को संकोच से देखा, फिर रघु ने चौंकते हुए कहा, "अजय? अरे, तुम यहाँ? इतने सालों बाद?"

अजय ने सिर हिलाया और गले में फंसी गांठ को निगलते हुए कहा, "हां, थोड़ा वक्त लग गया। जिंदगी में सब कुछ जल्दी-जल्दी हो रहा था। तुम लोगों की याद आई, तो चला आया।"

वहां खड़ा एक लड़का तीव्र स्वर में बोला, "तुझे हमारी याद आई? इतने सालों से कोई खबर नहीं थी"। अजय, जब से तू स्टार बन गया, तूने कभी पीछे मुड़कर नहीं देखा। और आज अचानक हमारी याद आई?"

अजय के कंधे झुक गए, उनके शब्दों का वजन महसूस करते हुए। वह धीरे से, लेकिन गहरी आवाज़ में बोले, "तुम सही हो। मैं सबमें उलझकर रह गया—क्रिकेट, प्रसिद्धि, और ग्लैमरस लाइफस्टाइल में फसगया था। मुझे लगता था कि मैं अपने सपनों का पीछा कर रहा हूं, लेकिन कहीं न कहीं, मैंने अपनी जड़ों से रिश्ता खो दिया। मुझे खेद है।"

रघु कुछ देर उसे देखता रहा, फिर उसकी सख्त सूरत में नरमी आ गई। "माफ़ी से अतीत नहीं बदल सकता, अजय। पर आज क्यों आए हो?"

अजय ने उसकी आंखों में सच्चाई देखी और कहा, "क्योंकि मुझे यह समझ आया कि सफलता कुछ भी नहीं, जब तक संघर्ष के दिनों के दोस्त साथ न हो। तुम मेरी ताकत थे। मैं आज यहाँ हूं ताकि चीजें सही कर सकूं... अगर तुम मुझे मौका दोगे तो।"
चुप्पी छा गई, जो बच्चों की दूर आवाज़ों से टूट गई। रघु ने आखिरकार अपना हाथ बढ़ाया। "ठीक है, अजय। देखते हैं, क्या तुम सच में इसे मानते हो।"

अजय के चेहरे पर मुस्कान फैल गई, उसने रघु का हाथ पकड़ा और कहा, "धन्यवाद। चलो फिर से शुरुआत करते हैं। आओ, मेरी तरफ से चाय हो जाए।"

जैसे ही वो लोग साथ चलने लगे, तनाव कम हुआ और उनकी बातें पहले जैसी सहज हो गईं।

समूह के बीच से तनाव कम हो रहा था, तभी योगेश एक पड़ोस की गली से आया। जैसे ही उसने अजय को देखा, उसके चेहरे पर पुरानी कड़वाहट की छाया आ गई। उसकी आँखों में नफरत थी, और यह साफ था कि अतीत का बोझ उस पर अब भी भारी था।

राज्जन ने योगेश का मजाक उड़ाया, "देखो, ईर्ष्यालु आ गया। अब वही पुरानी बातें शुरू करेगा, पर आज मैं उसे चुप करा दूंगा।"

योगेश, कड़वी आवाज़ में, अजय से बोला, "वाह, नकली सुपरस्टार आखिरकार पुराने दोस्तों को याद करने आया है? या फिर यह कोई और पब्लिसिटी स्टंट है?"

राज्जन ने योगेश की तरफ बढ़ने की कोशिश की, लेकिन अजय ने शांति बनाए रखते हुए आगे बढ़ते हुए कहा, "योगेश, जो भी हुआ, मैं उसकी ज़िम्मेदारी लेता हूं। यह कोई स्टंट नहीं है, मैं चीजें ठीक करने आया हूं। जब हम बच्चे थे, हम छोटी-छोटी बातों पर लड़ते थे। अब हम बड़े हो गए हैं। चलो आगे बढ़ते हैं।"
योगेश की गुस्से से भरी प्रतिक्रिया साफ दिख रही थी। उसने कहा, "आगे बढ़ना? तुम हमें छोड़कर चले गए, अजय। तुम बड़े हो गए और हमें भूल गए।"

राज्जन बोलने ही वाला था, लेकिन अजय ने हाथ उठाकर उसे चुप करा दिया। वह योगेश के पास फिर से गया, और आवाज़ में सच्चाई के साथ कहा, "हां, मैं थोड़े समय के लिए खो गया था। लेकिन पुराने दोस्त मायने रखते हैं, योगेश। हम वहीं से शुरुआत करेंगे, जहां छोड़ा था। मुझे खुद को साबित करने का मौका दो।"

योगेश खड़ा रहा, अजय के बढ़े हुए हाथ को देखता रहा, लेकिन उसने उसे नकारते हुए कंधा फेर लिया और चल पड़ा। उसकी नफरत साफ थी।

राज्जन गुस्से से भरकर योगेश के पीछे जाने की कोशिश करने लगा, लेकिन अजय ने उसे रुकने के लिए कहा. अजय बहुत खुश था, और बोला, "आज तुम सब को देख कर सच में दिल भर आया। पुरानी यादें ताज़ा हो गई हैं। मुझे ये पल कभी नहीं भूलेंगे।" "धन्यवाद, यार। चलो आज रात फिर से मिलते हैं, जैसे पहले मिला करते थे। और शायद कल हम फिर से क्रिकेट खेलेंगे, जैसे पुराने दिनों में।"

उनके चेहरे पर अजय की सच्चाई का आभास था, और उन्होंने रात फिर से मिलने का निर्णय लिया, होटल का बिल अजय को देना होगा। "बिल तो मैं ही दूंगा, दिल खुश है।" अजय के कंधों पर से एक भारी बोझ उतर चुका था। यह एक नई शुरुआत थी, एक मौका पुराने घावों को ठीक करने का। जैसे-जैसे वे गली में चल रहे थे, अजय के मन में विचार आ रहे थे, "प्रसिद्धि और सफलता क्षणिक होती हैं, लेकिन रिश्तों की मजबूती... वही चीज़ है जो हमेशा रहती है।

जड़ों की ओर लौटने की यात्रा

रेस्टोरेंट का माहौल गर्मजोशी और हंसी-मजाक से भरपूर था। चारों ओर स्वादिष्ट खाने की खुशबू, और गिलासों के टकराने की आवाजें सुनाई दे रही थीं। अजय अपने बचपन के दोस्तों के साथ एक बड़े टेबल पर बैठा हुआ था, हर तरफ खुशियों का माहौल था।

अजय ने अपने दोस्तों की तरफ देखा और मुस्कुराते हुए कहा, "आज हम सबको यहां साथ देखकर बहुत खुशी हो रही है। चाहे कुछ भी हो जाए, तुम लोग हमेशा मेरी ताकत रहे हो।" उसकी आवाज में सच्ची कृतज्ञता झलक रही थी।

विक्रम ने चुटकी लेते हुए कहा, "हम भी तुझ पर गर्व करते हैं। हैरान हूँ, तूने आज भी मेरी पसंदीदा डिश याद रखी!" राज ने हंसते हुए कहा, "अरे, तू कुछ नया क्यों खाएगा? बचपन से वही खाना, वही आदतें। चाहे टपरी हो या ये फैंसी रेस्टोरेंट।" अजय हंसा और बोला, "सही बात है। अगर कुछ अच्छा चल रहा है, तो उसे बदलने की क्या जरूरत?"

इसी बीच, अजय की नजरें कमरे के दूसरे कोने में गईं, जहां सुनिता अपने दोस्तों के साथ बैठी हुई थी। राज ने भी देख लिया और उसने हल्के अंदाज में कहा, "अरे, वो देख, सुनिता! तुम्हारी और योगेश की बचपन की क्रश।"

अजय ने मुस्कुराते हुए कहा, "सुनिता हमेशा से ही खास रही है। और उसने जीवन में बहुत मेहनत की है। आज वो यहां है, और उसकी मेहनत उसकी मुस्कान में झलक रही है।" राज ने छेड़ते हुए कहा, "तू अभी भी वैसा ही है, उसे देखकर तेरे चेहरे पर वही बचपन वाली झिझक आ गई।"

अजय थोड़ी हिचकिचाहट के साथ बोला, "मुझे नहीं पता, इतने साल हो गए हैं। क्या वो मुझे पहचानेगी?" विक्रम ने उसे प्रोत्साहित करते हुए कहा, "अरे, तू क्रिकेट के सबसे कठिन गेंदबाज को फेस करता है। जा, बात कर ले।"

अजय ने गहरी सांस ली और कहा, "ठीक है, कोशिश करता हूं।" वह धीरे-धीरे सुनिता की तरफ बढ़ा।

सुनिता ने उसे देखते ही मुस्कुराते हुए कहा, "अजय! इतने सालों बाद! कैसे हो?" अजय का संकोच पिघल गया। उसने कहा, "सुनिता, तुम बिल्कुल कमाल लग रही हो। सच कहूं तो ये सब देख कर बचपन की यादें ताजा हो गईं।"

थोड़ी बातचीत के बाद, अजय वापस अपने टेबल पर लौटा, उसके चेहरे पर राहत और खुशी साफ झलक रही थी।

विक्रम ने चुटकी ली, "तो कैसा रहा? बात बनी?" अजय ने मुस्कुराते हुए कहा, "बहुत अच्छा लगा। वो अभी भी उतनी ही शानदार है जितनी पहले थी।" राज ने ठहाका लगाते हुए कहा, "तेरे चेहरे पर अभी भी वही स्कूल वाला शरमाना दिख रहा है!"

संगीत और डांस का जादू

इसी बीच, रेस्टोरेंट में तेज और जोशीला संगीत शुरू हुआ। अजय के दोस्तों ने उसे डांस फ्लोर पर खींच लिया। "चल, अजय! अपना टपोरी डांस दिखा!"

सबकी तालियों और शोरगुल के बीच, अजय ने सुनिता की ओर देखा। वह मुस्कुराते हुए उसे देख रही थी।

हिम्मत जुटाकर, अजय उसके पास गया और बोला, "सुनिता, क्या तुम मेरे साथ डांस करोगी?" सुनिता ने हंसते हुए कहा, "क्यों नहीं, चलो।"

दोनों ने मिलकर डांस फ्लोर पर कदम रखा, और जैसे-जैसे संगीत तेज हुआ, उनके स्टेप्स में तालमेल बढ़ता गया। उनके डांस ने रेस्टोरेंट के माहौल को और खुशनुमा बना दिया। उनके दोस्तों ने जोर-जोर से उनका नाम लेकर चिल्लाना शुरू कर दिया, "अजय! सुनिता!"

डांस खत्म होने के बाद, दोनों हंसते हुए और थकान में सांस लेते हुए फ्लोर से उतरे।

अजय ने धीरे से कहा, "सुनिता, ये पल बहुत खास था। इतना मज़ा मैंने बहुत दिनों बाद किया।" सुनिता मुस्कुराते हुए बोली, "मुझे भी बहुत मजा आया। तुम अच्छे डांसर हो।"

अजय ने थोड़ी झिझक के साथ पूछा, "क्या मैं तुम्हारा नंबर ले सकता हूं? अगर कभी बात करनी हो तो?" सुनिता ने हल्की मुस्कान के साथ कहा, "जरूर। मुझे भी अच्छा लगेगा।"

दोनों ने फोन नंबर एक्सचेंज किए, और उनके बीच एक नई शुरुआत का वादा सा बंध गया।

रात के अंत में, अजय ने अपने दोस्तों और सुनिता के साथ बिताए पल को मन में संजो लिया। यह सिर्फ एक मुलाकात नहीं थी; यह एक नई शुरुआत थी—दोस्ती, माफ़ी और शायद प्यार की एक नई कहानी की।

अजय का संकल्प: दिलों का मिलन

दोपहर की नरम धूप पर्दों से छनकर प्रथमेश के ऑफिस में एक हल्की चमक फैला रही थी।प्रथमेशऔर अजय एक बड़े लकड़ी के डेस्क के दोनों ओर बैठे थे। कमरे में एक तनाव सा था, लेकिन साथ ही एक शांत भावना भी, जैसे वे एक-दूसरे को इतने लंबे समय से जानते हों कि इस तरह की गंभीर बातें उनके रिश्ते का हिस्सा बन चुकी थीं।

प्रथमेश थोड़ा आगे झुके, अपनी उंगलियां मेज पर आपस में जोड़ते हुए, उनकी आवाज गंभीर लेकिन कोमल थी। "अजय," उन्होंने शुरू किया, अपने शब्दों को सावधानी से चुनते हुए, "मुझे तुमसे एक ज़रूरी बात करनी है। विजय और रूपाली के बारे में।"

अजय ने अपने फोन से नज़रें उठाईं, उसकी जिज्ञासा चेहरे पर दिख रही थी, लेकिन उसकी आवाज शांत थी। "विजय और रूपाली? क्या बात है?" उसने हल्का सा माथा सिकोड़ते हुए पूछा।

प्रथमेश ने गहरी सांस ली, जैसे सही शब्द ढूंढने की कोशिश कर रहे हों। "आरती ने कुछ देखा है। उसने महसूस किया है कि विजय और रूपाली... शायद एक-

दूसरे को पसंद करते हैं। और उसने सोचा कि उनके बीच कुछ भी आगे बढ़ने से पहले तुम्हें ये बताना ज़रूरी है।"

अजय ने हल्के से मुस्कुराते हुए कहा, उसका चेहरा सहज था। "अगर वे एक-दूसरे को पसंद करते हैं, तो मुझे इससे क्या समस्या होगी? विजय बेहतरीन इंसान है, मेरे लिए सबसे ऊपर।" उसने कुर्सी पर थोड़ा पीछे झुकते हुए कहा, जैसे उसके लिए यह बात पहले से तय थी।

प्रथमेश ने उसे ध्यान से देखा और सिर हिलाया। "विजय वाकई बेहतरीन है। लेकिन एक बात है जो शायद तुम नहीं जानते। वह अनाथालय में पला-बढ़ा है, अजय। उसका बैकग्राउंड... उसे अपने माता-पिता के बारे में ज़्यादा पता नहीं। उसने खुद को यहाँ तक अपने दम पर बनाया है, बिल्कुल तुम्हारी तरह। और रूपाली सचमुच उसे पसंद करती है।"

अजय का चेहरा सुनते-सुनते नरम पड़ गया। उसने थोड़ी देर चुप रहकर सोचा, और फिर उसकी आवाज में गंभीरता और समझदारी झलकने लगी। "सर," उसने हल्के से सिर हिलाते हुए कहा, "चाहे विजय अनाथालय से आया हो या उसे अपनी जाति का पता न हो, मुझे इससे फर्क नहीं पड़ता। मैं इन बातों में यकीन नहीं करता। अगर वे जीवनभर साथ रहना चाहते हैं, तो मैं बस यही चाहता हूं कि वे खुश रहें और यह सुनिश्चित करें कि यह फैसला उनके लिए सही है।"

प्रथमेश की आँखों में संतोष की चमक आ गई। उन्होंने हल्की राहत भरी सांस ली और कुर्सी पर थोड़ा पीछे झुकते हुए कहा, "मुझे खुशी है यह सुनकर, अजय। मैं चिंतित था, लेकिन तुमने यह साफ कर दिया। अब समय आ गया है कि हम विजय और रूपाली से बात करें और देखें कि उनके दिल क्या कहते हैं।"

विजय का प्रस्ताव: रूपाली के लिए

कॉफी शॉप का माहौल गर्मजोशी और सुकून से भरा हुआ था। बैकग्राउंड में हल्का जैज़ संगीत बज रहा था। शाम का माहौल शांत था, और आसपास की बातचीत की हलचल मुश्किल से सुनाई दे रही थी। विजय और रूपाली एक कोने की टेबल पर बैठे थे। उनके सामने कॉफी के कप रखे थे, लेकिन किसी का ध्यान उन पर नहीं था।

विजय अपने कप के किनारे को उंगलियों से घुमा रहा था। उसकी बेचैनी साफ झलक रही थी। उसकी उंगलियां धीरे-धीरे कप पर थपकी दे रही थीं, जैसे वह अपने ख्यालों को शब्दों में पिरोने की कोशिश कर रहा हो। "रूपाली," उसने धीमे

से शुरू किया, उसकी आवाज़ उसकी घबराहट को बयां कर रही थी। "एक बात है जो मैं काफी समय से सोच रहा हूं। जो मेरे दिल और दिमाग में कई दिनों से चल रही है।"

रूपाली, उसकी झिझक को महसूस करते हुए, मुस्कुराई। उसकी आवाज़ में हल्का मज़ाक था। "अगर यह बस एक ख्याल है, तो उसे जाने दो, विजय। इतना सोचो मत।"

विजय ने हल्का सा हंसा, लेकिन उसकी मुस्कान जल्दी ही गंभीरता में बदल गई। उसने गहरी सांस ली, यह फैसला करते हुए कि अब समय आ गया है। "लेकिन अगर यह बस एक ख्याल से ज्यादा है तो?" उसने उसकी ओर देखते हुए कहा। उसकी आवाज़ में हल्की कंपकंपी थी, लेकिन वह रुका नहीं। "रूपाली... हम एक-दूसरे को बहुत समय से जानते हैं। और जब तुम आसपास नहीं होती, तो मेरे अंदर एक बेचैनी सी होती है। मैं उसे दूर नहीं कर सकता। मैं अपनी जिंदगी तुम्हारे साथ बिताना चाहता हूं। क्या तुम मुझसे शादी करोगी?"

एक पल के लिए, दोनों के बीच सन्नाटा छा गया। कैफे की हलचल जैसे थम गई, और रूपाली का दिल तेजी से धड़कने लगा। उसकी आँखें आश्चर्य से बड़ी हो गईं, लेकिन फिर उसके चेहरे पर मुस्कान फैल गई। धीरे-धीरे, जैसे वह सुनिश्चित कर रही हो कि उसने सही सुना है, लेकिन जल्दी ही उसकी मुस्कान उज्जवल और गर्मजोशी भरी हो गई।

"हाँ," उसने धीरे से कहा, उसकी आवाज़ में राहत और खुशी झलक रही थी। "हाँ, विजय, तुमने इतना समय ले लिया यह पूछने में।"

विजय के चेहरे पर मुस्कान खिल गई। उसके कंधों से जैसे तनाव का बोझ उतर गया हो। उसने टेबल के पार उसका हाथ थाम लिया। उसकी उंगलियां थोड़ी कांप रही थीं, लेकिन उसकी आँखें खुशी से चमक रही थीं। उस पल में, उनके आसपास की दुनिया जैसे गायब हो गई, और बस वे दोनों ही थे।

रूपाली हल्के से झुककर बोली, उसकी आवाज़ में शरारत थी। "मैं सोचने लगी थी कि तुम कभी पूछोगे भी या नहीं।"

विजय ने हंसते हुए कहा, थोड़ा घबराया लेकिन गर्मजोशी भरा। "शायद मैं सही समय का इंतज़ार कर रहा था।"

रूपाली ने सिर हिलाया, उसकी मुस्कान और गहरी हो गई। "तो तुम्हारा समय सही है।"

दोनों वहीं बैठे रहे, उस पल का आनंद लेते हुए। उनके हाथ अभी भी एक-दूसरे के हाथों में थे। उनकी खामोश खुशी उनके बीच फैल रही थी, और बाकी सबकुछ जैसे बेकार लग रहा था।

अजय का नया अपार्टमेंट – दोपहर का समय

अपार्टमेंट मानो एक सपना साकार हो—खुला, विशाल और खूबसूरती से सजाया हुआ। हर कोना सफलता और अपनेपन की कहानी कहता था। एक बड़ी बालकनी से शहर के आसमान का अद्भुत नज़ारा दिखता था। लिविंग रूम में हंसी-मजाक और बातचीत की गूंज थी। वहां अजय का परिवार, बचपन के दोस्त, अकादमी के खिलाड़ी और प्रथमेश परिवार के सदस्य मौजूद थे। माहौल जश्न से भरा हुआ था, जिसमें नए आरंभ की उत्तेजना झलक रही थी।

अजय कमरे के बीच में खड़ा था, कैजुअल लेकिन सजीले कपड़ों में। उसका आत्मविश्वास झलक रहा था, लेकिन आंखों में गहरी सोच छुपी थी। उसने पूरे कमरे में मौजूद चेहरों को देखा, खासतौर पर उन लोगों को जो उसके सफर के हर मोड़ पर उसके साथ खड़े रहे थे।

गहरी सांस लेते हुए, अजय ने बोलना शुरू किया, "सबसे पहले, आप सभी का शुक्रिया। आपके प्यार, समर्थन और मार्गदर्शन के बिना, मैं आज यहां खड़ा नहीं होता। आप सब मेरी ताकत हैं, और मेरा सपना आप सबकी वजह से पूरा हुआ है।"

कोने में खड़ी अजय की मां, अपने आंचल से आंसू पोंछ रही थीं। उनकी आवाज भावुक थी, लेकिन उसमें गर्व छलक रहा था। "अजय, हमें तुम पर बहुत गर्व है," उन्होंने कहा।

अजय मुस्कुराया, और अपनी मां की ओर सिर हिलाकर धन्यवाद दिया। उसने आगे कहा, "मैंने एक फैसला किया है," उसकी आवाज अब स्थिर और दृढ़ हो गई। "मैं अपनी कमाई का 10% अकादमी को दूंगा, ताकि प्रथमेश सर नई प्रतिभाओं को तैयार कर सकें। अकादमी ने मुझे वो अवसर दिए जिनकी वजह से मैं यहां हूं।"

प्रथमेश, जो अकादमी के कोच और अजय के मार्गदर्शक थे, एक कोने से मुस्कुराते हुए आगे आए। उनकी गंभीरता ने गर्व की भावना को पीछे छोड़ दिया। उन्होंने अजय का हाथ मजबूती से थामा और कहा, "अजय, यह एक अद्भुत

कदम है। तुमने जो उदाहरण पेश किया है, वह आने वाले कई लोगों को प्रेरित करेगा।"

अजय ने अपने भाई और बचपन के दोस्तों को एक कोने में बुलाया। उसके चेहरे पर एक शरारती मुस्कान थी। उसने कहा, "अब कुछ ऐसा, जो अपने घर के करीब है। मैं अपने भाई और अपने पांच सबसे करीबी दोस्तों को दस-दस लाख का ब्याज-मुक्त लोन दे रहा हूं। इसे उस टूरिस्ट कार बिजनेस के लिए इस्तेमाल करो, जिसके बारे में हम सालों से सपने देख रहे हैं। मेरी बहन, जैसे ही उसकी पढ़ाई पूरी होगी, इसे संभालेगी। और मैं इस कंपनी का ब्रांड एम्बेसडर बनकर इसे प्रमोट करूंगा।"

उसका भाई, भावनाओं से भरकर, एक कदम आगे आया। उसकी आवाज गहरी कृतज्ञता में डूबी हुई थी। "अजय, ये तो हमारी सोच से भी परे है। धन्यवाद।"

अजय ने अपने भाई की पीठ पर हाथ रखा, उसकी आवाज गर्मजोशी और विश्वास से भरी हुई थी। "हम हमेशा साथ बढ़े हैं। और ऐसा ही आगे भी रहेगा।"

वे सब वापस लिविंग रूम में आए, जहाँ बाकी मेहमान जोर-जोर से बातें कर रहे थे। तभी अजय की आवाज़ उस शोर के बीच गूंज उठी। "और हाँ, एक और खास घोषणा है," उसने एक मुस्कान के साथ विजय और रुपाली की ओर देखते हुए कहा। "विजय और रुपाली ने फैसला किया है कि वे अपनी ज़िंदगी एक साथ बिताएंगे। इस खास मौके को यादगार बनाने के लिए, वे आज अंगूठियां बदलेंगे।"

प्रथमेश आगे आए, उनके हाथों में दो छोटी मखमली डिब्बियां थीं। विजय और रुपाली ने तालियों की गड़गड़ाहट के बीच एक-दूसरे को अंगूठियां पहनाई। उनके शर्मीले मुस्कान और आंखों में हल्की नमी ने उन भावनाओं को ज़ाहिर कर दिया, जो शब्दों से परे थीं।

अजय ने दोनों के कंधों पर हाथ रखा, उसके चेहरे पर गर्व साफ झलक रहा था।

तभी, अजय की शरारती छोटी बहन नेहा ने माहौल को और मजेदार बना दिया। "अजय भैया," उसने चमकती आंखों से चुटकी ली, "आप और सुनीता तो बहुत अच्छे लगते हैं साथ में। आपकी बारी कब है?"

अजय ने सुनीता की ओर देखा, जो पूरी तरह लाल हो गई थीं, और पूरा कमरा खिलखिलाहट और ठहाकों से गूंज उठा।

भविष्य का वादा: परिवार का बंधन

शाम को, अपार्टमेंट का आरामदायक बेडरूम, नरम और गर्म रोशनी में नहाया हुआ था। अजय, सुनिता, रुपाली, और प्रथमेश सर की बेटियां, नेहा और रिया, बड़े बिस्तर पर बैठे थे। माहौल शांत था, और ऐसा लग रहा था जैसे यहां गहरी बातें होने वाली हैं।

अजय ने नेहा और रिया के हाथ थामे, उसकी आंखों में गंभीरता और अपनेपन की झलक थी।

"तुम दोनों मेरी बहनें हो, और मुझे तुमसे कुछ महत्वपूर्ण बात करनी है," उसने धीरे से कहा।

कुछ पल के लिए सन्नाटा छा गया। नेहा और रिया ने चिंतित नज़रों से एक-दूसरे की ओर देखा।

सुनिता ने उनकी चिंता भांपते हुए मुस्कुराकर कहा, "तुम्हारे पिता ने अजय के लिए बहुत कुछ किया है।"

रुपाली ने आगे कहा, "और हम सब इस जीवन की यात्रा में साथ हैं।"

अजय ने गहरी सांस लेते हुए कहा, "तुम दोनों अपनी पढ़ाई पर ध्यान दो, अपने सपनों को पूरा करो। अब से, मैं तुम्हारी पढ़ाई का सारा खर्च उठाऊंगा।"

उसकी बात से कमरे में एक ठहराव आ गया। नेहा की आंखें भर आईं। "अजय भैया, यह बहुत ज्यादा है। हम इसे स्वीकार नहीं कर सकते," उसने हिचकिचाते हुए कहा।

अजय ने सिर हिलाते हुए दृढ़ता से कहा, "तुम्हारा भाई अपनी जिम्मेदारी निभाना चाहता है। ये दोनों," उसने सुनिता और रुपाली की ओर देखते हुए कहा, "इस बात की गवाह हैं।"

सुनिता ने रिया के कंधे पर हाथ रखते हुए कहा, "तुम दोनों इससे भी ज्यादा डिजर्व करती हो। यह अजय की छोटी सी ख्वाहिश है।"

रिया ने अपनी आंखों के आंसू पोंछते हुए कहा, "हम वादा करते हैं कि कड़ी मेहनत करेंगे और आपको गर्व महसूस कराएंगे।"

अजय ने मुस्कुराते हुए कहा, "बस यही चाहता हूं। और याद रखना, चाहे कुछ भी हो..." उसने कुछ पल के लिए रुककर उन्हें दिलासा दिया, "हम हमेशा तुम्हारे साथ हैं।"

कमरे में एकता और अपनेपन का अहसास छा गया। परिवार के बीच प्यार और समर्थन की यह भावना एक नई शुरुआत की निशानी थी।

प्रस्ताव और वचन

शाम का सूरज शहर को अपनी सुनहरी किरणों से नहलाता हुआ ढलने को था। अजय और सुनिता बालकनी में खड़े थे, शहर का यह दृश्य जैसे उनकी व्यस्त जिंदगी के बीच एक सुकून भरा पल था। अजय ने सुनिता के हाथ थामे, उसकी आँखों में झाँकते हुए, भावुक और कोमल स्वर में कहा, "सुनिता, जब से तुम मेरी जिंदगी में आई हो, सब कुछ पूरा सा लगता है। तुमने मेरे जीवन के हर तूफान में मुझे संभाला है।" उसकी आँखों में ईमानदारी और प्यार साफ झलक रहा था। अपनी जेब से एक छोटा सा बॉक्स निकालकर, उसने उसे खोला। उसमें एक नाजुक सी अंगूठी चमक रही थी। घुटनों पर बैठते हुए उसने पूछा,

"क्या तुम मुझसे शादी करोगी?"

सुनिता की आँखों में आँसू भर आए। वह खुशी से काँपती हुई आवाज़ में बोली, "अजय, मेरा दिल हमेशा से तुम्हारा था। हाँ!"

उसकी खुशी और भावनाएँ उसकी आवाज़ में साफ झलक रही थीं।

कुछ हफ्तों बाद, एक साधारण से मंदिर में, जहाँ दीवारों पर गेंदे के फूलों की मालाएँ सजी थीं, दोनों हाथों में हाथ डाले खड़े थे। सुबह की ताज़गी भरी हवा मंत्रोच्चारों से गूँज रही थी। करीबी दोस्त और परिवार वहाँ इकट्ठा थे, उस खास पल के गवाह बनने।

अजय और सुनिता ने साथ मिलकर वचन लिया,

"हम इस सफर को साथ में, एक-दूसरे का हाथ थामे तय करेंगे।" उनके स्वर मजबूत और प्यार से भरे हुए थे। यह वचन उन्हें हमेशा के लिए बाँध गए। पास खड़े प्रथमेशने अजय को गले लगाते हुए कहा,

"तुमने बहुत लंबा सफर तय किया है। इस जज़्बे को बनाए रखना।" अजय ने मुस्कुराते हुए सुनिता की ओर देखा। उसकी आँखों में आत्मविश्वास झलक रहा था।

"जब यह मेरे साथ हैं, तो मुझे कोई रोक नहीं सकता," उसने दृढ़ता से कहा।

सुबह का समापन आशीर्वाद, हँसी और नई उम्मीदों से भरे एक खूबसूरत अध्याय के साथ हुआ।

ग्रैंड स्टेज - फाइनल मैच

स्टेडियम का दृश्य बदलता है। विशाल और खचाखच भरे स्टेडियम को ऊंचाई से दिखाया गया है। दर्शकों का जोश अपने चरम पर है। चारों ओर गूंजती गर्जना, लहराते झंडे, और उत्साहित चेहरों की झलक मिलती है। लेकिन जैसे ही अजय पिच पर कदम रखता है, शोर अचानक थम जाता है। अब केवल अजय पर स्पॉटलाइट है। हर कदम सोच-समझकर रखा हुआ, उसकी आंखों में अपार संकल्प झलकता है।

जब अजय क्रीज पर अपनी जगह लेता है, तो तनाव अपने चरम पर पहुंच जाता है। समय जैसे धीमा हो जाता है। कैमरा हर बारीकी को कैद करता है—उसकी बाजुओं का हल्का खिंचाव, आंखों में तीव्रता, और उसके सीने का धीमा उतार-चढ़ाव। बॉलर अपनी पूरी ताकत से दौड़ता है, उसकी हरकतें धुंधली पड़ जाती हैं। अजय का बल्ला सही वक्त पर घूमता है, गेंद पर ज़ोरदार प्रहार के साथ एक तेज़ आवाज़ गूंजती है।

गेंद हवा में उड़ती है और सीमा रेखा पार कर जाती है। स्टेडियम खुशी से झूम उठता है। चारों ओर आतिशबाज़ियां शुरू हो जाती हैं। फ्लडलाइट्स अजय के चेहरे पर रोशनी डालती हैं। उसकी भावनाएं मिलीजुली हैं—सुकून, गर्व और कृतज्ञता का अद्भुत संगम।

वो आलिंगन

जैसे ही फाइनल मैच खत्म होता है, दर्शक पिच की ओर उमड़ पड़ते हैं। लेकिन अजय की नजर केवल प्रथमेश पर टिकती है, जो उसकी ओर दौड़ते हुए आ रहे हैं। उनका मेंटोर उसे मजबूती से गले लगाता है। समय मानो ठहर जाता है। कैमरा उनके चारों ओर घूमता है, भीड़ और शोर को धुंधला कर देता है। केवल उनका जुड़ाव ही साफ नजर आता है। यह पल उन दोनों के बीच अनकही बातों और साझा जीत का प्रतीक बन जाता है।

दृश्य बदलकर अजय को मंच पर खड़ा दिखाया जाता है। ट्रॉफी उसकी चमकती हुई हथेलियों में है, जो जीत का प्रतीक बन गई है। कैमरा अजय के उत्साह और विनम्रता से भरे चेहरे और साइडलाइन पर खड़े प्रथमेश की गर्व भरी निगाहों के बीच झूलता है।

अजय का संबोधन

अजय आगे बढ़कर मैन ऑफ द टूर्नामेंट का पुरस्कार ग्रहण करता है। उसका स्वर दृढ़ और भावनाओं से भरा हुआ है। वह शोर मचाती भीड़ को संबोधित करता है, "यह जीत और यह ट्रॉफी उन सबकी है जिन्होंने मुझ पर विश्वास किया और मेरे सबसे कठिन समय में मेरा साथ दिया। मेरे मेंटर, प्रथमेश सर, यह जीत और यह ट्रॉफी हम दोनों की है। आपने मुझे सपने देखना और उन्हें पाने के लिए लड़ना सिखाया। धन्यवाद।"

तालियों की गूंज तेज़ हो जाती है। दर्शक उसका नाम पुकारते हैं। कैमरा प्रथमेश के चेहरे पर रुकता है। उनकी आंखों में गहरी भावनाएं साफ झलकती हैं।

अंतिम फ्रेम

आखिरी छवि में अजय और प्रथमेश साथ खड़े हैं। ट्रॉफी दोनों के बीच ऊंची उठी हुई है। स्टेडियम का जनसमूह तालियों से गूंज उठता है। संगीत फिर से उभरता है, एक विजय का थीम जो मेहनत, दृढ़ता और उस दोस्ती की गूंज बनकर रह जाता है जिसने यह सब संभव किया।

अकादमी का ड्रेसिंग रूम

अकादमी का ड्रेसिंग रूम उत्साह से भरा हुआ है। हल्की पसीने और मरहम की खुशबू, साथ में जूतों के गिरने और हल्की-फुल्की बातों की आवाज़ें माहौल को संजीदा बनाती हैं। रवि, सिद्धार्थ, और कुणाल एक सीट के पास खड़े होकर दिन के मैच पर चर्चा कर रहे हैं।

"अजय ने आज मैदान में आग लगा दी," रवि प्रशंसा भरे स्वर में कहता है। "फाइनल में 210 रन और वो कवर ड्राइव—क्या तुमने देखा कितना क्लीन शॉट था? अविश्वसनीय। दबाव में भी इतना शांत रहना, बस वही कर सकता है।"

सिद्धार्थ, लॉकर्स से पीठ टिकाए हुए, अपनी राय देता है, "वो हर मैच के साथ बेहतर हो रहा है। उसकी टाइमिंग और शॉट चयन अब पूरी तरह से अलग स्तर पर हैं। उसे खेलते देखना जैसे कोई कविता पढ़ना हो।"

कुणाल, जो हमेशा रणनीति पर नजर रखता है, सिर हिलाते हुए कहता है, "यह प्रथमेश सर का जादू है। उन्होंने अजय को एक मुश्किल दौर से बाहर निकाला और आज वो जो कुछ भी है, उसमें ढाल दिया। यह असली चैंपियनशिप स्तर की क्रिकेट है।"

रवि हंसते हुए सिद्धार्थ को हल्के से धक्का देता है। "याद रखना, यह कोई साधारण जीत नहीं है। यह अजय का 25वां मैन ऑफ द मैच अवॉर्ड है! ऐसा लगता है जैसे उसने अकेले ही हमें ट्रॉफी जिता दी हो।"

सिद्धार्थ की आंखें चमक उठती हैं, वह भावुक पल को याद करता है। "तुमने देखा मैच के बाद सर को? उन्होंने अजय को बिल्कुल एक गर्वित पिता की तरह गले लगाया। यह सिर्फ जीतने की बात नहीं थी, बल्कि उन सब चीजों की, जो उन्होंने साथ मिलकर झेली हैं।"

कुणाल सहमति में सिर हिलाते हुए धीरे से बोलता है, "मुझे सबसे ज्यादा वह पल छू गया जब अजय ने अपनी जीत सर को समर्पित की। वह सम्मान पूरी तरह सच्चा था, कैमरों के लिए किया गया दिखावा नहीं। वह पूरी तरह से दिल से था।"

रवि पीछे झुककर गहरी सोच में डूब जाता है। "जब उसने ट्रॉफी उठाई, तो वह सिर्फ जीत नहीं थी। यह विश्वास, मेहनत, और एक मेंटर और उसके शिष्य के बीच की उपलब्धि का उत्सव था।"

कुछ पल के लिए तीनों खामोश हो जाते हैं। उनके दिमाग दिन की घटनाओं की गंभीरता पर केंद्रित हो जाते हैं।

गर्व और उम्मीद का पल

सूरज की रोशनी बैठक के कोने-कोने में फैली हुई थी। प्रथमेश अपनी आरामदायक कुर्सी पर बैठे थे, गोद में अखबार फैला हुआ था। उनकी नज़र एक लेख पर टिक गई, जिसमें अजय और उनके मैच के बाद के गले मिलने की बड़ी

सी तस्वीर छपी थी। तस्वीर के नीचे कैप्शन लिखा था, "गुरु से चैंपियन तक: क्रिकेट में गढ़ा गया एक रिश्ता।"

जैसे ही उन्होंने लेख के शब्दों को पढ़ा, आरती एक गरम चाय का कप लेकर कमरे में आईं। उनके चेहरे पर गर्व और प्यार की झलक थी। "यह रही आपकी चाय," उन्होंने धीरे से कप साइड टेबल पर रखते हुए कहा। उनकी नज़र अखबार पर पड़ी। "आप दोनों की यह तस्वीर कितनी भावुक है! और अजय का इंटरव्यू... बेहद प्रेरणादायक।"

प्रथमेश ने कप उठाया, अपनी उंगलियों से हल्के से आरती के हाथ को छुआ। "सुनिता की मौजूदगी अजय के लिए वरदान साबित हुई है," उन्होंने ध्यान से कहा। "उसने अजय के जीवन में संतुलन लाया है, जो उसे बेहद ज़रूरत थी।"

आरती के होंठों पर एक समझदारी भरी मुस्कान आई। "वह उसे वैसे ही समझती है, जैसे केवल कोई सच्चे दिल से जुड़ा इंसान समझ सकता है। आप हमेशा कहते हैं कि क्रिकेट संतुलन का खेल है, और लगता है कि जीवन भी इससे अलग नहीं है।"

प्रथमेश हल्के से मुस्कुराए और चाय की चुस्की ली। "सही कहा। जब इंसान के पास घर पर एक मजबूत आधार हो, तो वह दुनिया का सामना कर सकता है।"

आरती ने भौंहें उठाईं और मज़ाकिया लहजे में कहा, "तो मुझे धन्यवाद कब देने वाले हो कि मैं तुम्हारी बुनियाद हूं?"

प्रथमेश ने उनकी तरफ देखा, और उनके आमतौर पर गंभीर चेहरे पर एक दुर्लभ मुस्कान उभरी। "हर दिन भगवान का शुक्रिया अदा करता हूं तुम्हारे लिए।"

आरती की हंसी, जो प्यार और खुशी से भरी थी, कमरे में गूंज उठी। "नज़र न लगे, सब कुछ सही दिशा में जा रहा है," उन्होंने सोफे पर उनके पास बैठते हुए कहा।

लेकिन प्रथमेश का मन कहीं और भटकने लगा। उनकी नजरें फिर से अखबार पर टिक गईं, और उनका लहजा थोड़ा गंभीर हो गया। "अब अगली चुनौती है एसपीएल टी20। यह अजय की असली परीक्षा होगी। टी20 सिर्फ कौशल का खेल नहीं है; यह अराजकता के बीच जल्दी सोचने और प्रतिक्रिया देने का भी खेल है।"

मानो उनकी बात पर मोहर लगाने के लिए, अजय प्रैक्टिस से लौटकर कमरे में आया। उसकी ऊर्जा उसके चेहरे पर झलक रही थी। उसने अखबार देखा और मुस्कुराते हुए बोला, "सुप्रभात, सर! आज की खबर कैसी है?"

प्रथमेश ने ऊपर देखा, उनकी आंखों में गर्व चमक रहा था। "तुम्हारा इंटरव्यू शानदार था, अजय। यह तुम्हारी यात्रा को दिखाता है—तुम्हारा विकास, स्पष्टता और दृढ़ता।"

अजय की मुस्कान हल्की और सच्ची हो गई। "धन्यवाद, सर। मैं और तेज महसूस कर रहा हूं, और पूरी तरह तैयार हूं आगे जो भी आए उसके लिए।"

प्रथमेश ने थोड़ा आगे झुककर कहा, उनका लहजा मापा हुआ लेकिन प्रेरणादायक था, "एसपीएल टी20 तुम्हें हर उस चीज़ में परखेगा जो तुमने सीखा है। लेकिन हम वही करेंगे जो हमेशा किया है—साथ मिलकर तैयारी करेंगे।"

अजय ने दृढ़ता से सिर हिलाया, उसकी आंखों में जोश और संकल्प झलक रहा था। "मैं तैयार हूं, सर। चलिए इसे करते हैं।"

आरती ने इस बातचीत को देखा, उनका दिल गर्व से भर गया। और फिर, कमरे में कुछ पल के लिए एक शांत माहौल बना रहा—एक ऐसा पल, जिसमें गुरु और शिष्य, पति और पत्नी के बीच एक अनकही सहमति थी। एक साझा विश्वास कि भविष्य, चाहे अनिश्चित हो, संभावनाओं से भरा है।

जालियों के पार का बंधन

प्रथमेश नेट्स के किनारे खामोशी से खड़े हैं। उनकी आंखें अजय पर टिकी हैं, जो बैटिंग में पूरी तरह मग्न है। प्रथमेश की नज़रों में गर्व और मूक खुशी की झलक है। दूर से बल्ले और गेंद के टकराने की आवाज़ गूंजती है। उनके चेहरे की हर झुर्री और हल्की मुस्कान उन वर्षों की मेहनत, विश्वास और मार्गदर्शन की कहानी कहती है, जो उन्होंने अजय के लिए समर्पित किए हैं।

नेट्स के पार, अजय का हर स्ट्रोक एक बयान है—ध्यान, समर्पण और ताकत का। उसकी बैट पर मजबूत पकड़, माथे पर पसीने की बूंदें, और स्टांस से झलकती अदम्यता, सब कुछ उसकी कड़ी मेहनत का सबूत हैं।

एक शानदार कवर ड्राइव के साथ, गेंद खूबसूरती से उड़ते हुए फील्डरों को पार कर जाती है। उसी पल, प्रथमेश अपने स्थिर हाथ से अजय के कंधे को हल्के से छूते हैं। इस साधारण से इशारे में शब्दों से कहीं ज्यादा भाव छिपा है। यह उनके गुरु-शिष्य के गहरे और अटूट बंधन का प्रतीक है। उस एक पल में, मेहनत और विश्वास की पूरी कहानी उजागर हो जाती है।

खिलाड़ियों का ड्रेसिंग रूम, शाम

मुंबई ब्लास्टर्स की टीम इकट्ठी हो चुकी है, और माहौल उम्मीद से भरा हुआ है। टीम के मालिक, श्री मनीष पटेल, सामने खड़े हैं, और उनके नेतृत्व का आभा पूरे कमरे में फैल रहा है।

"सभी का स्वागत है," श्री पटेल अपनी आवाज़ में एक सशक्तता के साथ कहते हैं, उनकी आवाज़ साफ़ और स्पष्ट है। "पिछले दस सालों में हमारी टीम नॉकआउट स्टेज़ तक क्यों नहीं पहुँच पाई? कोई मुझे इसका कारण बता सकता है?"

कमरे में गहरी चुप्पी फैल जाती है। उनके शब्दों का भार हवा में महसूस होता है, और कोई भी बोलने की हिम्मत नहीं जुटा पाता। यह खामोशी सबको दबोच लेती है, लेकिन कोई भी इसे तोड़ने का साहस नहीं करता।

श्री पटेल उस पल को ज्यादा देर तक नहीं छोड़ते। उनकी आवाज़ में तीव्रता आ जाती है, और वह दृढ़ता से बोलते हैं, "जब एक टीम जीतती है, तो सबसे अच्छे खिलाड़ी भारतीय टीम में शामिल होने का बेहतर मौका पाते हैं। सहायक स्टाफ़ को भी बेहतर अनुबंध मिलते हैं। और, हाँ, स्पॉन्सर भी आगे आते हैं, टीम में निवेश करने के लिए। यही तरीका है हमारे बढ़ने का।"

वह कमरे में चारों ओर नज़र डालते हैं, उनकी आँखों में दृढ़ विश्वास झलकता है। "मुझे विश्वास है कि हमारी टीम में चैंपियन बनने की क्षमता है, ठीक वैसे ही जैसे 1983 के विश्व कप विजेता थे। उस टीम के हर खिलाड़ी ने जीत के लिए सब कुछ झोंक दिया था। उन्होंने हमें सिखाया कि मेहनत और संकल्प ही सम्मान पाने का रास्ता है। जो टीम दिल से लड़ती है, वही असल में जीतती है। धन्यवाद।"

ड्रेसिंग रूम में हलचल मच जाती है, और श्री पटेल के भाषण से टीम के अंदर कुछ गहरा छू जाता है। यह साफ़ है कि श्री पटेल को नेतृत्व की सही समझ है, और उनके शब्द टीम को ऊर्जा देंगे।

मुंबई ब्लास्टर्स का फाइनल्स तक का सफर

खिलाड़ियों और दर्शकों का जोश आसमान छू रहा था, और जैसे-जैसे मैच की स्थिति तनावपूर्ण होती जा रही थी, हर किसी की उम्मीदें भी बढ़ रही थीं। स्टेडियम में रौशनी के नीचे मुंबई ब्लास्टर्स के लिए यह पल सब कुछ तय करने वाला था। रवि राज और विवेक महाजन कमेंट्री बॉक्स में बैठे थे, और उनकी आवाज़

स्टेडियम में गूंज रही थी, वे रणनीतियों और गलतियों पर चर्चा कर रहे थे, जिन्होंने मैच को इस चरम स्थिति तक पहुंचाया।

"मुंबई ब्लास्टर्स ने टॉस जीतकर पहले गेंदबाजी करने का फैसला किया," रवि ने सिर हिलाते हुए कहा। "पिछले दस सालों से यही गलती कर रहे हैं। नॉकआउट मैच में ऐसा जोखिम क्यों लिया?"

विवेक सहमति में सिर हिलाते हुए बोले, "यह सच में उलझन वाली बात है। उनके पास कौशल है, फिर भी जब सबसे ज्यादा जरूरत होती है, तब वह प्रदर्शन नहीं कर पाते। एक दशक की बर्बाद हुई मौके!"

उनकी चर्चा बीच में टूट जाती है, जब कैमरा पिच पर फोकस करता है। हैदराबाद महाराज की पारी 160 रन पर समाप्त हो जाती है, जो एक हासिल करने योग्य लक्ष्य था, लेकिन इसके साथ ही उन पर निराशाजनक प्रदर्शन का बोझ भी था। मुंबई के गेंदबाज शानदार थे, खासकर अजय, जिन्होंने मिडिल ओवर्स में तीन महत्वपूर्ण विकेट लिए थे। लेकिन लक्ष्य का पीछा करना उम्मीद से ज्यादा कठिन साबित हो रहा था।

रवि की आवाज़ में उम्मीद और संकोच दोनों था। "अजय गेंद से शानदार रहे हैं, लेकिन उनकी हाल की बल्लेबाजी प्रदर्शन चिंता का विषय है। वह ही हैं, जिन पर मुंबई पूरी तरह निर्भर है।"

जैसे-जैसे पारी आगे बढ़ी, स्थिति और भी गंभीर होती गई। दो त्वरित रन-आउट और मिडिल ओवर्स में धीमी गति से रन बनने के कारण मुंबई ब्लास्टर्स को आखिरी दो ओवर में 44 रन की जरूरत थी और सिर्फ दो विकेट बचे थे। अजय मैदान में उतरे, अपनी स्थिति में पूरी तरह स्थिर और सशक्त।

दर्शक चुप हो गए, यह समझते हुए कि स्थिति कितनी गंभीर है। अजय ने अपनी दस्ताने कसकर पहने और अपनी हेलमेट को सटीकता से ठीक किया। उसकी आँखें तेज़ और केंद्रित थीं, वह पूरे मैदान का जायजा ले रहा था। गेंदबाज दौड़ते हुए आया, और गेंद अजय की ओर बाउंसर के रूप में आई, जैसे उसे डराने की कोशिश की जा रही हो। अजय ने तुरंत उसे हुक किया, गेंद उसके हेलमेट से टकराई, और दर्शकों ने आश्चर्य से श्वास ली।

फिजियो दौड़ते हुए मैदान पर आए, लेकिन अजय ने उन्हें इशारे से वापस भेज दिया। उसने दृढ़ निश्चय के साथ ध्यान केंद्रित किया। अगली गेंद आई, जो पूरी

तरह से फुलर थी। अजय ने उसे कवर की दिशा में शानदार शॉट मारा, और गेंद बाउंड्री के पार चली गई। दर्शक बेकाबू हो उठे।

"क्या शानदार वापसी है!" विवेक ने उत्साह में कहा। "अजय की सटीकता अद्वितीय है!"

अजय ने यहां भी रुकने का नाम नहीं लिया। अगली गेंद, जो थोड़ी छोटी थी, को उसने मिडविकेट के ऊपर जबरदस्त पुल शॉट से मैदान से बाहर भेज दिया। गेंद स्टेडियम के बाहर गिरी, और गेंदबाज स्पष्ट रूप से परेशान नजर आ रहा था।

"अविश्वसनीय!" रवि ने कहा, अपनी खुशी छिपाते हुए। "यह ताकत, टाइमिंग, और शुद्ध कौशल था!"

अब खेल की गति पूरी तरह से बदल चुकी थी। अजय का बैट अब शब्दों से भी ज्यादा जोर से बोल रहा था, एक और बाउंड्री के साथ, जो लेग साइड फील्डर्स के बीच से निकली। रन बढ़ते गए—तीन गेंदों में 16 रन बन गए थे, और अब गणित थोड़ा आसान लगने लगा था। हालांकि दबाव अभी भी था।

"अजय सिर्फ एक खेल नहीं खेल रहे हैं," विवेक ने ध्यान से कहा। "वह आज रात मुंबई ब्लास्टर्स की कहानी को फिर से लिख रहे हैं।"

एक शानदार लंफ शॉट फाइन लेग के ऊपर, एक और छक्के के साथ। स्टेडियम गर्जना से भर गया, और स्कोरबोर्ड पर 28 रन उस ओवर से आ चुके थे, केवल 16 रन आखिरी ओवर में चाहिए थे।

रवि ने अविश्वास के साथ कहा, "अजय ने असंभव को अनिवार्य बना दिया है।"

आखिरी ओवर की शुरुआत एक ध्वनि की तरह हुई। तेज सोच और सामंजस्य के साथ, अजय ने दूसरे गेंद पर सिंगल चुराया। अगली गेंद पर उसने कवर बाउंड्री की ओर गेंद भेजी, फिर मिडविकेट के ऊपर एक विशाल छक्का मारा, और दो गेंदों पर 11 रन बना दिए। पाँचवीं गेंद एक फील्डर के पास गई, और अजय ने जानबूझकर रन लेने से मना कर दिया। अब सब कुछ आखिरी गेंद पर था—छक्का चाहिए था जीत के लिए।

अजय के शॉट्स एक नियंत्रित आक्रामकता की मास्टर क्लास थी। जैसे ही आखिरी गेंद स्टेडियम की ओर उड़ते हुए फाइनल्स में मुंबई ब्लास्टर्स की जगह सुनिश्चित करती है, दर्शक खुशी के मारे शोर मचाते हैं। अजय ने अपना बैट उठाया, खड़े दर्शकों और अपनी टीम के अडिग विश्वास को सराहा। उसके साथी

मैदान में दौड़े और उसे अपने कंधों पर उठा लिया, उस आदमी का जश्न मनाते हुए जिसने उन्हें संकट से उबारा था।

कमेंट्री बॉक्स में, विवेक ने सम्मान से कहा, "यह सिर्फ एक जीत नहीं है। यह पुनः प्राप्ति का प्रतीक है। अजय ने खुद को एक बड़े गेम चेंजर के रूप में साबित किया है।"

मुंबई ब्लास्टर्स के लॉकर रूम में जश्न मच गया, खिलाड़ी अजय का नाम जोर से पुकार रहे थे। उस बिजली से भरे शाम में, अजय ने धैर्य, विश्वास और दबाव से ऊपर उठने की क्षमता का प्रदर्शन किया, न केवल अपनी टीम को, बल्कि उनके सपनों को भी फाइनल्स तक पहुँचाया।

एक रात की तनाव, प्रलोभन और संकल्प

कमरा भव्यता से भरा हुआ था, हल्की रोशनी ने आलीशान लेदर सोफों और पॉलिश की गई लकड़ी की फर्श पर नरम छायाएँ डाली थीं। यह भोग का एक आश्रय स्थल था, जहाँ हंसी और बैकग्राउंड म्यूजिक की हल्की आवाज़ें मिल रही थीं। संजय, आरामदायक और आत्मविश्वासी, एक कोने में बैठे थे, उनका तरीका ऐसा था कि वे बिना कोई आवाज़ किए कमरे पर नियंत्रण रखते थे। दानिश, हमेशा की तरह, अपने आकर्षक व्यक्तित्व के साथ कोच कॉर्निंग से बातचीत कर रहे थे, उनका संवाद कभी-कभी हंसी से भरा हुआ था।

अजय संकोच के साथ कमरे में प्रवेश करते हैं, उनका कपड़ा उन्हें बाहरी शांति का अहसास कराता है, लेकिन उनका अनिश्चित कदम उनके अंदर की असहजता को प्रकट करता है। "उसकी नज़रें कमरे में घूमती रहीं, जैसे किसी पुराने दोस्त की तलाश में हो। तभी दानिश ने उसे देखा और उसकी आँखों में एक ऐसी चमक आई, जैसे उसने किसी खजाने को ढूँढ लिया हो।"

"अजय! आखिरकार!" दानिश पुकारते हैं, उन्हें अपने पास बुलाते हुए। "आओ, संजय से मिलो। सब तुम्हारी परफॉर्मेंस की बातें कर रहे हैं!"

अजय विनम्रता से मुस्कुराते हुए पास आते हैं और सिर झुकाकर कहते हैं, "धन्यवाद, दानिश। लगता है यहाँ काफी भीड़ है।"

जैसे ही संजय का नाम लिया गया, वह खड़े होते हैं और स्वागत करने के लिए हाथ बढ़ाते हैं। "अजय! शानदार खेल! तुम तो बेहतरीन थे। ये लो," वह अपनी जेब

से एक चमचमाती घड़ी निकालते हैं, "तुम्हारे योगदान की छोटी सी क़ीमत। तुमने इसे सच में हासिल किया है।"

अजय संकोच करते हुए, घड़ी के ठंडे धातु को छूते हैं। "यह बहुत दयालुता है, सर, लेकिन आपकी सराहना मेरे लिए सबसे महत्वपूर्ण है।"

संजय हंसते हुए इसका विरोध करते हैं। "बकवास! ले लो। यह तुम्हारी सफलता का जश्न है।"

दानिश मनाने की कोशिश करते हुए बोलते हैं, "अजय, तुम इसके हकदार हो! और आज रात आराम कर लो। फाइनल कल है, तो देर तक नहीं सोचो।"

लेकिन अजय अपने रुख पर कायम रहते हैं, उनका मुस्कान स्थिर रहता है। "धन्यवाद, लेकिन मैं मना करता हूँ। आराम ही कल के लिए सबसे अच्छी तैयारी है।"

संजय की आँखों में थोड़ी सी सख्ती दिखाई देती है, लेकिन वह फिर भी मुस्कुराते हुए कहते हैं, "कम से कम हमारे साथ एक ड्रिंक तो लो।"

अजय फिर से विनम्रता से जवाब देते हैं, "जूस मेरे लिए ठीक है, सर। मैं शराब से बचता हूँ।"

दानिश ने चौंकते हुए, थोड़ा झुका हुआ स्वर में कहा, "जूस? अजय, चलो यार, प्रथमेश सर की सारी बातें एक रात के लिए भूल जाओ।"

अजय की आवाज़ नरम होती है, लेकिन उसमें दृढ़ता की भावना बनी रहती है। "कोच का सलाह हमेशा मेरे भले के लिए होता है। फोकस ही मुझे यहाँ तक लाया है। जूस ही काफी है।" कमरे का माहौल हल्का-फुल्का था, लेकिन अब वह थोड़ा सा ठंडा हो गया, क्योंकि संजय और दानिश एक दूसरे को नजरों से संकेत करते हैं। संजय फिर भी एक आखिरी प्रयास करते हैं, "बस थोड़ा सा, हमारी यहाँ एक बैग भरकर पैसे पड़े हैं, अजय तुम्हारे लिए । आराम करो, और कल तुम और भी बड़े स्टार बनोगे।"

अजय फिर से मुस्कुराते हुए, शांत और दृढ़ स्वर में कहते हैं, "क्रिकेट मेरी पूजा है। मैं ईमानदारी से खेलूँगा। धन्यवाद सर, लेकिन अब मुझे जाना होगा।"

बिना किसी और विरोध का इंतजार किए, अजय दरवाजे की ओर बढ़ जाते हैं, उनके कदम दृढ़ और निश्चित होते हैं। संजय की मुस्कान फीकी पड़ जाती है, और उसकी आँखें अजय की हटती हुई शख्सियत पर टिकी रहती हैं।

"उसने अपना मौका खो दिया," संजय बड़बड़ाते हुए कहते हैं, उनका स्वर निराशा से भरा होता है। "दानिश, यह वह समस्या है जिसे तुम्हें सुलझाना होगा।"

दानिश सिर झुकाते हुए, गहरी सोच में पड़ते हुए कहते हैं, "फाइनल में वह क्या करता है, देखेंगे। वह हमें हमेशा के लिए नज़रअंदाज नहीं कर सकता।"

संगठन की ओर बढ़ते हुए दानिश, हाथ में पैसे की थैली पकड़े, नई प्रेरणा के साथ कमरा छोड़ते हैं। दूसरी ओर, अजय होटल के लॉबी में शांति से फोन पर बात कर रहे होते हैं। तभी किसी ने उनके कंधे पर हाथ रखा और वह अचानक रुक जाते हैं।

दानिश उनके पीछे खड़े थे, उनकी आँखों में ठंडक और गणना थी। "अजय," वह धीमी आवाज़ में कहते हैं, "ये लोग 'नहीं' को नहीं समझते। उनके साथ हाथ मिलाओ, वे तुम्हारा जीवन आसान बना देंगे।"

अजय पूरी तरह से शांत रहते हैं, उनकी आँखें स्थिर और अडिग होती हैं। "धन्यवाद सलाह के लिए, दानिश। मैं इसे ध्यान में रखूंगा।"

दानिश और करीब आते हुए, उनकी आवाज़ में धमकी थी, "अगर तुम नहीं माने, तो ये ख़तरनाक लोग कुछ भी कर सकते हैं। तुम्हारे परिवार के साथ कोई हादसा हो सकता है। सोच-समझ कर जवाब देना।"

अजय का शांति से बना हुआ रुख, अब भी कायम था। वह दानिश के हाथ को अपने कंधे से हटा देते हैं और शांत स्वर में कहते हैं, "मैं चुप रहूँगा, दानिश। मेरी चिंता मत करो।"

जैसे ही वह अपने कार की ओर बढ़ते हैं, हल्की सी आवाज़ में कहते हैं, "लेकिन मैं एक गद्दार की तरह नहीं जी सकता।"

दानिश उन्हें जाते हुए देखता है, उसके मन में निराशा और उलझन के भाव उमड़ते हैं। दोनों के बीच तनाव एक निर्णायक मोड़ पर पहुँच चुका था, और यह साफ था कि यह संघर्ष अभी खत्म होने वाला नहीं था।

मुंबई ब्लास्टर्स में तनाव, संघर्ष और संकल्प की रात

शाम का समय था, और कमेंट्री बॉक्स में माहौल बेहद तनावपूर्ण था। चेन्नई शाइनिंग की टीम पिच पर उतर चुकी थी, और मुंबई ब्लास्टर्स के दो ओपनिंग बैट्समेन अपने स्थान पर खड़े थे। दर्शकों की हलचल स्टेडियम में गूंज रही थी, जैसे ही खिलाड़ी अपनी पोजीशन पर पहुंचे, खेल के लिए तैयार हो गए।

रवीराज की आवाज़ हर ओर गूंज रही थी, जैसे हमेशा, स्थिर और तीव्र। “हमें यह देखना होगा कि मुंबई ब्लास्टर्स पहले बैटिंग करते हुए बड़ा स्कोर बना पाती है या नहीं; नहीं तो चेन्नई शाइनिंग के बल्लेबाज बड़े लक्ष्य का पीछा करने में माहिर हैं,” उन्होंने कहा, यह संकेत देते हुए कि दोनों टीमों पर दबाव होगा।

विवेक महाजन, उनके सह-आधिकारिक, ने आत्मविश्वास के साथ जोड़ा, “मुंबई ब्लास्टर्स के पास अच्छा बॉलिंग है, तो चेन्नई शाइनिंग के बल्लेबाजों के लिए आसान नहीं होगा। अगर वे अच्छा स्कोर सेट करते हैं, तो चेन्नई के लिए यह आसान नहीं होगा।”

जैसे-जैसे मैच आगे बढ़ा, तनाव भी बढ़ने लगा। दस ओवर के बाद, मुंबई ब्लास्टर्स संघर्ष कर रहे थे, चार विकेट 80 रन पर खो चुके थे। दानिश, अपनी अनुभव के बावजूद, पहले की तरह खेल नहीं रहे थे। “दानिश काफी शांत खेल रहे हैं, जो उनका सामान्य तरीका नहीं है,” विवेक ने कहा, यह संकेत देते हुए कि दानिश के पास उतनी आक्रामकता नहीं थी, जितनी इस उच्च दबाव वाले खेल में चाहिए थी।

रवीराज ने आगे कहा, “और इसके ऊपर, दानिश की गलती से दो बैट्समैन रन आउट हुए, जिससे रन रेट और धीमा हो गया।” खेल हाथ से निकलता जा रहा है, और दबाव बढ़ रहा है।

“अगर मुंबई ब्लास्टर्स को 170 रन तक पहुंचना है तो दानिश को अपना आक्रमक खेल दिखाना होगा,” रवीराज ने कहा, एक बदलाव की उम्मीद जताते हुए। लेकिन विवेक ने उतनी उम्मीद नहीं दिखाई, जोड़ते हुए, “चेन्नई शाइनिंग आसानी से 170 तक पहुंच जाएगा; मुझे लगता है मुंबई ब्लास्टर्स ने अजय को नीचे बैटिंग ऑर्डर पर रखा, यह एक गलती थी।”

11वें ओवर की पहली गेंद पर पांचवीं विकेट गिरती है, और अब मुंबई ब्लास्टर्स का स्कोर 80/5 है। यह एक निर्णायक क्षण था। विवेक ने उम्मीद भरे स्वर में कहा, "मुंबई ब्लास्टर्स की आखिरी उम्मीद अजय हैं। अब सिर्फ 9 ओवर बाकी हैं।"

उनकी नजरें मैदान पर टिकी थीं, और उनके शब्दों में एक विश्वास झलक रहा था। "अजय आज क्या कमाल करते हैं, यही तय करेगा कि मुंबई ब्लास्टर्स इस गेम में बने रहेंगे या नहीं।"

पूरा स्टेडियम खामोशी और उत्सुकता के बीच डूबा हुआ था, मानो हर कोई अजय के अगले कदम का इंतजार कर रहा हो।

पिच पर, दानिश ने अजय से तेज़ी से बात की। दानिश, हमेशा की तरह आशावादी, अजय से कहा, "अजय, मैं एक छोर पर खड़ा रहूंगा, तुम जाओ और शॉट मारो।" उसकी बातों में विश्वास था, लेकिन अजय, जो हमेशा सतर्क था, ने उसे सावधान किया, "दो रन आउट हो चुके हैं; हमें सिंगल्स लेते वक्त बहुत सतर्क रहना होगा।"

दानिश ने आत्मविश्वास से जवाब दिया, "हाँ, हाँ, चिंता मत करो।" लेकिन जैसे ही दूसरी गेंद आई, हादसा हो गया। दानिश ने गेंद को सीधे फील्डर की ओर मारा और एक रन के लिए कहा, लेकिन अजय पहले से ही आधे रास्ते पर था। "नहीं, नहीं!" दानिश ने कहा, और उसे अपनी गलती का अहसास बहुत देर से हुआ। अजय को पल भर में मुड़ना पड़ा और वह डाइव मार कर क्रीज तक पहुंचे। गेंद स्टंप्स से एक इंच दूर रह गई।

अजय ने राहत की सांस ली। "मैं सुरक्षित हूँ, लेकिन अगली बार जल्दी कॉल करना।" उसकी आवाज़ में सतर्कता थी। "वह रन आउट होने से बच गए। अगर गेंद स्टंप्स पर लगती, तो वह आउट हो जाते," विवेक महाजन ने टिप्पणी की, उनके स्वर में कड़ी चेतावनी थी।

लेकिन हालात नहीं सुधरे। दानिश ने अगली गेंद पर स्कायर कट करने की कॉल की, लेकिन फील्डर ने शानदार डाइव मारकर उसे पकड़ लिया। दानिश ने रन के लिए दौड़ने का इशारा किया, लेकिन अजय ने जोर से "नहीं!" चिल्लाया। दानिश ने जल्दबाजी में पलटने की कोशिश की, लेकिन वह संतुलन खो बैठे और लड़खड़ाकर जमीन पर गिर पड़े।

इस बीच, फील्डर ने तेजी से गेंद स्टंप्स की ओर फेंक दी, और दानिश रन आउट हो गए। यह नाटकीय पल मैदान पर मौजूद हर व्यक्ति की धड़कनें रोकने जैसा था। अजय ने निराशा से सिर पकड़ लिया, क्योंकि यह विकेट टीम के लिए बड़ा झटका साबित हो सकता था।

इस दुखद मोड़ ने खेल का माहौल बदल दिया। जैसे ही दानिश आउट हुए, दर्शकों के बीच सन्नाटा छा गया। अजय ने गहरी सांस लेते हुए अपनी भावनाओं को काबू में करने की कोशिश की, लेकिन उनकी आँखों में निराशा साफ झलक रही थी।

उधर, कमेंट्री बॉक्स में रवीराज ने स्थिति का जायजा लेते हुए तुरंत दानिश की आलोचना की। उन्होंने गुस्से भरे लहजे में कहा, "फिर से यह दानिश की गलती है। आज उसकी कॉलिंग बहुत खराब रही है। इतनी महत्वपूर्ण स्थिति में ऐसी लापरवाही माफ नहीं की जा सकती।"

कमेंट्री के साथ दर्शकों में भी फुसफुसाहट होने लगी। सबको अहसास हो रहा था कि इस गलती ने मुंबई ब्लास्टर्स को और गहरी मुश्किल में डाल दिया था।

इन सारी परेशानियों के बीच, 12वें आदमी ने अजय के पास पानी की बोतल और दानिश से एक संदेश का कागज दिया। अजय ने तेजी से संदेश पढ़ा, उसका चेहरा चिंता से भर गया। "उसकी पत्नी की जान खतरे में है!" संदेश में लिखा था।

अजय की नज़र स्टैंड्स पर गई, जहां उसकी पत्नी की सीट खाली थी। यह संदेश उसकी नसों में जलन की तरह समा गया, फिर भी उसने शांत रहते हुए खुद से कहा, "ध्यान दो, अजय, खेल पर ध्यान दो।" उसने खुद को खेल में पूरी तरह से जुटा लिया, हालांकि बाहर की स्थिति काफी तनावपूर्ण हो रही थी।

"एक चुनाव अनदेखा"

यह SPL फाइनल का दिन था, और अनीता स्टेडियम जा रही थी। ट्रैफिक से बचने के लिए, उसने एक शांत बैक स्ट्रीट ले ली। अचानक, एक वैन उसके सामने घूमकर रुक गई, जिससे सड़क अवरुद्ध हो गई।

अनीता ने जोर से ब्रेक लगाया, उसका दिल तेजी से धड़क रहा था। इससे पहले कि वह कुछ कर पाती, दो आदमी बाहर कूद पड़े, उसके कार का दरवाजा खोल दिया और उसे बाहर खींच लिया। उसकी चीखें सुनसान गली में गूँज उठीं क्योंकि वे उसे इंतजार कर रही वैन की ओर ले जा रहे थे।

इस बीच, योगेश, अपनी टैक्सी से व्यस्त सड़कों पर जा रहा था, अचानक उस ओर ध्यान गया जहाँ यह सब हो रहा था। उसकी नज़र उस संघर्ष पर टिकी रही, और उसके पेट में बेचैनी की लहर दौड़ गई। वह अनीता को ही पहचान सकता था - उसकी डर से भरी चीखें उसके कानों में जैसे बिजली की तरह गूँजीं।

उसने गाड़ी रोक दी, स्टीयरिंग व्हील को मजबूती से पकड़ लिया क्योंकि एड्रेनालाईन उसके शरीर में दौड़ रहा था। उसका हाथ सहज ही दरवाज़े के हैंडल की ओर बढ़ा। लेकिन जैसे ही वह कुछ करने वाला था, अतीत की यादें सामने आ गईं।

सालों पहले, सामुदायिक नल पर, अजय के साथ पानी को लेकर हुए झगड़े ने एक कड़वी दुश्मनी का रूप ले लिया था। उनके बीच के झगड़े कभी सुलझे नहीं, और दुश्मनी तब और बढ़ गई जब अनीता, जिस महिला को योगेश चुपके से प्यार करता था, ने अजय को चुना था। इस अस्वीकृति ने उसके दिल में गहरा जख्म छोड़ा था, जिसे समय भी भर नहीं पाया था।

अब, अपनी टैक्सी में बैठे हुए, योगेश हिचकिचाया। उसके मन में पाले हुए द्वेष का बोझ उस पर भारी पड़ रहा था। "मुझे उनके लिए खुद को जोखिम में क्यों डालना चाहिए?" यह विचार उसके मन में गूँज रहा था, जो कड़वाहट और ईर्ष्या से भरा हुआ था।

उसने दरवाज़े के हैंडल पर अपनी पकड़ ढीली कर दी और जोर से साँस ली। पीछे मुड़कर देखने पर, अनीता का संघर्ष अभी भी दिखाई दे रहा था, उसकी चीखें अभी भी सुनाई दे रही थीं। फिर भी, उसने मुँह मोड़ लिया।

धीरे-धीरे, उसने टैक्सी को गियर में डाला और चला गया।

वैन और अनीता का बेताब संघर्ष उसके रियरव्यू मिरर में गायब हो गया, लेकिन उसकी छवि उसके मन में बनी रही, भयावह और स्पष्ट। अपराध बोध ने उसे परेशान किया, जो उसकी कड़वाहट का एक अनचाहा साथी था, लेकिन उसने उसे दबा दिया।

अनिता की सुरक्षा की दौड़

योगेश ने अचानक ब्रेक पर पैर मारा, जब उसके सामने वाली वैन एक संकरी गली में मुड़ गई। उसकी धड़कन तेज हो गई, और बिना एक पल गंवाए उसने स्टीयरिंग घुमाया और तेज़ी से गाड़ी को यू-टर्न कराया। उसके हाथ तेजी से काम कर रहे थे—एक स्टीयरिंग को कसकर पकड़े हुए और दूसरा मोबाइल ढूंढ रहा था। उसने जल्दी से रघु का नंबर मिलाया, और उसकी आवाज़ स्थिर थी लेकिन उसमें जल्दी का तनाव साफ झलक रहा था।

उसकी आँखें वैन पर टिकी थीं, जो अब भीड़भाड़ वाली सड़क पर तेज़ी से भाग रही थी। योगेश ने एक्सीलेरेटर पर पैर और जोर से दबा दिया।

वैन और योगेश के बीच का फासला हर पल कम हो रहा था। वैन ने अचानक एक तीखा मोड़ लिया, और योगेश ने ट्रैफिक के बीच से कुशलता से कैब निकालकर पीछा जारी रखा। वैन ने अचानक ब्रेक मारा, और योगेश बिना देर किए बाहर कूद पड़ा।

उसके दिमाग में सिर्फ एक ही बात थी—अनिता को हर हाल में बचाना है। वह वैन के पास पहुँचा। किडनैपर उसकी आहट सुनकर पलटे और हंसने लगे, लेकिन योगेश की आँखों में डर की जगह गुस्सा था।

"उसे छोड़ दो!" उसने गरजते हुए कहा।

किडनैपर्स उस पर झपट पड़े, और संघर्ष शुरू हो गया। योगेश पूरी ताकत से लड़ा, लेकिन वे ज्यादा ताकतवर थे। तभी अंधेरे से अजय के दोस्त मदद के लिए वहाँ पहुँच गए, मिलकर किडनैपर्स को पीछे धकेला।

इस बीच, वैन का दरवाजा खोलकर एक लड़के ने अनिता को बाहर निकाला। वह सदमे में लड़खड़ा रही थी, लेकिन उन्होंने उसे जल्दी से वहां से हटाया।

गलियों की भूलभुलैया से गुजरते हुए वे आखिर एक सुरक्षित जगह पहुँचे। अनिता की सांसें तेज चल रही थीं। उसने पलटकर अंधेरी गली की ओर देखा और कहा, "मैं समझ नहीं पा रही हूँ।"

योगेश ने उसके कंधे पर हाथ रखते हुए भरोसा दिलाया, "तुम अब सुरक्षित हो। यही सबसे जरूरी है।" इस पल तक पहुँचने में सबने जान लगा दी थी। लेकिन अंत में, वे जीत चुके थे।

मोड़ का क्षण: अजय का आखिरी समय में हमला

मैच अपने 16वें ओवर में था, और मुंबई ब्लास्टर्स एक प्रतिस्पर्धी स्कोर बनाने के लिए संघर्ष कर रहे थे। टीम जीत की उम्मीद के साथ जोर लगा रही थी।

रवीराज, जैसे हमेशा कहते थे, "अब मुंबई ब्लास्टर्स के लिए एक मजबूत टोटल बनाने की जिम्मेदारी इन दोनों बल्लेबाजों पर है।"

विवेक महाजन, उनके सहायक, "अजय ने अभी तक आक्रामक शॉट्स नहीं खेले, मुझे नहीं समझ आ रहा क्यों। आज वह बहुत शांति से खेल रहे हैं।"

जब आखिरी चार ओवर बाकी थे, चेन्नई शाइनिंग ने टाइमआउट लिया, और दोनों टीमें मैदान पर इकट्ठा होकर रणनीति पर चर्चा करने लगीं। ड्रिंक्स लाए गए, लेकिन खेल पर ही फोकस था।

रवीराज ने कहा, "चेन्नई शाइनिंग ने टाइमआउट लिया है, और अब तक, वे मैच पर नियंत्रण बनाए हुए हैं।"

विवेक महाजन, एक रणनीति विशेषज्ञ, "उनकी योजना होगी अजय को स्ट्राइक से दूर रखना।"

रवीराज ने जोर देकर कहा, "मुंबई ब्लास्टर्स को इन आखिरी चार ओवरों में आक्रामक खेल दिखाना होगा, अगर वे मैच में बने रहना चाहते हैं और अपने गेंदबाजों के लिए एक अच्छा टोटल डिफेंड करने का मौका देना चाहते हैं।"

विवेक महाजन, "अजय के पास क्षमता है, लेकिन आज उनके शॉट्स नहीं आ रहे।"

अजय क्रिज पर वापस लौटे और स्टैंड्स की ओर नजर डाली। उसने देखा कि उसकी पत्नी, रूपाली, विजय, प्रथामेश सर और उसके स्लम के दोस्त एक साथ बैठे थे। उन्हें देखकर उसे एक तसल्ली मिली, यह जानते हुए कि वे सुरक्षित हैं। अपने जज्बातों को काबू में रखते हुए, अजय ने अपनी ऊर्जा को बल्लेबाजी में लगाना शुरू किया।

अजय के साथी ने दूसरी ओर से उसे जल्दी-जल्दी कहा, "अजय, अब सिर्फ चार ओवर बाकी हैं, और स्कोर सिर्फ 110 है!"

अजय, नई दृढ़ता के साथ मुस्कुराते हुए बोले, "अब मैं अपना खेल दिखाता हूं, तुम बस नॉन-स्ट्राइकर एंड से देखना।"

अजय ने गेंदबाजों पर हमला करना शुरू किया। उसने अपना खेल और तेज किया, बैट हिलते हुए जैसे वह गेंद को मैदान के हर कोने में मारता चला गया।

रवीराज ने उत्तेजित होकर कहा, "अजय ने टॉप गियर में स्विच कर लिया है, और 17वें ओवर में 24 रन आ गए हैं!"

विवेक महाजन ने कहा, "अजय ने इन स्लॉग ओवरों में अच्छा खेल दिखाया है।"

रवीराज, "18वें ओवर में 20 रन बने हैं।"

अजय रुके नहीं। नई ऊर्जा के साथ, उसने गेंद को मैदान में हर दिशा में उड़ा दिया, अंततः 50 रन पूरे किए और अपनी टीम को वापसी की स्थिति में डाल दिया।

जैसे ही कमेंटेटर अजय के जबरदस्त शॉट्स के बारे में बात कर रहे थे, स्क्रीन पर उसकी शक्तिशाली स्ट्रोक्स का एक मोंटाज दिखाई दिया। दर्शक खुशी से उछल पड़े, क्योंकि अजय ने मुंबई ब्लास्टर्स को आक्रामकता से खत्म करने की ओर अग्रसर किया।

विवेक महाजन ने देखा, "उसने मैदान के हर हिस्से में शानदार शॉट्स खेले हैं। इन स्लॉग ओवरों में अविश्वसनीय बल्लेबाजी!"

रवीराज, इस जबरदस्त हिटिंग को देखकर, दर्शकों से कहा, "19वें ओवर में 16 रन बने।"

विवेक महाजन ने प्रतिक्रिया दी, "गेंदबाज अब दबाव में हैं। अब देखना है कि अजय आखिरी ओवर में कितने रन बना पाते हैं।"

रवीराज, अपनी सीट के किनारे बैठे, "अजय ने आज कुछ शानदार शॉट्स खेले, और आखिरी ओवर में उसने 20 रन बनाए। मुंबई ब्लास्टर्स ने 190 का लक्ष्य तय किया है।"

विवेक महाजन ने कहा, "अब दर्शकों के लिए यह मैच रोमांचक हो गया है। अब यह किसी का भी खेल हो सकता है।"

रवीराज ने कहा, "जो टीम दबाव को बेहतर तरीके से संभालेगी, वही विजेता बनेगी।"

इस उत्सवपूर्ण माहौल के बावजूद, विश्लेषकों ने देखा कि मुंबई ब्लास्टर्स के हेड कोच क्रिस कॉर्निंग और उपकप्तान दानिश के चेहरों पर मुस्कान की कमी थी। जबकि समर्थक और टीम के साथी अजय के शानदार प्रदर्शन पर जश्न मना रहे थे, कोच और उपकप्तान आपस में चिंता के साथ एक-दूसरे को देख रहे थे, उनके चेहरों पर घबराहट की झलक साफ दिखाई दे रही थी।

जैसे ही अजय और उसका दोस्त ड्रेसिंग रूम में लौटे, दर्शक उन्हें उत्साहित होकर चीयर कर रहे थे। हालांकि, क्रिस कॉर्निंग और दानिश तुरंत अंदर चले गए, उनके नकली मुस्कान और आधे दिल से किए गए शाउट्स जैसे उनकी घबराहट को छुपाने की कोशिश कर रहे थे। कुछ था जो उन्हें परेशान कर रहा था, और इसने अजय की शानदार पारी की खुशी में एक छाया डाल दी थी।

अजय का नायकत्व: अंतिम मुकाबला

क्रिकेट स्टेडियम में बिजली की तरह ऊर्जा फैल रही है, दर्शक जोर-शोर से चीख रहे हैं, उनकी तालियाँ और नारे मैच की गूंज में घुल मिल गए हैं। मैदान पर लगे फ्लडलाइट्स के नीचे, यह पल बेहद महत्वपूर्ण है। अब तक के खेल में, स्कोरबोर्ड पर नजर डालते हुए सभी को यह समझ में आ रहा था कि चेन्नई शाइनिंग ने मुंबई ब्लास्टर्स को 190 रन का लक्ष्य दिया है।

यह मैच अपने निर्णायक मोड़ पर पहुँच चुका था, और सभी की धड़कनें बढ़ गई थीं। मैच के माहौल और दर्शकों की प्रतिक्रिया को कैमरा शानदार तरीके से दर्शा रहा था, जैसे हर पल की धड़कन महसूस की जा रही हो।

शॉट 1: ओपनिंग वाइड शॉट

कैमरा स्टेडियम के भव्य दृश्य को पकड़ता है, रात के आसमान में तेज रोशनी चमक रही है और दर्शक अपनी सीटों पर सिमटे हुए हैं। स्कोरबोर्ड पर चेन्नई शाइनिंग के कठिन लक्ष्य को दर्शाया जा रहा है।

शॉट 2: बैट्समैन का क्लोज़-अप

कैमरा चेन्नई शाइनिंग के बैट्समैन पर फोकस करता है। उसके चेहरे से पसीना टपक रहा है, हाथ में दस्ताने ठीक कर रहा है और उसकी आँखों में दृढ़ संकल्प झलक रहा है। वह गहरी साँस लेकर जानता है कि यह मैच अब उसके कंधों पर है।

शॉट 3: बॉलर की एप्रोच

कैमरा गेंदबाज के मजबूत कदमों को दिखाता है, जैसे वह स्टंप की ओर बढ़ता है। एक-एक कदम के साथ उम्मीदें और भी बढ़ रही हैं। उसकी आँखों में लक्ष्य पर ध्यान और उस तनाव को महसूस किया जा सकता है जो हवा में तैर रहा है।

शॉट 4: स्कायर कट

बैट्समैन ने एक तेज़ स्कायर कट मारा, और गेंद सीमा की ओर दौड़ रही है। कैमरा उसे स्लो मोशन में फॉलो करता है, लेकिन एक फील्डर डाइव करके उसे रोक लेता है। उसकी एथलेटिक क्षमता को कैमरा बारीकी से दिखाता है, जब वह जमीन पर स्लाइड करता है और गेंद को सीमा पार जाने से रोकता है।

शॉट 5: हुक शॉट की कोशिश

गेंदबाज बाउंसर डालता है, और बैट्समैन हुक शॉट के लिए स्विंग करता है लेकिन गलत अनुमान लगाता है। कैमरा गेंद को हवा में उड़ते हुए फॉलो करता है, और फाइन लेग पर खड़ा फील्डर उसे आसानी से पकड़ लेता है। उसकी खुशी और उत्साह को कैमरा जोरदार तरीके से दिखाता है।

शॉट 6: स्टंप्स का टूटना

एक नया बैट्समैन शानदार यॉर्कर पर खेलता है और कैमरा उसे फॉलो करता है, जैसे गेंद स्टंप्स से टकराती है और बेल्स गिरती हैं। यह शुद्ध सटीकता का पल है, और टूटे हुए स्टंप्स मैच में दबाव को बढ़ाने का प्रतीक बनते हैं।

शॉट 7: दर्शकों की प्रतिक्रिया

दर्शक जोरदार तालियों और आहों के मिश्रण में विस्फोट कर उठते हैं, कुछ खड़े हैं और कुछ नाखून चबा रहे हैं, जो मैच के उच्च दबाव को दर्शाते हैं। उनका तनाव और तनावपूर्ण मूड खेल की नाटकीयता को और बढ़ा देता है।

शॉट 8: फील्डर की खुशी

फील्डर्स एक गोल घेरे में इकट्ठे होते हैं, उनके चेहरे पर खुशी और राहत की भावना होती है, वे हवा में अपनी मुट्ठियाँ लहराते हैं और एक साथ चिल्लाते हैं। उनके उत्साह को पूरी स्टेडियम में महसूस किया जा सकता है।

शॉट 9: बैट्समैन की निराशा

बैट्समैन पवेलियन लौटते हुए सिर झुका कर निराश दिखता है। कैमरा उसकी उदासी को पकड़ता है, जैसे वह जानते हैं कि स्थिति कितनी कठिन हो गई है।

शॉट 10: फाइनल वाइड शॉट

कैमरा स्टेडियम का वाइड शॉट लेता है, जहाँ स्कोरबोर्ड पर रन और विकेट का आंकड़ा है। दर्शक अपनी सीटों पर सिमटे हुए हैं, अगले पल का इंतजार कर रहे हैं। कैमरा धीरे-धीरे पीछे हटता है, जैसे अंतिम पलों के लिए खींचा जा रहा हो।

कमेंट्री बॉक्स में उत्साह का माहौल

कॉमेंट्री बॉक्स में रोमांच की स्थिति थी, हर कोई बेहद सतर्क था और मैच के अंतिम क्षणों को मिस नहीं करना चाहता था।

रवीराज, "यह मैच अब तक के सीनियर प्रोफेशनल टी20 लीग का सबसे बेहतरीन मैच है!"

विवेक महाजन, "एक गेंद, एक रन, और एक विकेट बचा है... क्या मैच है!"

रवीराज, "अजय, अपनी बैटिंग और तीन विकेटों के साथ, मेरे लिए मैन ऑफ द मैच हैं।"

विवेक महाजन, "जो दिल से कमजोर हैं, उन्हें देखना बंद कर देना चाहिए। स्टेडियम में भीड़ की धड़कन सुनाई दे रही है!"

कैमरे की नजर कप्तान पर जाती है, जो एकदम गंभीर होकर बोलता है;

कप्तान, "अजय, मिडविकेट पर खड़े रहो और सिंगल न होने दो। हम रन नहीं देंगे।"

अजय, दृढ़ विश्वास के साथ: "मैं तैयार हूं।"

गेंदबाज तेजी से दौड़ता है, बैट्समैन स्ट्रोक मारता है और गेंद तेजी से अजय की ओर आती है। अजय बिना एक पल की देर किए डाइव मारता है, गेंद को मजबूती से पकड़ लेता है और तुरंत निशाने पर फेंकता है। जैसे ही गेंद स्टंप्स की ओर बढ़ती है, पूरा मैदान सन्नाटा हो जाता है, और सभी की नजरें उस नाटकीय पल पर टिकी होती हैं।

अजय का दिमाग बचपन में लौट जाता है, जब वह पत्थर फेंकता था, और उसका लक्ष्य हमेशा लाइट पोस्ट को टारगेट होता था। पत्थर लैंप पोस्ट से टकराने की आवाज़ बहुत मधुर लगती थी।

कैमरा स्टंप्स के पास फोकस करता है, जैसे गेंद टारगेट को लगती है, बल्लेबाज क्रीज़ से काफी दूर है, दर्शकों की "आउट" की एक साथ गूंजती हुई आवाज़ स्टेडियम गें गूंज उठती है, जैसे मानो हर कोना इस रोमांचक पल का साक्षी बन गया हो। स्टेडियम में खुशी की लहर दौड़ जाती है।

रवीराज, "अजय की फील्डिंग कमाल की थी! और जहां से थ्रो किया गया था, वहां से सिर्फ एक ही स्टंप दिखाई दे रहा था, लेकिन अजय का निशाना सटीक था। "अजय दौड़ते हुए स्टंप को उठाता है, जैसे यह इस यादगार पल का प्रतीक हो।"

दर्शक तालियाँ बजाते हुए इस लम्हे को याद करते हैं, और स्टेडियम में उत्साह की लहर है, यह मैच के इतिहास का एक अविस्मरणीय क्षण बन गया है।

जीत के बाद का माहौल: नायक का पल

अजय स्टेडियम के बीचों-बीच खड़ा है, और पूरे स्टेडियम में खुशी की लहर दौड़ रही है। हवा में उत्साह का माहौल है, जैसे उत्सव का हर पल उस पल को और भी खास बना रहा हो। यह टेलीविजन चैनल माहौल को बखूबी दर्शा रहा है, और हर एक भाव को पूरी कला के साथ कैद कर रहा है।

शॉट 1: अजय पर क्लोज़-अप

कैमरा अजय पर फोकस करता है, वह अपनी हथेली में स्टंप को मजबूती से पकड़े हुए है। उसके चेहरे पर पसीने की बूँदें झलक रही हैं, लेकिन उसकी आँखों में गर्व और संतोष का भाव साफ़ दिखाई दे रहा है। जैसे ही अजय स्टंप को अपने सिर के ऊपर उठाता है, स्टेडियम की गूँज उसकी विजय की गवाही देती है। उसकी आँखों में वो ठान लिया हुआ नजर आता है, जो कड़ी मेहनत और समर्पण की पहचान है, जिसने उसे यहां तक पहुँचाया।

शॉट 2: टीम का जश्न

अजय की टीम के साथी आगे बढ़ते हैं और उसे घेरकर खुशी से झूमते हैं। वे उसे कंधे पर थपथपाते हुए उसे उठाकर हवा में उछालते हैं। कप्तान उसकी ओर बढ़ता है, एक मुस्कान के साथ उसे हाथ मिलाता है और फिर गले लगा लेता है। टीम की एकजुटता और खुशी की कोई सीमा नहीं है, और सभी मिलकर अपनी इस महान जीत का जश्न मना रहे हैं।

शॉट 3: विरोधी टीम की प्रतिक्रिया

चाहे चेन्नई शाइनिंग के खिलाड़ी थोड़े मायूस दिख रहे हों, फिर भी वे अजय के पास आकर उसकी शानदार खेल भावना को सलाम करते हैं। वे मुंबई ब्लास्टर्स टीम को बधाई देते हुए उसे सम्मानजनक हाथ मिलाते हैं। एक खिलाड़ी अजय को कंधे पर थपथपाता है और कहता है, "अच्छा खेला यार," यह मान्यता है उसके बेहतरीन प्रदर्शन की।

शॉट 4: पुरस्कार वितरण समारोह

दृश्य बदलता है और अब हम पुरस्कार वितरण मंच पर होते हैं, जहाँ कमेंटेटर अजय का नाम घोषणा करते हैं। जैसे ही अजय मंच पर कदम रखता है, समूचा स्टेडियम तालियों से गूंज उठता है। वह एक हाथ में स्टंप पकड़कर और दूसरे हाथ में पुरस्कार उठाकर सभी का आभार व्यक्त करता है। उसकी जीत को लेकर लोग उत्साहित हैं, और यह पल उसकी असाधारण योगदान का प्रतीक बन जाता है।

शॉट 5: पोस्ट मैच इंटरव्यू

पोस्ट मैच इंटरव्यू में अजय अपनी विनम्रता जाहिर करता है, यह समझते हुए कि उसकी शानदार पारी अकेले संभव नहीं थी। वह हंसते हुए बताता है कि वह कभी

भी अपनी टीम की जीत पर संदेह नहीं करता था। कैमरा फिर से स्टंप पर फोकस करता है, जो अब उसकी शानदार उपलब्धि का प्रतीक बन चुका है।

शॉट 6: दर्शकों की प्रतिक्रिया

कैमरा दर्शकों के बीच दौड़ता है, जो मुंबई ब्लास्टर्स की जीत में खुशी से झूम रहे हैं। स्टेडियम का माहौल उत्साह से भरा हुआ है, और लोग खड़े होकर जोश से तालियाँ बजा रहे हैं। उनके चेहरों पर गर्व साफ़ नजर आता है, और उनकी आवाज़ें पूरे स्टेडियम में गूंज रही हैं।

शॉट 7: अंतिम टीम हडल

मुंबई ब्लास्टर्स की टीम मैदान पर एकजुट होकर खड़ी होती है। कप्तान, जो बीच में खड़ा है, अपनी टीम की तारीफ करते हुए एक भावनात्मक भाषण देता है। अजय, जो अब भी स्टंप पकड़े हुए है, टीम के बीचों-बीच खड़ा है। उसके साथी खिलाड़ी उसकी सराहना करते हैं और उसके योगदान को स्वीकार करते हैं।

शॉट 8: क्लोजिंग वाइड शॉट

कैमरा फिर से स्टेडियम के चौड़े दृश्य में बदलता है, जहाँ मुंबई ब्लास्टर्स टीम विजयी होते हुए मैदान छोड़ रही है। जैसे ही मैच समाप्त होता है, रोशनी थोड़ी धुंधली हो जाती है, लेकिन उत्साह की भावना हवा में बनी रहती है। कैमरा धीरे-धीरे बाहर की ओर ज़ूम करता है, और स्टेडियम का उत्साह पूरी रात तक फैला रहता है।

पृष्ठभूमि

स्कोरबोर्ड पर अंतिम स्कोर दिखता है: "मुंबई ब्लास्टर 190, चेन्नई शाइनिंग 189।" कमेंट्री धीमी होती है, इस रोमांचक मुकाबले का सारांश देती हुई और अजय के नायकत्व की तारीफ करती है। स्टेडियम में ऊर्जा अभी भी महसूस हो रही है, लेकिन खेल खत्म हो चुका है, और अजय की विजय इतिहास में दर्ज हो जाएगी।

दानिश और मुख्य कोच क्रिस कॉर्निंग चेंजिंग रूम की ओर बढ़ते हैं, उनके चेहरे पर मायूसी है। इस बीच, मुंबई ब्लास्टर के खिलाड़ी मैदान पर दौड़ते हुए आते हैं, अजय को अपनी कंधों पर उठाकर मैदान में घुमाते हैं, और दर्शक जश्न के रूप में शोर मचाते हैं।

खिलाड़ी भावुक हो जाते हैं, एक-दूसरे को गले लगाते और रोते हुए इस जीत की महत्ता को महसूस करते हैं।

स्टैंड्स में, मुंबई ब्लास्टर के मालिक खुश होकर अपने परिवार और दोस्तों के साथ इस ऐतिहासिक मौके का जश्न मना रहे होते हैं।

इस दौरान, पुलिस इंस्पेक्टर प्रथमेश के पास से गुजरते हैं, और वह देखते हैं कि दानिश और कोच क्रिस को हिरासत में लिया जा रहा है। दो पुलिस अधिकारी संजय, जो कि सट्टेबाज है, को गिरफ्तार करते हैं और उसे पुलिस की गाड़ी में डालते हैं। जैसे ही पुलिस की गाड़ी गुजरती है, प्रथमेश के चेहरे पर एक शरारती मुस्कान आ जाती है, जो इस बात को व्यक्त करती है कि उसे न्याय मिलते हुए देखकर खुशी हो रही है।

पुलिस कमिश्नर प्रथमेश के पास आते हैं और उन्हें हाथ मिलाते हुए कहते हैं, "धन्यवाद मेरे दोस्त। आपने सही वक्त पर हमें सूचित किया। उनके फोन कॉल्स, फिल्म्स, लैपटॉप्स और बैंक अकाउंट्स सब साक्ष्य के रूप में लिए गए हैं।" कमिश्नर के शब्दों से यह साफ हो जाता है कि प्रथमेश ने चुपके से लेकिन महत्वपूर्ण भूमिका निभाई थी सच्चाई का पर्दाफाश करने में।

कमिश्नर का चेहरा गंभीर हो जाता है और वह प्रथमेश से कहते हैं, "दानिश सट्टेबाज संजय के कहने पर इस गंदे खेल में शामिल हुआ। उसने दूसरे कमजोर खिलाड़ियों को संजय की अवैध सट्टेबाजी के बारे में बताया। संजय ने इन खिलाड़ियों को मैच फिक्स करने और खराब प्रदर्शन करने के लिए पैसों और उपहारों का लालच दिया। बदले में, संजय इन खिलाड़ियों के दुबई बैंक अकाउंट्स में बड़ी रकम जमा करता, और दानिश को इसके लिए कमीशन मिलता।"

प्रथमेश ध्यान से सुनता है, उसका मन तेजी से सोच रहा होता है जैसे ही कमिश्नर टीम के चारों ओर बुने गए झूठ का पर्दाफाश करता है। कमिश्नर आगे बताते हैं, "दानिश को आसान पैसे और लग्जरी लाइफस्टाइल का लालच था, और वह अवैध जुआ की दुनिया में गहरे फंसता गया। वह अब गुप्त बैठकों में शामिल होने लगा जहां मैच पहले से तय होते थे। ज्यादा समय नहीं लगा जब उसे अपनी लालच की कीमत समझ में आई, और उसने अपनी नैतिकता का उल्लंघन किया, अपने पूरे करियर को दांव पर लगा दिया।"

कमिश्नर रुकते हैं, और प्रथमेश की आँखों में एक गहरी चिंता और गुस्सा देखने को मिलता है। फिर वह कहते हैं, "यह सिर्फ दानिश पर खत्म नहीं हुआ। उसने

मुख्य कोच क्रिस कॉर्निंग को भी इसमें घसीटा। क्रिस, जो महिलाओं और पार्टी करने में ज्यादा रुचि रखते थे, जल्दी से पैसों का लालच लेकर इसमें शामिल हो गए। उन्होंने टीम के कमजोर खिलाड़ियों को पहचान लिया और वे दोनों मिलकर सट्टेबाजों के लिए काम करने लगे, और खेल को बिगाड़ दिया।"

प्रथमेश का मुंह कस जाता है, जैसे ही वह यह समझता है कि धोखा कितना गहरा है। दानिश और क्रिस, जो कभी टीम में विश्वास के स्तंभ थे, अब लालच और भ्रष्टाचार के शिकार हो गए हैं, और एक खतरनाक खेल के मोहरे बन गए हैं। जैसे ही कमिश्नर अपनी बात समाप्त करते हैं, प्रथमेश सिर हिलाते हुए, उसकी आँखों में गुस्से और दर्द का मिश्रण साफ नजर आता है। सच्चाई सामने आ चुकी है, लेकिन इसके लिए जो कीमत चुकाई गई है, वह बहुत भारी है।

अगले दिन की मीडिया रिपोर्ट्स

अगले दिन, मीडिया अजय को मैच का हीरो बताते हुए हेडलाइंस से भर जाती है। उसकी बल्लेबाजी और गेंदबाजी का प्रदर्शन सभी के लिए चर्चा का विषय बन जाता है। अब अजय का नाम क्रिकेट इतिहास में दर्ज हो चुका है, और उसने जो रोमांचक और अविस्मरणीय क्षण दिए, वे दर्शकों के दिलों में हमेशा के लिए रहेंगे।

दिल के बंधन

सुबह का गांव

जुम्बल के शांत गाँव में, सुबह-सुबह, जब सूरज की पहली किरणें पेड़ों की ऊँची चोटियों को छूती हैं, तो ऐसा लगता है जैसे सोना बिखर गया हो। पूरा गाँव, जो पहाड़ी पर बसा है, सुनहरी रोशनी में नहा जाता है। एक अजीब सी शांति होती है, जैसे सब कुछ थम सा गया हो।

फिर धीरे-धीरे धुंध छँटने लगती है, और नज़ारा ऐसा खुलता है जैसे किसी ने पेंटिंग बना दी हो। दूर-दूर तक घास के मैदान, उन पर छोटी-छोटी छप्पर वाली झोपड़ियाँ, जैसे किसी बच्चे के खिलौने हों। पहाड़ियाँ भी हल्की धूप में चमक उठती हैं, जैसे किसी ने उन्हें प्यार से गले लगा लिया हो। झोपड़ियों से धुआँ ऐसे निकलता है जैसे हवा में नाच रहा हो, नए दिन का स्वागत कर रहा हो।

हवा एकदम ताज़ी और खुशबूदार होती है। ओस से भीगी घास की भीनी-भीनी महक, और साथ में जंगली फूलों की मीठी सुगंध - सब मिलकर एक जादू सा कर देते हैं। पेड़ों के पत्तों की सरसराहट एक मधुर संगीत बनाती है, जिसमें पक्षियों की चहचहाहट मिल जाती है। उनकी आवाज़ें पूरी घाटी में गूंजती हैं, पास के झरने की कलकल और बच्चों की हँसी के साथ मिलकर सुबह को और भी खूबसूरत बना देती हैं।

जंगल के किनारे पर एक हिरण बड़े आराम से घास चर रहा होता है। उसे देखकर लगता है जैसे प्रकृति और इंसानों के बीच एक गहरा रिश्ता है, एक संतुलन है। वहीं पास में, कुएँ के पास कुछ बूढ़े लोग बैठे हँस रहे होते हैं, कहानियाँ सुना रहे होते हैं। उनकी भारी आवाज़ें सुनकर लगता है जैसे पुराने ज़माने की बातें ज़िंदा हो रही हों। रंग-बिरंगी साड़ियों में लिपटी औरतें कुएँ से पानी भर रही होती हैं, उनके घड़े गाँव के बीच से बहने वाली साफ़ नदी में चमक रहे होते हैं।

गाँव के चारों तरफ़ फैली हरी-भरी ज़मीन देखकर लगता है जैसे प्रकृति कितनी उदार है, कितनी देने वाली है। इस शांत और सुंदर माहौल में नितेश नाम का एक लड़का रहता है। वो एक ऐसे मोड़ पर खड़ा है जहाँ उसे अपनी पुरानी परंपराओं और नई उम्मीदों के बीच फ़ैसला लेना है। वो अपनी जानी-पहचानी दुनिया से दूर,

एक नई यात्रा पर निकलने की तैयारी कर रहा है। उसके दिल में एक हलचल है, एक तरफ़ अपने गाँव से लगाव है तो दूसरी तरफ़ नए सपनों को पूरा करने की चाह।

मां का आशीर्वाद

एक साधारण सा घर, लेकिन सुबह का वक़्त भावनाओं से भरा हुआ है। नितेश चुपचाप एक लकड़ी के स्टूल पर बैठा है, उसकी माँ, कलसा, बड़ी सावधानी से उसकी कलाई पर काला धागा बाँध रही है। ये सिर्फ़ बुरी नज़र से बचाने वाला धागा नहीं है, कलसा के लिए ये उससे कहीं ज़्यादा है—एक प्यार भरा स्पर्श, एक ऐसा तरीका जिससे वो अपने बेटे को जाने तो दे रही है, पर फिर भी उसे अपने पास महसूस कर सके।

नितेश अपनी माँ, की तरफ़ देखता है, उसका दिल भारी हो रहा है। वो झुककर उनके पैर छूता है, ये सम्मान का भाव उसकी परवरिश का हिस्सा है। उसकी आँखों में आँसू आ जाते हैं, क्योंकि वो अपने परिवार की उम्मीदों और सपनों का बोझ अपने कंधों पर महसूस कर रहा है।

कलसा की आवाज़ धीमी और भावनाओं से भरी है। "हम अपने दिल का एक टुकड़ा इतनी दूर भेज रहे हैं। अपना ख़्याल रखना और याद रखना, तुम्हें हमारे गाँव का नाम रोशन करना है।"

नितेश बस सिर हिला पाता है, उसकी आवाज़ आँसुओं से रुँधी हुई है। पास ही उसके पिता, शंभु, खड़े हैं, उनके चेहरे पर गर्व और एक ख़ास तरह का संयम है। वो नितेश के कंधे पर हाथ रखते हैं, उनका स्पर्श ताक़त और सहारा देता है।

"अच्छी तरह से पढ़ाई करना, बेटे," शंभु कहते हैं, उनकी आवाज़ मज़बूत है, पर उसमें भावनाएँ साफ़ झलक रही हैं। "पूरा गाँव तुमसे उम्मीद लगाए बैठा है।" वो नितेश को ज़ोर से गले लगाते हैं, जैसे इस पल को हमेशा के लिए क़ैद कर लेना चाहते हों। फिर जल्दी से मुड़ जाते हैं, ताकि उनकी आँखों में आए आँसू कोई देख न ले।

नितेश एक गहरी साँस लेता है, खुद को संभालते हुए। "अब मैं मोठे बाबा का आशीर्वाद लेने जाऊँगा," वो धीरे से कहता है और घर की गर्माहट को पीछे छोड़ बाहर निकल जाता है।

जब नितेश नारायण के घर पहुँचता है, तो माहौल श्रद्धा से भरा होता है। नारायण, जिन्हें प्यार से बड़ा बाबा कहते हैं, अपनी पत्नी के साथ बरामदे में बैठे हैं। उनकी आँखों में गर्व और हल्का सा अफ़सोस साफ़ दिखाई दे रहा है। नितेश उनके पास जाता है, उसके माता-पिता भी उसके साथ हैं। वो झुककर उनके पैर छूता है।

नारायण की आँखों में गर्व की चमक है। "तुम हमारे गाँव का गर्व हो," वो कहते हैं, उनकी आवाज़ भावनाओं से भरी हुई है।

नितेश, करण और गीता, पहले से ही वहाँ हैं। उनकी युवा ऊर्जा माहौल में एक हल्की सी ख़ुशी भर देती है। वो भी अपने बड़ों के पैर छूते हैं, उनके चेहरों पर एक नए सफ़र की उत्तेजना साफ़ दिखती है।

नारायण की पत्नी उनके माथे पर तिलक लगाती हैं और धीरे से प्रार्थना करती हैं। "गणपति बप्पा का आशीर्वाद आप सभी पर बना रहे। जाओ और हमारे परिवार और गाँव का नाम रोशन करो।"

वो तीनों कार में बैठते हैं, उनके दिल उत्तेजना और एक अजीब सी बेचैनी से भरे हैं। गाँव वाले उन्हें विदा करने के लिए इकट्ठे होते हैं, उनके चेहरों पर गर्व, उम्मीद और चुपचाप की जा रही प्रार्थनाओं का मिला-जुला भाव है। हाथ हवा में लहराते हैं, और आशीर्वादों की बारिश के बीच कार धीरे-धीरे आगे बढ़ती है।

नारायण तब तक कार को जाते हुए देखते रहते हैं, जब तक वो नज़रों से ओझल नहीं हो जाती। फिर वो शंभु की तरफ़ देखकर मुस्कुराते हैं, हालाँकि उनकी आँखों में हल्की सी उदासी है। "हमारा नितेश एक दिन बहुत बड़ा डॉक्टर बनेगा।"

शंभु, अपनी भावनाओं को छुपाते हुए, जवाब देते हैं, "और करण भी हमें गर्व महसूस कराएगा। गीता—वो तो सबसे होशियार है।"

नारायण हल्के से मुस्कुराते हैं, उनकी आवाज़ में फिर से गर्मजोशी आ जाती है। "तीनों में कुछ ख़ास है। बप्पा की कृपा हमेशा इन पर बनी रहेगी।"

शंभु आसमान की तरफ़ देखते हैं, एक ख़ामोश प्रार्थना करते हुए। "बप्पा, हमारे बच्चों को आशीर्वाद देना।"

नारायण शंभु के कंधे पर एक तसल्ली भरा हाथ रखते हैं। "चलो, चाय पीते हैं।" और इस सरल सी बात में, उन्हें एक साझा ताक़त मिलती है, जो उनके बच्चों के सपनों को पूरा करने में उनकी मदद करती है।

सपनों का सफर

वो गाँव, अपनी शांत और सुकून भरी लय के साथ, अब नितेश, करण और गीता के लिए एक धुँधली सी याद बन गया है, क्योंकि वो शहरी जीवन की भागदौड़ और शोर-शराबे में खो गए हैं। वो सुबहें जो वो जानते थे—मुर्गों का बांग देना, बच्चों की हँसी, और धूल भरी सड़कों पर लकड़ी की गाड़ियों की चरमराहट—अब गाड़ियों के लगातार शोर, मोटरों की गड़गड़ाहट और फेरीवालों की चिल्लाहट में बदल गई हैं। ये महानगर डरावना है, इसकी रफ़्तार बहुत तेज़ है, लेकिन तीनों ये समझते हैं कि वो सिर्फ़ अपना सामान नहीं ले जा रहे हैं। वो अपने परिवारों की उम्मीदों का बोझ और अपने गाँव की सामूहिक आशाओं को भी अपने साथ लेकर आए हैं। ये साझा ज़िम्मेदारी ही उन्हें आगे बढ़ने के लिए प्रेरित करती है।

करण, जो उत्साह और आशावाद से भरा हुआ है, कबड्डी के मैदान में सुकून पाता है। मैदान की हवा नम मिट्टी की सोंधी ख़ुशबू और पसीने की नमकीन गंध से भरी होती है। उसके साथियों की चीखें और रेड से पहले हाथों की लगातार तालियाँ उसके लिए संगीत बन जाती हैं। शहर की विशाल इमारतें दूर से दिखती हैं, लेकिन खुले आसमान के नीचे करण आज़ाद महसूस करता है। वो पूरी लगन से अभ्यास करता है, और उसके मज़बूत डाइव और तेज़ बचाव ने उसे "टीम का हीरो" का नाम दिला दिया है।

जब उसकी टीम एक इंटरकॉलेजिएट टूर्नामेंट जीतती है, तो जश्न बहुत ही ज़ोरदार होता है। दोस्त एक छोटे से कैफ़े में इकट्ठे होते हैं, ग्राफ़िटी से सजी दीवारें हँसी और गिलासों की खनक से गूंज उठती हैं। हँसी-मज़ाक के बीच, करण खेल के हर रोमांचक पल का वर्णन करता है, उसका चेहरा गर्व से चमक रहा होता है। ये जीत उसे न सिर्फ़ अपनी क़ाबिलियत, बल्कि अपने गाँव से आए लोगों की संभावना को भी साबित करने की दिशा में एक क़दम जैसा लगता है।

वहीं दूसरी ओर, गीता साहित्य की दुनिया में खिल उठती है। उसका क्लासरूम, एक छोटी सी जगह जो धूप से भरी होती है, उसका स्वर्ग बन जाता है। चाक की धूल और ताज़ी स्याही की ख़ुशबू हवा में फैली होती है जब वो बड़ी मेहनत से अपनी परीक्षाओं की तैयारी करती है। उसकी नोटबुक का हर पन्ना उसकी लगन दिखाता है, साफ़ और सटीक लिखावट और अच्छी तरह से व्यवस्थित विचारों के साथ। पीछे टिक-टिक करती घड़ी उसकी अटूट दृढ़ता को दर्शाती है। एक टीचर बनने की उसकी इच्छा उसे हर काम के लिए प्रेरित करती है, उसका जुनून चुपचाप लेकिन तेज़ी से जल रहा होता है।

और नितेश, जो हमेशा से मेहनती रहा है, किताबों के घेरे में अपने वर्कस्टेशन पर घंटों बिताता है। डायग्राम और नोट्स कागज़ के हर इंच को भर देते हैं, जो डॉक्टर बनने के लिए उसकी अटूट लगन को दर्शाते हैं। देर रात तक, उसकी स्टडी लैंप की हल्की सी रोशनी कमरे की एकमात्र रोशनी होती है, और उसका पेन धीरे-धीरे चलता है जब वो अपने भविष्य की योजना बनाता है। उसकी दृढ़ता उसके आस-पास के सभी लोगों को प्रेरित करती है, और उसके सहपाठी उसे प्रशंसा और विस्मय से देखते हैं। वो सिर्फ़ पढ़ाई नहीं कर रहा, वो अपने सपनों को जी रहा है, हर पल, हर कोशिश में। उसके दिल में एक गहरा विश्वास है कि वो अपने गाँव, अपने परिवार और खुद के लिए कुछ बड़ा करेगा। उसके ऊपर एक ज़िम्मेदारी है, एक वादा है जो उसने खुद से किया है, और वो उसे हर क़ीमत पर पूरा करना चाहता है।

वो तीनों अक्सर एक-दूसरे की संगति में सुकून पाते हैं, साथ में खाना खाते हैं और अपने दिन की बातें करते हैं। गाँव की सादगी में बनी उनकी दोस्ती शहर के दबावों के सामने मज़बूती से टिकी रहती है। साथ मिलकर, वो एक-दूसरे को अपने साझा लक्ष्य की याद दिलाते हैं: अपने परिवारों को गर्व महसूस कराना और कुछ मूल्यवान वापस घर ले जाना।

परीक्षाएँ ख़त्म होने से एक राहत की साँस मिलती है और घर की याद सताने लगती है। वो पहली बस पकड़ते हैं, जैसे-जैसे नज़ारे कंक्रीट से हरियाली में बदलते हैं, उनका मूड ख़ुश हो जाता है। जब बस छोटी सड़कों पर हिचकोले खाती हुई चलती है, तो गाँव के जाने-पहचाने नज़ारे और ख़ुशबूएँ पुराने दोस्तों की तरह उनका स्वागत करती हैं।

एक बैलगाड़ी पर सफ़र उन्हें और क़रीब ले जाता है, धूल भरे रास्ते पर लकड़ी के पहियों की लयबद्ध खड़खड़ उनके दिलों की धड़कन की तरह गूँजती है। जब वो आख़िरकार जंगल में पहुँचते हैं, तो नम मिट्टी की सोंधी ख़ुशबू और पक्षियों की चहचहाहट हवा में भर जाती है। ऐसा लगता है जैसे हर क़दम शहर के बोझ को उतार रहा हो, सादगी और शांति की ओर लौट रहा हो।

छुट्टियों में गाँव लौटने पर, तीनों का खुले हाथों और मुस्कुराहटों से स्वागत होता है। हरे-भरे खेत उनकी अपनी नई ऊर्जा को दर्शाते हैं। शहर में बिताए समय से प्रेरित होकर, वो उस गाँव को कुछ वापस देने का फ़ैसला करते हैं जिसने उन्हें पाला-पोसा है।

नितेश एक आर्मी अफ़सर से दोस्ती करता है, उसे गाँव बुलाता है, और एक ख़ूबसूरत शाम को एक आर्मी भर्ती अफ़सर के साथ एक कार्यक्रम आयोजित करता है। बड़े बरगद के पेड़ के नीचे इकट्ठे हुए नौजवानों को अफ़सर की वीरता और सम्मान की कहानियाँ मंत्रमुग्ध कर देती हैं। शाम की गर्म हवा उनके शब्दों को ले जाती है, उत्सुक दिमाग़ों में आकांक्षा के बीज बोती है।

करण एक क़दम और आगे बढ़ता है, बरगद के पेड़ की घनी छाँव में रोज़ाना व्यायाम सत्र शुरू करता है। लड़के नियमित रूप से प्रशिक्षण लेते हैं, उनकी हँसी और लगन पत्तों की सरसराहट और गाँव के दूर के शोर के साथ मिल जाती है। हर दिन, एक और नौजवान अपनी शारीरिक परीक्षा पास करता है, जो एक उज्जवल भविष्य की ओर प्रगति का प्रतीक है।

गीता, जो पढ़ाने के लिए बहुत उत्सुक है, पेड़ के नीचे बने अपने अस्थायी क्लासरूम को उत्सुक बच्चों की हँसी से भर देती है, और उसके पाठ आश्चर्य और ख़ुशी जगाते हैं।

करण अपनी जड़ों को अपनाता है और अपने परिवार की ज़मीन को फ़सलों के एक हरे-भरे हिस्से में बदल देता है, ये साबित करते हुए कि परंपरा और प्रगति साथ-साथ चल सकते हैं। साथ मिलकर, वो सिर्फ़ व्यक्ति नहीं हैं; वो बदलाव लाने वाले हैं, अपने गाँव के लिए एक उज्जवल भविष्य बना रहे हैं। कभी शांत रहने वाली सड़कें अब जीवन और उम्मीद से गुलज़ार हैं, जो पूरी की गई आकांक्षाओं और निभाए गए वादों का प्रमाण हैं।

घाटी में समय नदी की तरह धीरे-धीरे बहता है। सालों बीत जाते हैं, उनकी छुट्टियाँ अच्छी तरह से बीतती हैं, और गाँव गर्व से भर जाता है।

साथ मिलकर, वो सिर्फ़ व्यक्ति नहीं हैं; वो बदलाव लाने वाले हैं जो अपने गाँव के लिए एक बेहतर भविष्य बना रहे हैं। कभी शांत रहने वाली सड़कें अब चहल-पहल और उम्मीद से ज़िंदा हैं, जो पूरी की गई आकांक्षाओं और निभाए गए वादों की गवाही देती हैं। उनके दिलों में एक संतोष है, एक ख़ुशी है कि उन्होंने अपने गाँव के लिए कुछ किया, अपने सपनों को जिया और दूसरों के सपनों को भी उड़ान दी। उनकी कहानी सिर्फ़ उनकी नहीं, बल्कि पूरे गाँव की कहानी बन गई है, एक प्रेरणादायक कहानी, जो पीढ़ी दर पीढ़ी सुनाई जाएगी।

परिणाम का दिन

अपनी फ़ाइनल परीक्षाएँ देने के बाद, तीनों गाँव लौट आते हैं, और अपनी कोशिशें जारी रखते हैं ताकि वो छोटी पीढ़ी के साथ अपना ज्ञान बाँट सकें और उन्हें अपने सपनों को पूरा करने में मार्गदर्शन कर सकें। जैसे ही वो अपने नतीजों का इंतज़ार करते हैं, वो अपनी ज़िंदगी के अगले अध्याय का बेसब्री से इंतज़ार करते हैं, उस नए रास्ते पर चलने के लिए तैयार हैं जो उनका इंतज़ार कर रहा है।

रात शांत है, लेकिन करण को नींद नहीं आ रही। वो अपनी चारपाई पर करवटें बदलता रहता है, अपने दिल में उत्साह और डर की लहरों के साथ काली छत को घूरता रहता है। नतीजों का दिन आख़िरकार आ गया है, और इसका बोझ उस पर बहुत भारी है। जैसे ही सुबह की पहली सुनहरी किरणें खिड़की से अंदर आती हैं, वो जानता है कि वो अब और इंतज़ार नहीं कर सकता। वो चुपचाप बिस्तर से उठता है, अपनी साइकिल पकड़ता है, और घबराहट और उम्मीद से भरा हुआ, घुमावदार धूल भरे रास्ते पर साइकिल चलाता है।

सड़क के किनारे सुनहरी गेहूँ के खेत हैं जो सुबह की हवा में धीरे से लहराते हैं। धूल भरे रास्ते पर उसकी साइकिल के टायरों की बार-बार होने वाली आवाज़ उसके दिल की धड़कन की तरह गूँजती है। जब वो बड़े गाँव में पहुँचता है, तो अख़बार की वैन अभी-अभी पहुँची होती है। हाँफते हुए, वो अपनी साइकिल से कूदता है और अख़बार की एक ताज़ी कॉपी पकड़ता है, जल्दी से पन्ने पलटता है।

उसकी नज़र उसके सीट नंबर पर टिक जाती है, और वो जम जाता है। उसके चेहरे पर एक बड़ी सी मुस्कान फैल जाती है, और उसका दिल ख़ुशी और राहत से भर जाता है। "मैंने कर दिखाया!" वो कहता है, उसकी आवाज़ दर्द से भर जाती है। बिना वक़्त गँवाए, वो वापस अपनी साइकिल पर चढ़ता है और गाँव की ओर तेज़ी से साइकिल चलाता है। उसकी जीत की चीखें शांत सुबह की हवा को चीर देती हैं। "मैं पास हो गया! मैं पास हो गया!"

करण की ख़ुशी भरी आवाज़ गाँव के संकरे रास्तों में गूँजती है, जिससे हलचल मच जाती है। नारायण, जो अपने बरामदे के झूले पर बैठे अपनी पत्रिका देख रहे होते हैं, उत्सुकता से अपना चेहरा ऊपर करते हैं। लकड़ी के बीमों पर लटकी हुई बेलें हवा में धीरे से लहराती हैं जैसे ही वो अपने बेटे को गले लगाने के लिए खड़े होते हैं।

"करण!" नारायण प्यार से पुकारते हैं। "इतनी हलचल क्यों है?"

करण तेज़ी से रुकता है, उसके गाल गर्व से लाल हो रहे होते हैं। "बाबा! मैं पास हो गया! और गीता दीदी दूसरे नंबर पर आई हैं!" वो बड़ी नाटकीयता से थोड़ा

रुकता है, बड़े समाचार देने से पहले पल का आनंद लेता है। "नितेश, बाबा, पूरे महाराष्ट्र में पहले नंबर पर आया है!"

नारायण के चेहरे पर गर्व और ख़ुशी छा जाती है। "पूरे महाराष्ट्र में पहला?" वो भावनाओं से काँपते हुए कहते हैं।

नारायण तेज़ी से उस रास्ते पर चलते हैं जो शंभु के घर की ओर जाता है। सुबह की शुरुआती धूप बस्ती पर एक सुंदर सुनहरी रोशनी डालती है, और पगडंडी के दोनों ओर गेहूँ के खेत हल्की हवा में चमकते हैं। उनके क़दम दृढ़ हैं, और उनका दिल उत्साह और दृढ़ संकल्प से भरा हुआ है।

"शंभु!" नारायण पुकारते हैं, उनकी आवाज़ आँगन में गूँजती है। "हमारे नितेश ने गाँव का नाम रोशन कर दिया है। पूरे महाराष्ट्र में पहला! क्या तुम्हें विश्वास हो रहा है?"

शंभु बाहर आते हैं, उनके चेहरे पर गर्व और चिंता का मिला-जुला भाव होता है। "भाऊ," वो शुरू करते हैं, उनकी आवाज़ स्थिर लेकिन विचारशील होती है, "भगवान की कृपा और आपके सहयोग से, हम यहाँ तक पहुँचे हैं। लेकिन अब, एक सवाल मुझे परेशान कर रहा है—मैं उसे आगे की पढ़ाई के लिए कैसे भेज पाऊँगा? उसके सपने बड़े हैं, लेकिन हमारे साधन सीमित हैं।"

नारायण शंभु के कंधे पर एक तसल्ली भरा हाथ रखते हैं। "पैसों की चिंता मत करो, शंभु। हम मिलकर इसका हल निकालेंगे। बप्पा के आशीर्वाद से, हम ये सुनिश्चित करेंगे कि नितेश को वो शिक्षा मिले जिसका वो हक़दार है। सोचो, हमारे गाँव का एक डॉक्टर और गीता एक टीचर। वो हमारे गाँव के लिए बहुत गर्व और तरक़्क़ी लाएँगे।"

शंभु की आँखें कृतज्ञता से भर आती हैं। "भाऊ, आप हमेशा इस गाँव के एक स्तंभ रहे हैं। मुझे आप पर विश्वास है, और मैं अपनी तरफ़ से पूरी कोशिश करूँगा।"

ये ख़बर जंगल की आग की तरह फैल जाती है, जो जल्दी ही गाँव के हर कोने तक पहुँच जाती है। शंभु अपने घर से बाहर निकलते हैं, गर्व से चलते हुए। नारायण, हमेशा की तरह ख़ुश, बच्चों की सफलता की ख़बर सुनकर ख़ुशी से चमक रहे होते हैं। वो शंभु को गले लगाते हैं, और उस पल में, गर्व और दोस्ती हवा में भर जाती है। "मैंने तुमसे कहा था, शंभु," नारायण कहते हैं, उनकी आवाज़ भावनाओं से भरी हुई होती है। "नितेश हमेशा महानता के लिए ही बना था।"

नितेश शर्मीले अंदाज़ में आगे बढ़ता है, उसका दिल भावनाओं से भरा होता है। इकट्ठी हुई भीड़ के सामने खड़ा होकर, वो नारायण और शंभु के पैर छूता है। उसकी कृतज्ञता साफ़ झलकती है, और उसकी आँखें अनकहे शब्दों से चमकती हैं। "ये सब आपकी वजह से है, बाबा, और मोठे बाबा," वो धीरे से कहता है, उसकी आवाज़ ईमानदारी से भरी होती है। "आपके आशीर्वाद ने ये सब मुमकिन कर दिया है।"

उस शाम जब सूरज ढलता है, तो पूरा समुदाय उत्सव में डूब जाता है। ताज़े बने खाने की ख़ुशबू हँसी और संगीत की आवाज़ों के साथ मिल जाती है। बच्चे गलियों में दौड़ते हैं, हर उस व्यक्ति को ख़ुशख़बरी सुनाते हैं जो सुनना चाहता है, जबकि बूढ़े लोग समूहों में बैठे होते हैं, उनके चेहरे ख़ुशी से चमक रहे होते हैं। एक शाम के लिए, पूरा गाँव एक परिवार जैसा लगता है, जो अपने बच्चों की सफलता से जुड़ा हुआ है।

अगली सुबह

अगली सुबह, नारायण के घर के सामने, एक गाड़ी खड़ी है, जिसके दरवाज़े खुले हैं। ट्रंक में रखे छोटे से सामान में सिर्फ़ कपड़े ही नहीं हैं; बल्कि तीन युवा दिलों के सपने भी हैं। नितेश, गीता और करण कॉलेज जाने के लिए तैयार हैं, उनके चेहरों पर उत्साह और भावनाओं का मिला-जुला भाव है।

पूरा गाँव उन्हें विदा करने आता है, उनकी दुआएँ एक कोमल, सुकून भरी हवा की तरह हवा में भर जाती हैं। नारायण और शंभु एक-दूसरे के बगल में खड़े हैं, उनका गर्व और उम्मीद अनकहे हैं लेकिन उनकी चमकती आँखों में साफ़ दिखाई दे रहे हैं।

"जाओ और हमें गर्व महसूस कराओ," नारायण कहते हैं, उनकी आवाज़ दृढ़ लेकिन भावनाओं से भरी हुई है। "ये तो बस शुरुआत है।"

जैसे ही गाड़ी चलने लगती है, भीड़ उत्साह से हाथ हिलाती है, उनकी मुस्कुराहटें बिछड़ने के मीठे दर्द से भरी होती हैं। नारायण तब तक इंतज़ार करते हैं जब तक गाड़ी घुमावदार रास्ते पर चली नहीं जाती। जैसे ही वो शंभु की ओर मुड़ते हैं, उन्हें एक शांत गर्व का एहसास होता है। "हमारे बच्चे भविष्य हैं, शंभु। उनमें सिर्फ़ हमारे ही नहीं, बल्कि पूरे गाँव के सपने हैं।"

शंभु क्षितिज पर अपनी नज़रें टिकाए हुए सिर हिलाते हैं। "बप्पा उनका मार्गदर्शन करें," वो धीरे से कहते हैं, उनका लहजा उम्मीद से भरा होता है।

उस वक़्त, समुदाय संभावनाओं से भरा हुआ है, उसके खेत और सड़कें लचीलेपन, उम्मीद और एक उज्जवल भविष्य की कहानियाँ फुसफुसा रहे हैं जो लिखी जाने का इंतज़ार कर रहा है।

नए सफ़र की शुरुआत

गीता और करण ने अपनी ग्रेजुएशन सफलतापूर्वक पूरी कर ली थी, जबकि नितेश अभी भी डॉक्टर बनने के अपने सपने को पूरा करने के लिए मेडिकल की पढ़ाई कर रहा था। वहीं, गीता अपने मास्टर्स प्रोग्राम में दाखिला लेने के लिए पूरी तरह तैयार थी।

जब उनके परिवार के साथ उनकी हमेशा की छुट्टियों के बाद उनके जाने का वक़्त आया, तो करण उन्हें विदा करने आया। गेट पर खड़े होकर, दिल से मुस्कराते हुए, उसने कहा, "अगर तुम दोनों ने मुझे लगातार आगे नहीं बढ़ाया होता, तो मैं यहाँ तक नहीं पहुँच पाता। तुम्हारा शुक्रिया, सच में, दिल से।" गीता और नितेश ने गर्व से एक-दूसरे की ओर देखा, ये जानते हुए कि करण के लिए इस उपलब्धि का क्या मतलब है और वो कितनी दूर आ गया है।

ग्रेजुएशन के बाद, करण ने वापस रहकर अपने पिता की खेती में मदद करने का फ़ैसला किया। अपनी पढ़ाई पूरी करने से उसे गर्व महसूस हुआ, लेकिन अपने परिवार के साथ काम करने से भी। हर मौसम नई चुनौतियाँ लेकर आता था, और नारायण बढ़ती माँगों को पूरा करने के लिए संघर्ष कर रहे थे।

अपने परिवार को अपनी कितनी ज़रूरत है ये देखकर, करण बिना किसी हिचकिचाहट के आगे आया। उसने अपनी उन सपनों को एक तरफ़ रख दिया जो पीढ़ियों से उनका सहारा बनी ज़मीन पर ध्यान केंद्रित करने के लिए थे। करण के लिए, ये सिर्फ़ ज़िम्मेदारी की बात नहीं थी—ये उनके पिता की मेहनत और उन सभी बलिदानों का सम्मान करने की बात थी जो उन्होंने किए थे।

नारायण और शंभु सड़क के किनारे एक नीची पत्थर की दीवार पर एक साथ बैठे हैं, गाड़ी को दूर जाते हुए देख रहे हैं। "नितेश को पूरी स्कॉलरशिप मिल गई, शंभु," नारायण राहत भरी आवाज़ में कहते हैं। "आर्थिक बोझ हट गया है। सच में, बप्पा की कृपा!" शंभु अपने हाथों को अपने घुटनों पर रखते हुए सिर हिलाते हैं। "गीता टीचर बनेगी, और नितेश डॉक्टर बनेगा। उनकी सफलता पूरे गाँव के लिए गर्व और तरक़्क़ी लाएगी," वो उम्मीद से कहते हैं।

शंभु की भावनाओं को महसूस करते हुए, नारायण कहते हैं, " अच्छा है, उनके कॉलेज एक-दूसरे के क़रीब हैं। इससे मुझे शांति मिलती है।" ये जानकर कि वो एक-दूसरे का ख़्याल रखेंगे, उनके गर्व को एक सुकून भरी तसल्ली मिलती है।

वहीं, गीता चुपचाप एक नए अध्याय की शुरुआत करती है। वो एक प्राइमरी स्कूल में नौकरी करती है और नितेश के मेडिकल कॉलेज के पास मास्टर्स की पढ़ाई शुरू करती है। हालाँकि उसका फ़ैसला व्यावहारिक लगता है, उसकी गहरी प्रेरणा नितेश की आर्थिक मदद करना है क्योंकि वो गाँव का पहला डॉक्टर बनने के क़रीब है। वो अपनी मंशा को छुपाकर रखती है, अपने कामों को व्यक्तिगत विकास के तौर पर दिखाती है। उसके क़रीब रहकर, गीता ये सुनिश्चित करती है कि नितेश बिना पैसों की चिंता किए अपनी पढ़ाई पर ध्यान दे सके। उसके साधारण से हाव-भाव—बिल चुकाना, चुपचाप "ये घर से हैं" कहकर पैसे देना—उसे रास्ते पर बने रहने में मदद करते हैं। उनका अनकहा रिश्ता साझा उद्देश्य और बलिदान पर बना है, क्योंकि वो दोनों एक ऐसे सपने की ओर बढ़ रहे हैं जिसे वो संजोते हैं।

गाँव में, नारायण और शंभु चुपचाप बैठे भविष्य पर आशावाद के साथ विचार करते हैं। सूरज ढलने लगता है, आसमान को नारंगी और गुलाबी रंग की हल्की रंगतों से रंग देता है। नारायण शंभु की ओर मुड़ते हैं, शांत, संतुष्ट स्वर में चुप्पी तोड़ते हैं। "हमारे सपने, शंभु। वो हमारे बच्चों द्वारा पूरे किए जा रहे हैं।" शंभु की आवाज़ काँपती है, उनकी आँखें आँसुओं से भर आती हैं। "हाँ, भाऊ। उन्होंने हमारी उम्मीदों में नई जान डाल दी है।" नारायण धीरे से शंभु के कंधे को थपथपाते हैं। "देखते हैं वो और क्या हासिल करते हैं। साथ मिलकर, मेरे दोस्त।"

नए जीवन में ढलना

नितेश और गीता ने एक शांत दृढ़ संकल्प के साथ शहरी जीवन को अपनाया। इसकी चुनौतियों के बावजूद, वे नए भूभाग से गुज़रने वाली नदियों की तरह, सहजता से ढल गए। नितेश अपनी मेडिकल की पढ़ाई में डूब गया, उसके दिन लेक्चर और क्लिनिकल रोटेशन में और रातें मोटी-मोटी किताबों में बीतीं। देर रात तक चलने वाला हर स्टडी सेशन उसे डॉक्टर बनने के उसके सपने के और क़रीब ले जाता था। गीता ने अपने मास्टर्स के कोर्सवर्क को अपनी नौकरी के साथ संतुलित किया, उसकी शांत उपस्थिति नितेश का सहारा बनी रही। वो उसकी अटूट चीयरलीडर थी, बिना किसी नागा के उसे प्रोत्साहन देती थी।

उनका शेड्यूल बहुत व्यस्त था, लेकिन उन्होंने हर महीने के पहले वीकेंड पर मिलने का नियम बना लिया था। व्यस्त कैंपस कैफ़े में साधारण चाय की प्यालियों पर या शहर की सड़कों के शोर-शराबे के बीच, वे अपनी पढ़ाई की बातें करते थे, गाँव की कहानियाँ साझा करते थे, और एक-दूसरे से ताक़त लेते थे। ये पल एक जीवन रेखा बन गए, जो उन्हें उस साझा उद्देश्य की याद दिलाते थे जो उन्हें यहाँ लाया था।

गीता का घर से गहरा नाता बना रहा, वो नारायण और शंभु को नियमित रूप से चिट्ठी लिखकर सारी बातें बताती, वो उन्हें नितेश की तरक़्क़ी के बारे में बताती, शहर की कहानियों को अपडेट में पिरोती थी जिससे गाँव की उम्मीदें ज़िंदा रहती थीं। और गाँव से चिट्ठी आती तो गाँव की सारी खबरें मिल जाती थीं। उन चिट्ठियों में रिश्तों की गर्माहट, भावनाओं का सागर और गाँव की मिट्टी की खुशबू बसी होती थी। हर शब्द मानो दिल से लिखा जाता था, और हर पंक्ति में अपनापन झलकता था।

हर महीने के अंत में, वो नितेश को पैसों का एक लिफ़ाफ़ा देती थी। "ये घर से हैं," वो दृढ़ लेकिन कोमलता से कहती थी। नितेश बिना किसी विरोध के उसे ले लेता था, ये जानते हुए कि इसमें सिर्फ़ आर्थिक मदद से कहीं ज़्यादा है—ये उनके साझा सपनों, बलिदानों और पूरे गाँव के विश्वास का प्रतीक है। वो उसे सावधानी से रख देता था, उन उम्मीदों का बोझ शांत दृढ़ संकल्प के साथ उठाता था।

शहर में ज़िंदगी आसान नहीं थी, लेकिन नितेश और गीता ने दृढ़ संकल्प के साथ इसकी चुनौतियों का सामना किया। हर सुबह एक नए उद्देश्य का एहसास लेकर आती थी। नितेश के लिए, ये लोगों को ठीक करने का सपना था; गीता के लिए, पढ़ाने की आकांक्षा। वे छोटी-छोटी जीतों का जश्न मनाते थे, संदेह के पलों में एक-दूसरे को तसल्ली देते थे, और साधारण साझा पलों में ख़ुशी पाते थे—एक खाना, एक छोटी सी बातचीत, या यहाँ तक कि चुप्पी में भी।

समय के साथ उनकी दोस्ती और गहरी हो गई। हर बातचीत, चाहे कितनी भी छोटी क्यों न हो, उनके साझा सफ़र के ताने-बाने में एक और धागा बुन देती थी। साथ मिलकर, वे एक-दूसरे के बोझ को हल्का करते थे, चुनौतियों को अपने सपनों की ओर बढ़ने के लिए सीढ़ियों में बदल देते थे।

एक दिन, उनकी वीकेंड मीटिंग के दौरान, नितेश ने देखा कि जब उसने मोठे बाबा का ज़िक्र किया तो गीता हिचकिचा रही थी। उसकी अनिच्छा साफ़ थी। "तुम

कुछ छुपा रही हो," उसने धीरे से कहा, उसकी आँखें उसकी आँखों में झाँक रही थीं। "मैं इसे तुम्हारे चेहरे पर देख सकता हूँ।"

गीता की झुंझलाहट थोड़ी देर के लिए भड़क उठी। "ओह, तो तुम्हें ये नज़र आता है। लेकिन और कुछ नहीं?" उसने व्यंग्य से कहा।

नितेश बिना विचलित हुए आगे बढ़ा। "बस मुझे बताओ। मैं चिंतित हूँ," उसने कहा, उसकी चिंता साफ़ थी।

गीता ने हिचकिचाते हुए आख़िरकार माना, "ये एक मामूली हार्ट अटैक था। लेकिन अब सब ठीक है। बाबा नहीं चाहते थे कि तुम्हें पता चले—उन्हें लगा कि इससे तुम्हारी पढ़ाई पर असर पड़ सकता है। वो तुम्हें बहुत अच्छी तरह से जानते हैं। उन्होंने सरपंच का पद भी छोड़ दिया है, शंभु काका को पद संभालने के लिए कहा है।"

नितेश ने अपनी भावनाओं को छुपाया, उसकी आवाज़ शांत लेकिन तीखी थी। "मुझे जाना होगा। एक प्रेजेंटेशन है जिसे मुझे ख़त्म करना है।"

इससे पहले कि वो जा पाता, गीता ने अपने बैग में हाथ डाला और उसे एक लिफ़ाफ़ा दिया। "बाबा ने ये तुम्हारे लिए भेजा है," उसने धीरे से कहा।

नितेश ने सिर हिलाकर उसे स्वीकार कर लिया। "धन्यवाद। ये सही वक़्त पर आया," वो बुदबुदाया।

जैसे ही वे विपरीत दिशाओं में चले गए, नितेश ने लिफ़ाफ़े को कसकर पकड़ा, खुद से फुसफुसाते हुए, "मुझे पता है ये पैसे कहाँ से आए हैं।" गीता ने पीछे मुड़कर देखा, उसके विचार भारी थे। वो मेरे चेहरे को इतनी आसानी से पढ़ लेता है, उसने सोचा, लेकिन जब मेरे दिल की बात आती है... तो उसे कुछ नहीं दिखता।

एक अनकही रात की कहानी

नितेश के डेस्क लैंप की हल्की रोशनी उसके छोटे से हॉस्टल के कमरे में एक सुकून भरी चमक बिखेर रही है। उसकी नज़र सामने रखी भारी-भरकम मेडिकल की किताब पर है, जिसके पन्ने जटिल तस्वीरों और सिद्धांतों से भरे हैं। जैसे-जैसे वो अपनी पढ़ाई में डूबता जाता है, वक़्त थम सा जाता है, उसका पेन कभी-कभी हाशिये में नोट्स लिखता है। बाहर की दुनिया धुँधली पड़ जाती है, और उसे ये भी

नहीं पता चलता कि सूरज कब क्षितिज के नीचे डूब गया या कब परछाइयाँ उसके कमरे में आ गईं।

अचानक, उसके फ़ोन की घंटी चुप्पी को तोड़ देती है, उसे उसकी एकाग्रता से झकझोर देती है। वाइब्रेशन जारी रहता है, उसकी नज़र को अनिच्छा से टेक्स्ट से हटा देता है। वो स्क्रीन पर एक अपरिचित नंबर चमकता हुआ देखता है। उत्सुक लेकिन अनिच्छुक, वो फ़ोन उठाता है।

"हेलो?" नितेश की आवाज़ सतर्क है। "हेलो, मेरा नाम सुनीता है, और मैं गीता की रूममेट हूँ," एक आवाज़ जवाब देती है, उसका लहजा ज़रूरी है। उसका दिल एक धड़कन छोड़ जाता है। "हाँ, क्या बात है?"

सुनीता एक ही साँस में सब कुछ बता देती है। "गीता की तबीयत ठीक नहीं है। मुझे उसे जैन हॉस्पिटल में भर्ती कराना पड़ा।"

एक पल में, नितेश अपने पैरों पर खड़ा हो जाता है, किताब भूली हुई। "मैं अभी आ रहा हूँ," वो कहता है, उसकी आवाज़ स्थिर है, जो उसके अंदर के तनाव को दर्शाती है।

बाहर की सड़कें शोर और गतिविधि का बवंडर हैं जैसे ही नितेश शाम के ट्रैफ़िक में हॉर्न की आवाज़ और भागते हुए पैदल चलने वालों का शोर उसे विचलित नहीं कर पाता; उसके विचार गीता की चिंता में डूबे हुए हैं। हर लाल बत्ती एक अनंत काल की तरह लगती है, और अस्पताल बहुत दूर है।

जब वो आख़िरकार अस्पताल पहुँचता है, तो वो साफ़ सफ़ेद गलियारों में तेज़ी से जाता है, उसके स्नीकर्स बेदाग़ फ़र्श पर चीं-चीं करते हैं। एडमिशन डेस्क उसे उसका कमरा नंबर देता है, और वो गलियारे में तेज़ी से दौड़ता है, उसका दिल तेज़ी से धड़क रहा होता है।

जैसे ही वो दरवाज़ा खोलता है, उसके सामने का नज़ारा उसकी साँस रोक देता है। गीता अस्पताल के बिस्तर पर लेटी है, उसका चेहरा पीला और शरीर कमज़ोर है। सुनीता उसके बगल में बैठी है, उसकी आँखें चिंता से भरी हैं। नितेश क़रीब आता है, उसकी चिंता उसके चेहरे पर साफ़ दिखाई दे रही है।

"क्या हुआ?" वो उत्सुकता से पूछता है।

सुनीता जल्दी से कहती है, "वो बहुत कमज़ोर हो गई थी और लगभग बेहोश हो गई थी। उसका बुखार बढ़ गया था, इसलिए मैं उसे तुरंत यहाँ ले आई।"

नितेश सिर हिलाता है जैसे ही उसकी मेडिकल की समझ काम करने लगती है। वो स्थिर उँगलियों से लेकिन तेज़ दिमाग़ से गीता की नब्ज़ जाँचता है। "क्या डॉक्टरों ने अभी तक कुछ बताया है?"

"उन्होंने उसके खून की जाँच के लिए लिया है," सुनीता कहती है। "हम नतीजों का इंतज़ार कर रहे हैं।"

गीता हिलती है, उसकी आँखें धीरे से खुलती हैं। जब वो नितेश को देखती है, तो वो हल्की सी मुस्कान देती है।

"मैं हूँ, नितेश," वो धीरे से कहता है, झुकते हुए। "कैसा लग रहा है? चिंता मत करो; तुम ठीक हो जाओगी।" उसकी आवाज़ मुश्किल से सुनाई देती है, फिर भी इसमें एक गर्माहट है जो कमरे के तनाव को कम कर देती है। "मुझे पता है ये तुम हो," वो कहती है। "मुझे तुम्हें देखने या सुनने की ज़रूरत नहीं है। मैं तुम्हारे स्पर्श से जानती हूँ।"

नितेश एक पल के लिए दूसरी तरफ़ देखता है, उसके शब्दों से ऐसी भावनाएँ पैदा होती हैं जिनका वो सामना करने के लिए तैयार नहीं है। "मैं आज रात यहीं रहूँगा," वो सुनीता को भरोसा दिलाता है। "तुम्हें जाकर आराम करना चाहिए।"

सुनीता हिचकिचाती है लेकिन उसकी आँखों में दृढ़ विश्वास देखती है। वो अपना सामान लेती है और धीरे से चली जाती है, गलियारे में गायब होने से पहले गीता को एक और नज़र देती है।

जैसे-जैसे रात बढ़ती है, नितेश गीता के पास ही रहता है। वो सावधानी से उसके माथे पर एक नम तौलिया रखता है, धीरे-धीरे और जानबूझकर हिलता है। उसकी नींद भरी आँखें उस पर नज़र रखती हैं, और जैसे ही भोर होती है, सूरज की पहली किरणें पर्दों से छनकर कमरे में एक नरम, सुनहरी रोशनी डालती हैं।

संवेदनशील क्षण

गीता अपनी आँखें खोलती है; बुखार उतर गया है। नितेश उसके पास कुर्सी पर झुका हुआ है, उसके हाथ में तौलिया है। जैसे ही वो हिलती है वो जाग जाता है, उसके चेहरे पर राहत छा जाती है। "तुम्हारा बुखार उतर गया है," वो कहता है, उसकी थकान से हल्की सी मुस्कान आ जाती है। गीता, जिसकी आवाज़ अब ज़्यादा मज़बूत है, छेड़ती है, "एक बुखार चला गया, लेकिन एक और अभी भी

है।" नितेश उसके शब्दों में छिपे गहरे अर्थ को अनदेखा करने की कोशिश करता है। "डॉक्टर ने कहा कि तुम बेहतर हो। तुम्हें शाम तक घर जाने दिया जाएगा।"

वो उसकी ओर देखती है, कृतज्ञता से भरी हुई। "तुम पूरी रात रुके रहे।"

"ये कुछ नहीं है," नितेश इस विचार को ख़ारिज करते हुए जवाब देता है। "मोठे बाबा ने मुझे तुम्हारी देखभाल करने के लिए कहा था।"

"तुम झूठ बोलने में बहुत बुरे हो, नितेश," गीता धीरे से लेकिन साफ़ तौर पर जवाब देती है। "या शायद तुममें सच कहने की हिम्मत नहीं है।"

नितेश असहज होकर खड़ा हो जाता है। "मैं अब वापस जाऊँगा, ताज़ा हो जाऊँगा, और बाद में वापस आऊँगा।"

जैसे ही वो अपना सामान पकड़ता है, गीता कहती है, "लिफ़ाफ़ा मेरे पर्स से ले लो। ये घर से आया है।" नितेश लिफ़ाफ़ा लेता है, ये जानते हुए कि इसमें क्या है। वो उसे अपने हाथों में पलटता है और फिर उसे वापस दे देता है। "तुम इसे रखो। अस्पताल के ख़र्चे के लिए इस्तेमाल करो।"

"मेरे पास है," गीता ज़ोर देकर कहती है। वो सिर हिलाता है और धीरे से बोलता है। "ठीक है। धन्यवाद।"

गीता भारी दिल से उसे कमरे से जाते हुए देखती है। वो उन बलिदानों को समझती है जो वो कर रहा है और जो बोझ वो उठा रहा है। रात ख़त्म हो गई है, फिर भी उनके बीच के अनकहे सच, उस चुप्पी में बुने हुए हैं जो वो साझा करते हैं।

ग्रेजुएशन फ्रेंड्स का गेट-टुगेदर

राजेश देशमुख का फ़्लैट एक आरामदायक गर्माहट बिखेर रहा है, जैसे मेडिकल परीक्षाओं की लगातार मेहनत के बाद घर का सुकून भरा आलिंगन। शाम जीवंत लग रही है, जो उनके आख़िरी पेपर के ख़त्म होने का प्रतीक है—राहत और जश्न का एक पल। राजेश, अपनी हमेशा की मुस्कुराहट के साथ, अपनी जगह को साझा ख़ुशी के स्वर्ग में बदल चुका है। पृष्ठभूमि में धीमा, मधुर संगीत बज रहा है, इसकी कोमल लय प्रत्याशा की गूंज के साथ मिल रही है।

अचानक, डोरबेल की आवाज़ शांत हवा को भंग कर देती है। राजेश दरवाज़े की ओर बढ़ता है, नितेश और गीता को वहाँ खड़ा देखकर उसका चेहरा एक बड़ी सी मुस्कान में बदल जाता है। नितेश वाइन की एक बोतल पकड़े हुए है, उसका चेहरा इस अवसर के उत्साह से मेल खाता है, जबकि गीता की चमकती मुस्कान

धुँधले गलियारे को रोशन कर देती है, उपलब्धि और ख़ुशी का एक एहसास लेकर जो उनके अंदर क़दम रखने से पहले ही जगह को भर देता है।

"हेलो, स्वागत है!" राजेश ज़ोर से कहता है, उसका लहजा गर्म और उत्साही है। "ये आ रहे हैं हमारे सुपरस्टार कपल!"

नितेश मज़ाकिया ढंग से कराहता है और अपना सिर हिलाता है। "राजेश, क्या तुम कभी ये बकवास बंद करोगे?"

राजेश मुस्कुराते हुए उसे भालू की तरह गले लगा लेता है। "कभी नहीं। ये मेरा पसंदीदा शौक़ है।"

गीता हँसती है और एक जानी-पहचानी मुस्कान के साथ उनके पास से गुज़रती है। "नितेश, उसका बुरा मत मानो। तुम जानते हो राजेश को ताना मारने में मज़ा आता है; ये लगभग उसकी दूसरी नौकरी जैसा है।"

विजय और अनीता पहले से ही सोफ़े पर लेटे हुए हैं, एक चुटकुले पर एक साथ हँस रहे हैं। वे नितेश और गीता का ख़ुशी से हाथ हिलाकर स्वागत करते हैं, और कमरा जल्द ही क़रीबी दोस्तों के पुनर्मिलन की बातों से भर जाता है।

जैसे ही समूह बैठ जाता है, राजेश ज़िम्मेदारी लेता है और सभी के लिए ड्रिंक्स डालता है। अपना ग्लास उठाते हुए, वो कहता है, "हमारे लिए, भविष्य के डॉक्टरों, शिक्षकों और दूरदर्शियों के लिए! इस तूफ़ान से गुज़रने के लिए!"

सभा चीयर्स में गूँज उठती है, गिलास टकराते हैं और हँसी हवा में भर जाती है।

राजेश एक और मज़ाकिया चुटकी लेने से खुद को रोक नहीं पाता। "तुम दोनों को देखो," वो नितेश और गीता की ओर इशारा करते हुए कहता है। "एक साथ आना, एक-दूसरे के वाक्यों को पूरा करना, और फिर भी ये कहना कि तुम रिश्ते में नहीं हो। तुम किसे बेवकूफ़ बना रहे हो?"

नितेश बेपरवाह होकर मुस्कुराता है। "राजेश, तुम्हारी कल्पना एक तोहफ़े के रूप में छुपा हुआ एक अभिशाप है।"

विजय भी शामिल हो जाता है, उसकी बुद्धि तेज़ है। "राजेश को डॉक्टर बनने की ज़रूरत नहीं है। उसने अपने शब्दों का इस्तेमाल करके सर्जरी करने की तकनीक पहले ही पूरी कर ली है।"

कमरा हँसी से गूँज उठता है। नितेश राजेश को वाइन की बोतल देता है। "ये लो। इसे एक शांति प्रस्ताव समझो।"

राजेश इसे विडंबनापूर्ण गंभीरता के साथ लेता है। "आह, एक आदमी जो पीता नहीं है फिर भी हमेशा मुझे एक बोतल देता है। क्या तुम मुझे पार्टी की जान बनाने की कोशिश कर रहे हो, नितेश?"

"बस तुम्हारा हौसला बनाए रख रहा हूँ," नितेश कहता है, जिससे हँसी की एक और लहर दौड़ पड़ती है।

जैसे-जैसे बातें आगे बढ़ती हैं, विजय गीता की ओर मुड़ता है, उसकी आँखें उत्सुकता से भरी होती हैं। "तुम्हें पता है, गीता, तुम एक बेहतरीन डॉक्टर बनोगी। कल्पना करो हम सभी एक साथ एक अस्पताल चला रहे हैं—राजेश के पिता इसे बना सकते हैं!"

गीता मुस्कुराते हुए अपना सिर हिलाती है। "मैं बच्चों को पढ़ाने में पूरी तरह से ठीक हूँ। उनकी जीवंतता, उनकी जिज्ञासा—ये मुझे शांति देती है।"

अतीत की झलक

लिविंग रूम में वापस, विजय आगे झुकता है, उसकी आँखें उत्सुकता से चमक रही हैं। "तुम दोनों हमेशा अपने गाँव के बारे में बातें करते हो। हमें इसके बारे में और बताओ। ये कैसा है?"

गीता का चेहरा पुरानी यादों से नरम हो जाता है। उसकी बात ख़ुशी भरी यादों की लय से शुरू होती है। "हमारा गाँव, जुम्बल, पृथ्वी पर स्वर्ग का एक टुकड़ा है। ये हरे-भरे जंगलों के बीच बसा है, और सुबह पक्षियों के मधुर संगीत और पत्तों की सरसराहट से शुरू होती है। एक झरना है जो सूरज की रोशनी में चमकता है, और मानसून के दौरान, पूरा जंगल बदल जाता है—ये बहुत ही शानदार होता है।"

जैसे-जैसे वो आगे बढ़ती है उसकी आवाज़ और भी विचारशील हो जाती है। "मेरे दादाजी, संभाजी राव पाटिल, गाँव के मुखिया थे, जो अपनी बुद्धिमत्ता और न्याय के लिए जाने जाते थे। वो एकजुटता और शिक्षा में विश्वास करते थे। जनार्दन कांबली, नितेश के दादाजी, हमारी खेती की देखभाल करते थे। हमारा परिवार पीढ़ियों से एक साथ रहा है।"

नितेश बिना किसी रुकावट के कहानी को आगे बढ़ाता है। "मुझे याद है कि कैसे मेरे पिता, शंभु, और उसके पिता, नारायण, दोस्त बने। ये उसके दादाजी की वजह से हुआ था। उन्होंने ज़ोर दिया कि मेरे पिता नारायण के साथ स्कूल जाएँ और यहाँ

तक कि उनकी शिक्षा का ख़र्च भी उठाया। जंगल से होकर स्कूल तक की पैदल यात्रा सिर्फ़ एक सफ़र से कहीं ज़्यादा थी। ये एक ऐसी दोस्ती की शुरुआत थी जिसने सब कुछ प्रभावित किया।"

उनके शब्द कमरे में मौजूद सभी लोगों को जुम्बल के हरे-भरे नज़ारे में ले जाते हैं। थोड़ी देर के लिए, उनके गाँव की सादगी और आकर्षण छोटे से शहर के फ़्लैट में छा जाता है, जिससे मुस्कुराहटें और प्रशंसाएँ निकलती हैं।

अंतिम टोस्ट

राजेश आख़िरी बार अपना ग्लास उठाता है। "दोस्ती, सपनों और आगे के उज्जवल भविष्य के लिए!"

सभा टोस्ट दोहराती है, उनकी आवाज़ें उम्मीद और ख़ुशी से भरी होती हैं। उस पल में, हँसी और साझा यादों से घिरे, दोस्ती के बंधन अटूट लगते हैं। ये सिर्फ़ एक जश्न से कहीं ज़्यादा है; ये भविष्य की मुलाक़ातों का वादा है।

कहानियाँ जारी हैं

गीता आगे की कहानी सुनाती है। जंगल पत्तों की शांत सरसराहट और कभी-कभार पक्षी की चहचहाहट से जीवंत हो उठता है। नारायण और शंभु अच्छी तरह से बने रास्ते पर चलते हैं, उनकी हँसी प्रकृति की आवाज़ों के साथ मिल जाती है। हवा गर्म है, नम मिट्टी और जंगली फूलों की सोंधी ख़ुशबू के साथ।

अचानक, नारायण लड़खड़ा जाता है। जैसे ही उसका पैर किसी नरम चीज़ से टकराता है, एक तीखी फुफकार हवा को चीर देती है। वो जम जाता है, नीचे देखता है तो एक साँप पीछे हटता हुआ दिखाई देता है, उसके दाँत उसके टखने में धँसे हुए हैं। दर्द उसके शरीर में दौड़ जाता है, और वो अपना पैर पकड़ते हुए चीख उठता है।

शंभु तेज़ी से प्रतिक्रिया करता है, इससे पहले कि डर उसे पूरी तरह से जकड़ ले। वो अपनी शर्ट से कपड़े की एक पट्टी काटता है और ज़हर के फैलाव को रोकने के लिए इसे नारायण के टखने के ऊपर कसकर बाँध देता है। उसकी नज़रें नारायण से मिलती हैं, दृढ़ संकल्प और डर का मिला-जुला भाव उनमें चमक रहा होता है।

"हिलो मत," शंभु आग्रह करता है, उसकी आवाज़ परिस्थितियों के बावजूद दृढ़ है। फिर, बिना किसी हिचकिचाहट के, वो घुटनों के बल बैठ जाता है और अपना

मुँह घाव पर लगाता है। वो ज़हर चूसता है और उसे जंगल के फ़र्श पर थूक देता है, अपने लिए ख़तरे से बेख़बर।

नारायण विरोध करने की कोशिश करता है, उसकी आवाज़ धीमी है। "शंभु, नहीं—"

"चुप रहो," शंभु उसे बीच में ही रोक देता है, उसका लहजा कठोर लेकिन देखभाल करने वाला है।

नारायण के चलने में असमर्थ होने के कारण, शंभु उसे अपनी पीठ पर उठा लेता है। वज़न उसे परेशान नहीं करता; उसे बस अपने दोस्त को सुरक्षित जगह पर पहुँचाने की चिंता है। वो हाँफते हुए लेकिन स्थिर गति से जंगल से गुज़रता है। हर क़दम पूरी इच्छाशक्ति से प्रेरित है।

जब वे आख़िरकार गाँव में पहुँचते हैं, तो शंभु नारायण को हकीम की झोपड़ी में ले जाता है। वैद्य, एक शांत स्वभाव वाला बूढ़ा व्यक्ति, तुरंत नारायण के घाव की देखभाल करता है और विशेषज्ञता के साथ हर्बल दवा लगाता है। फिर वो अपना ध्यान शंभु पर केंद्रित करता है, ये सुनिश्चित करता है कि उसके शरीर में कोई ज़हर न रहे।

कहानी तेज़ी से फैल जाती है, और गाँव वाले हकीम की झोपड़ी के बाहर इकट्ठे हो जाते हैं, उनके चेहरे चिंता से भरे होते हैं। उनमें नारायण के पिता, संभाजी राव भी हैं, जिनकी हमेशा की शांति अपने बेटे को बिस्तर पर लेटा हुआ देखकर हिल जाती है।

हकीम उसे भरोसा दिलाता है, उसका लहजा सुकून देने वाला है। "चिंता मत करो, राव साहब। शंभु नारायण को समय पर ले आया। ज़हर फैला नहीं।"

संभाजी राव राहत की साँस लेते हैं, उनकी कृतज्ञता साफ़ है जैसे ही वो शंभु को देखते हैं। "तुम सच में बहादुर हो, शंभु," वो उसकी पीठ थपथपाते हुए कहते हैं। "तुमने मेरे बेटे की जान बचाई।"

नारायण कहते हैं, उनकी आवाज़ काँपती हुई लेकिन कृतज्ञ है, "मैं तुम्हारा ऋणी हूँ, शंभु।"

शंभु एक विनम्र मुस्कान के साथ उनकी प्रशंसा को ख़ारिज कर देता है। "तुम भी मेरे लिए यही करते।"

अटूट दोस्ती

इस घटना ने उनके रिश्ते को ऐसे तरीकों से बेहतर बनाया जिन्हें शब्दों में बयाँ नहीं किया जा सकता। वे दसवीं कक्षा तक एक साथ पढ़ाई करते रहे, लेकिन जब नारायण पास के छोटे शहर के कॉलेज में पढ़ने गया, तो दूरी बहुत ज़्यादा हो गई। नारायण, जो घर की याद से व्याकुल था और शंभु को याद कर रहा था, ने पढ़ाई छोड़ने और गाँव लौटने का मुश्किल फ़ैसला लिया। उसके पिता, संभाजी राव, दुखी थे, लेकिन अंततः उन्होंने अपने बेटे के फ़ैसले का सम्मान किया।

सालों बाद, संभाजी राव की मृत्यु के बाद, नारायण, परिवार में छोटा होने के बावजूद, अपने पिता का उत्तराधिकारी बनकर गाँव का सरपंच बनता है। वो अपने आप को न्याय और सद्भाव के लिए समर्पित कर देता है, उन मूल्यों को दर्शाता है जिनका उसके पिता ने समर्थन किया था। शंभु पूरे समय उसका सबसे क़रीबी साथी रहा है, और उनका बंधन समय और परिस्थितियों की कसौटी पर खरा उतरा है।

जैसे-जैसे साल बीतते हैं, दोनों दोस्त एक-दूसरे के एक हफ़्ते के भीतर शादी कर लेते हैं, उनके परिवार और भी ज़्यादा जुड़ जाते हैं। एक साल बाद, उनके घर नवजात शिशुओं की ख़ुशी भरी चीखों से भर जाते हैं। नारायण की पत्नी जुड़वाँ बच्चों को जन्म देती है, एक लड़का और एक लड़की, जिनका नाम वे करण और गीता रखते हैं। बस कुछ दिन पहले, शंभु और उसकी पत्नी ने अपने बेटे, नितेश का दुनिया में स्वागत किया था। दोनों परिवारों के बीच का बंधन और मज़बूत होता है, एक नई पीढ़ी दोस्ती और प्यार की विरासत को आगे बढ़ाती है।

पार्टी ख़ुशियों से भरी है, और गाँव ख़ुशी से भर गया है। शंभु नारायण के घर में प्रवेश करता है, उसका चेहरा गर्व से भरा हुआ है। "नारायण और भाभी को बधाई!" वो कहता है। "करण और गीता हमारे गाँव में बहुत ख़ुशी लाए हैं।"

नारायण की पत्नी, अपने जुड़वाँ बच्चों को पकड़े हुए, ख़ुशी से मुस्कुराती है। "नितेश के जन्म पर तुम्हें भी बधाई, शंभु।"

नारायण मुस्कुराता है, उसका लहजा हँसी-मज़ाक वाला है। "शंभु, तुम पीछे रह रहे हो! एक और करो ताकि हम चीज़ों को बराबर रख सकें।"

शंभु हँसता है और अपना सिर हिलाता है। "मेरे लिए एक ही काफ़ी है। मेरी मुख्य इच्छा है कि नितेश शिक्षित हो।"

नारायण का चेहरा नरम हो जाता है। शंभु के कंधे पर हाथ रखकर, वो धीरे से कहता है, "हमने ज़्यादा पढ़ाई नहीं की होगी, लेकिन हमारे बच्चे करेंगे।" "मैं अपने गाँव के हर बच्चे के लिए एक स्कूल, साथ ही सभी के स्वास्थ्य की देखभाल के लिए एक अस्पताल बनाना चाहता हूँ।"

शंभु सिर हिलाता है, उसकी उम्मीदें उसकी आँखों में साफ़ दिखाई देती हैं। "मेरा सपना साधारण है—मैं बस चाहता हूँ कि नितेश मुझसे ज़्यादा पढ़ाई करे।"

नारायण क्षितिज की ओर देखता है, उसका संकल्प दृढ़ है। "बप्पा के आशीर्वाद से, हमारे बच्चे उन सपनों को पूरा करेंगे।"

दोनों दोस्त एक-दूसरे के बगल में खड़े हैं, उनके दिल भविष्य के लिए उम्मीदों से भरे हैं, न केवल दोस्ती से बल्कि अगली पीढ़ी के लिए एक साझा दृष्टिकोण से भी एकजुट हैं।

गाँव का दिल: नारायण की विरासत

जुम्बल के शांत गाँव में, नारायण, जिन्हें प्यार से "मोठे बाबा" के नाम से जाना जाता है, सिर्फ़ एक सरपंच से कहीं ज़्यादा हैं; वो समुदाय का दिल हैं। बच्चे उनकी गर्मजोशी और उनकी शिक्षा और भलाई के प्रति अटूट समर्पण के लिए उन्हें बहुत प्यार करते हैं। उनके लिए, वो सिर्फ़ एक अधिकार वाले व्यक्ति से कहीं ज़्यादा हैं; वो एक मार्गदर्शक, एक दोस्त और शायद एक खेल के साथी हैं। नारायण की हँसी अक्सर बच्चों की आवाज़ों के बीच सुनी जाती है क्योंकि वो जोशपूर्ण फुटबॉल और कबड्डी के खेलों में भाग लेते हैं। उनकी दुनिया के लिए उनका बेरोक उत्साह उन्हें पूरे गाँव में एक लोकप्रिय व्यक्ति बनाता है।

नारायण को अपने बचपन की समस्याएँ साफ़ तौर पर याद हैं, ख़ासकर स्कूल तक मीलों पैदल चलने की कठिनाइयाँ। ये सोचकर कि उनके गाँव के युवाओं को उन्हीं संघर्षों का सामना न करना पड़े, वो उन लोगों को साइकिलें बाँटते हैं जो अपनी पढ़ाई के लिए समर्पित हैं।

गीता, करण और नितेश को हर सुबह साइकिल चलाते हुए देखना उन्हें गर्व से भर देता है। जब वो उन्हें दूसरे युवाओं को लिफ़्ट देते हुए देखते हैं तो वो मुस्कुराते हैं, एक साधारण सा काम जो उस करुणा और संवेदनशीलता को दर्शाता है जिसे उन्होंने उनमें भरने की कोशिश की है। ये देखकर, वो अपने प्रयासों को और बढ़ाते हैं, ये सुनिश्चित करते हुए कि अन्य आर्थिक रूप से वंचित परिवारों को भी

इसी तरह की सहायता मिले, शिक्षा की परिवर्तनकारी क्षमता में दृढ़ विश्वास रखते हुए।

बरगद के पेड़ के नीचे ज्ञान

नारायण का प्रभाव भौतिक सहायता से कहीं आगे जाता है। वो गाँव के बच्चों को बरगद के पेड़ के नीचे इकट्ठा करते हैं ताकि उन्हें नायकों, साहस और बलिदान की कहानियाँ सुना सकें, अपनी गहरी आवाज़ का इस्तेमाल करके इन पाठों को जीवंत कर सकें। बच्चे ध्यान से सुनते हैं, बहादुरी, लचीलापन और ईमानदारी के बारे में सीखते हैं। गाँव के बुज़ुर्ग अक्सर शामिल होते हैं, सम्मान, देशभक्ति और एकता पर अपना ज्ञान साझा करते हैं।

नितेश, गीता और करण के लिए, ये कहानी कहने के सत्र उनके दिनों का मुख्य आकर्षण होते हैं। वे बाद में उत्सुकता से पाठों पर चर्चा करते हैं, अपनी दोस्ती और ज्ञान की अपनी साझा भूख को मज़बूत करते हैं। सर्वांगीण व्यक्तियों को आकार देने का नारायण का लक्ष्य यहाँ जड़ पकड़ता है।

उनकी पढ़ाई को और बढ़ावा देने के लिए, नारायण किताबों से भरी एक लाइब्रेरी बनाते हैं, जो बच्चों की जिज्ञासा को जगाती है। गीता कहानियों में डूब जाती है, नितेश डॉक्टर बनने के लिए अपनी पढ़ाई पर ध्यान केंद्रित करता है, और करण कहानियों का आनंद लेता है और मिश्रण में अपना हास्य जोड़ता है।

इन पलों का प्रभाव स्थायी होता है। कहानियाँ, पाठ और जो बंधन वे बनाते हैं, वो बच्चों को उनके भविष्य में मार्गदर्शन करेंगे। शिक्षा और चरित्र विकास दोनों के प्रति नारायण का समर्पण ये सुनिश्चित करता है कि वे न केवल ज्ञान में बल्कि मूल्यों में भी बढ़ें। जुम्बल के बच्चों के लिए, नारायण उम्मीद का प्रतीक, सपनों का पोषण करने वाला और एक उज्जवल भविष्य का निर्माता है।

दोस्ती और हल्की-फुल्की छेड़छाड़

जैसे-जैसे साल बीतते हैं, गीता और नितेश बौद्धिक रूप से उत्कृष्ट प्रदर्शन करते हैं, अक्सर अपने स्कूलों में टॉप करते हैं। उनकी उपलब्धियाँ करण के लिए मज़ाक का स्रोत बन जाती हैं, जिसकी कभी-कभी उसके पिता से तुलना की जाती है। एक गर्म दोपहर में, तीनों अपनी पसंदीदा जगह, नदी के किनारे बरगद के पेड़

के नीचे मिलते हैं। सूरज की रोशनी नदी पर नाचती है, जबकि ऊपर की पत्तियों को एक कोमल हवा सरसराती है।

करण पीछे झुकता है, मुस्कुराता हुआ। "तुम दोनों मेरी ज़िंदगी मुश्किल बना रहे हो!"

नितेश सचमुच हैरान दिखता है। "ओह? वो कैसे?"

"तुम कक्षा में हमेशा पहले आते हो," करण मज़ाकिया ढंग से चिढ़कर कहता है। "अब बाबा सोचते हैं कि मैं धीमा हूँ!"

गीता एक हल्की सी हँसी दबाती है। "ख़ैर, तुम निश्चित रूप से धीमे नहीं लगते..."

करण थोड़ा शरमा जाता है, उसकी आँखों को उसकी ओर घुमाता है। इससे पहले कि वो प्रतिक्रिया दे पाता, नितेश बीच में बोलता है, उसका चेहरा गंभीर लेकिन लहजा मज़ाकिया है। "वो सही कह रही है। अपना सिर घुमाओ, ये बिल्कुल भी ऐसा नहीं लगता।"

जब करण को मज़ाक का एहसास होता है तो वो नाराज़ होने का नाटक करता है। "ये बहुत अच्छा है। तो, अब तुम उसकी तरफ़ हो?"

गीता की हँसी फूट पड़ती है, उसकी मुस्कान संक्रामक है। नितेश एक आश्वस्त मुस्कान के साथ करण के कंधे पर थपकी देता है। "कौन जानता है, करण? शायद तुम किसी और चीज़ में हमसे बेहतर हो।"

करण मुस्कुराता है। "ठीक है। तो, मुझसे पंजा लड़ाओ"।

गीता अपनी भौहें उठाती है और हँसी दबाती है। "तुम निश्चित रूप से वो जीत जाओगे।"

तीनों हँसते हैं, उनकी आवाज़ें जंगल और धारा की कोमल आवाज़ों के साथ मिल जाती हैं। ढलते सूरज की सुनहरी रोशनी उन्हें गर्म करती है, और उनका बंधन हल्की-फुल्की छेड़छाड़ और साझा सपनों से मज़बूत होता है।

सुबह की शरारत

सुबह की शुरुआती धूप जुम्बल गाँव को सुनहरी रोशनी में नहला देती है, पत्थरों की सड़कों पर लंबी, कोमल परछाइयाँ डालती है। हवा रोज़मर्रा की ज़िंदगी की आवाज़ों से भरी है: पक्षियों की चहचहाहट, गायों का रंभाना और लकड़ी की

गाड़ियों के पहियों की बार-बार होने वाली चरमराहट। इस शांत पृष्ठभूमि के ख़िलाफ़ एक जीवंत आवाज़ चुप्पी को तोड़ देती है।

"गीता! करण! हमें देर हो रही है; जल्दी करो!" नितेश की आवाज़ शांत सड़कों पर गूँजती है क्योंकि वो अपनी साइकिल पर खड़ा होकर बेसब्री से अपना पैर थपथपा रहा है।

करण सबसे पहले पहुँचता है, उसके चेहरे पर एक शरारती मुस्कान है जैसे ही वो अपनी साइकिल गेट से बाहर निकालता है। "मैं तैयार हूँ! गीता दीदी ही हैं जिन्हें हमेशा देर लगती है," वो ताना मारता है, जिससे उसकी बहन नाराज़ हो जाती है, जो कुछ ही पलों बाद दिखाई देती है।

गीता बाहर आती है और ज़्यादा नाटकीय ढंग से अपना स्कूल बैग ठीक करती है। "ओह नहीं! मेरा टायर पंचर है," वो अपनी साइकिल को घूरती हुई कहती है, जहाँ उसने पहले से ही जानबूझकर कुछ हवा निकाल दी थी। "करण, मुझे लगता है कि मुझे तुम्हारे साथ ही जाना होगा।"

करण अपना सिर हिलाता है और हँसता है। "कोई संभावना नहीं है, गीता। मैं तुम्हारा वज़न नहीं उठा सकता। तुम्हें नितेश से कहना होगा।"

बिना किसी हिचकिचाहट के, गीता एक भौंह उठाती है। "तो, तुम मुझसे हर साल राखी क्यों बँधवाते हो?"

उनकी लड़ाई पर आँखें घुमाते हुए, नितेश कहता है, "बस करो तुम दोनों। गीता, बैठ जाओ। हमें देर हो रही है।"

जैसे ही गीता नितेश की साइकिल पर बैठती है, करण एक आख़िरी मज़ाकिया चेतावनी देता है। "उसे ज़्यादा कंट्रोल मत करने देना, नितेश। एक दिन, वो तुम्हें अपना फुल-टाइम ड्राइवर बना देगी!"

गीता जवाब देती है, उसकी आवाज़ बनावटी गुस्से से भरी है। "अपने काम से काम रखो, बातूनी। तुम बस बातें ही करते हो।" उसकी हँसी गूँजती है जैसे ही नितेश साइकिल चलाता है, उनकी हल्की-फुल्की छेड़छाड़ सुबह की हवा में घुल जाती है।

हालाँकि नितेश गीता की शरारतों से नाराज़ होने का नाटक करता है, उसने एक पैटर्न देखा है: उसका टायर असामान्य रूप से बार-बार पंचर होता हुआ लगता है। एक दिन, वो उसे रंगे हाथों पकड़ लेता है, अपनी साइकिल के पास झुकी हुई,

एक शरारती मुस्कान के साथ हवा निकालते हुए। उसे डाँटने के बजाय, वो बस खुद पर मुस्कुराता है, उसे एक प्यारा रहस्य बनाए रखने का फ़ैसला करता है। उनका एक मामूली, अनकहा रिश्ता है, एक हल्की-फुल्की रस्म जो उनकी रोज़मर्रा की दिनचर्या में अनपेक्षित ख़ुशी जोड़ती है।

हर सुबह एक यादगार यात्रा बन जाती है जैसे ही तीनों एक साथ स्कूल जाते हैं। नितेश गुप्त रूप से गीता की शरारतों का आनंद लेता है, ये जानते हुए कि वे बचपन की प्यारी यादें बन जाएँगी। करण भी अपनी लगातार ताने और तेज़ जवाबों से दोस्ती में योगदान देता है, ये सुनिश्चित करता है कि सफ़र कभी उबाऊ न हो।

चौकस बुज़ुर्ग

शंभु और नारायण एक सुबह पड़ोस की दुकान से गुज़रते वक़्त पास खड़े होते हैं, बच्चों को देखकर प्यार से मुस्कुराते हैं। गीता ख़ुशी से हाथ हिलाती है। "आज आप अच्छे लग रहे हैं, शंभु चाचा!" वो पुकारती है, उसकी आवाज़ करुणा से भरी है।

शंभु मुस्कुराता है जैसे ही वो नितेश और करण से मिलने के लिए तेज़ी से आगे बढ़ती है। नारायण की ओर मुड़ते हुए, वो धीरे से आह भरता है, उसका चेहरा भावनाओं से रंगा हुआ है। "नारायण, जब भी मैं गीता को देखता हूँ, मुझे बेटी न होने का अफ़सोस नहीं होता। वो कितनी दयालु, विनम्र लड़की है।"

नारायण अपने पुराने दोस्त के कंधे पर अपना हाथ रखता है, अनकही भावना को पहचानते हुए। "वो एक हीरा है," वो सहमत होता है। "चलो, मंदिर चलते हैं। गणपति की तैयारियों का निरीक्षण करना है।"

एक गर्माहट भरी शाम

वर्तमान में वापस, एक अकेले लैंप की सुकून भरी रोशनी लिविंग एरिया में फैली हुई है, जो एक आरामदायक माहौल बना रही है। गीता अपने जूस का ग्लास फिर से भरने के लिए उठती है, उसकी नज़र कुछ पलों के लिए नितेश से मिलती है। उसकी मुस्कान एक शांत संकेत का काम करती है, उसे कहानी जारी रखने के लिए प्रोत्साहित करती है।

नितेश एक गहरी साँस लेता है, उसकी आवाज़ स्थिर है क्योंकि वो अपने गाँव के जीवन को याद करता है। "जब भी मैं छुट्टियों में घर जाता था," वो कहता है, "बाबा

मुझे गाँव में होने वाली हर चीज़ के बारे में बताते रहते थे।" वो सब कुछ समझते थे—कौन आया, क्या बदला, और गाँव को किन बाधाओं का सामना करना पड़ा। ये वो तरीक़ा था जिससे मैं अपने घर से जुड़ा रहता था।"

बाक़ी लोग ध्यान से सुनते हैं, उनके चेहरे नरम हो जाते हैं जैसे ही नितेश उन्हें अपने पिता की गहरी अंतर्दृष्टि और गाँव के जुड़ाव के बारे में बताता है। नितेश की आँखें गर्व से चमकती हैं जैसे ही वो आगे झुकता है, उसका लहजा श्रद्धापूर्ण चुप्पी में बदल जाता है।

"एक बार ऐसा हुआ था," वो एक ख़ास मार्मिक कहानी सुनाने की तैयारी करते हुए शुरू करता है। उसकी आवाज़ पुरानी यादों और श्रद्धा से भरी है, जो सभी को जुम्बल के दिल में ले जाती है, जहाँ सपने, दोस्ती और यादें हर कोने में लिखी हुई हैं।

जुम्बल गाँव अपनी सामान्य लय में जीवंत है, बच्चे खेतों में खेल रहे हैं, महिलाएँ कुएँ से पानी भर रही हैं, और बरगद के पेड़ की कोमल सरसराहट है क्योंकि बुज़ुर्ग इसकी फैली हुई शाखाओं के नीचे इकट्ठा होते हैं। हालाँकि, इस शांत मुखौटे के नीचे, आपदा मंडरा रही है। नारायण बाबा, स्थानीय सरपंच और सद्भाव के रक्षक, पाते हैं कि एक चरमपंथी एनजीओ उनके समुदाय में घुसपैठ करने की कोशिश कर रहा है। उनका मक़सद साफ़ है: निजी फ़ायदे के लिए किसानों को विभाजित और हेरफेर करना। नारायण का शांत स्वभाव उग्र दृढ़ संकल्प में बदल जाता है क्योंकि वो इस मुद्दे का सीधे सामना करने का फ़ैसला करता है।

मुठभेड़

नारायण गाँव के चौक में तूफ़ान की तरह घुसता है, उसकी आँखें दृढ़ संकल्प से चमक रही हैं। कार्यकर्ता, एक लंबा आदमी जिसकी प्रभावशाली उपस्थिति है, ग्रामीणों की एक छोटी सी सभा को संबोधित कर रहा है। उसके शब्द, किसानों के लिए चिंता में लिपटे हुए, विभाजन की एक अंतर्धारा रखते हैं, जो कभी एकजुट समुदाय के बीच कलह बोते हैं।

बिना एक पल की हिचकिचाहट के, नारायण आगे बढ़ता है, भीड़ को चीरता हुआ। उसका मज़बूत हाथ कार्यकर्ता के कॉलर को पकड़ लेता है, उसे घेरे से बाहर और खुले में खींच लेता है। नारायण की कार्रवाई से आदमी के बीच में ही चुप हो जाने से ग्रामीण हाँफते हैं, उनकी फुसफुसाहटें चौक में भर जाती हैं।

“बस!” नारायण की आवाज़ गूँज उठती है, उसके आस-पास की फुसफुसाहटों को डुबो देती है। “हम तुम्हें अपने गाँव में अफ़वाहों का ज़हर फैलाने नहीं देंगे। यहाँ, हर कोई सद्भाव में रहता है। क्या तुम्हें लगता है कि तुम यहाँ आकर हमें बाँट सकते हो?”

प्रदर्शनकारी, हालाँकि साफ़ तौर पर डरा हुआ है, शांत रहने की कोशिश करता है। “नहीं, पाटिल साहब, मैं सिर्फ़ मदद करने आया था,” वो कहता है, उसकी आवाज़ काँप रही है।

हालाँकि, नारायण की उपस्थिति से प्रोत्साहित होकर, स्थानीय लोग बोलते हैं। “झूठ मत बोलो!” एक व्यक्ति चिल्लाता है। “हमने तुम्हें जातियों को बाँटने और हमें एक-दूसरे के ख़िलाफ़ करने की कोशिश करते हुए सुना।”

नारायण की पकड़ मज़बूत हो जाती है, और उसकी आँखों में क्रोध चमक उठता है। “अगर मैंने तुम्हें फिर यहाँ देखा, तो मैं तुम्हें उल्टा लटका दूँगा,” वो चेतावनी देता है, उसकी आवाज़ धीमी और धमकी भरी है।

कार्यकर्ता हकलाता है, “पाटिल, आप क़ानून को अपने हाथ में नहीं ले सकते।”

इससे पहले कि नारायण जवाब दे पाता, शंभु आगे बढ़ता है, उसकी प्रभावशाली उपस्थिति स्थिति में वज़न जोड़ती है। “अगर तुमने फिर कभी यहाँ अपना चेहरा दिखाया,” शंभु कहता है, उसकी आवाज़ दृढ़ और डराने वाली है, “तो पुलिस को भी नहीं पता चलेगा कि तुम्हारे साथ क्या हुआ।” “ये हमारा गाँव है, और हम जानते हैं कि इसकी रक्षा कैसे करनी है।”

पंचायत का फ़ैसला

उस दोपहर, गाँव की पंचायत एक बरगद के पेड़ के नीचे मिलती है। हवा तनाव से भरी है क्योंकि स्थानीय लोग इकट्ठा होते हैं, उनका विश्वास नारायण में दृढ़ता से टिका हुआ है। नारायण उन्हें बीच से संबोधित करता है, उसकी आवाज़ दृढ़ है।

“अब से,” वो घोषणा करता है, “किसी भी बाहरी एनजीओ, राजनीतिक कार्यकर्ता या राजनेता को सरपंच की अनुमति के बिना गाँव में आने की अनुमति नहीं है। अगर कोई आता है, तो पंचायत से तुरंत संपर्क किया जाएगा।”

किसान सहमति में सिर हिलाते हैं, राहत और सम्मान दोनों व्यक्त करते हैं। वे समझते हैं कि नारायण का नेतृत्व उन्हें उन ताक़तों से बचाएगा जो उनकी शांति को कमज़ोर करना चाहते हैं।

कार्यकर्ता सभा के बाहरी इलाक़े में खड़ा है, उसका चेहरा अपमान से लाल हो रहा है। उसके संघर्ष को भड़काने के प्रयास न केवल विफल रहे, बल्कि उसे एक बाहरी व्यक्ति के रूप में भी स्थापित किया, उन लोगों द्वारा ठुकरा दिया गया जिन्हें उसने गुमराह करने की कोशिश की थी।

जैसे ही गाँव गणेश उत्सव की तैयारी करता है, कार्यकर्ता गाँव छोड़ने से पहले फिर से प्रकट होता है, इस बार नारायण के महत्वाकांक्षी बड़े भाई के साथ। वे गणपति को श्रद्धांजलि देने के लिए नारायण के घर आते हैं। हवा चिंता से भरी है क्योंकि कार्यकर्ता मूर्ति के सामने घुटने टेकता है, अपने आप में फुसफुसाता है, "गणपति बप्पा, मुझे इस सरपंच पाटिल को गिराने की ताक़त का आशीर्वाद दें।"

नारायण की पत्नी प्यार भरी मुस्कान के साथ प्रसाद परोसती है, जबकि नारायण, परछाइयों में खड़ा, दबे हुए क्रोध से उबल रहा है। वो कार्यकर्ता के इरादों को देखता है; हर हरकत जानबूझकर उकसाने का प्रयास है। शंभु, अपने दोस्त की चिंता को महसूस करते हुए, नारायण के कंधे पर एक तसल्ली भरा स्पर्श रखता है। "शांत रहो, भाई," वो कहता है। "अपने गुस्से से हारकर उसे जीतने मत दो।"

जैसे ही कार्यकर्ता जाने के लिए मुड़ता है, वो नारायण को एक गुप्त मुस्कान देता है। "मैं अब जा रहा हूँ पाटिल। बप्पा आपकी और आपके गाँव की रक्षा करें," वो कहता है, उसका लहजा द्वेष से रंगा हुआ है।

नारायण उसे रात में गायब होते हुए देखता है, उसका संकल्प गहरा होता जा रहा है। वो समझता है कि उसके गाँव की एकजुटता की लड़ाई अभी ख़त्म नहीं हुई है।

एक मंत्रमुग्ध श्रोतागण

वर्तमान में वापस, नितेश और गीता शहर के फ़्लैट में बैठे अपने दोस्तों को कहानी सुना रहे हैं। लिविंग एरिया एक अकेले बल्ब की गर्म रोशनी से जगमगा रहा है, जिससे ऐसी परछाइयाँ बन रही हैं जो कहानी की भावनाओं के साथ नाचती हुई प्रतीत होती हैं। राजेश, विवेक और अनीता मंत्रमुग्ध होकर बैठे हैं, हर शब्द सुनने के लिए आगे झुकते हुए अपनी ड्रिंक्स भूल गए हैं।

गीता की आवाज़ गर्व से भरी है जैसे ही वो निष्कर्ष निकालती है, "हमारे गाँव के लिए मेरे पिता के सपने आख़िरकार सच हो रहे हैं।"

विवेक गहरी साँस लेता है, उसकी प्रशंसा साफ़ है। "कितनी अविश्वसनीय कहानी है। तुम्हारा गाँव बहादुरी और उद्देश्य की जगह जैसा लगता है।"

राजेश गंभीरता को तोड़ते हुए मुस्कुराता है। "हमें ज़रूर जाना चाहिए! कौन जाने, मुझे शादी करने के लिए एक गाँव की लड़की भी मिल जाए।"

अनीता हँसती है, और तनाव कम हो जाता है। "चलो चलते हैं। शायद इससे हमें ज़िंदगी का एक नया नज़रिया मिलेगा।"

जैसे ही दोस्त एकजुटता और साझा सपनों को सलाम करते हैं, जुम्बल की यात्रा की जड़ें बोई जाती हैं। राजेश, विवेक और अनीता के लिए, एक गाँव का दौरा करने का मतलब है साहस, समुदाय और अटूट आदर्शों की दुनिया में प्रवेश करना।

छिपे हुए तनावों का खुलासा

परीक्षा के नतीजे अभी आने बाकी हैं, लेकिन ये ब्रेक उनके लिए किसी अनमोल तोहफे जैसा है। गाँव की सादगी, बचपन की गलियों में बीते पल, और जड़ों से जुड़ने का ये मौका उन्हें बेहद सुकून देता है। नितेश को ख्याल आता है कि उनके शहर के दोस्तों को भी इस खूबसूरत गाँव का अनुभव करना चाहिए। गीता सहमत हो जाती है। दोनों राजेश, विवेक और अनीता को गाँव आने का न्योता देते हैं। नितेश की बातों से उनके दोस्त इतने प्रभावित होते हैं कि तुरंत हाँ कर देते हैं।

जल्द ही, वे सभी राजेश की चमचमाती एसयूवी में सवार होकर जुम्बल के लिए निकल पड़ते हैं। ये गाड़ी उनके शहरी जीवन का प्रतीक है, लेकिन गाँव की तरफ बढ़ते ही वो सब धीरे-धीरे उस चकाचौंध से दूर होते जाते हैं।

जैसे-जैसे गाँव करीब आता है, शांत घास के मैदान, खुला आसमान, और हरियाली उन्हें मंत्रमुग्ध कर देती है। अनीता, जो हमेशा अपने फोन में व्यस्त रहती है, हर दृश्य को कैमरे में कैद करने लगती है। विवेक खिड़की से झांकते हुए कहता है, "यार, ये तो हमारी सोच से भी ज्यादा खूबसूरत है।" राजेश मुस्कुराते हुए गाड़ी चलाता रहता है।

नितेश और गीता के लिए ये पल बेहद खास है। अपने गाँव की सादगी और शांति से दोस्तों को परिचित कराना उनके दिल को सुकून देता है।

गाँव में आगमन

जैसे ही गाड़ी गाँव के चौक के पास पहुँचती है, पॉलिश की हुई गाड़ी और ग्रामीण परिवेश के बीच का अंतर लगभग काव्यात्मक है। हवा ताज़ी है, खिलते हुए जंगली फूलों और नम मिट्टी की हल्की ख़ुशबू के साथ। खेत ढलते सूरज की सुनहरी महिमा के ख़िलाफ़ हर दिशा में अनंत तक फैले हुए हैं, एक जीवंत हरा रंग। शांत चुप्पी केवल पक्षियों की चहचहाहट और पत्तियों की कोमल सरसराहट से बाधित होती है।

"वाह! ये बहुत अच्छा है!" विवेक कहता है, उसकी आँखें खुली हुई हैं जैसे ही वो शांत परिवेश को देखता है।

गीता गर्व से मुस्कुराती है। "जुम्बल में स्वागत है," वो ख़ुशी से स्वागत करती है। "ये वो जगह है जिसने हमें वो बनाया जो हम हैं।"

उनका स्वागत गीता के पिता, नारायण द्वारा किया जाता है, एक लंबा आदमी जिसकी आँखें कोमल और शांत अधिकार वाली हैं। "कितना सुखद आश्चर्य है," वो मेहमानों की ओर हाथ बढ़ाते हुए कहते हैं। "हम अक्सर शहर जाने का सपना देखते हैं, लेकिन इसके बजाय शहर का हमारे पास आना अद्भुत है।"

अपनी दोस्ताना टिप्पणियों के बावजूद, नितेश नारायण के चेहरे पर एक परछाई महसूस करता है—एक सूक्ष्म गंभीरता जो उनके सुखद व्यवहार का खंडन करती है। जैसे ही वे गीता के घर की ओर जाते हैं, नितेश उस भावना को दूर नहीं कर पाता कि कुछ गड़बड़ है।

एक शांत बेचैनी

उस शाम बाद में, जब आगंतुक अपने कमरों में बस जाते हैं, नितेश को नारायण के असामान्य मूड का कारण जानने की उम्मीद में अपने पिता, शंभु से बात करने का मौक़ा मिलता है।

"बाबा," नितेश घबराहट से पूछता है, "गाँव में सब ठीक है?"

शंभु एक गहरी, थकी हुई साँस छोड़ते हैं। "गाँव तो बहुत अच्छा है," वो कहते हैं, "लेकिन कुछ अजीब लग रहा है। ऐसा लगता है जैसे हम पर एक बुरी परछाई पड़ गई हो।"

नितेश चिंता के साथ आगे झुकता है। "क्या हुआ? मुझे बताओ।"

शंभु की आवाज़ धीमी हो जाती है, उनके शब्दों की गंभीरता से भरी हुई। "कुछ दिन पहले, कुछ भयानक हुआ था," वो शुरू करते हैं। "गाँव की एक युवती के साथ झरने पर एक फ़िल्म की शूटिंग देखते वक़्त छेड़छाड़ हुई थी। वो कुछ दोस्तों के साथ वहाँ का नज़ारा देखने गई थी।" उनकी आवाज़ लड़खड़ाती है, चुप्पी में खो जाती है।

"क्या?" नितेश कहता है, उसका लहजा सदमे और अविश्वास का मिश्रण है।

"अफ़वाहें फैल रही हैं," शंभु कहते हैं, उनकी आवाज़ दुख से भारी है। "वे कह रहे हैं कि करण इसमें शामिल है।"

ये ख़बर नितेश को पेट में एक घूँसे की तरह लगती है। करण, उसका बचपन का दोस्त, हमेशा से ही ईमानदारी का आदमी रहा है—शिकारी के बजाय एक रक्षक। "ये असंभव है," नितेश दृढ़ता से कहता है, उसकी आवाज़ कठोर है। "करण ऐसा कुछ कभी नहीं करेगा।"

हालाँकि, अफ़वाहें पहले ही पूरे गाँव में फैल चुकी हैं, जिससे विभाजन हो रहा है। क्रोध, अविश्वास और डर की फुसफुसाहटें जंगल की आग की तरह फैलती हैं, जो उनके समुदाय के सावधानी से बुने हुए ताने-बाने को चीरने की धमकी देती हैं। नितेश को एहसास होता है कि उसके पास सच का पता लगाने के अलावा कोई विकल्प नहीं है।

एक उभरता तूफ़ान

उस रात, नितेश अपने कमरे में टहलता है, उसका दिमाग़ तेज़ी से दौड़ रहा है। "इस कहानी में कुछ और भी है," वो बुदबुदाता है। "करण किसी को नुक़सान नहीं पहुँचाएगा, किसी लड़की को तो बिल्कुल नहीं।" वो गाँव की एकजुटता को अपने कंधों पर भारी महसूस करता है। अगर वो तुरंत कार्रवाई नहीं करता है, तो परिणाम विनाशकारी हो सकते हैं—न सिर्फ़ करण के लिए, बल्कि सभी के लिए।

अगली सुबह, समुदाय एक घबराहट भरी चुप्पी में जागता है। नितेश लिविंग रूम में बैठा चाय पी रहा है और अपने अगले क़दम के बारे में सोच रहा है। करण की चुप्पी उसे बहुत परेशान करती है। वो क्यों नहीं बोला? क्या ये डर है? शर्म? क्या कुछ और है?

गीता उसकी बेचैनी को महसूस करते हुए उसके पास आती है। "तुम क्या करने वाले हो?" वो धीरे से पूछती है।

"मैं सच का पता लगाऊँगा," नितेश कहता है, उसकी आवाज़ दृढ़ है। "इससे पहले कि ये ज़हर और फैले, हमें ये पता लगाने की ज़रूरत है कि असल में क्या हुआ था। ये गाँव के विश्वास और एकजुटता के लिए बहुत ज़रूरी है।"

जैसे ही सूरज और ऊपर उठता है, खेतों में एक सुखद रोशनी भेजता है, नितेश आगे की चुनौती के लिए तैयार होता है। वो जानता है कि आगे का रास्ता मुश्किल होगा—स्थानीय लोगों को समझाना, जानकारी इकट्ठा करना और करण का नाम साफ़ करना उसकी सारी हिम्मत और दृढ़ संकल्प की माँग करेगा। लेकिन, अपने दोस्त, अपने परिवार और जिस गाँव को वो प्यार करता है, उसके लिए वो किसी भी चीज़ का सामना करने के लिए तैयार है।

सम्मान की लड़ाई

दोपहर ढलते सूरज की सुनहरी रोशनी नारायण के बरामदे पर पड़ती है, जो ऊपर लटकी हरी-भरी बेलों से छनकर आती है। नारायण, अपने चचेरे भाई सयाजीराव और करण के साथ बैठे, ध्यान से सुनते हैं जैसे एक निचली जाति का ग्रामीण मौजूदा घोटाले का वर्णन करता है जिसने गाँव में उथल-पुथल मचा दी है। आदमी की आवाज़ थोड़ी काँपती है, जो नारायण के प्रति सम्मान और उसकी टिप्पणियों की गंभीरता के मिश्रण का संकेत देती है।

"नारायण राव साहब, हमारे कुछ लड़कों ने एक लड़की को 'उसे छोड़ दो, भगवान के लिए' चिल्लाते हुए सुना, और फिर करण को घटना स्थल से भागते हुए देखा," वो ज़मीन पर अपनी नज़रें टिकाए हुए बताता है। नारायण अचानक करण की ओर मुड़ता है, उसकी नज़रें जवाब तलाश रही हैं। उसकी आवाज़ शांत लेकिन दृढ़ है, अधिकार के भाव के साथ। "करण, क्या तुम सच में वहाँ से भाग रहे थे?"

करण, अपना सिर झुकाए बैठा है, चुप है, उसके हाथ अपनी गोद में लड़खड़ा रहे हैं। उसकी चुप्पी किसी भी इनकार से ज़्यादा कहती है। निराश होकर, नारायण

और ज़ोर देता है, उसकी आवाज़ और मज़बूत हो जाती है। "तुम बोल क्यों नहीं रहे, करण?"

करण अभी भी कुछ नहीं कहता। अचानक उठकर, वो अपनी सफ़ाई में कुछ कहे बिना चला जाता है, अपने पीछे भ्रम का माहौल छोड़ जाता है।

ग्रामीण आशापूर्ण लहजे में कहता है, "हमें विश्वास है कि आप न्याय सुनिश्चित करेंगे, नारायण राव।"

हवा में तनाव साफ़ है, और सयाजीराव इस मौक़े का फ़ायदा उठाकर अपनी पुरानी नाराज़गी ज़ाहिर करता है। वो तिरस्कार से पीछे झुकता है और बड़बड़ाता है, "अगर तुमने शंभु के बजाय मुझे सरपंच के लिए वोट दिया होता, तो तुम इस मुसीबत में नहीं होते।"

नारायण शांति से जवाब देता है, "शंभु शांत स्वभाव का, सिद्धांत का आदमी है। इसलिए मैंने उसे चुना।"

सयाजीराव तिरस्कार करता है, उसकी आवाज़ अपमानजनक है। "युवा कुछ मज़ा करेंगे। इसमें क्या ग़लत है?"

नारायण की आवाज़ और तेज़ हो जाती है। "महिलाओं का सम्मान कोई विकल्प नहीं है। अगर तुम इसे नहीं समझते, तो तुम्हें सरपंच नहीं होना चाहिए।"

सयाजीराव का लहजा कठोर हो जाता है। "इन लोगों को अपनी जगह पर रखना होगा।"

नारायण का जवाब तेज़ और सीधा है। "तुम्हारी सोच पुरानी है, सयाजीराव। वक़्त बदल गया है। तुम्हें भी इसके साथ ढलना चाहिए।"

शंभु का आगमन

कुछ ही पलों बाद, शंभु घर में प्रवेश करता है, उसका अनुभवी चेहरा एक शांत दृढ़ संकल्प बिखेर रहा है। नारायण उसका स्वागत करता है, उसकी आवाज़ थोड़ी नरम हो जाती है। "स्वागत है, शंभु। क्या बात है?"

शंभु इकट्ठे हुए लोगों को देखता है, सतह के नीचे उबल रहे तनाव से अवगत है। "हमारे समुदाय में कुछ लोग करण की चुप्पी को लेकर चिंतित हो रहे हैं," वो सावधानी से मानता है।

इससे पहले कि नारायण प्रतिक्रिया दे पाता, सयाजीराव बड़बड़ाता है, "इन लोगों को पैरों तले कुचलकर रखना होगा।"

नारायण की आवाज़ साफ़ और अटूट गूँजती है। "मेरे गाँव में नहीं।"

सयाजीराव, पीछे हटने में असमर्थ, जवाब देता है, "ये मत भूलो, हमने पाटिल ने पीढ़ियों से तुम्हारे लोगों को खाना खिलाया है।"

शंभु धीरे से कहता है, "हम अपनी मेहनत की वजह से ज़िंदा हैं, सयाजीराव। हम तुम्हारे ऋणी नहीं हैं।"

नारायण आगे बढ़ता है, उसका लहजा दृढ़ है। "बोलने से पहले सोचो, सयाजीराव। यही रवैया था जिसने मुझे तुम्हें छोड़कर शंभु को चुनने के लिए प्रेरित किया।"

सयाजीराव तिरस्कार करता है। "तुम इन निचली जाति के लोगों के प्रति बहुत उदार हो। वे इतनी छूट के लायक़ नहीं हैं।"

नारायण का धैर्य टूट जाता है। "बस करो, सयाजीराव!" उसकी आवाज़ बरामदे में गूँजती है, सभी को चुप करा देती है।

सयाजीराव, इसे जाने देने में असमर्थ, बड़बड़ाता है, "मैं जानता हूँ कि उनके पंख कैसे काटने हैं।"

शंभु शांत रहता है, उसकी चुप्पी अवज्ञा का एक शांत इशारा है। नारायण, कूटनीति की ज़रूरत को महसूस करते हुए, कहता है, "मुझे सच का पता लगाने के लिए वक़्त दो।"

शंभु सिर हिलाता है, उसकी आवाज़ शांत लेकिन ज़ोरदार है। "मैं अपने लोगों को शांत रखने की पूरी कोशिश करूँगा, लेकिन उन्हें जल्द ही जवाब चाहिए।"

निराश होकर, सयाजीराव अपना पैर पटकता है और चला जाता है, अपने पीछे एक अप्रिय चुप्पी छोड़ जाता है।

जैसे ही शंभु जाने की तैयारी करता है, गीता बरामदे में प्रवेश करती है, उसका सुखद व्यवहार तनाव को कम करता है। "नमस्ते, चाचा! आज आप बहुत डैशिंग लग रहे हैं।"

शंभु हँसता है, तनाव को थोड़ा कम होने देता है। "और हमारी ख़ूबसूरत गीता हमेशा की तरह ख़ूबसूरत लग रही है। मुझे पता है कि तुम्हारे दोस्त आए हुए हैं।"

राजेश, विवेक और अनीता बरामदे में आते हैं और शंभु का उत्साह से अभिवादन करते हैं। गीता गर्व से मुस्कुराती है। "ये नितेश के दोस्त हैं: राजेश, विवेक और अनीता। वे डॉक्टर हैं, नितेश की तरह।"

राजेश मुस्कुराता है। "गीता और नितेश हमेशा गाँव के बारे में बहुत बातें करते थे। हम खुद इसे देखने से खुद को रोक नहीं पाए।"

शंभु अनुमोदन से सिर हिलाता है। "एक अच्छा फ़ैसला। ये जानने लायक़ जगह है।" वो नारायण की ओर मुड़ता है। "नारायण राव, मुझे जाना चाहिए। काम इंतज़ार कर रहा है।"

नारायण टहलना बंद कर देता है, उसका चेहरा शांत हो जाता है। "शंभु, नितेश से कहना कि मुझसे आकर मिले।"

सच्चाई की तलाश

बाद में, शंभु नितेश को संदेश भेजता है, जो जल्दी से कपड़े पहनकर नारायण के घर की ओर जाता है। वो नारायण को बरामदे में टहलते हुए पाता है, उसका चेहरा चिंता से भरा हुआ है।

"नितेश," नारायण बिना किसी प्रस्तावना के कहते हैं, "मुझे तुम्हारी मदद चाहिए। करण की चुप्पी बेचैन करने वाली है। तुम उसे अच्छी तरह से जानते हो, लेकिन ये घटना..." उनकी आवाज़ धीमी हो गई।

"मुझे भी कुछ अजीब लगा, उसका इतना चुप रहना," थोड़ा हैरान से स्वर में वह बोला। "आप चिंता मत करो, मोठे बाबा, मैं कल उसको नदी किनारे ले जाता हूँ, उससे बात करूँगा। " नितेश आश्वासन देते हुए बोला। नारायण ने शांति से सिर हिलाया, और कुछ सोच में बरामदे में टहलने लगा।

जैसे ही नितेश रवाना होता है, शाम की सुनहरी रोशनी गाँव में फैल जाती है, बालकनी पर लंबी परछाइयाँ छोड़ जाती है। नारायण उसे जाते हुए देखता है; उसका दिल कर्तव्य के बोझ से दबा हुआ है। सम्मान और एकजुटता की लड़ाई अभी ख़त्म नहीं हुई है, लेकिन वो समझता है कि नितेश और शंभु जैसे लोगों के साथ होने से वो अकेले नहीं लड़ रहा होगा।

गाँव में एकता की खोज

जुम्बल की यात्रा राजेश, विवेक और अनीता को उत्साहित करती है। वे नितेश और गीता की जीवंत कहानियाँ सुनने के बाद गाँव की सुंदरता और एकता को खुद देखने के लिए उत्सुक हैं। हालाँकि, जब वे बस्ती में प्रवेश करते हैं, तो उनका सामना उनकी उम्मीदों के बिलकुल विपरीत होता है। हरे-भरे खेतों और शांत नज़ारों का आकर्षण एक अनकहे तनाव से ढँक जाता है जो टूटने वाले तूफ़ान की तरह मंडराता है।

शांति और मित्रता की कभी जीवंत कहानियाँ हवा में मौजूदा चिंता के ख़िलाफ़ दूर की लगती हैं। ग्रामीण, जो आम तौर पर जीवंत और आकर्षक होते हैं, नज़रें हटाने से पहले संक्षेप में मुस्कुराते हैं। बातचीत दबी हुई लगती है, और एक अनदेखी बाधा समुदाय को अलग करती है। असहमति को महसूस करते हुए, तीनों परेशान नज़रें बदलते हैं, चुपचाप सहमत होते हैं कि इस गाँव में कुछ गहरी समस्याएँ पैदा कर रहा है।

नितेश और गीता अपनी पूरी कोशिश करते हैं कि उनके मेहमानों को अंतर्निहित मुद्दों से बचाया जा सके, उनके प्रवास को आरामदायक और सुखद बनाया जा सके। वे खाना बनाते हैं, खेतों की यात्राएँ आयोजित करते हैं, और हल्की-फुल्की छेड़छाड़ में शामिल होते हैं, जबकि समुदाय की नाख़ुशी के बारे में बातचीत से बचते हैं। अपनी पूरी कोशिशों के बावजूद, राजेश, विवेक और अनीता सतह के नीचे की दरारों को महसूस किए बिना नहीं रह सकते। "ऐसा लगता है जैसे वो हमें कुछ बता नहीं रहे हैं," विवेक शाम की सैर के दौरान राजेश से कहता है। "ये वो गाँव नहीं है जिसके बारे में उन्होंने इतनी प्यार से बात की थी।"

राजेश सिर हिलाता है, उसकी नज़र दूर के खेतों की ओर जाती है, जहाँ किसान दबी हुई चुप्पी में काम करते हैं। "हमें ये समझने की ज़रूरत है कि यहाँ क्या हो रहा है। शायद हम मदद कर सकें।"

नारायण का आंतरिक उथल-पुथल

उस रात, नारायण और उसकी पत्नी अपने साधारण बेडरूम में बैठे थे, जो एक केरोसिन लैंप से रोशन था। कमरा परिवार के सदस्यों के सेपिया-टोन्ड चित्रों से भरा है, जो परंपरा और गर्व की पीढ़ियों का प्रतिनिधित्व करते हैं। नारायण और उसकी पत्नी एक अहम विषय पर बात करते हैं: गीता की शादी।

“राजेश एक अच्छा युवक लगता है,” उसकी पत्नी जवाब देती है, उसकी आवाज़ आशावाद से रंगी हुई है। “वो अच्छी तरह से शिक्षित है, एक अच्छे परिवार से आता है, और बहुत सम्मानित है। वो गीता के लिए एक उत्कृष्ट जोड़ी होगा।”

नारायण सावधानी से सिर हिलाता है। “तुम सही कह रही हो। गीता भी उसका सम्मान करती है। लेकिन हमें उसकी राय जाननी चाहिए।”

उनके अनजाने में, गीता पानी के जग के साथ दरवाज़े के पास आती है। अपनी माँ की टिप्पणियाँ सुनकर, वो अंदर आने से ठीक पहले रुक जाती है, उसकी धड़कन उत्सुकता से तेज़ हो रही है। जब उसके माता-पिता अपनी बातचीत जारी रखते हैं तो वो चुप रहती है, उसकी माँ राजेश के चरित्र और उपयुक्तता की तारीफ़ करती है।

दरवाज़े पर एक दस्तक बातचीत को रोक देती है। नारायण ऊपर देखता है, इस बात से अवगत है कि ये कौन हो सकता है। गीता धीरे से अंदर आती है और बिना कुछ कहे जाने से पहले जग को मेज़ पर रख देती है। जैसे ही माता-पिता उसे भागते हुए देखते हैं, हवा अनकही भावनाओं से भरी होती है।

कबूलनामा

अगली सुबह, नारायण बरामदे पर बैठा है, सुबह की शुरुआती धूप लंबी परछाइयाँ डाल रही है जैसे ही वो चाय पीता है और अख़बार पढ़ता है। नितेश करण को देखने के लिए जाते वक़्त वहाँ से गुज़रता है, लेकिन गीता द्वारा रोका जाता है, जो उसे एक छोटे से कमरे में ले जाती है।

“नितेश, मुझे तुमसे बात करनी है,” गीता ज़रूरी लहजे में कहती है।

नितेश भौंहें सिकोड़ता है। “क्या बात है?”

“पिछली रात, माँ और पिताजी मेरी शादी तय करने के बारे में बात कर रहे थे,” गीता मानती है, उसका लहजा डर और निराशा से रंगा हुआ है।

“ये अच्छी ख़बर है,” नितेश हल्के से कहता है। “एक अच्छा बच्चा अपने माता-पिता की इच्छा के ख़िलाफ़ नहीं जाता।”

गीता तेज़ी से साँस छोड़ती है। “तुम नहीं समझते, नितेश। मैं तुमसे शादी करना चाहती हूँ। तुम मेरे दिल में हो।”

नितेश का चेहरा तन जाता है, और वो दूसरी तरफ़ देखता है। "गीता, मैं हमेशा से समझता रहा हूँ कि तुम कैसा महसूस करती हो। तुम बस मेरे साथ साइकिल चलाने के लिए अपने साइकिल के टायर की हवा निकाल देती थी। तुमने मेरी बिलों का भुगतान करने में मदद करने के लिए एक शिक्षण नौकरी स्वीकार कर ली, यहाँ तक कि ये भी दिखावा किया कि पैसे पिताजी से आए हैं। मैं सब जानता हूँ।"

गीता उसकी ओर देखती है, उसकी आवाज़ टूट रही है। "तो, तुमने कभी कुछ क्यों नहीं कहा?"

नितेश ने अपना सिर हिलाया। "क्योंकि मैं नहीं कह सकता। मैं तुम्हारी जाति या स्थिति का नहीं हूँ। तुम्हारे माता-पिता ने मुझ पर विश्वास जताया है कि मैं ऐसा व्यक्ति बनूँ जो हमारे गाँव का सम्मान बढ़ाएगा। मैं उस विश्वास को धोखा नहीं दे सकता।"

गीता की आँखें आँसुओं से भर जाती हैं। "तुम एक कायर हो, नितेश।"

"ये कायरता नहीं है," नितेश धीरे से कहता है। "ये अपनी जगह समझने के बारे में है, और ये तुम नहीं समझोगी।"

ये कहकर वो कमरे से बाहर निकल जाता है, उसके शब्द हवा में गूँजते रहते हैं। गीता अचल खड़ी रहती है, उसका दिल दुख रहा होता है जैसे ही वो उसे जाते हुए देखती है।

नारायण की बढ़ती चिंताएँ

अज्ञात रूप से, नारायण बरामदे पर उनकी बातचीत सुन लेता है। जैसे ही उसे गीता की भावनाओं और नितेश के आंतरिक द्वंद्व का एहसास होता है, उसका दिल बैठ जाता है। एक पिता के रूप में, उसकी प्रवृत्ति अपनी बेटी की रक्षा करना है, लेकिन वो परिवार की प्रतिष्ठा को बनाए रखने और सामाजिक मानकों को पूरा करने की ज़िम्मेदारी भी महसूस करता है।

नारायण अपनी चाय पर वापस आता है, जो कभी स्वादिष्ट थी लेकिन अब बेस्वाद है। सुबह की रोशनी ठंडी लगती है क्योंकि वो अपनी बेटी की अनकही इच्छाओं और एक पिता और समुदाय के नेता के रूप में अपनी ज़िम्मेदारियों की जटिलताओं से जूझ रहा है। उसका दिमाग़ सवालों से दौड़ रहा है: क्या उसे गीता की ख़ुशी को प्राथमिकता देनी चाहिए या परंपरा का पालन करना चाहिए? क्या राजेश वास्तव में उसके लिए सही फ़ैसला है? वो गाँव में सम्मान और सद्भाव के

नाज़ुक संतुलन को बनाए रखते हुए उसके भविष्य को कैसे सुनिश्चित कर सकता है?

इन कठिनाइयों का बोझ नारायण पर भारी पड़ता है, जो गाँव के पहले से ही तनावपूर्ण माहौल को और बढ़ा देता है। जैसे-जैसे रोशनी और ऊपर चढ़ती है, इसकी गर्माहट उसके दिल में बढ़ती ठंडक को कम करने के लिए बहुत कम करती है। वो समझता है कि आगे का रास्ता मुश्किल होगा, लेकिन वो उसी दृढ़ता के साथ इसका सामना करने का फ़ैसला करता है जिसने हमेशा उसे परिभाषित किया है।

ज़रूरत में दोस्त

करण अपने अँधेरे कमरे में बैठा ध्यान में खोया हुआ था। वो जीवंत लौ जो कभी उसे परिभाषित करती थी, अब उदासी की एक परछाई में बदल गई है। उसके बाल बिखरे हुए हैं, उसका चेहरा बिना शेव किया हुआ है, और उसकी आँखों में एक बोझ है जिसे नितेश, उसका सबसे अच्छा दोस्त, अंदर आते ही देख लेता है। करण हमेशा से ही मूड को ख़ुश करने और ज़िंदगी के अप्रत्याशित मोड़ों में कॉमेडी खोजने वाला रहा है, लेकिन आज वो चुपचाप बैठा है, किसी ऐसी चीज़ से बोझिल है जिसे उसने साझा नहीं किया है।

"करण," नितेश कहता है, अपने लहजे को हल्का रखते हुए, "चलो नदी चलते हैं।" "हमें उस बरगद के पेड़ के नीचे बैठे हुए बहुत वक़्त हो गया है। तुम्हें ताज़ी हवा की ज़रूरत है।"

करण उसकी ओर देखता है, गहरी साँस लेता है। "ठीक है, शायद तुम सही हो। चलो चलते हैं।"

दोनों दोस्त घर से बाहर निकलते हैं, नितेश का हाथ आश्वस्त रूप से करण के कंधों पर लिपटा हुआ है। वे फूलों से भरे खेतों के बीच बुने हुए एक जाने-पहचाने रास्ते का अनुसरण करते हैं। पत्तियों की कोमल सरसराहट और एक हल्की हवा की फुसफुसाहट एक सुकून देने वाली आवाज़ पैदा करती है। जैसे ही वे नदी पर पहुँचते हैं, देर सुबह का सूरज पूरे इलाक़े में सुनहरी रंगत बिखेरता है, लहरदार पानी को तरल हीरों के बिस्तर में बदल देता है।

उनकी पारंपरिक सीट, विशाल बरगद के पेड़ के नीचे, बचपन के कारनामों और युवा महत्वाकांक्षाओं की यादों से छपी हुई, उनका इंतज़ार कर रही है। पेड़ की

शाखाएँ चारों ओर फैली हुई हैं, सुरक्षा प्रदान करती हैं, और उनके नीचे की नरम घास एक स्वागत चटाई की तरह लगती है। हवा पत्थरों पर बहती नदी की शांत आवाज़ से भरी है, एक शांत लय जो हमेशा उन्हें शांति देती रही है।

चुपचाप एक-दूसरे के बगल में बैठे, करण की उदासी का बोझ उनके बीच की जगह को भर देता है, फिर भी ये उनकी आपसी समझ से कम हो जाता है। आख़िरकार, नितेश चुप्पी तोड़ते हुए बोलता है।

"क्या तुम्हें याद है," वो पूछता है, "हम बच्चे के रूप में यहाँ कैसे आते थे और मछली पकड़ने का नाटक करते थे या बस घंटों घास पर लेटे रहते थे?" "इस जगह ने हमेशा चीज़ों को बेहतर बनाया है।"

करण धीरे से सिर हिलाता है। "अब भी बनाता है।" "लेकिन कुछ चीज़ें इस जगह के लिए भी बहुत भारी लगती हैं।"

नितेश उसकी ओर देखता है, उसकी आवाज़ शांत लेकिन ज़ोरदार है। "क्या बात है, करण? तुम मुझसे बात कर सकते हो।"

करण हिचकिचाता है, उसकी नज़रें नदी पर टिकी हैं। चुप्पी तब तक बनी रहती है जब तक कि वो आख़िरकार बोल नहीं पड़ता, उस घटना को याद करता है जिसने उसे सताया है। घटनाओं का वर्णन करते वक़्त उसकी आवाज़ काँपती है, उसका दर्द साफ़ है। नितेश ध्यान से सुनता है और कभी बीच में नहीं टोकता, उसका हाथ आश्वस्त रूप से करण के कंधे पर टिका हुआ है।

"तुमने सही किया," नितेश कहता है जैसे ही करण ख़त्म करता है। "हम इसका पता लगाएँगे। तुम अकेले नहीं हो।"

नदी के किनारे एक बंधन

जैसे ही वे अकेले में बैठे अपने विचारों में डूबे हुए हैं, आवाज़ें क़रीब आती हैं। गीता, राजेश, विवेक और अनीता नदी के किनारे पहुँचते हैं, उनकी छेड़छाड़ और हँसी दृश्य में एक स्वागत योग्य हल्कापन जोड़ती है। जब गीता करण के दबे हुए चेहरे को देखती है, तो वो उसके बगल में बैठने से पहले नितेश के साथ एक चिंतित नज़र बदलती है।

राजेश गीता को देखकर मुस्कुराता है। "तुम हमें सबसे अच्छी जगह पर ले आई हो। कोई आश्चर्य नहीं कि इन दोनों को यहाँ अच्छा लगता है।"

"ये बहुत ख़ूबसूरत है," अनीता मानती है, उसकी नज़रें चमकते समुद्र की ओर जाती हैं। "मैं यहाँ हमेशा के लिए रह सकती हूँ।"

"ये वो जगह है जहाँ वे अपने दिमाग़ को साफ़ करने आते हैं," गीता धीरे से कहती है।

राजेश मज़ाकिया ढंग से मुस्कुराता है। "तो, गीता, क्या तुम बचपन से उन्हें परेशान करती रही हो?"

छेड़छाड़ कुछ तनाव को कम करती है, और जैसे-जैसे सूरज नीचे ढलता है, आसमान को नारंगी और गुलाबी रंग में रंगता है, पार्टी हँसती है और कहानियाँ सुनाती है। नदी की सुंदरता, उनकी दोस्ती के साथ मिलकर, एक पल का सुकून देती है जिसे उनमें से कोई नहीं भूलेगा।

जंगल में एक सैर

अगली सुबह, समूह झाड़ियों का पता लगाने और एक झरना देखने का फ़ैसला करता है जिसका ज़िक्र गीता और नितेश ने कई बार किया था। जैसे ही वे घने जंगल में प्रवेश करते हैं, नम मिट्टी और खिलते हुए जंगली फूलों की सोंधी ख़ुशबू हवा में भर जाती है। ऊपर की छतरी से सूरज की रोशनी छनती है, ज़मीन पर धब्बेदार पैटर्न बनाती है, जबकि सरसराती पत्तियाँ और दूर की पक्षियों की आवाज़ें एक प्राकृतिक सिम्फ़नी बनाती हैं।

जब वे आख़िरकार झरने के पास पहुँचते हैं, तो नज़ारा लुभावना होता है। पानी पॉलिश किए हुए पत्थरों पर गिरता है, सूरज की रोशनी में हज़ार हीरों की तरह चमकता है। एक हल्की धुँध उठती है, उनके चेहरों को ठंडा करती है जैसे ही वे आश्चर्य से खड़े होते हैं। नज़ारा भव्य और शांत दोनों है, लेकिन इसकी ख़ूबसूरती फ़िल्म क्रू द्वारा पीछे छोड़े गए कचरे से ख़राब हो गई है।

"ये जगह अविश्वसनीय है," राजेश कहता है, उसकी आवाज़ विस्मय से भरी है। "ये एक सपने की तरह है।"

विवेक मुस्कुराते हुए अनीता के चारों ओर एक हाथ लपेटता है। "हमें यहाँ कभी अकेले आना चाहिए।"

नितेश हँसता है और करण को कोहनी मारता है। "चलो प्रेमियों को उनके रोमांटिक विचारों के लिए छोड़ देते हैं।"

जैसे ही नितेश और करण जंगल में और अंदर जाते हैं, हवा ठंडी हो जाती है, और झरने की दहाड़ दूर की फुसफुसाहट में बदल जाती है। ऊपर की घनी छतरी सूरज की रोशनी को छानती है, जंगल के फ़र्श पर धब्बेदार परछाइयाँ डालती है। अचानक, करण रुक जाता है, उसकी आँखें सिकुड़ जाती हैं जैसे ही वो काँटेदार झाड़ी में फँसी हुई कोई चीज़ देखता है— बैग का फटा हुआ लाल कपड़ा।

वो उसे झपट लेता है, उसकी उँगलियाँ फटे हुए कपड़े के चारों ओर कस जाती हैं। एक पल के लिए, उसका जबड़ा भींच जाता है, उसका चेहरा क्रोध और दृढ़ संकल्प के मिश्रण से ढँक जाता है। यादें उसके दिमाग़ में कौंध जाती हैं, अंदर एक आग जलाती हैं। बिना कुछ कहे, वो कपड़े को अपनी जेब में डाल लेता है, उसके दिल में एक शांत प्रतिज्ञा बनती है।

नितेश उसे देखता है, अपने दोस्त के शांत बाहरी हिस्से के नीचे उठ रहे तूफ़ान को महसूस करता है। जंगल उनकी साझा दृढ़ता को गूँजता हुआ लगता है जैसे ही वे आगे बढ़ते हैं, हर क़दम सच का पता लगाने और चीज़ों को ठीक करने के एक अनकहे वादे से प्रेरित है।

जब समूह फिर से मिलता है, तो वे एक साथ वापस चलते हैं, जंगल की शांति उनके तनाव को शांत करती है। राजेश एक छोड़ी हुई बोतल को ठोकर मारता है और भौंहें सिकोड़ता है। "लोग इन जगहों की सराहना क्यों नहीं करते? उन्होंने इतनी ख़ूबसूरत चीज़ को बर्बाद कर दिया है।"

नितेश करण की ओर देखता है, उसका लहजा कठोर है। "अपने घर की देखभाल करना हमारा काम है। कोई और इसे हमारे लिए नहीं करेगा।"

जैसे ही वे जंगल से बाहर निकलते हैं, ढलते सूरज लंबी परछाइयाँ डालता है, पूरे इलाक़े को एक नरम सुनहरी रोशनी में नहला देता है। समूह धीरे-धीरे चलता है, दिन के बचे हुए पलों को संजोता है। जंगल की आवाज़ें—चहचहाते पक्षी, सरसराती पत्तियाँ और बहते पानी की कोमल फुसफुसाहट—एक शांत सिम्फ़नी में मिल जाती हैं, उन्हें शांति के एक सुकून भरे खोल में लपेटती हैं।

करण के लिए, वो दिन एक महत्वपूर्ण मोड़ था। साझा हँसी, जंगल की शांत सुंदरता और उसके दोस्तों के अटूट समर्थन ने उसे उनके बंधन की ताक़त की याद दिलाई। जैसे ही सूरज क्षितिज के नीचे डूब गया, आसमान को गुलाबी और नारंगी रंगों में रंग दिया, उसने उद्देश्य की एक नई भावना महसूस की। अपने दोस्तों के साथ, उसने महसूस किया कि वो किसी भी चुनौती का सामना कर सकता है जो उसके रास्ते में आती है।

एक अप्रत्याशित मुलाक़ात

उस दिन बाद में, नितेश भीमा काका के घर जाता है, जिसकी घिसी हुई दीवारें और ढका हुआ बरामदा उसके बचपन की यादें ताज़ा कर देता है। वो लकड़ी के दरवाज़े पर दस्तक देता है और हार्दिक अभिवादन करता है, "नमस्ते, भीमा काका। आप कैसे हैं?"

अपनी चारपाई पर बैठे भीमा काका नितेश को देखकर मुस्कुराते हैं। "अरे! नितेश! बहुत वक़्त हो गया! शालू, डॉक्टर आ गया है! तुरंत चाय बनाओ!" वो अपनी पत्नी को आवाज़ देते हैं, उनकी आवाज़ ख़ुशी से भरी है।

नितेश अंदर जाता है, साधारण, आरामदायक घर को देखता है। ये वक़्त में पीछे जाने जैसा है, हर कोना उसके बचपन की शरारतों की याद दिलाता है। वो देखता है कि कुछ—या कोई—ग़ायब है।

"माला कहाँ है?" वो पूछता है, उसकी आवाज़ चिंता से भरी है। "मुझे वो आस-पास नहीं दिखी।"

भीमा का चेहरा उतर जाता है और उसकी मुस्कान ग़ायब हो जाती है। "वो आजकल चुप रहती है। वो ख़ुद नहीं है," वो कहते हैं, उनकी आवाज़ धीमी है। "शायद तुम उससे बात कर सको। माला, इधर आओ! नितेश आया है," वो उम्मीद से कहते हैं।

माला पिछले कमरे से धीरे-धीरे आती है, उसकी नज़रें झुकी हुई हैं और उसका आम तौर पर ख़ुशमिज़ाज रवैया ग़ायब है। नितेश का दिल बैठ जाता है। जिस माला को वो याद करता है वो हास्य और ख़ुशी से भरी थी, लेकिन उसके सामने खड़ी लड़की एक अदृश्य बोझ से दबी हुई लगती है।

"हमारी छोटी सी पटाखा को क्या हुआ?" नितेश धीरे से पूछता है, उसकी नज़रों से मिलने के लिए झुकता है। उसकी आवाज़ दोस्ताना है, फिर भी उसकी चिंता साफ़ है। "चलो, हम गीता और दूसरों से मिलने चलते हैं। वे भी यहाँ हैं।"

भीमा काका, उन्हें थोड़ी देर और रोकने की उम्मीद में, आशापूर्ण चेहरे के साथ चाय परोसते हैं। लेकिन नितेश एक प्यारी सी मुस्कान के साथ उन्हें मना कर देता है। "फिर कभी, काका। मुझे पहले माला से बात करनी है।"

बग़ीचे में बातचीत

नितेश माला को जिज्ञासु नज़रों से दूर, बग़ीचे के एक शांत जगह पर ले जाता है। बग़ीचा खिलते फूलों और सुकून देने वाली, सुगंधित हवा का स्वर्ग है, लेकिन माला का दिल साफ़ तौर पर भारी है।

अमरूद के पेड़ के नीचे एक नीची बेंच पर बैठे नितेश उसकी ओर मुड़ता है। "करण ने मुझे सब कुछ बता दिया," वो कहता है, उसका लहजा शांत लेकिन दोस्ताना है। "तुम्हें अब डरने की ज़रूरत नहीं है। मैं यहाँ हूँ, और हम इसे एक साथ सँभाल लेंगे।"

माला ऊपर देखती है, उसका चेहरा संदेह से ढँका हुआ है। लेकिन जैसे ही नितेश बोलता रहता है, उसका सुकून देने वाला लहजा उसकी बाधाओं को चीरता हुआ लगता है। एक हल्की सी मुस्कान उसके होंठों पर आती है, और वो सिर हिलाती है, उसके कंधे थोड़े ढीले हो जाते हैं।

"जब तुम ख़ुश होती हो तो तुम सबसे अच्छी लगती हो," नितेश धीरे से कहता है, अपना हाथ उसके सिर पर रखता है। उसकी टिप्पणियाँ साधारण हैं, फिर भी उनकी सच्चाई उसे हल्का महसूस कराती है।

नितेश को एक नई प्रेरणा मिलती है जैसे ही वे शानदार रंगों से घिरे बग़ीचे में बैठते हैं। वो समझता है कि माला को सिर्फ़ शब्दों से ज़्यादा की ज़रूरत है; उसे न्याय और अपनी आवाज़ वापस पाने का एक तरीक़ा चाहिए। वो तय करता है कि वे जो भी समस्याएँ उनके सामने आएँगी उनका सामना करेंगे।

जवाबदेही की माँग

सूरज शांत गाँव पर अस्त होता है, शंभु के साधारण घर पर एक गर्म रोशनी डालता है, लेकिन हवा तनाव से भरी है। बरामदे पर, शंभु आग के रंग के आसमान के ख़िलाफ़ एक छायाचित्र में लंबा खड़ा है, जबकि फ़िल्म क्रू का सहायक निर्देशक (एडी) उसकी तीव्र नज़र में घबराहट से बेचैन है।

"तुम्हारे आदमियों में से एक ने गाँव की एक लड़की के साथ बदतमीज़ी की," शंभु कहता है, उसकी आवाज़ शांत लेकिन प्रभावशाली है। "इसलिए मैंने शूटिंग रोक दी है।"

अँधेरे में मारा गया तीर अपने निशाने पर लगता है जैसे ही एडी घबराकर गिड़गिड़ाता है, "कृपया, रोको मत। मैं उसे हटा दूँगा। बस हमें जारी रखने दो।" वो शंभु के पीछे ग्रामीणों की ओर घबराहट से देखता है, उनके चेहरे गुस्से और प्रत्याशा से भरे हैं।

शंभु एडी की घबराहट को महसूस करते हुए मुस्कुराता है, और उसकी उपस्थिति ग्रामीणों के दृढ़ संकल्प को मज़बूत करती है। "जब तक पंचायत उस आदमी को नहीं देख लेती, शूटिंग फिर से शुरू नहीं होगी," वो घोषणा करता है, उसके शब्द अंतिम हैं। एडी जल्दी से सिर हिलाता है, परिषद के सामने आरोपी को लाने का वादा करता है। ग्रामीण दृढ़ नज़रें बदलते हैं, शंभु में उनका विश्वास अटूट है।

जैसे ही सूरज क्षितिज के नीचे डूब जाता है, गाँव शांत बातचीत से गूँज उठता है, न्याय की उम्मीद उनके दृढ़ संकल्प को बढ़ावा देती है।

विश्वासघात का पर्दाफ़ाश

अगली सुबह, तनाव हवा में घुला हुआ है क्योंकि राजेश, नितेश और करण एक सुनसान लॉज के बाहर इंतज़ार कर रहे हैं। बजरी उनके कदमों के नीचे कराहती है जैसे वे टहलते हैं, उनकी नसें खिंची हुई हैं। एक गाड़ी क़रीब आती है, उसकी हेडलाइटें धुँधली सुबह को चीरती हुई। सयाजीराव बाहर निकलता है, एक काला बैग उसके कंधे पर लटका हुआ है। करण का दिल अपने चाचा को देखकर बैठ जाता है, भ्रम उसके दिमाग़ को घेर लेता है क्योंकि वो सयाजीराव को लॉज में जाते हुए देखता है।

कुछ ही पलों बाद, सयाजीराव बाहर निकलता है, उसकी हरकतें जल्दबाज़ी में हैं जैसे ही वो अपनी गाड़ी में वापस बैठता है और तेज़ी से चला जाता है। इससे पहले कि करण अपने संदेहों को आवाज़ दे पाता, एक और आदमी लॉज से बाहर निकलता है, उसी काले बैग को पकड़े हुए। करण की साँस उसके गले में अटक जाती है—ये वही कार्यकर्ता है जिसे गाँव में कलह बोने के लिए गाँव से निकाल दिया गया था।

"वो वही है," करण कहता है, उसकी आवाज़ में जल्दबाज़ी है। "ये वही कार्यकर्ता है जिसे बाबा ने डाँटा था और उसे गाँव में घुसने से मना कर दिया था।"

जैसे ही कार्यकर्ता आदमी जाने की तैयारी करता है, एक और व्यक्ति बाहर निकलता है, इस बार एक लाल बैग उसके कंधों पर लटका हुआ है। करण की

आँखें पहचान में चौड़ी हो जाती हैं—"ये वही है जिसने माला के साथ बदतमीज़ी की थी!" करण चिल्लाता है, उसकी आवाज़ न्यायपूर्ण क्रोध से गूँज उठती है। बिना किसी हिचकिचाहट के, तीनों दोस्त आगे बढ़ते हैं, उनका दृढ़ संकल्प किसी भी डर पर हावी हो जाता है। एक ज़ोरदार हाथापाई होती है, न्याय की ज़रूरत से उनका संकल्प और बढ़ जाता है। एक साथ, वे अपराधियों पर क़ाबू पा लेते हैं, उन्हें अपनी गाड़ी के डिग्गी में बंद कर देते हैं।

चौक में न्याय

जब तक वे गाँव के चौक पर पहुँचते हैं, पंचायत की बैठक पूरे ज़ोरों पर होती है। ग्रामीण इकट्ठा हो गए हैं, उनके चेहरे उम्मीद और गुस्से के मिश्रण हैं। शंभु बीच में खड़ा है, उसकी प्रभावशाली उपस्थिति भीड़ का ध्यान अपनी ओर खींचे हुए है।

"ये लोग यहाँ एक फ़िल्म की शूटिंग करने आए थे," शंभु शुरू करता है, उसकी आवाज़ स्थिर है लेकिन गुस्से से भरी हुई है। "लेकिन इसके बजाय, वे अपमान लाए, हमारे गाँव में गंदगी और अनादर फैलाया।"

एडी, निराशा में हाथ जोड़े हुए, गिड़गिड़ाता है, "हम गंदगी साफ़ कर देंगे। कृपया, हमें शूटिंग जारी रखने दें। मैंने जाँच की है—हमारे क्रू सदस्य ने किसी को नुक़सान नहीं पहुँचाया।"

जैसे ही नितेश, करण और राजेश अपनी गाड़ी में पहुँचते हैं, समय इससे ज़्यादा सही नहीं हो सकता था। भीड़, पहले से ही प्रत्याशा से उबल रही है, देखती है जैसे ही वे डिग्गी खोलते हैं और अपराधियों को बाहर निकालते हैं। ग्रामीणों में एक सामूहिक आह दौड़ जाती है, उनके चेहरे अविश्वास से आक्रोश में बदल जाते हैं।

एडी का चेहरा रंगहीन हो जाता है जैसे ही वो दृश्य को देखता है, उसके पहले के विरोध और बहाने निर्विवाद सबूत के बोझ तले ढह जाते हैं। उसकी घबराई हुई नज़र शंभु की ओर जाती है, जिसकी कठोर नज़र उसे जवाबदेह ठहराती है।

फुसफुसाहटें और तेज़ हो जाती हैं, अपराधियों का सामना करने और न्याय की माँग करने की तैयारी करते ही ग्रामीणों की एकता मज़बूत होती है। हवा हिसाब-किताब के भाव से भरी है, एक ऐसा पल जो समुदाय के ग़लत कामों के ख़िलाफ़ खड़े होने को परिभाषित करेगा।

नितेश आगे बढ़ता है, उसकी आवाज़ तेज़ है। "तो बताओ ये लोग कौन हैं!" उसका तीखा सवाल एडी को चुप करा देता है, जो ग्रामीणों की जाँच में लड़खड़ा जाता है।

सहायक निर्देशक, निराशा उसकी आवाज़ में रेंगती हुई, काँपती हुई उँगली उठाता है। "ये रॉबर्ट है, जो आपके गाँव की ख़ूबसूरती की तारीफ़ करते नहीं थकता था, और फ़िरोज़, उसका सहायक।"

नितेश की आँखें सिकुड़ जाती हैं, संदेह उसके चेहरे को कठोर कर देता है। "तो उसने अपना परिचय सुरेश के रूप में क्यों दिया? असली कहानी क्या है? बोलो!"

फ़िरोज़, ग्रामीणों के दृढ़ रुख़ से बुरी तरह हिल गया, घबराहट में चारों ओर नजरें घुमाता है। डर उसके ऊपर हावी हो जाता है और फिर वह चिल्लाता है, "मैं सब बताऊँगा! रॉबर्ट वो नहीं है जो आप सोचते हैं। वो एक राजनीतिक कार्यकर्ता है, जो आपके गाँव से अपनी अपमान का बदला लेने के लिए यहाँ आया है।"

भीड़ हाँफती है, रहस्योद्‌घाटन से सदमे और गुस्से की फुसफुसाहटें होती हैं। भीमा, रक्षात्मक भावनाओं और विश्वासघात की गहरी भावना से प्रेरित होकर, आगे बढ़ता है। वो रॉबर्ट को कॉलर से पकड़ता है, उसकी आवाज़ एक ज़ोरदार दहाड़ है। "हमें सच बताओ! तुम्हें किसने भेजा?"

रॉबर्ट, ग्रामीणों के क्रोध से घबराया हुआ और अभिभूत, हकलाता है, "सयाजीराव! ये सयाजीराव थे जिन्होंने हमें ये करने के लिए पैसे दिए थे। पैसे—उस बैग में हैं!" वो ज़मीन पर पड़े हुए बैग की ओर इशारा करता है, डर से कबूलनामा बाहर निकल आता है।

नारायण आगे बढ़ता है, उसका चेहरा पीड़ा के नक़ाब में है जैसे ही वो बैग खोलता है, नक़दी के बंडल दिखाता है। उसकी आवाज़, भावनाओं से भरी हुई, गूँज उठती है। "विश्वासघात अंदर से होता है। आज, मैंने ये मुश्किल तरीक़े से सीखा है।"

सयाजीराव, बिना किसी का ध्यान खींचे खिसकने की कोशिश करते हुए, नारायण द्वारा रोका जाता है, जो उसे कॉलर से पकड़ लेता है। "तुमने हमारे परिवार और हमारे गाँव को शर्मसार किया है," नारायण कहता है, उसकी आवाज़ गुस्से और दुख दोनों से भारी है।

भीड़ सयाजीराव को घेर लेती है, उनके चेहरे विश्वासघात और दृढ़ संकल्प के मिश्रण हैं, जो अपने गाँव के लिए न्याय की तलाश में एकजुट हैं।

भीमा, अपनी रक्षात्मक भावनाओं से प्रेरित होकर, आगे बढ़ता है, उसकी आवाज़ ज़ोरदार है। "चलो इन गद्दारों को एक ऐसा सबक सिखाएँ जो वे कभी नहीं भूलेंगे!"

शंभु एक हाथ उठाते हैं, उनकी आवाज़ शांत लेकिन दृढ़ है। "हमारे गाँव की ताक़त हिंसा में नहीं, बल्कि इसकी अखंडता में है। पंचायत और क़ानून उनका फ़ैसला करेंगे।"

एकजुट गाँव

जैसे ही पंचायत अपना फ़ैसला सुनाती है, ग्रामीण एकजुट खड़े होते हैं, न्याय और गरिमा की माँग में उनकी आवाज़ें मज़बूत और दृढ़ हैं। सयाजीराव और उसके साथियों को अधिकारियों के हवाले कर दिया जाता है, उनका विश्वासघात विश्वास और समुदाय के महत्व की याद दिलाता है।

उस शाम बाद में, जैसे ही ग्रामीण तारों से भरे आसमान के नीचे इकट्ठा होते हैं, हवा में शांति और गर्व का भाव भर जाता है। फ़िल्म क्रू, इस अग्निपरीक्षा से विनम्र होकर, गाँव की सफ़ाई शुरू करता है, उनकी कार्रवाई प्रायश्चित की दिशा में एक छोटा लेकिन सार्थक क़दम है।

जैसे-जैसे रात गहरी होती है, ग्रामीणों के बीच के बंधन पहले से कहीं ज़्यादा मज़बूत महसूस होते हैं। पिछले कुछ दिनों की घटनाओं ने उनकी एकता की परीक्षा ली है, लेकिन अंत में, उन्होंने साबित कर दिया है कि न्याय और लचीलापन किसी भी चुनौती पर क़ाबू पा सकता है।

एक भावुक विदाई

सूरज क्षितिज पर नीचे उतरता है, गाँव के चौक पर एक गर्म सुनहरी रोशनी डालता है। हवा में खट्टे-मीठे भावों का माहौल है क्योंकि ग्रामीण अपने सम्मानित अतिथियों को विदाई देने के लिए एक बड़े घेरे में इकट्ठा होते हैं। हर चेहरा एक कहानी कहता है—कुछ ख़ुशी से रोशन, कुछ विदाई के दुख से ढँके हुए।

नारायण अपनी पत्नी के बगल में लंबा खड़ा है, उसकी नज़रें कोमल लेकिन गर्व से भरी हैं। करण पास ही खड़ा है, उसकी आम तौर पर शरारती आँखें इस पल की गहराई को दर्शाती हैं। शंभु अपनी पत्नी के साथ आते हैं, गीता उनके बगल में चल रही है, उसका मंगलसूत्र शाम की रोशनी में धीरे से चमक रहा है। उसकी

तेजस्वी मुस्कान सभा को रोशन कर देती है, उसकी ख़ुशी इस मार्मिक माहौल में उत्सव की एक परत जोड़ देती है।

राजेश एक गहरी साँस लेता है, उसकी आँखें एक आख़िरी बार शांत गाँव को देखती हैं। "ये गाँव," वो शुरू करता है, उसकी आवाज़ विस्मय से रंगी हुई है, "नितेश और गीता के वर्णन से भी ज़्यादा ख़ूबसूरत है।"

अनीता सिर हिलाती है, उसकी आँखें नम हैं लेकिन कृतज्ञता से चमक रही हैं। "हम सिर्फ़ जा नहीं रहे हैं; हम इस गाँव को हमेशा के लिए अपने दिलों में ले जा रहे हैं।"

ग्रामीण अपनी सहमति व्यक्त करते हैं, उनके मेहमानों और समुदाय के बीच बने बंधन की एक सामूहिक स्वीकृति। बच्चे अपने माता-पिता के हाथ पकड़े हुए हैं, जबकि बुज़ुर्ग जानकर सिर हिलाते हैं, उनके चेहरे प्रशंसा और गर्व के मिश्रण हैं।

उम्मीद का तोहफ़ा

जैसे ही राजेश, विवेक और अनीता रवाना होने की तैयारी करते हैं, राजेश रुकता है, उसका हाथ उसकी जेब में जाता है। वो एक लिफ़ाफ़ा निकालता है, उसका वज़न कागज़ और स्याही से ज़्यादा है—ये कृतज्ञता और उद्देश्य का प्रतीक है। एक प्यारी सी मुस्कान के साथ, वो इसे नितेश और गीता को देता है। उनके चेहरे जिज्ञासा से भर जाते हैं जैसे ही वे इसे शंभु को देते हैं, इस इशारे का महत्व महसूस करते हुए।

शंभु लिफ़ाफ़ा खोलता है, उसके हाथ थोड़े काँप रहे हैं। जैसे ही वो सामग्री को देखता है तो उसकी आँखें चौड़ी हो जाती हैं: पचास लाख का एक चेक और एक हार्दिक पत्र। वो नारायण की ओर मुड़ता है, उसकी आवाज़ भावनाओं से भरी हुई है। "ये... ये गाँव के लिए एक तोहफ़ा है," वो कहता है, उसका लहजा श्रद्धापूर्ण है। "राजेश, विवेक और अनीता ने एक स्कूल और एक अस्पताल बनाने के लिए पचास लाख दिए हैं—नितेश और गीता के लिए एक शादी का तोहफ़ा जो हमारे समुदाय को बदल देगा।"

भीड़ आहों और फुसफुसाहटों की लहर में फूट पड़ती है। कंधे से कंधा मिलाकर खड़े ग्रामीण इस कार्य की विशालता से अभिभूत हैं। माताएँ अपनी आँखों से आँसू पोंछती हैं, पिता कृतज्ञता में अपने हाथ जोड़ते हैं, और बच्चे आश्चर्य से भरी आँखों

से देखते हैं। तोहफ़े का वज़न सिर्फ़ वित्तीय नहीं बल्कि प्रतीकात्मक है—एक बेहतर कल का वादा।

एक इंजन के चलने की आवाज़ ये संकेत देती है कि विदाई का वक़्त क़रीब है। जैसे ही राजेश की गाड़ी आगे बढ़ने लगती है, फ़िल्म निर्देशक, हमेशा सतर्क, फ़िल्म के क्लाइमेक्स के लिए ज़रूरी भावुक पल को क़ैद करने के लिए पल का फ़ायदा उठाता है। उसकी आवाज़ हवा में गूँजती है, "साउंड, रोल कैमरा, और एक्शन!"

लेंस सही फ़्रेम क़ैद करता है: गाड़ी धीरे-धीरे दूर जा रही है, ग्रामीण गर्मजोशी और सम्मान के एक दृश्य में एक साथ खड़े हैं। नारायण और शंभु सामने और बीच में खड़े हैं, उनके हाथ विदाई के एक गंभीर इशारे में उठे हुए हैं। नितेश और गीता हाथ हिलाते हैं, उसकी मुस्कान आँसुओं से रंगी हुई है, जबकि करण उसके बगल में खड़ा है, उसकी युवा उमंग इस पल के वज़न से नरम हो गई है। बच्चे उत्साह से कूदते और हाथ हिलाते हैं, उनकी मासूमियत उस उम्मीद की याद दिलाती है जो गाँव रखता है।

गाड़ी घुमावदार कच्ची सड़क पर नीचे उतर जाती है, उसकी छाया सुनहरे खेतों और दूर की पहाड़ियों के ख़िलाफ़ सिकुड़ती जा रही है। ग्रामीणों के हाथ उठे रहते हैं, उनकी शांत विदाई गाड़ी के नज़रों से ओझल होने के बाद भी बनी रहती है। कैमरा पीछे हटता है, उनके चेहरों पर चमकते आँसुओं, उनके खड़े होने में एकता और उनके दिलों में उमड़ते गर्व को क़ैद करता है।

दृश्य अंत के साथ नहीं, बल्कि निरंतरता के भाव के साथ ख़त्म होता है—एक उज्जवल भविष्य का वादा सभी उपस्थित लोगों के दिलों में अंकित है। नारायण, शंभु और ग्रामीणों के लिए, विदाई सिर्फ़ एक अंत नहीं बल्कि एक नई शुरुआत है—एक याद दिलाता है कि एकता, दया और साझा सपने आगे का रास्ता रोशन करते हैं।

दिल की अनकहीं दांस्तां

पुनर्मिलन

मुंबई एयरपोर्ट की सुबह एक अजीब सी शांति के साथ शुरू होती है। कभी-कभी उद्घोषणाओं की आवाज़ उस सन्नाटे को तोड़ती है। गेट के बाहर गणेश बेचैनी से टहल रहे हैं। फर्श पर उनकी तेज़ चाल के कारण गूंजती आवाज़ें विशाल टर्मिनल में हल्की-हल्की सुनाई देती हैं। उनकी आंखें कभी चमकते आगमन बोर्ड पर टिकती हैं तो कभी गेट से बाहर आते यात्रियों की भीड़ पर।

लंदन की फ्लाइट को उतरे दो घंटे हो चुके हैं, लेकिन उनके दोस्त मोहन का कहीं अता-पता नहीं है।

आसपास का माहौल—लोगों के ट्रॉली खींचने की आवाज़ें, परिवारों के हर्षोल्लास भरे पुनर्मिलन—सब कुछ गणेश के लिए धुंधला पड़ चुका है। उनके लिए समय जैसे थम गया है। हर बीतता हुआ पल उनकी धड़कनों को तेज़ करता जा रहा है। उनके दिमाग में बचपन के वो पल घूमने लगते हैं, जब वो और मोहन बिना किसी चिंता के सपने देखा करते थे, और गहरी बातें साझा करते थे। इतने सालों बाद अपने दोस्त से मिलने की कल्पना भर से उनका दिल तेज़ी से धड़कने लगता है।

और फिर, अचानक, जैसे समय ने रफ्तार पकड़ ली हो, गणेश की नजर एक परिचित आकृति पर पड़ती है। उनकी सांसें थम जाती हैं, और चेहरे पर चमक लौट आती है। वो मोहन है। उसके बालों में थोड़ी सफेदी और आंखों के किनारों पर उम्र की हल्की लकीरें नज़र आ रही हैं, लेकिन उसकी मुस्कान में वही पुरानी गर्मजोशी है।

गणेश एक पल की भी देरी नहीं करते। उनकी चाल दौड़ में बदल जाती है। "मोहन!" उनकी आवाज़ भावनाओं से कांप रही है।

मोहन अपना बैग छोड़कर बांहें फैलाता है। दोनों भाईचारे भरी एक टाइट झप्पी में बंध जाते हैं। वो पल लंबा खिंच जाता है, और उनकी हंसी खुशी के आंसुओं में मिल जाती है।

"कितने साल हो गए!" मोहन की आवाज़ खुशी और हल्की उदासी का मिला-जुला भाव लिए होती है। "इस झप्पी से सालों की दूरी मिट गई।"

दोनों फिर से हंसते हैं, वो हंसी जो सिर्फ पुराने दोस्तों के बीच होती है—सच्ची, दिल से और राहत भरी। उस पल में, जैसे वो बिछड़े साल गायब हो गए हों, और दोनों फिर से वही बच्चे बन गए हों, साथ खड़े।

मोहन पास खड़ी एक युवती की ओर इशारा करता है। उसका अंदाज़ थोड़ा झिझक भरा है, लेकिन मुस्कान में गर्मजोशी है। "ये मेरी बेटी, मिनी है," मोहन गर्व से कहता है। "मेरी सबसे बड़ी उपलब्धि। ये डॉक्टर बनने जा रही है—पुणे मेडिकल कॉलेज में एडमिशन मिल चुका है।"

गणेश की आंखें चमक उठती हैं। "परिवार में डॉक्टर! ये तो शानदार है, मोहन। तुमने सचमुच कमाल कर दिया।"

मिनी शरमा जाती है, लेकिन उसकी आंखों में कृतज्ञता झलकती है। गणेश की गर्मजोशी उसे तुरंत घर जैसा महसूस कराती है।

यादें और नए आरंभ

एयरपोर्ट से निकलते हुए शहर जाग रहा है। कार मुंबई की चौड़ी, हलचल भरी सड़कों पर दौड़ती है, जहां ज़िंदगी हमेशा चलती रहती है। सड़क किनारे के ठेले, साइकिल सवार, और तेज़ गाड़ियों की आवाज़ें—सुबह की सुनहरी रोशनी इस हलचल पर जादुई परछाई बिखेर रही है।

गणेश और मोहन कार की पिछली सीट पर बैठे हैं, और उनकी बातचीत में गहरी रुचि झलक रही है। वो उन बीते सालों की कमी को महसूस नहीं होने दे रहे। मिनी सामने बैठी खिड़की से बाहर देख रही है—गगनचुंबी इमारतों और बस्तियों के इस अद्‌भुत मिश्रण को निहारते हुए।

"तो, रियल एस्टेट का काम कैसा चल रहा है?" गणेश उत्सुकता से पूछते हैं।

मोहन थोड़ा झुकते हुए धीमी आवाज़ में कहते हैं, जैसे कोई राज़ साझा कर रहे हों। "अच्छा चल रहा है। मैंने थोड़ी जमीन खरीदी है, और वहां एक अस्पताल बनाने की योजना है।"

गणेश का चेहरा उत्साह से चमक उठता है। "ये तो कमाल की बात है! और मिनी डॉक्टर बन ही रही है। एकदम सही समय पर सही योजना। वो अस्पताल संभाल लेगी, और तुम्हारे पास दोनों दुनिया के बेस्ट हिस्से होंगे।"

मोहन हल्की सांस लेते हैं, उनकी आवाज़ में नरमी आ जाती है। "यही सपना है, गणेश। मैं जल्दी रिटायर होना चाहता हूं, और उसे ये ज़िम्मेदारी सौंपना चाहता हूं।"

बातचीत आसानी से बहती है, और दोनों हंसी-मज़ाक में पुराने दिनों को याद करते हैं। स्कूल की शरारतें, बचपन की मुश्किलें और वो बड़े सपने, जो कभी दूर लगते थे, अब ज़िंदगी का हिस्सा बन गए हैं।

कार गणेश के बंगले के सामने रुकती है—एक खूबसूरत दो-मंज़िला घर, जिसे घेरता हुआ बगीचा इसे और आकर्षक बनाता है।

गणेश खिड़की से बाहर झांकते हुए मुस्कुराते हैं। "पहुँच गए? पता ही नहीं चला।"

मिनी सामने से मुस्कुराते हुए कहती है, "आप दोनों की बातें सुनते-सुनते मुझे लगा, हम किसी और शहर पहुंच जाएंगे।"

वो कार से बाहर निकलते हैं, और सुबह की हल्की हवा फूलों की खुशबू बिखेरती है। माहौल हल्का और उम्मीद से भरा हुआ है। ये पुनर्मिलन सिर्फ खुशी का पल नहीं है, बल्कि पुरानी यादों और नए सपनों के बीच का पुल है।

एक नया परिवार

जैसे ही गणेश अपने घर का दरवाजा खोलते हैं, एक सजीव गर्माहट से माहौल भर जाता है। उनकी आवाज गर्व से गूंजती है, "रीता! बेटियां! हमारे मेहमान आए हैं, आओ और मिलो।"

घर में हलचल का एक प्यारा सा माहौल है—एक सुखद अव्यवस्था जो मोहन और मिनी को तुरंत सहज महसूस कराती है। सबसे पहले रीता कमरे में आती हैं, उनके हाथों पर रसोई से आटा लगा हुआ है। वो अपने एप्रन पर हाथ पोंछते हुए मुस्कुराती हैं। "आइए, आइए! तुम मिनी हो ना? मोहन ने तुम्हारे बारे में बहुत बातें की हैं।"

गणेश की बेटियां, अनीता और सुनीता, कुछ ही पल में कमरे में आ जाती हैं। उनकी चंचल ऊर्जा पूरे माहौल को और भी जीवंत बना देती है। अनीता की आंखें मिनी को देखकर चमक उठती हैं। "मिनी दीदी!" वह उत्साह से मिनी का हाथ पकड़ते हुए कहती है। "आप हमारे साथ रहेंगी! कितना मजा आएगा।"

मिनी हंसती हैं, उस पल में ही घर का हिस्सा बनती हुई महसूस करती हैं। "लगता है आज रात मैं तुम दोनों के साथ ही सोऊंगी।"

सुनीता, जो बड़ी बहन है, आंखें घुमाती है लेकिन मुस्कुराए बिना नहीं रह पाती। "सही कह रही है। अनीता तुम्हें सोने नहीं देगी अपनी नॉनस्टॉप बातों से।"

अनीता चिढ़ाते हुए सुनीता की तरफ जीभ निकालती है और मिनी को उनके कमरे की ओर खींच ले जाती है। उनकी खेल-खेल में की गई नोकझोंक पूरे घर में गूंजती है, नए रिश्तों के बनने की आवाज बनकर।

मोहन, इस दृश्य को देखते हुए, नर्म हो जाते हैं। बहुत समय बाद उन्होंने मिनी को इतना सहज और खुश देखा है।

जब लड़कियां अपने कमरे में चली जाती हैं, तो मोहन, गणेश, और रीता लिविंग रूम में बैठ जाते हैं। रसोई से ताजा बनी चाय की खुशबू आती है, और रीता सबके लिए गर्मागर्म चाय कप में डालती हैं। तीनों आराम से बैठते हैं, और माहौल हल्का गंभीर हो जाता है।

चाय की एक घूंट लेने के बाद, मोहन थोड़ा झिझकते हुए बोलते हैं, उनकी आवाज में संकोच और भरोसे का मिश्रण झलकता है। "गणेश, मुझे तुमसे एक बात करनी है। मैंने एक फैसला लिया है, बिना तुमसे पूछे। मैंने मिनी के कॉलेज एडमिशन के लिए तुम्हारा नाम उसके लोकल गार्जियन के रूप में दिया है। इसका मतलब है कि तुम्हें ये जिम्मेदारी लेनी होगी।"

गणेश अपनी बात को हल्के में लेते हुए मुस्कुराते हैं। "क्या कह रहे हो, मोहन? मिनी अब हमारी फैमिली का हिस्सा है। हमारे पास पहले ही दो बेटियां हैं। अब वो हमारी तीसरी बेटी होगी।"

मोहन की आंखें चमक उठती हैं, और वो अपनी भावनाओं को दबाने की कोशिश करते हैं। "सुधा के जाने के बाद, मिनी ही मेरी सब कुछ है। वही मेरे पास बची है।"

गणेश, मोहन के कंधे पर अपना हाथ रखते हैं, उनकी आवाज भरोसे से भरी होती है। "तुम बिल्कुल चिंता मत करो। तुम अपने काम पर ध्यान दो और अपना अस्पताल बनाओ। मिनी की देखभाल हमारी जिम्मेदारी है।"

रीता, हमेशा की तरह अपनी मातृभवना से प्रेरित होकर, कोमलता से कहती हैं, "आज से मिनी हमारी सबसे बड़ी बेटी है। तुम्हें उसकी कोई चिंता करने की जरूरत नहीं। अब वो यहीं अपने घर में है।"

मोहन की नजरें कमरे की ओर जाती हैं, जहां से लड़कियों की हंसी की आवाजें बाहर आ रही हैं। उनके चेहरे पर मुस्कान फैल जाती है, और उनका दिल हल्का हो जाता है। "वो पहले से ही यहां अच्छी तरह घुल-मिल गई है।"

विदाई और एक नया अध्याय

अगली सुबह घर में एक अलग सा सन्नाटा है। कल की हंसी-मज़ाक की जगह अब विदाई की तैयारी का गम्भीर माहौल है। मोहन, गणेश और मिनी मिलकर उसके बैग कार में रखते हैं। पुणे की ओर जाने वाली सड़क सुनहरी सुबह की रोशनी में चमक रही है, और कार के इंजन की हल्की गूंज उनकी बातचीत के बीच की खामोशी को भर रही है।

कॉलेज पहुंचते ही, मिनी अपने एडमिशन की औपचारिकताएं पूरी करती है। उसके चेहरे पर उत्साह और घबराहट का अनोखा मिश्रण साफ झलक रहा है, जब उसे हॉस्टल रूम की चाबी सौंपी जाती है।

कार तक लौटते हुए, गणेश मिनी की पीठ थपथपाते हैं। उनकी आवाज में स्थिरता और स्नेह झलकता है। "मिनी, एक बात याद रखना: जब भी तुम्हें किसी चीज़ की ज़रूरत हो, या घर की याद आए, हमारा घर तुम्हारा घर है।"

मिनी सिर हिलाती है, उसकी आंखों में कृतज्ञता चमकती है। "मैं याद रखूंगी, अंकल। धन्यवाद। मैं अनीता और सुनीता को बहुत याद करूंगी।"

फिर वह मोहन की ओर मुड़ती है और उन्हें कसकर गले लगाती है। "अपना ख्याल रखना, पापा। गणेश अंकल मेरा ध्यान रखेंगे।"

मोहन की आंखें भर आती हैं, और वह उसे पास से लगाकर कहते हैं, "मेरे दिल के टुकड़े, आज तुम्हें इसलिए भेज रहा हूं ताकि तुम अपने पैरों पर खड़ी हो सको। मुझे तुम पर बहुत गर्व है।"

मिनी की आवाज भावनाओं से कांपती है, लेकिन वह अपनी मुस्कान के पीछे आंसुओं को छुपा लेती है। "आपने मुझे अच्छे संस्कार दिए हैं, पापा। मैं आपको निराश नहीं करूंगी।"

जैसे ही कार हॉस्टल के गेट से दूर जाती है, मिनी उसे तब तक देखती रहती है, जब तक वह आंखों से ओझल नहीं हो जाती। उस पल में उसके दिल में भविष्य को लेकर उत्साह और पीछे छूटे घर की यादों का दर्द दोनों ही उमड़ आते हैं।

एक नई दोस्ती

उस दोपहर, मिनी भारी कदमों से हॉस्टल की व्यस्त गलियारों से गुजरती है। उसके बैग हर कदम के साथ और भारी लगने लगते हैं। आखिरकार अपने कमरे तक पहुंचकर, वह दरवाजा खटखटाती है। उसका दिल हल्का सा जोर से धड़कता है, जैसे वह इस नए अध्याय की कल्पना कर रही हो।

दरवाजा खुलता है, और एक मुस्कुराती हुई लड़की सामने खड़ी होती है। उसकी आंखों में चमक और स्वागत का भाव साफ झलकता है। "हाय! तुम मिनी हो ना," वह चहकते हुए कहती है। "मैं राधा हूं। बहुत अच्छा लगा कि हम रूममेट्स बनेंगे।"

मिनी मुस्कुराती है, उसकी सारी घबराहट जैसे गायब हो जाती है। "तुमसे मिलकर अच्छा लगा, राधा। क्या तुमने अपना बेड चुन लिया है?"

राधा हंसते हुए, हाथ हिलाकर कहती है, "तुम चुन लो! मुझे कोई फर्क नहीं पड़ता।"

मिनी सिर हिलाते हुए, मजाकिया लेकिन दृढ़ स्वर में कहती है, "बिलकुल नहीं। तुम पहले आई हो, तुम्हें ही चुनना चाहिए।"

दोनों एक-दूसरे की ओर मुस्कुराती हैं, और एक खामोश समझदारी उनके बीच बहने लगती है।

जैसे ही वे कमरे में सारा सामान खोलकर व्यवस्थित करने लगती हैं, मिनी को पहली बार थोड़ा सुकून महसूस होता है। यह जगह भले ही घर न हो, लेकिन राधा की गर्मजोशी के साथ, यह एक अच्छी शुरुआत की तरह महसूस होता है।

मिनी की यात्रा शुरू होती है।

दिन एक ही लय में बहने लगते हैं जैसे मिनी पूरी तरह से अपनी पढ़ाई में डूब जाती है। हर सुबह, वह सूरज निकलने से पहले उठती है, सुबह की पहली किरणें उसके हॉस्टल की खिड़की से अंदर आती हैं और उसकी डेस्क पर रखी किताबों को रोशन कर देती हैं। हाथ में एक गर्म चाय का प्याला लेकर, वह अपने नोट्स में खो जाती है, उसकी एकाग्रता बहुत तेज होती है। मेडिकल कॉलेज के गलियारे छात्रों के इधर-उधर भागने से जीवंत हो उठते हैं, लेकिन मिनी का जीवन उसके जुनून के इर्द-गिर्द घूमता है। उसका संकल्प एक मशाल की तरह चमकता है, जो

उसे अनगिनत व्याख्यान, प्रैक्टिकल और असाइनमेंट के माध्यम से मार्गदर्शन करता है।

शामें उसे लाइब्रेरी में बिताती हैं, पुरानी किताबों की सुगंध और सीलिंग पंखों की शांत गूंज एकाग्रता का एक माहौल बनाती है। वह पूरी तरह से नोट्स लेती है, उसकी लिखावट सटीक होती है, और सिलेबस के बोझ के बावजूद उसका दिमाग स्थिर रहता है। उसके साथियों के सोने के दौरान, देर रात तक उसकी डेस्क लैंप तेज चमकती है। उसका दृढ़ संकल्प उसे सबसे कठिन अध्यायों से पार कराता है, और डॉक्टर बनने की उसकी आकांक्षाएं उसके दिमाग में तीव्रता से जलती हैं।

जैसे-जैसे परीक्षा का मौसम नजदीक आता है, हवा में तनाव लगभग स्पष्ट रूप से बढ़ने लगता है। छात्र विषयों पर चर्चा करने और नोट्स साझा करने के लिए समूहों में इकट्ठा होते हैं, लेकिन मिनी को व्यक्तिगत अध्ययन की शांत तीव्रता पसंद है। वह प्रयास, बढ़ती थकावट महसूस करती है, लेकिन वह दृढ़ रहती है, हर पन्ना उसे उसके लक्ष्य के करीब लाता है।

आखिरकार, परिणाम आ गए हैं। बोर्ड की जाँच करते ही उसकी धड़कनें तेज हो जाती हैं, और जब वह अपना नाम सूची में सबसे ऊपर देखती है, तो उसे राहत और गर्व की लहर महसूस होती है। कक्षा में प्रथम। यह उपलब्धि सिर्फ एक उपलब्धि से कहीं अधिक है; यह उसकी दृढ़ता, लचीलापन और अटूट भक्ति को दर्शाती है। मिनी के लिए, यह केवल एक लंबी यात्रा की शुरुआत है, लेकिन यह एक शक्तिशाली पुष्टि है कि वह सही रास्ते पर है।

रास्तों का टकराव

कॉलेज के गलियारे की बड़ी खिड़कियों से दोपहर की धूप अंदर आ रही है, जिससे पॉलिश किए हुए फर्श पर लंबी, बदलती हुई परछाइयाँ पड़ रही हैं। मिनी गलियारे से भागती हुई जा रही है, उसकी किताबें एक हाथ में बेढंगे ढंग से थमी हुई हैं और उसका फोन लापरवाही से उसकी उंगलियों में टिका हुआ है। उसका दिमाग दौड़ रहा है, आने वाले पाठ और उस शाम के कामों के विचारों में डूबा हुआ है। जैसे ही वह एक तीखा मोड़ लेती है, वह विपरीत दिशा से आ रहे किसी व्यक्ति से टकरा जाती है। टक्कर से वह हिल जाती है, और उसकी किताबें और फोन ज़ोरदार आवाज़ के साथ फर्श पर गिर जाते हैं। मिनी हाँफती है, अपने चश्मे को ठीक करती है, जो उसकी नाक से नीचे गिर गया था, और अपना सामान उठाने के लिए घुटनों के बल नीचे झुकती है।

जब वह ऊपर देखती है, तो वह उस व्यक्ति को देखती है जिससे वह टकराई थी—एक लंबा, आत्मविश्वास से भरा दिखने वाला लड़का जो बिना पीछे मुड़े चला जाता है।

"अरे!" वह अनायास ही चिल्लाती है, उसकी आवाज़ आश्चर्य और झुंझलाहट से भरी हुई है।

वह लड़का, आकाश, नहीं रुकता। उसका दोस्त संक्षेप में हिचकिचाता है, अपने कंधे के ऊपर से देखता है, लेकिन आकाश उसे आगे बढ़ने का इशारा करता है। "छोड़ो, हमें पहले ही देर हो रही है," वह बेरुखी से कहता है।

मिनी की झुंझलाहट तब और बढ़ जाती है जब वह अपना सामान इकट्ठा करना समाप्त कर लेती है। जैसे ही वह अपने फोन में नुकसान के संकेतों की जाँच करती है, उसका जबड़ा कस जाता है। "कितना असभ्य," वह बुदबुदाती हुई उठती है और अपनी किताबों से धूल झाड़ती है।

राधा उसके बगल में आ जाती है, जिसने इस मुठभेड़ को देखा था। "कौन?" वह नीचे झुककर कुछ बिखरे हुए कागजात उठाते हुए पूछती है।

मिनी अपना सिर भागते हुए लोगों की ओर घुमाती है। "वे दोनों—उनमें से एक मुझसे टकरा गया और माफी माँगने की भी जहमत नहीं उठाई।"

राधा उसकी आँखों का पीछा करती है और तुरंत उस लड़के को पहचान लेती है। "वह आकाश है," वह घृणा से भरी आवाज़ में कहती है। "वह हमेशा ऐसा ही होता है—एक बिगड़ा हुआ अमीर औलाद" मिनी भौंहें चढ़ाते हुए अपना चश्मा ठीक करती है। "बिगड़ा हुआ हो या नहीं, बुनियादी शिष्टाचार माँगना बहुत ज्यादा नहीं है।"

राधा कंधा सिकोड़ती है, उसकी आवाज़ सहज लेकिन जानकार है। "वह मानता है कि दुनिया उसके चारों ओर घूमती है। उसके पिता दिल्ली के एक प्रमुख व्यवसायी हैं। उसके जैसे लोग मानते हैं कि वे अछूत हैं।"

मिनी बेचैनी को अनदेखा करने की कोशिश करती है, लेकिन यह बातचीत उसके दिमाग में एक कांटे की तरह चुभ जाती है। वह समझती है कि इस पर बने रहना बेकार है, लेकिन उदासीनता उसे जितना वह स्वीकार करना चाहेगी, उससे कहीं ज्यादा दुख पहुँचाती है।

सामाजिक खाई

अगले दिन, कैंटीन चहल-पहल से भरी हुई है। छात्र टेबलों के चारों ओर झुंड बना रहे हैं, भोजन लेते समय उनकी ट्रे टकरा रही हैं। हवा शोर और हँसी से भरी है, लेकिन मिनी चुपचाप भीड़ से गुजरती है, उसके साधारण कपड़े कॉलेज जीवन के प्रति उसके सीधे दृष्टिकोण को दर्शाते हैं। वह अपनी ट्रे एक कोने की मेज पर ले जाती है, अपने अगले पाठ से पहले एक छोटा सा ब्रेक लेने के लिए तैयार है।

जैसे ही वह चलती है, पास बैठे छात्रों का एक समूह उसे देखता है। एक अपने साथी की ओर झुकता है और फुसफुसाता है, "अरे, उस किताबी कीड़े को देखो।"

साथी उसकी निगाह का पीछा करता है और उसे तुरंत पहचान लेता है। "वह मिनी है। वह अपनी कक्षा में सबसे ऊपर है।"

कैंटीन के दूसरी ओर, आकाश बड़बड़ाहट सुनता है लेकिन देखता नहीं है। वह बेरुखी से हाथ हिलाता है, उसकी आवाज़ तिरस्कार से भरी हुई है। "जो लोग बहुत ज्यादा स्मार्ट होते हैं वे थोड़े अमित्र होते हैं।"

उसका दोस्त मुस्कुराता है। "क्या तुम वही नहीं थे जो कल उससे टकरा गया था?"

आकाश कंधा सिकोड़ता है, उसकी आवाज़ लापरवाह है। "यह कोई बड़ी बात नहीं है।"

मिनी इस दृश्य से परेशान है, इसे अनदेखा करने के अपने प्रयासों के बावजूद। वह अपनी मेज पर बैठती है, अपनी नोटबुक खोलती है, और अपने नोट्स पलटती है। राधा उससे दूर बैठकर बातचीत का निरीक्षण करती है।

"तुम्हें पता है," राधा अपनी शांत लेकिन मज़ेदार आवाज़ में कहती है, "आकाश को हर किसी को परेशान करने की आदत है। उसे तुम पर हावी न होने दो।"

मिनी कमजोर रूप से मुस्कुराती है लेकिन जवाब नहीं देती। गहराई से, वह खुद और आकाश जैसे छात्रों के बीच एक खाई देखती है, जिनका आत्मविश्वास अक्सर अहंकार की सीमा तक पहुँच जाता है। वह खुद को मजबूत करती है और अपनी महत्वाकांक्षाओं पर फिर से ध्यान केंद्रित करती है। सामाजिक गतिशीलता मुश्किल हो सकती है, लेकिन मिनी अपनी प्राथमिकताओं को समझती है और किसी भी चीज—या किसी को भी—उसे विचलित नहीं होने देने के लिए दृढ़ है।

पार्टी का निमंत्रण

शाम का माहौल हलचल से भरा हुआ है। राधा अपने हॉस्टल रूम में इधर-उधर घूम रही है, उसके चेहरे पर उत्साह झलक रहा है। बिस्तर पर कपड़े बिखरे हुए हैं। वह एक-एक ड्रेस उठाकर देखती है और आखिरकार चमकदार लाल ड्रेस पर ठहरती है। वह शीशे के सामने खड़ी होकर बड़े ध्यान से आईलाइनर लगाती है। उसके गालों पर उत्साह का रंग है, उसकी खुशी लगभग छू जाने वाली है।

"मिनी, चलो न!" राधा तीसरी बार मिन्नत करती है, पीछे मुड़कर अपनी रूममेट को देखती है। मिनी अपने बिस्तर पर क्रॉस-लेग बैठी हुई है, चारों तरफ खुले हुए किताबें और नोट्स बिखरे हुए हैं। उसका ध्यान पूरी तरह से अपने असाइनमेंट पर है। डेडलाइंस का बोझ पार्टी का ख्याल उसके दिमाग में आने ही नहीं देता।

राधा गहरी सांस लेती है और नाटकीय ढंग से अपने हाथ कमर पर रखती है। "तुम्हें ब्रेक की ज़रूरत है, मिनी। सिर्फ एक रात की मस्ती से तुम्हारे सपने नहीं बिगड़ेंगे।"

मिनी हल्की मुस्कान देती है, लेकिन ऊपर नहीं देखती। "राधा, तुम जाओ और मज़े करो। मुझे ये खत्म करना है। पार्टी मेरा बेग़र भी मज़ेदार होगी।"

राधा हार मानकर बड़बड़ाती है और मिनी के बैग से एक स्कार्फ निकालकर अपनी गर्दन पर लपेटती है। "ठीक है, कम से कम इसे तो ठीक कर दो। मुझे ऐसा नहीं लगना चाहिए जैसे मैं अपनी ही गर्दन दबा रही हूं।"

मिनी हंस पड़ती है और खड़ी होकर अपनी दोस्त की मदद करती है। वह स्कार्फ को ठीक से सेट करती है और पीछे हटकर देखती है। "लो, अब तुम एकदम परफेक्ट लग रही हो। जाओ, सबका दिल जीत लो।"

राधा खुशी से मुस्कुराती है और एक बार घूमकर अपनी ड्रेस दिखाती है। "तुम बहुत मिस करने वाली हो, मिनी। बाद में शिकायत मत करना जब मैं सारी कहानियां लेकर आऊंगी!"

मिनी उसकी ओर हाथ हिलाती है, उसकी मुस्कान में गर्माहट है। "मज़े करो, राधा।"

दरवाजा बंद होते ही कमरे में खामोशी छा जाती है। मिनी फिर से अपने नोट्स की ओर झुक जाती है, शांति में डूबी हुई।

देर रात की देखभाल

मिनी अपने पढ़ाई में इतनी डूबी हुई है कि उसे समय का एहसास ही नहीं होता। घड़ी की टिक-टिक रात के देर घंटे का संकेत देती है। डेस्क लैम्प की हल्की रोशनी कमरे की दीवारों पर लम्बी परछाइयाँ बनाती है। उसके हाथ में पेन बिना रुके पन्नों पर चलता रहता है।

अचानक, दरवाजे से अजीब सी आवाज़ सुनाई देती है। ताले के साथ किसी के हाथों की फंबलिंग की आवाज़ उसके ध्यान को तोड़ देती है। वह कुर्सी पीछे खिसकाती है और दरवाजे की ओर बढ़ती है, दिल में हल्की सी बेचैनी।

दरवाजा खोलने पर, वह राधा को देखती है, जो लड़खड़ा रही है। उसकी चमकती आंखें अब ग्लासी हैं और चेहरा सुर्ख। वह दरवाजे की चौखट पकड़कर खड़ी है, शब्दों को ढंग से बोलने की कोशिश करती हुई।

"बहुत... बहुत ज़्यादा..." राधा बड़बड़ाती है, उसकी आवाज़ धीमी और लड़खड़ाती हुई।

मिनी की चिंता तुरंत बढ़ जाती है। "राधा, क्या हुआ?" वह पूछती है और उसे संभालने के लिए तुरंत कदम बढ़ाती है। राधा को मजबूती से पकड़कर मिनी उसे बिस्तर तक ले जाती है।

लेकिन राधा बिस्तर पर बैठने से पहले ही झुक जाती है। मिनी तेजी से पास का कूड़ेदान खींच लेती है। कमरे में एक तीखी गंध भर जाती है, जैसे ही राधा अपना पेट खाली करती है।

"सब ठीक है, सब ठीक है," मिनी धीरे-से कहती है, उसका स्वर शांत और भरोसा दिलाने वाला। वह राधा की पीठ सहलाती है, उसे सहारा देती है। "चलो, तुम्हें साफ कर देती हूँ।" वह एक गीला कपड़ा लाती है और राधा का चेहरा साफ करती है। फिर वह मजबूत काले कॉफी का कप बनाती है, जिसकी महक कमरे में फैल जाती है।

"लो, इसे धीरे-धीरे पियो। ये तुम्हारी मदद करेगा।" मिनी कप राधा को देती है।

राधा छोटे-छोटे घूंट लेती है, उसकी हरकतें धीमी लेकिन भरोसेमंद। मिनी उसके पास बैठी रहती है, सावधानी से देखती हुई कि वह ठीक है या नहीं। कुछ देर बाद, राधा गहरी नींद में चली जाती है।

मिनी तुरंत आराम नहीं करती। वह कमरे में इधर-उधर घूमकर सफाई करती है और यह सुनिश्चित करती है कि राधा आरामदायक है। वह कंबल को ठीक से राधा के ऊपर डालती है और उसके कंधों को धीरे-से ढकती है।

आखिरकार, मिनी अपने बिस्तर पर बैठती है और एक धीमी सांस लेती है। घड़ी की ओर देखती है—आधी रात से भी ज़्यादा हो चुका है। वह सिरहाने टिक जाती है, दिन की थकान उसके ऊपर आ जाती है। लेकिन उसका दिल हल्का महसूस करता है, यह जानकर कि उसकी दोस्त सुरक्षित और ठीक है।

कमरे में शांति छा जाती है, जिसे केवल राधा की धीमी सांसों की आवाज़ तोड़ती है। मिनी अपनी आंखें बंद करती है, उसकी सोच में यह धन्यवाद भरा होता है कि वह अपनी दोस्त के लिए वहां मौजूद थी।

दोस्ती और गहरी हुई

अगली सुबह, धूप धीरे से पर्दों से छनकर कमरे में फैली हुई थी, जिससे कमरे में सुनहरी रोशनी छा गई थी। राधा हिली-डुली और नींद में ही उठ बैठी, उसका सिर दर्द कर रहा था। वह अभी भी अपनी पार्टी की पोशाक में थी, और पिछली रात की उसकी यादें धुंधली थीं।

मिनी, जो पहले से ही जाग चुकी थी और अपने नोट्स पर काम कर रही थी, भाप से भरे एक कप कॉफी के साथ आई। उसने धीरे से इसे राधा के हाथों में रखा और जानकर मुस्कुराई। "क्या तुम्हें अब अच्छा लग रहा है?" उसने पूछा।

राधा दर्द से कराह उठी, उसकी आवाज़ भारी थी। "बमुश्किल। मुझे बहुत अफ़सोस है, मिनी। मैं बहुत बुरी हालत में थी।"

मिनी ने कंधे उचकाए, अपनी आवाज़ हल्की रखी। "अगर मैं तुम्हारी जगह होती, तो तुम भी यही करतीं। दोस्त इसी लिए तो होते हैं।"

राधा ने ऊपर देखा, उसकी शर्म तब दूर हो गई जब उसके होंठों पर एक मुस्कान फैल गई। "तुम सिर्फ एक दोस्त नहीं हो, मिनी। तुम मेरी सबसे अच्छी दोस्त हो।"

मिनी उसके बगल में बैठ गई और उसे प्यार से गले लगा लिया। "और तुम मेरी हो। अब, अपनी कॉफी खत्म करो और थोड़ा आराम करो।"

उस समय, उनका बंधन और गहरा हो गया, और उनके बीच एक शांत समझ पैदा हो गई। कमरा, जो अस्त-व्यस्त था और जिसमें थोड़ी कॉफी की गंध आ रही थी, उन दोनों के लिए दुनिया की सबसे सुरक्षित जगह जैसा लग रहा था।

घर से दूर एक परिवार

मिनी की सेमेस्टर की छुट्टियां अक्सर उसे मुंबई में गणेश के घर ले जाती थीं, जहाँ शहर की हलचल एक घनिष्ठ परिवार के सामने गायब हो जाती थी। गणेश की पत्नी, रीता, और उनकी बेटियाँ, अनीता और सुनीता, मिनी का अपने परिवार के सदस्य के रूप में स्वागत करती थीं, और उनके घर को मेडिकल स्कूल की कठोरता से एक शरणस्थली प्रदान करती थीं।

एक शाम, तीनों लड़कियाँ मिनी के बिस्तर पर पालथी मारकर बैठी थीं, एक बेडसाइड लैंप की गर्म रोशनी जगह पर चंचल परछाइयाँ बना रही थी। अनीता और सुनीता, हमेशा शरारतों से भरी हुई, ने मिनी को छेड़ने का फैसला किया।

"मिनी दीदी," अनीता ने शरारत से चमकती आँखों से शुरू किया, "क्या आप कभी किसी प्यारे लड़के से टकराई हैं, आपकी किताबें गिर गईं, और उसने उन्हें आपके लिए उठा लिया?"

मिनी हँसी, सवाल की मूर्खता से उसके गाल लाल हो गए। "नहीं, ऐसा कुछ नहीं। तुम ऐसी बेवकूफी भरी बातें क्यों पूछ रही हो?"

इससे पहले कि अनीता जवाब दे पाती, सुनीता कान से कान तक मुस्कुराते हुए कूद पड़ी। "उसने इसे एक फिल्म में देखा था! अब वह अपने राजकुमार का इंतजार कर रही है जो उसे अपने पैरों से उठा ले जाए।"

अनीता ने चौंकने का नाटक करते हुए हाँफते हुए कहा। "अरे, मैं ऐसा कुछ नहीं सोच रही हूँ!"

कमरा हँसी से गूंज उठा, मिनी की दैनिक दिनचर्या के विपरीत, आवाज़ हल्की और बेफिक्र थी। मिनी इन यात्राओं को इन क्षणिक उत्साह और मजेदार बातचीत के लिए संजोती थी।

जैसे ही उनकी हँसी धीमी हुई, रीता की आवाज़ सीढ़ियों से ऊपर गूंजी, गर्म और स्वागत करने वाली। "आओ, बच्चों, खाना तैयार है!"

लड़कियाँ बिस्तर से भाग गईं, उनकी हँसी अभी भी गलियारे में गूंज रही थी जब वे भोजन की मेज पर जा रही थीं। मिनी उनके पीछे-पीछे गई, उसका दिल भरा हुआ था। रीता के घर के बने खाने की महक हवा में भर गई, जिससे वह गणेश के घर पर पारिवारिक प्रेम के रात के दृश्यों के करीब आ गई।

मिनी नीचे बैठ गई, उसकी निगाह मेज पर घूम रही थी, जो स्वादिष्ट व्यंजनों से भरी हुई थी। उसने रीता को देखा, जिनकी माँ जैसी देखभाल हर विवरण में स्पष्ट थी, साफ मुड़े हुए नैपकिन से लेकर उस तरीके तक जिससे उन्होंने सुनीता को सबके बैठने से पहले अपना खाना चुनने से रोकने के लिए कहा।

जैसे ही वे सब बैठ गए, प्लेटों की खड़खड़ाहट और चर्चा की गूंज मिनी को एक गर्म आलिंगन की तरह घेर लिया। अनीता और सुनीता की आनंदमय ऊर्जा, गणेश की अटूट उपस्थिति और रीता की मातृ गर्माहट ने एक ऐसे अंतर को भर दिया जिसका उसे तब तक एहसास नहीं हुआ था जब तक वह उनसे नहीं मिली थी। मिनी को इस घर में सिर्फ एक मेहमान से ज्यादा महसूस हुआ, हँसी और स्नेह से घिरी हुई; उसे लगा जैसे उसे घर से दूर अपना परिवार मिल गया हो।

बैठक कक्ष में हंसी

एक आरामदायक रविवार की दोपहर थी, और मिनी अनीता और सुनीता के साथ बैठक कक्ष के फर्श पर बैठी बोर्ड गेम खेल रही थी। वातावरण हल्की-फुल्की बातचीत और कड़ी प्रतिस्पर्धा से भरा हुआ था।

"मिनी दीदी," सुनीता ने पासा फेंकते हुए चुपके से फुसफुसाया, "ईमानदारी से बताओ—क्या तुमने कभी जीतने के लिए खेल में धोखा दिया है?"

मिनी बनावटी आक्रोश में हाँफ उठी। "माफ़ कीजिए! मैं एक डॉक्टर-इन-ट्रेनिंग हूँ। डॉक्टर धोखा नहीं देते।"

अनीता, बिना किसी हिचकिचाहट के, शामिल हो गई। "हो सकता है डॉक्टर धोखा न दें, लेकिन बहनें देती हैं! पिछली बार जब हम लूडो खेल रहे थे, तो तुम मेरी छह गिनना सुविधाजनक रूप से भूल गई थीं।"

"वह एक ईमानदार गलती थी!" मिनी ने मासूमियत का नाटक करते हुए ज़ोर देकर कहा।

सुनीता ने मिनी की ओर तिरछी नज़रों से देखा। "ईमानदार गलती? जैसे जब तुमने 'गलती से' सारी चॉकलेट खा ली जो हमने मूवी नाइट के लिए बचाई थी?"

मिनी ने नाटकीय ढंग से अपने हाथ हवा में उठाए। "मुझे फंसाया जा रहा है! वह एक चॉकलेट थी, और मैं पूरे दिन एनाटॉमी पढ़ने के बाद तनाव खा रही थी!"

अनीता हँसी। "खैर, तुम्हारे एनाटॉमी पाठों के लिए धन्यवाद, अब हम पेट की सही स्थिति जानते हैं जहाँ हमारी सारी चॉकलेट गायब हो गई।"

वे तीनों हँसी में फूट पड़े, लेकिन छेड़छाड़ वहीं नहीं रुकी। सुनीता अचानक अंदर की ओर झुकी, उसकी आँखों में एक शरारती मुस्कान थी।

"क्या तुम्हें याद है जब तुम चीखी थी क्योंकि तुम्हें लगा था कि बाथरूम में एक कॉकरोच है, और वह अनीता का हेयर क्लिप निकला?" उसने पूछा।

अनीता के हँसी में फूट पड़ने पर मिनी का चेहरा गुलाबी हो गया। "यह मेरी गलती नहीं थी! कौन इस तरह फर्श पर एक चमकदार काला क्लिप छोड़ता है? यह जीवित लग रहा था!"

अनीता ने अपना पेट पकड़ा और हँसी। "और तुम वॉशबेसिन पर कूद गई! माँ को लगा कि घर में भूकंप आ गया है!"

इस समय तक, तीनों इतनी ज़ोर से हँस रहे थे कि वे मुश्किल से बोल पा रहे थे। रीता अपने हाथों को अपनी कमर पर रखकर, हंगामा के बारे में उत्सुक होकर प्रकट हुईं।

"यहाँ क्या हो रहा है?" उसने पूछा।

अनीता ने हँसी के आँसू पोंछे और मिनी की ओर इशारा किया। "मिनी दीदी का कॉकरोच का डर पौराणिक है। अगली बार, हम बस एक खिलौना उनके बिस्तर पर रख देंगे!"

मिनी बड़बड़ाई और अपना सिर हिलाया। "तुम दोनों असंभव हो। अगर तुमने कभी ऐसा किया, तो तुम मेरा दिल का दौरा पड़ने का इलाज करोगी!"

रीता ने अपना सिर हिलाया, लड़कियों को फर्श पर लोटते हुए देखकर मुस्कुराई। "मुझे नहीं पता कि मैं तुम तीनों का क्या करूँगी," उसने प्यार से कहा, इससे पहले कि वह वापस रसोई में गायब हो जाए।

और बस इसी तरह, घर उस तरह की हँसी से भर गया जो केवल साझा यादों और एक साथ होने की खुशी से आ सकती है।

अनकही कनेक्शन्स: पार्टी की शाम में नए रंग

सेमेस्टर के कुछ महीने बीत चुके हैं। मिनी और राधा अपनी पढ़ाई में पूरी तरह डूब चुकी हैं, किताबों और लेक्चर्स से परे किसी और चीज़ के लिए वक्त ही नहीं बचता। लेकिन जब सेमेस्टर के बीच में एक भव्य पार्टी की घोषणा होती है, राधा का जोश फिर से लौट आता है। वह मिनी को साथ चलने के लिए मनाने में जुट जाती है, पूरी तरह तैयार कि वह उसे राज़ी करने के लिए काफी मशक्कत करेगी। लेकिन इस बार, उसकी उम्मीदों के उलट, मिनी तुरंत ही हाँ कह देती है।

मिनी अपने पहनावे का चुनाव बहुत सोच-समझकर करती है। वह एक साधारण लेकिन खूबसूरत ड्रेस चुनती है, जिसे राधा के मुताबिक़ उसकी सबसे अच्छी खूबियों को और निखारता है। पहली बार, मिनी हल्का मेकअप भी लगाती है। मेकअप करते हुए उसके हाथ थोड़ा कांपते हैं, लेकिन उसकी आँखों में एक नयी ऊर्जा और हल्की सी घबराहट के साथ उत्साह झलकता है। अपनी कम्फर्ट ज़ोन से बाहर निकलने का यह कदम उसके लिए बड़ा लगता है, लेकिन इसमें एक अनकहा रोमांच भी है।

पार्टी की चमक

पार्टी में हर ओर ऊर्जा का संचार है। म्यूज़िक की धुनें हवा में गूंज रही हैं, बातचीत की आवाज़ें और हंसी के फव्वारे माहौल को जीवंत बना रहे हैं। मिनी अंदर कदम रखती है, उसकी चाल में झिझक है, लेकिन संकल्प दृढ़। कमरा उसकी मौजूदगी को अपनाता है, लेकिन वह खुद को ध्यान का केंद्र बनाने से बचने की कोशिश करती है।

दूसरी ओर, आकाश पहले ही पहुंच चुका है। दोस्तों से घिरा हुआ, वह अपनी नकल करने की कला से सबको हंसा रहा है। उसकी चार्म और आत्मविश्वास कमरे को अपनी ओर खींच लेते हैं।

"आकाश तो सच में कॉलेज की जिंदगी जी रहा है," रवि मजाक में कहता है, अपने दोस्त को कुहनी मारते हुए।

कुछ ही देर में विजय पार्टी में दाखिल होता है। उसकी शांत और आत्मविश्वास से भरी उपस्थिति आकाश की चमक-धमक से बिल्कुल अलग है। कमरे का मुआयना करते हुए, वह बिना किसी हड़बड़ी के कदम आगे बढ़ाता है।

आकाश उसे देखते ही व्यंग्यात्मक मुस्कान के साथ कहता है, "देखो, विजय को। दिनभर किताबों में डूबा रहता है। शायद उनके साथ ही सो भी जाता होगा।"

उसके एक दोस्त हंसते हुए कहता है, "अरे, दिल का सर्जन जो बनना है। और वो भी एक गरीब परिवार से आता है।"

दूसरा दोस्त सहमति में सिर हिलाता है। "जब स्कॉलरशिप पर सपने पूरे करने हों, तो किताबें ही सहारा बनती हैं।"

आकाश कंधे उचकाते हुए कहता है, "खुशकिस्मती से मुझे इन सबकी चिंता नहीं करनी। मेरे पिताजी अस्पताल बना रहे हैं, और डॉक्टर उसे चलाएंगे।"

एक और दोस्त चुटकी लेते हुए कहता है, "तो विजय को जरूर हायर कर लेना। तुम्हारे अस्पताल की इज़्ज़त बना देगा।"

रवि की ज़ुबान से अनायास ही निकल पड़ा, "आकाश, तुम्हारी पार्टी में मज़ा आता है, शराब, कबाब लाजवाब, और तभी मिनी कमरे में प्रवेश करती है, और रवि के होंठों से अनायास ही निकल जाता है...........वाह, क्या शबाब है।" रवि अचानक रुक गया। उसकी नज़र दरवाज़े पर टिक गई, और उसकी हंसी की लय थम गई। मिनी की खूबसूरती और शालीनता ने मानो पूरे माहौल को थाम लिया। हल्की रोशनी उसके चेहरे पर पड़ रही थी, उसकी सादगी और भी निखारते हुए।

कमरे में एक पल के लिए खामोशी छा गई, और फिर हंसी की लहर दौड़ पड़ी। लेकिन रवि की नज़रें अब भी मिनी पर ही टिकी थीं, जो अपनी मुस्कान छुपाते हुए एक कोने में जा बैठी।

आकाश उसकी निगाहों का पीछा करता है और धीमे से कहता है, "ऐसा लगता है, चांद का एक टुकड़ा ज़मीन पर उतर आया है।"

उनका एक दोस्त हंसते हुए कहता है, "लगता है, आकाश का दिल अब गया।"

इस बीच, राधा, खुशी से भरी हुई, मिनी को कमरे में ले गई, उसे अपने दोस्तों से मिलवाती हुई। रवि की निगाह केंद्रित रही, उसकी सराहना स्पष्ट थी।

"अरे, सब लोग," राधा ने खुशी से कहा। "नमस्ते, यह मिनी है, मेरी दोस्त। उसके पिता यूनाइटेड किंगडम में एक व्यवसाय चलाते हैं। और यह," उसने एक शरारती मुस्कान के साथ कहा, "आकाश है—हालाँकि वह ज़मीन की तुलना में आसमान में ज़्यादा समय बिताता है।"

आकाश, मुग्ध होकर, धीरे से बड़बड़ाया, "न जाने किस किस की मौत आई है, आज रुख पे कोई नकाब नहीं"

मिनी की बढ़ती असहजता को भांपते हुए, राधा तुरंत उसे आकाश की नजरों से बचाकर विजय की ओर ले जाती है। "मिनी, ये विजय है," वह मुस्कुराते हुए कहती है। "ये दिल का सर्जन बनने की राह पर है।"

पीछे से रवि तंज कसता है, "या यूं कहो, स्कॉलरशिप वाला डॉक्टर।"

मिनी अचानक रुक जाती है। उसका हाव-भाव बदल जाता है। वह रवि की ओर मुड़ती है, उसकी नजरें शांत लेकिन तीखी हैं। उसकी आवाज स्थिर है, लेकिन उसमें एक अनकही ताकत है। "कुछ बड़ा हासिल करने के लिए, पेट में आग होना जरूरी है। विजय इस कॉलेज का टॉपर है। और तुम...?"

रवि लड़खड़ा जाता है। उसका आत्मविश्वास गायब हो जाता है, और उसके गाल शर्म से लाल हो जाते हैं। वह कुछ बुदबुदाता है, लेकिन मिनी की आँखों में झांकने की हिम्मत नहीं कर पाता।

मिनी बेफिक्र होकर वापस विजय की ओर मुड़ती है। उसकी मुस्कान सौम्यता से भरी है। "तुमसे मिलकर बहुत खुशी हुई, विजय," वह कहती है, उसकी आवाज गर्मजोशी से भरी हुई।

विजय, जो मिनी के अप्रत्याशित समर्थन से स्तब्ध है, मुश्किल से कह पाता है, "मुझ... मुझसे भी।"

मिनी की मुस्कान और चौड़ी हो जाती है। "मुझे तुमसे बहुत कुछ सीखना है। फिर मिलेंगे।"

पार्टी खत्म होते-होते मिनी विजय को एक कोने में शांत और विचारमग्न बैठा देखती है। वह उसकी तरफ खिंची चली जाती है, भीड़-भाड़ के बीच एक सच्ची बातचीत का मौका पाकर। विजय उसे एक सौम्य मुस्कान के साथ स्वागत करता है, उसकी आँखों में एक शांत गरिमा झलकती है।

उनकी बातचीत में, मिनी विजय की संजीदगी से प्रभावित होती है। आकाश की तरह वह ध्यान आकर्षित नहीं करता, लेकिन उसमें एक अनकहा आकर्षण है—एक सच्चाई जो उसे सबसे अलग बनाती है। उसके सपनों की बातें उसके भीतर जलती आग को उजागर करती हैं, एक ऐसी यात्रा जिसे वह हर मुश्किल को पार कर हासिल करना चाहता है।

समझ और आत्मनिरीक्षण

रात के सन्नाटे में बाहर कदम रखते हुए, मिनी के विचार उमड़-घुमड़ रहे हैं। उसके लिए, यह शाम सिर्फ एक सामाजिक समारोह नहीं है। यह उन लोगों की जटिलताओं को दर्शाने वाला एक दर्पण है, जिनसे वह घिरी है। उसे उनकी महत्वाकांक्षाएं, उनकी कमजोरियां, उनके संघर्ष और सपने सब दिखाई देते हैं। उसे एहसास होता है कि वह इस रिश्तों के जाल में सिर्फ एक दर्शक नहीं है। वह इसका हिस्सा है, अपनी राह तलाशते हुए।

मिनी के लिए यह रात एक नई शुरुआत है। एक गहरा संबंध दूसरों से और खुद से बेहतर समझ का निर्माण करती है। जैसे-जैसे वह चली जाती है, उस रात का वजन एक हल्के कोहरे की तरह उस पर बसता है। उसके दिल में उत्साह और चिंतन का एक अनूठा मिश्रण है। उसके लिए, यह रात केवल एक पार्टी नहीं थी; यह एक नई यात्रा का आरंभ थी।

एक साधारण कप कॉफ़ी

कुछ दिनों बाद, कॉलेज का गलियारा छात्रों से भरा हुआ है जो अपनी कक्षाओं की ओर जा रहे हैं। मिनी विजय को आगे की ओर जाते हुए देखती है, उसके कंधे उसके बैगपैक के बोझ से थोड़े झुके हुए हैं। वह अपनी गति बढ़ाती है और जब वह उसके पास पहुँचती है तो मुस्कुराती है।

"अरे, विजय," वह पुकारती है। "पार्टी में तुमसे मिलकर बहुत अच्छा लगा। क्या तुमने अपने सारे असाइनमेंट जमा कर दिए हैं?"

विजय उसकी ओर देखता है, उसकी निगाह नरम हो जाती है। "हाँ, मैंने अभी उन्हें जमा किया है। तुम्हारा क्या हाल है?"

मिनी कंधे उचकाती है। "मैं कुछ दिनों में खत्म कर लूँगी। क्या तुम कॉफ़ी पीने और ब्रेक लेने के लिए जाना चाहोगे?"

विजय हिचकिचाता है, अनायास ही अपनी पिछली जेब की ओर जाता है। "मुझे माफ़ करना, मिनी। आज नहीं। मेरी प्रोफ़ेसर के साथ एक मीटिंग है।"

मिनी उसके बहाने को ख़ारिज कर देती है, उसकी आवाज़ छेड़ने वाली है। "चलो भी, विजय। मेरा एक नए दोस्त को ट्रीट करने का मन है। कॉफ़ी मेरी तरफ़ से।"

थोड़ी देर रुकने के बाद, विजय सिर हिलाता है, और वे कैंपस के ठीक बाहर एक छोटे से कैफ़े में जाते हैं। ताज़ी बनी कॉफ़ी की ख़ुशबू उन्हें घेर लेती है जब वे एक शांत जगह पर बैठते हैं।

"तुम ज़्यादा मेलजोल नहीं रखते, है ना?" विजय अपनी कॉफ़ी की चुस्की लेते हुए पूछता है।

मिनी मुस्कुराती है क्योंकि उसकी उंगलियाँ उसके कप के किनारे को छूती हैं। "मैं ध्यान केंद्रित रहने की कोशिश करती हूँ। बहुत ज़्यादा ध्यान भटकाने वाली चीज़ें तुम्हारी योजनाओं को बाधित कर सकती हैं।" विजय की मुस्कान कोमल और दयालु है। "कभी-कभी ब्रेक लेना सेहतमंद होता है। मुझे अपने बारे में और बताओ।"

मिनी रुकती है और सावधानी से अपने शब्दों का चयन करती है। "मेरे पिता एक व्यवसायी हैं। वे तंज़ानिया और यूनाइटेड किंगडम में व्यवसाय चलाते हैं। मैं आमतौर पर छुट्टियाँ मुंबई में पारिवारिक मित्रों के साथ बिताती हूँ ताकि तरोताजा हो सकूँ।"

विजय ध्यान से सिर हिलाता है। "अपनों से मिलने से नई ऊर्जा मिलती है।"

मिनी अपना सिर झुकाती है। "तुम्हारा क्या हाल है?"

विजय की आवाज़ धीमी हो जाती है। "मेरे पिता एक चपरासी हैं। मेरी छोटी बहन ने अभी कॉलेज शुरू किया है। हमने आठ साल पहले अपनी माँ को दिल की बीमारी से खो दिया था। हम उस सर्जरी का ख़र्च नहीं उठा सकते थे जिसकी उन्हें ज़रूरत थी।"

मिनी की अभिव्यक्ति नरम हो जाती है, उसकी सहानुभूति प्रकट होती है। "मुझे बहुत अफ़सोस है, विजय। यह बहुत मुश्किल रहा होगा।"

वह अपनी दृढ़ता दिखाते हुए कहता है। "तब से, मैं एक हार्ट सर्जन बनना चाहता हूँ। मैं भाग्यशाली रहा हूँ कि मुझे ऐसे लोग मिले हैं जिन्होंने मेरा साथ दिया है।"

मिनी की मुस्कान वापस आ जाती है, गर्म और आरामदायक। "भगवान शुद्ध हृदय वालों के जीवन में अच्छे लोगों को लाता है।"

विजय की निगाह स्थिर रहती है, उसका विश्वास अटूट है। "मेरा सपना इंग्लैंड में मास्टर्स करने और वंचितों की सेवा करने का है। मैं उनसे शुल्क नहीं लूँगा, लेकिन धनी लोग अपना हिस्सा देंगे।"

मिनी धीरे से हँसती है। "भगवान तुम्हारे लिए सही दरवाज़े खोलेंगे, विजय। तुम वहाँ पहुँच जाओगे।"

उस साधारण कैफ़े में एक साधारण कप कॉफ़ी पर एक बंधन बनता है—एक समझ, सपनों और साझा दृढ़ संकल्प पर आधारित।

स्नेह की कशमकश

मिनी खुद को एक नाज़ुक संतुलन के बीच में पाती है, उसकी भावनाएँ दो अलग-अलग दिशाओं में खिंची हुई हैं। एक तरफ़ विजय है, एक दृढ़ उपस्थिति जिसकी शांत दृढ़ता और साझा लक्ष्य उसे सुकून देते हैं। महत्वाकांक्षाओं के बारे में लंबी बातचीत और देर रात के अध्ययन सत्रों के बदौलत हर बीतते दिन के साथ उनका बंधन मज़बूत होता है। मिनी एक कार्डियक सर्जन बनने के लिए उसके ज्ञान, सादगी और अटूट प्रतिबद्धता की प्रशंसा करती है। विजय, अपनी ओर से, मिनी की संगति को अपने माँगलिक अध्ययन के तनावों से एक स्वागत योग्य व्याकुलता पाता है।

लेकिन जैसे-जैसे यह दोस्ती मज़बूत होती है, मिनी के जीवन में एक और व्यक्ति उभरता है: आकाश। उनके रास्ते ज़्यादा नियमित रूप से मिलते हैं, और हर मुठभेड़ उसके सहज आकर्षण और मजाकिया टिप्पणियों से भरी होती है। एक दिन, जब मिनी कैंपस के गलियारे से नीचे चल रही होती है, आकाश उसके साथ कदम मिलाता है, उसकी शरारती मुस्कान पहले से ही अपनी जगह पर होती है।

"क्या हम एक-दूसरे से टकराते रहेंगे," वह मज़ाक करता है, "या क्या हम आखिरकार कॉफ़ी पीने जाएँगे?"

मिनी हँसती है, उसकी शरारती उत्सुकता का विरोध करने में असमर्थ। "ठीक है, चलो चलते हैं। शायद कॉफ़ी के कप हमारे बजाय एक-दूसरे से टकराएँगे।"

कैफ़े की आरामदायक गर्माहट उनके बीच के विद्युतीय तनाव के विपरीत है। आकाश, जो आमतौर पर आत्मविश्वास से भरा होता है, यह स्वीकार करने से पहले रुकता है, "मैं कुछ समय से तुम्हारे साथ कॉफ़ी पीना चाहता था।"

मिनी एक भौंह उठाती है, उसकी आवाज़ हल्की लेकिन जिज्ञासु है। "तो तुमने पूछा क्यों नहीं?"

"मुझमें इतनी खूबसूरत लड़की से पूछने की हिम्मत नहीं थी," वह छेड़ने वाले लेकिन ईमानदार तरीके से कहता है।

"क्या तुम अब फ़्लर्ट कर रहे हो?" मिनी पलटकर कहती है, उसकी मुस्कान मनोरंजन का संकेत देती है।

आकाश थोड़ा झुकता है, और उसकी आवाज़ नरम हो जाती है। "जब से मैंने तुम्हें पार्टी में देखा है, मैं तुम्हारे बारे में सोच रहा हूँ। तुमने मेरे दिल और आत्मा को मोह लिया है।"

मिनी हँसती है, अविश्वास और मनोरंजन का मिश्रण। "तुम इतनी आसानी से झूठ बोल रहे हो।"

लेकिन आकाश की अभिव्यक्ति वास्तविक बनी हुई है। "सच कहूँ तो, जब भी मैं तुम्हें देखता हूँ, मेरा दिल मेरे कानों में ज़ोर से धड़कने लगता है।"

मिनी, हमेशा तेज़ी से छेड़ती है, "दूसरी लड़कियों का क्या? क्या जब तुम उन्हें देखते हो तो तुम्हें 'जय जय संतोषी माता' सुनाई देता है?"

उनकी हँसी कैफ़े को भर देती है, तनावपूर्ण माहौल को दूर करती है। हालाँकि, जैसे-जैसे दिन बीतते हैं, मिनी आकाश के साथ ज़्यादा समय बिताने लगती है। उसका बेफ़िक्री व्यवहार और बेहिचक ध्यान उसके भीतर कुछ हलचल पैदा करता है—एक ऐसी भावना जो उसने पहले कभी महसूस नहीं की थी। उसके लिए उसका स्नेह धीरे-धीरे बढ़ता है, लेकिन संदेह परछाइयों में बने रहते हैं, उसके सबसे करीबी दोस्तों की चेतावनियों से पोषित।

पहला प्यार: एक नई यात्रा

मिनी खुद को बार-बार आकाश की संगत में पाती है। उनकी मुलाकातें जैसे-जैसे बढ़ती हैं, मिनी के दिल में धीरे-धीरे एक कोमल स्नेह अंकुरित होने लगता है। यह उसका पहला अनुभव है प्यार का—एक ऐसा तूफान जो गर्मजोशी, मासूमियत और असीम खुशी से भरा है, जो उसकी दुनिया को नए और अनजाने रंगों से भर देता है।

उनके साथ बिताया हर पल जादुई लगता है, एक ऐसा क्षण जिसे वह दिल से संजोती है। चाहे वह क्लास के बीच छोटी-छोटी बातचीत हो या कैंपस गार्डन में

एक हल्की टहल, ऐसा लगता है जैसे पूरी दुनिया धुंधला जाती है और केवल वे दोनों ही स्पष्ट नजर आते हैं।

उनकी दोस्ती गहरी होती जाती है, और वे छोटी-छोटी लेकिन दिल को छूने वाली चीज़ों में खुशी तलाशने लगते हैं। सूनसान गलियों में बाइक राइड उनका सबसे पसंदीदा पलायन बन जाता है। हवा का झोंका और उनकी हंसी हर चिंता को हल्का कर देती है। उनके साझा पलों की एक खूबसूरत मोंटाज बनती है—गर्म चाय के प्याले, कॉफी के कपों की खनक, आइसक्रीम की मिठास और जूस की ताजगी। इन सबके बीच उनकी बातें और हंसी उन लम्हों को और खास बना देती हैं। ऐसा लगता है जैसे हर घूंट, हर नज़र में अनकही गहराई और एक वादा छुपा हो।

मिनी के लिए यह प्यार एक सपना है जो हकीकत बन गया है—एक कोमल, खूबसूरत एहसास जिसने उसके दिल को एक अनजानी लेकिन बेहद प्यारी गर्मजोशी से भर दिया है। आकाश के साथ बिताया हर पल उसके लिए खजाने के समान है, जैसे वह एक ऐसी दुनिया में कदम रख रही हो जिसका उसने हमेशा सपना देखा था।

चेतावनी की आवाज़

लेकिन इस नये प्यार की चमक के बीच, सावधानी की एक आवाज़ भी उभरती है। राधा, मिनी की करीबी और सुरक्षात्मक दोस्त, उनके बढ़ते रिश्ते को लेकर चिंतित हो जाती है। एक शाम, जब दोनों अपने कमरे में बैठी होती हैं, राधा अपनी चिंता ज़ाहिर करती है।

"मिनी," वह धीमे लेकिन दृढ़ स्वर में शुरू करती है, "मैं देख रही हूँ कि आकाश के साथ तुम बहुत खुश हो, लेकिन एक दोस्त होने के नाते मेरा फर्ज़ है कि मैं तुम्हें सचेत करूं। कृपया सतर्क रहना।"

मिनी चौंककर उसकी तरफ देखती है। "सतर्क? किस बात से?"

राधा कुछ पल रुकती है, लेकिन फिर कहती है, "आकाश आकर्षक है, इसमें कोई शक नहीं, लेकिन कभी-कभी यह आकर्षण असली इरादों को छुपा लेता है। मैं नहीं चाहती कि तुम्हें चोट पहुंचे।"

राधा के शब्द कमरे में एक अनचाही छाया की तरह मंडराते हैं, जो मिनी की खुशी को थोड़ा धुंधला कर देते हैं। मिनी भले ही उसे नज़रअंदाज़ कर दे, लेकिन उसके मन में शक का बीज बो दिया गया है। उसके मन में सवाल उठने लगते हैं। क्या आकाश की भावनाओं के पीछे कुछ और है जो वह नहीं देख पा रही? क्या उसका दिल उसे गुमराह कर रहा है?

प्यार और संदेह के बीच फंसी

एक शाम, आकाश के साथ बाइक राइड के बाद, मिनी हॉस्टल लौटती है। उसकी गालें ठंडी हवा और उनके साथ बिताए खूबसूरत पल की याद से गुलाबी हो रही हैं। लेकिन कमरे में पहुंचते ही वह राधा को इंतजार करते हुए पाती है। राधा पलंग पर क्रॉस लेग्ड बैठी है, उसके चेहरे पर झिझक और दृढ़ता का मिश्रण साफ नजर आ रहा है।

"मिनी, कैसी हो?" राधा सामान्य लेकिन चिंता से भरे स्वर में पूछती है।

अब भी उस शाम की यादों में खोई मिनी मुस्कुराती है। "अभी तक तो बहुत अच्छी।"

राधा गहरी सांस लेती है, जैसे खुद को तैयार कर रही हो। "मिनी, हम दोस्त हैं और मुझे तुम्हारी परवाह है। मुझे कुछ कहना है, लेकिन यह कहना मुश्किल है।"

मिनी का सिर झुकता है, उसकी जिज्ञासा बढ़ती है। "क्या बात है, राधा? खुलकर कहो।"

राधा के शब्द जल्दबाजी में निकलते हैं। "आकाश तुम्हारे लिए सही इंसान नहीं है। मुझे नहीं लगता कि उसकी नीयत उतनी साफ है जितनी वह दिखाता है।"

मिनी का हंसता हुआ चेहरा अचानक गंभीर हो जाता है। उसकी मुस्कान फीकी पड़ जाती है, और उसकी आवाज में सख्ती आ जाती है। "क्या यह जलन है, राधा? सच में, मुझे अभी यह सुनने की ज़रूरत नहीं है।"

राधा को कुछ कहने का मौका दिए बिना, मिनी कमरे से बाहर चली जाती है। उसके मन में भावनाओं का तूफान है— चोट, गुस्सा और उलझन का मिश्रण। राधा पीछे रह जाती है, उसका दिल भारी है, लेकिन वह जानती है कि उसने सही किया, भले ही उसकी यह चिंता फिलहाल मिनी की नज़रों में उसे गलत ठहराए।

जैसे-जैसे मिनी आगे बढ़ती है, उसका मन बेचैन रहता है। पहले प्यार की खुशी अब संदेह और असमंजस के साथ मिल गई है, उसे दिल और दोस्तों की चिंता के बीच की इस पतली रेखा पर चलने के लिए मजबूर कर रही है।

इकरार और उलझन

अगले दिन, मिनी अपने पसंदीदा कैफ़े के एक कोने में अकेली बैठी होती है। उसकी नज़र खिड़की से बाहर गिरती बारिश की बूंदों पर टिकी है। राधा की बातें उसके मन में बार-बार गूंज रही हैं, एक अजीब सी बेचैनी पैदा कर रही हैं जिससे वह पीछा नहीं छुड़ा पा रही।

टेबल के उस पार विजय बैठा है, चुपचाप उसे देख रहा है। उसके चेहरे पर विचारशीलता साफ झलक रही है, जैसे वह मिनी के बोलने का इंतजार कर रहा हो।

आखिरकार, मिनी खामोशी तोड़ती है। "विजय, तुम मेरे अच्छे दोस्त हो। ईमानदारी से बताओ—तुम आकाश के बारे में क्या सोचते हो?"

विजय थोड़ी देर तक चुप रहता है, शब्दों को बहुत संभलकर चुनते हुए। उसे पता है कि मिनी की भावनाएं आकाश के लिए गहरी हैं, और वह उसे ठेस नहीं पहुंचाना चाहता। एक पल के बाद, वह धीरे से एक शेर पढ़ता है, "किसी शायर ने कहा है, 'दुनिया कई तरह से धोखा देती है, और हम, बड़ी मासूमियत से, उस पर यकीन कर लेते हैं।'

मिनी हल्के से हंसने की कोशिश करती है, लेकिन उसकी हंसी में एक झिझक साफ झलकती है। "वाह, शुक्रिया, डॉ. विजय, इस काव्यात्मक सलाह के लिए।"

लेकिन विजय की नज़रें गंभीर बनी रहती हैं, और उसकी आवाज़ में एक कोमलता है। "मिनी, तुम्हारे लिए फैसले कोई और नहीं ले सकता। तुम्हें अपनी समझ का इस्तेमाल करना होगा।"

मिनी गहरी सांस लेती है और कुर्सी की टेक पर सिर टिकाती है। राधा की चेतावनी, विजय की काव्यात्मक सावधानी, और आकाश के लिए उसकी अपनी भावनाएं—सब उसके मन में घुमड़ रहे हैं, उसे अलग-अलग दिशाओं में खींच रहे हैं।

वह खुद को एक ऐसे जहाज की तरह महसूस करती है, जो दो विपरीत धाराओं के बीच फंसा हो—एक तरफ आकाश के लिए उसका आकर्षण उसे खींच रहा है, तो दूसरी तरफ उसके दोस्तों की शंकाएं उसे रोकने की कोशिश कर रही हैं।

एक कमज़ोरी की रात

उस शाम, मिनी खुद को आकाश द्वारा आयोजित एक पार्टी में पाती है, जहाँ का माहौल संगीत, हँसी और शराब की हल्की गर्मी से भरा होता है। वह खुद को पल में डूबने देती है, आकाश की चौकस उपस्थिति से उसकी शंकाएँ अस्थायी रूप से दूर हो जाती हैं।

जैसे ही पार्टी ख़त्म होती है, आकाश उसे घर छोड़ने की पेशकश करता है। "बहुत देर हो चुकी है," वह कार का दरवाज़ा खोलते हुए उससे कहता है।

मिनी अंदर बैठती है, उसका दिल डर से नहीं, बल्कि अनकही भावनाओं के बोझ से धड़क रहा है। उनके बीच की हवा दबी हुई भावनाओं से भारी है। अंत में, वह उसकी ओर मुड़ती है, उसकी आवाज़ मुश्किल से सुनाई देती है। "क्या तुम मुझसे प्यार करते हो?"

आकाश उसकी निगाह से मिलता है, उसका व्यवहार शांत और गंभीर दोनों है। "हाँ, मैं करता हूँ।"

"तो मुझे दिखाओ," वह झुकते हुए जवाब देती है।

"कैसे?" वह पूछता है, उसकी आवाज़ शांत है, उसकी निगाह उसकी जाँच कर रही है।

मिनी करीब आती है, उसकी आवाज़ काँप रही है लेकिन आत्मविश्वास से भरी है। "यहाँ आओ... इस तरह।"

उनके होंठ एक लंबी, भावुक चुंबन में मिलते हैं, और उनकी भावनाएँ एक रोमांचक लेकिन नाजुक पल में उमड़ पड़ती हैं। रात उन्हें अंतरंगता में घेर लेती है, जो मिनी जिसे एक अटूट बंधन मानती है, उसे पक्का करती है। हालाँकि, जब चमक फीकी पड़ जाती है, तो अनिश्चितताएँ बनी रहती हैं—क्या यह प्यार उतना ही शुद्ध है जितना दिखता है, या क्या उसके दोस्तों की चेतावनियाँ एक ऐसे सच को उजागर करती हैं जिसका उसे अभी सामना करना बाकी है।

टूटे हुए दिल की सच्चाई

शुरुआत में संकेत छोटे और मामूली हैं, इतने हल्के कि मिनी खुद को यकीन दिलाती है कि वे हैं ही नहीं। आकाश की वह गरमजोशी से भरी नज़रें अब जल्दबाज़ और बेपरवाह लगने लगी हैं। उसके मैसेज छोटे होते जा रहे हैं, फोन कॉल्स कम हो गए हैं, और फिर एक दिन वे पूरी तरह बंद हो जाते हैं। मिनी खुद को दिलासा देती है कि आकाश शायद पढ़ाई और ज़िंदगी के दबाव में व्यस्त है। लेकिन उसके भीतर एक अनजानी बेचैनी धीरे-धीरे जगह बना रही है, ऐसे डर बुन रही है जिन्हें वह मानने को तैयार नहीं।

फिर, वह नाज़ुक उम्मीद का धागा टूट जाता है। एक शाम, कॉलेज की पार्किंग की ओर बढ़ते हुए, मिनी के कदम ठिठक जाते हैं। बस कुछ ही कदम दूर, वह आकाश को देखती है। वह एक लड़की के करीब—बहुत करीब—झुका हुआ है। उसकी हंसी धीमी और आत्मीय है, और उसका हाथ उस लड़की के हाथ को छूता है, एक ऐसे अंदाज़ में जो किसी भी शक की गुंजाइश नहीं छोड़ता।

मिनी वहीं खड़ी रह जाती है, उसकी धड़कन तेज़ हो जाती है। वह दृश्य उसके सामने खुलता है, और हर वह वादा जो आकाश ने कभी किया था, हर वह पल जो कभी खास था, अब उसे एक क्रूर मज़ाक जैसा लगता है।

उसके दोस्तों की दी हुई चेतावनियां अब उसके दिमाग में गूंजने लगती हैं, एक ऐसी धुन की तरह जिसे उसने बहुत देर तक अनसुना किया। विजय की शायरी भी याद आती है, जिसका अर्थ अब बहुत तेज़ और चुभने वाला लगता है।

जिस सच्चाई को वह इतने दिनों से नकारती रही, वह अब उसकी आंखों के सामने खड़ी है। आकाश ने उसे धोखा दिया है। और उसके साथ, उस पहले प्यार का सपना भी बिखर गया, जिस पर उसने भरोसा करना चाहा था।

एक दोस्त का सहारा

आने वाले दिन भारी और धीमे हैं, जैसे हर दिन मिनी को उसकी गहरी उदासी में और धकेल रहा हो। मिनी अपनी दिनचर्या को एक परछाईं की तरह जीती है, उसका वह उजाला जो कभी उसकी पहचान था, अब दिल टूटने के दर्द में बुझ सा गया है। राधा उसकी इस बदलती हालत को तुरंत भांप लेती है। वह दोस्त, जो कभी जीवन और दृढ़ संकल्प से भरी रहती थी, अब दर्द का बोझ उठाए, झुकी हुई कंधों के साथ लगती है।

एक दोपहर, अपने मन की बात और नहीं रोक पाते हुए, राधा मिनी के पास बैठ जाती है। उसकी आवाज़ में कोमलता है, और उसकी चिंता साफ झलकती है। "मिनी, मुझे डर था कि ऐसा होगा," वह धीरे से शुरू करती है, उसकी बातें पछतावे से भरी हुई हैं।

मिनी की आवाज़ कांपती है, उसके भावनाएं कच्ची और बिखरी हुई हैं। "प्लीज़ मुझे माफ़ कर दो, राधा। मैंने बहुत बड़ी गलती की। मैंने तुम्हारी बात नहीं मानी।"

राधा मिनी का हाथ थाम लेती है, उसकी आंखों में समझदारी झलकती है। "कोई बात नहीं। मैंने तो सिर्फ तुम्हें आकाश की नियत से बचाने की कोशिश की थी।"

मिनी की आंखों से आंसू बहने लगते हैं, उसकी आवाज़ टूट जाती है। "वो मेरा पहला प्यार था, राधा। मैं सच देखना ही नहीं चाहती थी।"

राधा सहमति में सिर हिलाती है, उसकी आवाज़ में समझदारी और दुख दोनों हैं। "तुम्हारा दिल गलत नहीं था, मिनी। तुम्हारा मन था जो सच्चाई देखने से इनकार कर रहा था।"

मिनी फुसफुसाती है, उसका दर्द साफ झलकता है। "लेकिन धोखा तो मेरे दिल के साथ हुआ है।"

राधा की नज़र और कोमल हो जाती है। "तुम दिल से सोच रही थीं, और वो दिमाग से।"

इन शब्दों के साथ, मिनी का संयम टूट जाता है। वह राधा की बाहों में समा जाती है, और उसके सिसकने की आवाज़ कमरे को भर देती है। राधा उसे कसकर थाम लेती है, उसके बालों को सहलाते हुए और सांत्वना के शब्द फुसफुसाते हुए, मिनी के दर्द को बहने देती है।

थोड़ी देर बाद, जब आंसू थम जाते हैं, राधा धीरे से कहती है, "मिनी, क्यों न तुम कुछ दिनों के लिए मुंबई चली जाओ? गणेश अंकल के परिवार के साथ रहोगी, तो शायद तुम्हारा मन हल्का हो जाएगा।"

मिनी उसे कसकर गले लगा लेती है, उसका आभार उसकी खामोशी में झलकता है। राधा का अटल सहारा मिनी के तूफानी भावनाओं के बीच किसी सहारे की तरह महसूस होता है।

मुंबई में एक सुरक्षित आश्रय

मुंबई में, मिनी को गणेश और उनके परिवार में एक छोटा सा आसरा मिल जाता है। उनके घर की गर्मजोशी उसके टूटे दिल के दर्द से बिल्कुल उलट है। लेकिन इस स्नेह और अपनापन के बीच भी, वह अपने सीने में भारीपन को महसूस करती है। ज़्यादातर दिन वह अपने कमरे में खोई रहती है, अपने ख्यालों में गुम, और उसका चमकदार व्यक्तित्व दुख के बादलों में ढका रहता है।

एक शाम, उसके कमरे के दरवाजे पर एक हल्की दस्तक होती है। अपने आंसू पोंछते हुए, मिनी दरवाजा खोलती है। सामने रिता खड़ी हैं, गणेश की पत्नी, जिनकी ममतामयी आंखें और स्नेहिल मुस्कान तुरंत मिनी के दिल को थोड़ा सुकून देती है। रिता कमरे में दाखिल होकर मिनी के पास बैठ जाती हैं और धीरे से उसका हाथ थाम लेती हैं।

"क्या हुआ, मिनी?" रिता पूछती हैं, उनकी आवाज़ कोमल है, लेकिन उसमें दृढ़ता झलकती है। "तुम यहां आने के बाद से इतनी चुप क्यों हो?"

मिनी हिचकिचाती है, फिर नजरें झुका लेती है। उसकी आवाज़ फुसफुसाहट से ज्यादा नहीं है। "कुछ नहीं, आंटी... बस मन थोड़ा ठीक नहीं है।"

रिता हल्के से मुस्कुराती हैं, उनकी मुस्कान समझदारी भरी है। "मिनी, मैं मां हूं। मुझे पता है जब कुछ गलत होता है।"

इतना सुनते ही मिनी का दिल हल्का हो जाता है, और उसके आंसू थमने का नाम नहीं लेते। वह रिता के स्नेह भरे गले में सिर रखती है और सिसकते हुए बोलती है, "आकाश... उसने मुझे धोखा दिया," उसका गला दर्द से भरा हुआ है।

रिता उसे कसकर गले लगाती हैं, उनका स्नेह स्थिर और सांत्वना देने वाला है। "यह दर्द होता है, मैं जानती हूं। लेकिन कम से कम तुमने अभी सच जान लिया। सोचो अगर यह और लंबा चलता तो कितना बुरा होता।"

मिनी अपना सिर हिलाती है, उसकी आवाज़ शर्म से भरी हुई है। "मैंने इतनी बेवकूफी क्यों की?"

रिता का स्वर शांत और मजबूत है। "मिनी, अतीत को अपने ऊपर हावी मत होने दो। अगर तुम इसे पकड़े रखोगी, तो यह तुम्हारे भविष्य को चुरा लेगा।"

उनकी बातें धीरे-धीरे मिनी के मन में घर करने लगती हैं। वह अपनी आंसुओं से भरी आंखों से ऊपर देखती है, और उसमें उम्मीद की हल्की झलक दिखने लगती है। "लेकिन मैं उसके बारे में सोचना बंद नहीं कर सकती," वह धीरे से कहती है।

रिता एक हल्की मुस्कान देती हैं, जिसमें उनकी समझदारी झलकती है। "तो ऐसा करो: उसका नाम एक कागज पर लिखो और उसे जला दो। यह तुम्हारा अलविदा होगा।"

मिनी धीरे से सिर हिलाती है, उनके शब्द उसके अंदर दृढ़ता का छोटा सा बीज बोते हैं। "मैं ऐसा करूंगी, आंटी।"

रिता की मुस्कान और गहरी हो जाती है। "और फिर, एक नए पन्ने पर अपना सपना लिखो—'मुझे डॉक्टर बनना है।' इसे हर दिन अपनी नजरों के सामने रखो।"

मिनी अपने आंसू पोंछती है, और उसके अंदर का संकल्प धीरे-धीरे उसके दुख की जगह लेता है। "धन्यवाद, आंटी... माँ ।"

रिता का चेहरा और नरम हो जाता है, उनका मिनी के प्रति स्नेह साफ झलकता है। वह मिनी का हाथ हल्के से दबाकर रसोई की तरफ चल देती हैं, मिनी को कई दिनों बाद शांति और आराम का एहसास दिलाते हुए।

कमरे में अकेली बैठी मिनी गहरी सांस लेती है। उसके दिल में साहस की हल्की सी लौ जलने लगती है। जब वह अपने चारों ओर देखती है, तो उसे केवल अपने टूटे हुए दिल की परछाईं नहीं दिखती, बल्कि कुछ और मजबूत दिखता है—उसके सपने, उसका लक्ष्य, और वे लोग जो सच में उसकी परवाह करते हैं। यह शुरुआत भले ही छोटी हो, लेकिन उस पल में, मिनी जानती है कि वह फिर से उठ खड़ी होगी।

एक नया संकल्प

मुंबई में बिताए गए समय और रीता की दिल से की गई काउंसलिंग के बाद, मिनी वापस लौटती है, उसके भीतर एक नई ऊर्जा बह रही है। जो उदासी उसके दिनों को ढक लेती थी, वह अब बीते समय की बात लगती है। उसकी नजरें तेज हो गई हैं, उसके कदमों में स्थिरता आ गई है, और उसका दिल एकमात्र लक्ष्य के साथ धड़क रहा है—अपनी पढ़ाई पर ध्यान केंद्रित करना और अतीत के भटकावों को पीछे छोड़ देना।

मिनी पूरे जोश के साथ अपनी किताबों में डूब जाती है। उसकी सुबहें अब एक खास रिवाज़ के साथ शुरू होती हैं। वह अपनी डेस्क पर लगे उस नोट को देखती है, जिस पर मोटे अक्षरों में लिखा है, "मेरा सपना है डॉक्टर बनना।" उसकी आंखें उन शब्दों पर ठहर जाती हैं, और वह उनसे शक्ति और संकल्प खींचती है। अब यह सिर्फ एक लक्ष्य नहीं है; यह उसका प्रेरणा-स्रोत बन गया है, जो उसके हर कदम को दिशा देता है। उसकी यह लगन किसी की नजर से छुप नहीं पाती। राधा, जिसने अपनी दोस्त को दिल टूटने के दर्द से गुजरते देखा था, अब मिनी को नए जोश के साथ देखकर गर्व और हैरानी से भर जाती है। मिनी का उत्साह राधा को भी प्रेरित करता है। वही ऊर्जा जो मिनी को आगे बढ़ा रही है, अब राधा को भी प्रेरित करने लगती है। दोनों मिलकर अपने कमरे को एक मेहनत और लगन के केंद्र में बदल देती हैं। देर रात तक पढ़ाई और सुबह जल्दी उठने का सिलसिला शुरू हो जाता है। पन्नों की सरसराहट और धीरे-धीरे एक-दूसरे को दिए गए हौसले के शब्दों से कमरा गूंजने लगता है।

मिनी का आत्मविश्वास और दृढ़ता उसकी हर गतिविधि में झलकती है। चाहे वह लेक्चर हॉल में प्रवेश कर रही हो, लाइब्रेरी में नोट्स पढ़ रही हो, या क्लास में सवालों के जवाब दे रही हो, उसकी हर हरकत उसके संकल्प को दर्शाती है। प्रोफेसर उसकी तारीफ करते हैं, सहपाठी उसकी लगन की सराहना करते हैं, और राधा को उसकी अविचलित निष्ठा देखकर नई ऊर्जा मिलती है।

सपनों की खुशी

जैसे-जैसे सेमेस्टर आगे बढ़ता है, मिनी और राधा की कड़ी मेहनत रंग लाने लगती है। दिन बीतते जाते हैं, एक ऐसा दृश्य तैयार करते हुए जहां दोनों पूरे जोश के साथ नोट्स लिख रही हैं, समीकरण हल कर रही हैं, और रातों में एक-दूसरे को देखकर मुस्कुरा रही हैं।

कैंपस उत्साह से भरा हुआ है, छात्र अपनी कैप और गाउन में हंसी और उल्लास से गूंज रहे हैं।

फिर वह दिन आता है—ग्रेजुएशन का दिन। कैंपस में हर तरफ खुशी और उत्साह का माहौल है, जैसे हवा में कुछ नया होने की खुशबू है। मिनी अपने दोस्तों के बीच खड़ी है, उसकी आंखों में गर्व चमक रहा है, और हाथ में उसकी डिग्री है। वो पल, जो वर्षों की मेहनत, संघर्ष और लगन का नतीजा है, अब उसकी हांथों में समेटा हुआ है।

साथी अपनी-अपनी टोपी हवा में उछालते हैं, तालियां गूंजती हैं, और हर कोई एक-दूसरे को गले लगाते हुए हंस रहा होता है। ये बस एक अंत नहीं है, ये तो एक नई शुरुआत है।

मिनी भी उस खुशी में शामिल होती है, और जब वह राधा को गले लगाती है, तो उसके दिल में गर्व की लहर दौड़ जाती है। दोनों के बीच के सफर की सारी यादें एक-एक करके उसकी आँखों के सामने आ जाती हैं। पिछले समय का बोझ अब जैसे उड़ चुका है, और उसकी जगह संतोष और उम्मीद ने ले ली है।

मिनी जानती है कि वो सिर्फ अपनी डिग्री का जश्न नहीं मना रही है। वह अपने संघर्ष, दोस्तियों, और उस लगन का जश्न मना रही है, जिसने उसे उसके सपनों के और करीब पहुंचा दिया। ये कोई अंत नहीं है, बल्कि एक नई और महान शुरुआत है। डॉक्टर बनने के अपने रास्ते पर मिनी अब आत्मविश्वास से भरे भविष्य की ओर देखती है, और जो भी सामने आए, उसे खुशी से गले लगाने के लिए तैयार है।

जश्न की रात

शाम खुशनुमा और उल्लास से भरी हुई है, जब कॉलेज के छात्र अपनी ग्रेजुएशन का जश्न मनाने के लिए इकट्ठा होते हैं। हॉल ऊर्जा से झूम रहा है—संगीत की धुनें हवा में गूंज रही हैं, रंगीन रोशनी दीवारों पर खेल रही है, और बातचीत का शोर हंसी की गूंज के साथ घुलमिल रहा है। यह रात जीत की है, एक सफर के समापन और नए अध्याय की शुरुआत की, जब दोस्त साथ मिलकर बिताए पलों का जश्न मना रहे हैं और भविष्य के सपने साझा कर रहे हैं।

छात्रों के समूह हॉल में जगह-जगह जमा हैं, उनकी आवाज़ें उत्साह और पुरानी यादों से भरी हुई हैं। देर रात की पढ़ाई, परीक्षा के तनाव और हास्यास्पद घटनाओं की यादें ताजा हो रही हैं। वातावरण में आभार और उम्मीद का एक अनोखा मिश्रण फैला हुआ है।

हॉल के बीचोंबीच, आकाश अपने दोस्तों के साथ आराम से बैठा हुआ है। उसकी हंसी पूरे कमरे में गूंज रही है, और उसका आत्मविश्वास लोगों को उसकी ओर खींच रहा है। सुजॉय, पास ही बैठे हुए, मुस्कुराते हुए कहते हैं, “ऐसा लगता है जैसे कल ही हम सब नए थे, और अब... डॉक्टर बन गए हैं।” उनकी आवाज़ में पुरानी यादों का स्पर्श है।

रमेश, जो हमेशा यथार्थवादी रहता है, सिर हिलाते हुए सहमत होता है, "वक्त सच में पंख लगाकर उड़ गया।"

रवि, जो हमेशा मजाकिया रहता है, चुटकी लेते हुए कहता है, "वो तो इसलिए क्योंकि हमें तुम्हें झेलना पड़ा!"

उनकी हंसी पूरे कमरे में गूंज उठती है, वह हंसी जो सिर्फ एक-दूसरे के साथ साझा किए संघर्ष और जीत की वजह से ही आ सकती है। रमेश मजाकिया अंदाज में बुरा मानते हुए कहता है, "अब तो सच में काम करना पड़ेगा। डैड के पैसों पर जीना बंद करना होगा।"

सुरेश, जो हमेशा व्यावहारिक सोचता है, कहता है, "मैं अपने घर जाकर खुद का क्लिनिक खोलने की सोच रहा हूं। आकाश, तुम्हारा क्या प्लान है?"

आकाश पीछे की ओर झुकता है, चेहरे पर एक आत्ममुग्ध मुस्कान फैल जाती है। वह हाथ लहराते हुए कहता है, "अरे, मेरे डैड का अस्पताल तो तैयार है। मैंने वहां 15 डॉक्टर पहले से ही तय कर लिए हैं। मेरा काम? बस सुविधाओं का आनंद लेना।"

रवि, जो हमेशा मजाक के मूड में रहता है, चुटकी लेता है, "और ये सुविधाएं क्या हैं, भाई?"

आकाश और भी चौड़ा गुस्कुराते हुए कहता है, "पहले तो 15 दिन का हनीमून हिल स्टेशन पर!" उसकी बात पर समूह में ठहाके लगते हैं, और वे अपने ग्लास टकराते हुए हंसी-खुशी का जश्न मनाते हैं।

यह दृश्य उल्लास से भरा है, यह रात एक जीवंत याद बन रही है। आकाश और उसके दोस्तों के लिए, यह उनकी उपलब्धियों की चमक का आनंद लेने, दोस्ती का जश्न मनाने और भविष्य की ओर आत्मविश्वास से कदम बढ़ाने की रात है। लेकिन इस हंसी और शोर के बीच, कुछ के लिए यह रात अनकहे सवालों और अधूरे सपनों का भी दर्पण है।

एक शांत पल की परछाई

हॉल के एक कोने में, शोरगुल से दूर, मिनी एक बेंच पर बैठी है। पार्टी की आवाजें पीछे कहीं दूर धुंधला जाती हैं, और वह खुद को एक पल के लिए तसल्ली देती है। रात खूबसूरत है, लेकिन उसके मन में भावनाओं का एक बवंडर है। उसका सफर

लंबा रहा है, कठिनाइयों और जीत से भरा हुआ। अब, एक नए अध्याय के दहलीज पर खड़े होकर, वह महसूस करती है कि जो पीछे छूट रहा है, उसका बोझ हल्का नहीं है।

दूर से, विजय उसे देखता है। उसकी आंखों में खुशी की चमक आ जाती है, और वह उसकी ओर बढ़ता है। बेंच पर उसके पास बैठते हुए, वह एक गर्मजोशी भरी मुस्कान के साथ कहता है, "बधाई हो, मिनी। क्या सोच रही हो?"

मिनी ऊपर देखती है, उसकी मुस्कान को अपनी नरम नजरों से भरते हुए। "तुम्हें भी बधाई, विजय। तुमने यूनिवर्सिटी में टॉप किया है! मुझे तुम पर बहुत गर्व है।"

विजय की मुस्कान गहरी हो जाती है, उसकी विनम्रता झलकती है। "यह तुम्हारे जैसे दोस्तों के बिना मुमकिन नहीं होता।"

मिनी की नजरें उसकी ओर धन्यवाद से भरी हुई हैं। "तुम हमेशा एक बेहतरीन दोस्त और गाइड रहे हो। यह सफलता तुम्हारे ही काबिल है।"

वे कुछ देर तक एक आरामदायक खामोशी में बैठते हैं, अपने साझा उपलब्धियों की खुशी को महसूस करते हुए। अंततः, विजय बोलता है, उसकी आवाज में एक सोच-विचार की गहराई झलकती है। "मैं एक हार्ट स्पेशलिस्ट बनना चाहता हूं। और तुम?"

मिनी का चेहरा चमक उठता है। "मैं लंदन जा रही हूं अपनी रेजिडेंसी के लिए, लेकिन उससे पहले मुंबई में अपने परिवार से मिलूंगी।"

विजय सोच में पड़ते हुए सिर हिलाता है। "मुझे यूके में एमडी के लिए एडमिशन मिल गया है, लेकिन..." उसकी आवाज धीमी पड़ जाती है, अनिश्चितता उसमें झलकने लगती है।

मिनी सिर थोड़ा झुकाती है, उसकी आवाज प्रोत्साहन से भरी हुई है। "लेकिन?"

विजय थोड़ा रुककर कहता है, उसकी आंखों में चिंता का साया है। "पैसे की दिक्कत है... नहीं पता कैसे मैनेज करूंगा।"

मिनी उसका हाथ थाम लेती है, उसकी आवाज स्थिर और विश्वास से भरी हुई है। "पहला कदम उठाओ, विजय। यकीन करो कि रास्ता खुद ब खुद खुल जाएगा।"

उसके शब्द विजय के दिल पर गहरी छाप छोड़ते हैं, उसका कुछ बोझ हल्का हो जाता है। विजय सिर हिलाते हुए, हल्की मुस्कान के साथ कहता है, "तुम हमेशा सही कहती हो।"

वे दोनों थोड़ी देर और वहीं बैठे रहते हैं, उस जुड़ाव और समर्थन के पल को संजोते हुए। जैसे-जैसे रात ढलती है, वे एक-दूसरे से विदा लेते हैं। उनके रास्ते अलग हो जाते हैं, लेकिन उनके बीच का बंधन अटूट रहता है। विजय चलते हुए अपने भीतर हल्का महसूस करता है, मिनी के विश्वास से प्रेरित।

रात को, अपने कमरे में लौटते समय, मिनी एक आखिरी बार उस हॉल को देखती है, जहां उसकी ज़िंदगी के इतने पल बीते हैं। वह जानती है कि आगे का सफर चुनौतियों से भरा होगा, लेकिन उसका दिल स्थिर है, उसका उद्देश्य स्पष्ट। उसकी दीवार पर टंगा नोट अब भी उसका संबल है, उसका सपना, जिसने उसे हर मुश्किल में सहारा दिया।

अपने कमरे की शांति में, मिनी खुद से फुसफुसाती है, "यह तो बस शुरुआत है।" उसकी मुस्कान लौट आती है, पहले से ज्यादा उज्जवल और मजबूत, और वह अपने भविष्य की ओर बढ़ती है, आशा और साहस के प्रकाश के साथ।

विजय का परिवार, गर्व और प्रेम का पर्व

विजय के साधारण से घर का छोटा सा आंगन डूबते सूरज की सुनहरी किरणों से जगमगा रहा है। वह गेट खोलकर अंदर आता है, कंधे पर बैग टंगा हुआ है। सालों की मेहनत और बलिदान का भार आज उसके कदमों में हल्का महसूस हो रहा है। दरवाजे पर खड़े उसके पिता, घनश्याम, उसे देखने के इंतजार में हैं। उनका झुर्रियों से भरा चेहरा, जो अब तक संघर्ष की कहानी कहता रहा है, विजय को आते देख नर्म पड़ जाता है।

विजय अपना बैग जमीन पर रखता है और तुरंत झुककर अपने पिता के पैर छूता है। यह पारंपरिक सम्मान का वह संकेत है, जिसमें वह अपनी वह कृतज्ञता व्यक्त करता है जिसे शब्दों में बयान करना उसके लिए मुश्किल है। घनश्याम के होंठ कांपते हैं, और वे विजय के कंधों पर हाथ रखते हुए उसे एक मजबूत आलिंगन में बांध लेते हैं। यह गले लगना उन वर्षों के साझा संघर्षों, अटूट उम्मीदों और सपनों के सच होने की जीत को बयां करता है।

"तूने मेरा सिर गर्व से ऊंचा कर दिया, बेटे," घनश्याम भावुक स्वर में कहते हैं। उनकी आंखों में खुशी के आंसू चमकते हैं, और वह अपने डॉक्टर बेटे को गर्व से देखते हैं। विजय की आंखें भी नम हैं, वह अपने पिता की ओर देखता है, उसकी आंखों में उनके अनगिनत त्याग और संघर्ष की झलक है।

तभी, चुटकी दौड़ते हुए कमरे में आ जाती है। उसकी हंसी एक मधुर संगीत की तरह गूंजती है। वह विजय के पास आकर खुशी से ताली बजाती है। "मेरा भाई अब डॉक्टर बन गया है!" वह गर्व से चहकती है। वह तुरंत नजर उतारने की रस्म करती है, उसके चारों ओर हाथ घुमाते हुए फिर मजाकिया अंदाज में उसके कंधे पर थपकी देती है।

विजय की नजर दीवार पर टंगी अपनी मां की तस्वीर पर जाती है। तस्वीर में उनकी मुस्कान मानो सजीव हो उठी हो। विजय धीरे से फुसफुसाता है, "काश, आप यह देख पातीं, मां। यह खुशी और भी प्यारी होती अगर आप साथ होतीं।" एक पल के लिए कमरे में उनकी अनुपस्थिति का भार महसूस होता है, लेकिन विजय मन ही मन वादा करता है कि वह उनकी यादों को अपने हर कदम में संजोकर आगे बढ़ेगा।

प्यार का उत्सव

परिवार के सदस्य छोटे लेकिन गर्मजोशी से भरे हुए लिविंग रूम की ठंडी फर्श पर क्रॉस-लेग्ड बैठते हैं। चारों ओर विजय के पसंदीदा पकवानों की खुशबू फैली हुई है। चुटकी ने उसकी पसंदीदा चीजें तैयार की हैं, उसकी उत्सुकता हर डिश परोसने में झलकती है।

विजय हल्की मुस्कान के साथ आश्चर्य से पूछता है, "तूने ये सब बनाना कब सीख लिया?"

चुटकी गर्व से मुस्कुराते हुए कहती है, "जिम्मेदारी ने सिखा दिया।"

विजय हंसता है, सिर हिलाता है। "तू इतनी समझदार कब हो गई? किसने सिखाया तुझे?"

चुटकी चुटकी लेते हुए कहती है, "मैं तुम्हारी बहन हूं, और किससे सीखती?"

विजय एक कौर लेता है, स्वाद को महसूस करते हुए अपनी आंखें बंद कर लेता है। घर के खाने का वह अपनापन उसके भीतर तक समा जाता है। "यह अद्‌भुत है, चुटकी। ऐसा खाना मैंने सालों से नहीं खाया!"

चुटकी थोड़ा झुककर धीमी आवाज में कहती है, "मुझे डर था... मैं चाहती थी कि यह परफेक्ट हो।"

विजय उसका हाथ थामता है और हल्के से उसकी उंगलियों पर एक चुम्बन देता है। "तेरे खाने में मां का अपनापन है।"

चुटकी की आंखों में नमी झलकती है। वह कहती है, "मां का खाना प्यार से बनता था। आखिर मैं उनकी बेटी हूं।"

घनश्याम दूर से अपने बच्चों को देख रहे होते हैं, उनका दिल गर्व से भर जाता है। भाई-बहन के बीच का यह बंधन, उनकी हंसी और प्यार, उस छोटे से कमरे को अद्वितीय खुशी से भर देता है। "सावित्री आज यहां होती तो अपने बेटे को डॉक्टर बनते देख कितनी खुश होती," वह गहरी आवाज में कहते हैं।

विजय दीवार पर टंगी अपनी मां की तस्वीर की ओर देखता है। "उनकी कमी हमेशा मेरी हर खुशी का हिस्सा रहेगी," वह धीरे से कहता है।

आने वाले कल के सपने

रात का खाना खत्म होने के बाद, घनश्याम आगे झुकते हैं। उनकी आवाज स्थिर है, लेकिन उसमें एक कोमलता भी झलकती है। "लेकिन, विजय, तुम्हारी यात्रा अभी शुरू ही हुई है। एमडी और हार्ट स्पेशलिस्ट बनना अभी बाकी है, है ना?"

विजय सिर हिलाता है। उसकी आवाज में उत्साह और चिंता का हल्का सा मिश्रण है। "मुझे यूके की एक यूनिवर्सिटी में दाखिला मिल गया है। लेकिन..."

घनश्याम बीच में ही रोकते हैं, उनकी आवाज में एक दृढ़ता है। "पैसों की चिंता मत करो। मैं और मेहनत करूंगा। भगवान ने अब तक हमें संभाला है, आगे भी वही राह दिखाएंगे।"

विजय अपने पिता की बात पर मुस्कुराते हुए सिर हिलाता है, उसकी आवाज में दृढ़ संकल्प है। "बाबा, आपने पहले ही बहुत कुछ किया है। अब मेरी फिक्र मत कीजिए। चुटकी की पढ़ाई अभी बाकी है। वह बहुत होशियार है—वह खुद अपने पैरों पर खड़ी होगी, शादी करेगी और हमें उतना ही गर्व महसूस कराएगी।"

चुटकी, जो हमेशा अपने चुटीले जवाबों के लिए तैयार रहती है, शरारत भरी मुस्कान के साथ कहती है, "भैया, भाभी ले आओ, जो आपके लिए खाना बनाए, जब मैं घर छोड़ दूं!"

विजय हंसते हुए सिर हिलाता है। "तुझे अपनी शादी की फिक्र करनी चाहिए, मेरी नहीं! कौन जानता है, शायद मैं तेरी शादी में नाच रहा होऊं पहले!"

उनके पिता हंसते हैं, उनकी आंखों में खुशी की चमक है, जैसे वह इस हल्के-फुल्के मजाक को देख रहे हों। "वह सही कह रही है, विजय," वह गहरी और गर्मजोशी भरी हंसी के साथ कहते हैं।

विजय मजाकिया अंदाज में झुंझलाने का नाटक करता है, लेकिन उसके चेहरे पर मुस्कान उसकी खुशी जाहिर कर देती है। कमरे में हल्की-फुल्की हंसी गूंजती है, जो चिंता की धार को मुलायम कर देती है और उनके बीच के बंधन को और मजबूत बना देती है। यह ऐसा दुर्लभ पल है जब सपने, मजाक और प्यार एक साथ घुल-मिल जाते हैं, उन्हें याद दिलाते हैं कि वे एक-दूसरे से कितनी ताकत पाते हैं।

जैसे ही हंसी का दौर थमता है, विजय अपने परिवार को देखता है—उस पिता को, जिसने सब कुछ त्याग दिया; उस बहन को, जो जल्दी बड़ी हो गई लेकिन अपनी मासूमियत और चमक कभी नहीं खोई। उसका दिल गर्व से भर उठता है। उनके बिना शर्त समर्थन से वह खुद को ताकतवर महसूस करता है।

भले ही आगे का रास्ता अनिश्चित है, लेकिन यह पल उसे याद दिलाता है कि वह किस मजबूत नींव पर खड़ा है: अपने परिवार का प्यार, उनके साझा सपने और यह विश्वास कि साथ मिलकर वे हर मुश्किल को पार कर सकते हैं।

अनकहे रिश्ते और साझा सपने

मिनी अपनी आरामदायक लंदन अपार्टमेंट में बैठी है। खिड़की से छनकर आती धूप कमरे को एक नरम चमक से भर देती है। लेकिन मिनी का मन इस खूबसूरत पल से कोसों दूर है। उसके विचार विजय पर टिके हैं—उसकी लगन, उसके सपने, और वे संघर्ष जो उसे रोकने की कोशिश कर रहे हैं। विजय का दिल से हार्ट स्पेशलिस्ट बनने का सपना मिनी को गहराई से प्रेरित करता है, लेकिन उसके सामने की आर्थिक कठिनाइयाँ उसे परेशान करती हैं। वह जानती है कि विजय हर मौके का हकदार है, और वह उसे सफल बनाने के लिए हर संभव प्रयास करने का दृढ़ निश्चय करती है।

अगली सुबह, मिनी अपने पिता मोहन के साथ नाश्ते की मेज पर बैठती है। ताजे टोस्ट और गर्म चाय की खुशबू हवा में तैर रही है, लेकिन मिनी का मन अपने उद्देश्य से ओतप्रोत है।

मोहन उसकी तरफ देखते हैं, उनकी आँखों में गर्व झलकता है। "मुझे तुम पर बहुत गर्व है, मिनी," वह गर्मजोशी से कहते हैं। "तुमने अपनी क्लास में टॉप किया और डॉक्टर बनीं। यह कोई छोटी बात नहीं है।"

मिनी मुस्कुराती है। उनके शब्द उसके चिंतित दिल को सुकून देते हैं। "धन्यवाद, पापा। यह सब आपकी मदद की वजह से संभव हुआ।"

मोहन, जो हमेशा सीधे बात करते हैं, पूछते हैं, "तो अब क्या योजना है?"

मिनी थोड़ा रुकती है, उसकी नजर अपने हाथों में पकड़ी चाय की प्याली पर टिक जाती है। "मैं अपने मास्टर्स के बारे में सोच रही हूँ।"

मोहन प्रोत्साहित करते हुए सिर हिलाते हैं। "तो सोचने की क्या बात है? आगे बढ़ो।"

लेकिन मिनी के चेहरे पर छाई चिंता गहरी हो जाती है। वह गहरी सांस लेती है और अपने पिता की ओर देखती है। "पापा, याद है मैंने आपको विजय के बारे में बताया था? वही जो हमारे यूनिवर्सिटी का टॉपर था।"

"हाँ, याद है। बहुत होनहार लड़का," मोहन दिलचस्पी से कहते हैं।

मिनी की आवाज नरम हो जाती है। "उसे यूके में मास्टर्स करने के लिए एडमिशन मिला है... हार्ट स्पेशलिस्ट बनने के लिए।"

"यह तो बहुत बड़ी बात है!" मोहन उत्साहित होकर कहते हैं।

मिनी की चिंता उराके शब्दों में छलकने लगती है। "लेकिन उसके पास खर्चा उठाने के लिए पैसे नहीं हैं। उसने बहुत मेहनत की है, पापा। वह एक बेहतरीन डॉक्टर बनेगा, लेकिन बिना मदद"

वह चुप हो जाती है, उसकी बात अधूरी रह जाती है। मोहन अपना कप नीचे रखते हैं, उनकी अभिव्यक्ति गहरी सोच में डूब जाती है। वह अपनी बेटी की सहानुभूति और दोस्त के प्रति उसकी वफादारी को देखते हैं।

"मैं देखता हूँ कि क्या कर सकता हूँ," वह वादा करते हैं। "रात के खाने पर इस बारे में बात करेंगे।"

एक पिता का सहारा

शाम को, मिनी बेचैनी से इंतजार करती है जब मोहन काम से लौटते हैं। वे खाने की मेज पर बैठते हैं, कमरे की गर्म रोशनी उस तनाव के विपरीत है जो मिनी महसूस कर रही है।

"दिन कैसा था, पापा?" वह सामान्य दिखने की कोशिश करते हुए पूछती है।

"बहुत व्यस्त," वह मजाकिया लहजे में कहते हैं। "कुछ और सोचने का मौका ही नहीं मिला।"

मिनी का चेहरा थोड़ा उतर जाता है। "यहाँ तक कि विजय की स्कॉलरशिप के बारे में भी नहीं?"

उसकी निराशा साफ झलकती है। वह अपनी थाली की तरफ देखती है, बिना मन से खाना हिलाते हुए। मोहन उसे देखते हैं, उसकी चुप उदासी से उनका दिल पिघल जाता है। वह अपना कांटा नीचे रखते हैं और आगे झुकते हैं।

"चलो, कुछ खा लो," वह कोमल स्वर में कहते हैं।

मिनी फुसफुसाती है, उसकी आवाज टूटती हुई। "अब भूख नहीं है।"

मोहन एक लंबी सांस लेते हैं और फिर एक मुस्कान में बदल जाते हैं। "जाओ, उसे कॉल कर लो," वह धीरे से कहते हैं। "मैंने उसके खर्चे का इंतजाम कर दिया है।"

मिनी का सिर तेजी से उठता है। उसके चेहरे पर अनियंत्रित खुशी चमक उठती है। "पापा, आप सच में अद्भुत हैं!" वह उत्साह से मेज के पार झुककर उन्हें जोर से गले लगाती है।

मोहन हंसते हैं, उसकी पीठ थपथपाते हैं। "तो क्या, लगता है तुमने विजय को अपने लिए चुन लिया?"

मिनी थोड़ा पीछे हटती है, शरारत से उन्हें हल्का सा धक्का देती है। "अरे, पापा! वह बस एक अच्छा दोस्त है।"

मोहन की मुस्कान बनी रहती है, उनकी आँखों में पुरानी यादों की झलक। "एक अच्छा दोस्त ज़िंदगी को खूबसूरत बना सकता है, मिनी।"

मिनी का चेहरा कोमल हो जाता है। उनके शब्द उसे छू जाते हैं। "लेकिन, पापा... आपका दोस्त तो आपको अकेला छोड़ गया।"

उनकी मुस्कान हल्की उदासी में बदल जाती है। "इसीलिए मैंने व्यापार को अपना दोस्त बना लिया।"

कमरा कुछ देर के लिए शांत हो जाता है। साझा यादों और अनकहे सपनों की गर्माहट उसमें भर जाती है। मिनी अपने पिता में दिखने वाली ताकत और करुणा को देखती है। उसी में वह अपनी प्रेरणा का प्रतिबिंब पाती है।

सपनों और कृतज्ञता की यात्रा

भारत में, विजय अपने मेडिकल की किताबों के बीच झुका बैठा है। उसके कंधों पर उसके सपनों का बोझ साफ झलक रहा है। तभी फोन की तेज़ घंटी सन्नाटे को तोड़ देती है। विजय स्क्रीन पर मिनी का नाम चमकते देख हैरान रह जाता है।

"हैलो, मिनी! कैसी हो?" वह जवाब देता है, उसकी आवाज थकी हुई लेकिन उसे सुनकर खुश।

"मेरे पास शानदार खबर है!" मिनी की आवाज़ उत्साह से भरी है। "तुम्हारी एमडी की सारी फीस के लिए स्पॉन्सर मिल गया है!"

विजय कुछ पल के लिए ठहर जाता है, जैसे शब्दों का मतलब समझने की कोशिश कर रहा हो। "यह तो सच में कमाल की खबर है! धन्यवाद, मिनी—यह मेरे लिए बहुत मायने रखता है।"

"धन्यवाद की कोई ज़रूरत नहीं। अब जल्दी से पैकिंग शुरू करो। मैं तुम्हारा फ्लाइट टिकट भेज रही हूँ!" मिनी की आवाज़ खुशी से झूम रही है, और विजय कुछ कह पाता, इससे पहले ही फोन कट जाता है।

विजय धीरे से फोन नीचे रखता है, उसका दिल कृतज्ञता से भर जाता है। वह अपनी माँ की तस्वीर के पास जाता है, उसके अंदर की भावनाएँ छलकने लगती हैं। "माँ," वह फुसफुसाता है, उसकी आवाज़ भावनाओं से भीगी हुई, "आप हमेशा मुझ पर विश्वास करती थीं। आपके आशीर्वाद मेरे साथ हैं, और मुझे पता है कि भगवान भी मेरा साथ दे रहे हैं।"

तभी उसके पिता अंदर आते हैं, पीछे-पीछे चुटकी पानी का गिलास लेकर। विजय उनकी ओर मुड़ता है, अपनी खुशी छुपा नहीं पाता। "बाबा," वह उनके पैर छूते हुए कहता है, "मुझे यूके में एमडी करने के लिए पूरा स्पॉन्सरशिप मिल गया है!"

उसके पिता का चेहरा गर्व से खिल उठता है। "तुम कब जा रहे हो?" वह पूछते हैं।

"एक हफ्ते में!" विजय जवाब देता है, उसकी आवाज़ खुशी से काँप रही है। "आज ही फ्लाइट टिकट आ रहा है।"

चुटकी दौड़कर उसे गले लगा लेती है, उसकी खुशी उससे झलक रही है। "भैया, बधाई हो!" वह कहती है, उसकी आवाज़ गर्व से भरी हुई।

लंदन में स्वागत और नई शुरुआत

मिनी हीथ्रो एयरपोर्ट पर खड़ी है, यात्रियों की भीड़ में किसी को खोज रही है। उसके दिल में एक अजीब सी हलचल है—उत्साह और उत्सुकता का मिला-जुला एहसास। लाउडस्पीकर पर हो रही घोषणाएँ पृष्ठभूमि में धुंधली पड़ जाती हैं, क्योंकि उसका ध्यान आने वाले चेहरों पर टिका है। फिर उसकी नजर विजय पर पड़ती है, जो अपना सामान खींचते हुए गेट से बाहर आ रहा है। राहत की एक लहर उसके ऊपर से गुजरती है।

उसका चेहरा खुशी से चमक उठता है, और वह भीड़ के बीच से हाथ हिलाती है। "विजय!" वह पुकारती है, उसकी आवाज़ खुशी से भरपूर, भीड़ के शोर को पार करते हुए।

विजय की नजर उससे मिलती है, और उसकी मुस्कान भी खिल उठती है। वह जल्दी-जल्दी यात्रियों के बीच से रास्ता बनाते हुए उसकी ओर बढ़ता है। कुछ ही पलों में, वह उसके सामने खड़ा होता है।

"मिनी! तुमसे मिलकर बहुत अच्छा लग रहा है," वह गर्मजोशी से कहता है, उसकी आवाज़ में परिचय की सुकून भरी झलक।

वे जल्दी से एक दोस्ताना गले मिलते हैं, और मिनी बाहर की ओर इशारा करती है। "चलो, यहाँ से निकलते हैं। मैं तुम्हारे आने का बेसब्री से इंतजार कर रही थी!"

दिल से स्वागत

वे मिनी के घर पहुँचते हैं, जहाँ मोहन दरवाजे पर पहले से इंतजार कर रहे हैं। उनका गर्मजोशी भरा मुस्कान उनकी आत्मीयता और मेहमाननवाज़ी को दर्शाता है। विजय कार से उतरता है, घर की सुंदरता को देखते हुए, और मोहन की ओर आदर से झुककर नमस्ते करता है।

"पापा, यह विजय हैं," मिनी गर्व से कहती है। "और विजय, यह मेरे पापा हैं।"

विजय अपने हाथ जोड़ते हुए कहते हैं, "नमस्कार, अंकल। मिनी ने आपके बारे में बहुत कुछ बताया है।"

मोहन आगे बढ़ते हैं, विजय के कंधे पर पिता जैसा स्नेह भरा हाथ रखते हैं। "स्वागत है, विजय! और मिनी ने तुम्हारे बारे में भी बहुत कुछ बताया है।"

दोनों की नजरें मिनी पर टिक जाती हैं, जो अचानक अपने पैरों पर हिलने लगती है, उनके गहरे भावों से शर्मिंदा। वह जल्दी से विषय बदलती है, उसकी आवाज़ हल्की लेकिन उत्साहित। "आओ, विजय, मैं तुम्हें तुम्हारा कमरा दिखाती हूँ ताकि तुम फ्रेश हो जाओ। फिर हम लंच करेंगे।"

सपनों और कृतज्ञता की यात्रा

डाइनिंग टेबल पर ताजगी भरे पकवानों की खुशबू फैली हुई है। मोहन और मिनी आराम से बैठे हैं, और विजय, जो अब ज्यादा सुकून में दिख रहा है, उनके साथ शामिल होता है।

जैसे ही खाना शुरू होता है, मोहन अपनी बेटी की तरफ मुस्कुराते हुए कहते हैं, "मिनी, तुमने बहुत अच्छा दोस्त चुना है।"

मिनी उनकी बात को हल्के-फुल्के अंदाज में टालने की कोशिश करती है, लेकिन उसकी मुस्कान उसकी गर्व भरी भावना को छुपा नहीं पाती। विजय पहला निवाला लेते ही ठहर जाता है, जैसे स्वाद को महसूस कर रहा हो।

"यह खाना कमाल का है!" वह उत्साह से कहता है, उसके स्वर में आश्चर्य और खुशी झलकती है।

मोहन हंसते हुए मिनी की तरफ इशारा करते हैं। "मिनी ने बनाया है, तो जाहिर है कि यह स्वादिष्ट होगा।"

मिनी थोड़ी झिझकती है, लेकिन उसके चेहरे पर गर्व की हल्की झलक आ जाती है। "धन्यवाद, पापा।"

खाने के साथ बातचीत का सिलसिला शुरू होता है, और हंसी-ठिठोली पूरे माहौल को गर्मजोशी से भर देती है। विजय, जो अब परिवार के इस प्यार भरे माहौल में खुद को घुलता-मिलता महसूस कर रहा है, हर पल को दिल से जीता है।

खाने के अंत में, मोहन थोड़ा झुकते हैं, और उनका चेहरा गंभीर हो जाता है।

"विजय," वे कहते हैं, एक छोटा लिफाफा उसकी ओर बढ़ाते हुए, "इस घर को अपना समझो। तुम्हें किसी भी चीज़ की ज़रूरत हो, बस बताना। और यह थोड़े पैसे हैं, शायद तुम्हारे काम आ जाएं।"

विजय थोड़ी झिझक के साथ लिफाफे को छूता है, उसकी गर्व और कृतज्ञता के बीच खींचातानी चल रही है। आखिरकार, वह इसे ले लेता है, उसकी आवाज धीमी लेकिन सच्ची है। "बहुत-बहुत धन्यवाद, अंकल। जो कुछ भी आपने और मिनी ने मेरे लिए किया है, मैं कभी चुका नहीं पाऊंगा।"

मोहन मजबूती से सिर हिलाते हैं, उनकी आवाज में दृढ़ता है। "बस एक महान हार्ट स्पेशलिस्ट बन जाओ। वही हमारे लिए सबसे बड़ा धन्यवाद होगा।"

बिदाई के शब्द

सुबह का सूरज अपने सुनहरे रंग बिखेर रहा है, जबकि विजय और मिनी निकलने की तैयारी कर रहे हैं। विजय अपनी बैग्स को कार के ट्रंक में संभालता है और सामने की सीट पर बैठता है। जाने से पहले, वह खिड़की से बाहर झुकता है, उसकी मुस्कान दिल से आती है, और वह मोहन को हाथ हिलाता है। "एक बार फिर धन्यवाद, अंकल, आपकी देखभाल और मदद के लिए। मैं इसे कभी नहीं भूलूंगा," वह कहता है, उसकी आवाज कृतज्ञता से भरी हुई।

मोहन हाथ हिलाते हैं, उनकी आँखों में प्रोत्साहन की झलक। "फोकस बनाए रखना, विजय। मुझे विश्वास है कि तुम भारत के बेहतरीन हार्ट स्पेशलिस्ट बनोगे, और भारत को तुम्हारी सेवा की ज़रूरत है।"

जैसे ही कार आगे बढ़ती है, विजय अपनी सीट पर पीछे झुक जाता है, उसका दिल कृतज्ञता और दृढ़ निश्चय से भरा हुआ है। मिनी बगल में बैठकर उत्साह से बातें करती है, उसकी आवाज़ विजय को ज़मीन से जोड़े रखने वाली डोर जैसी है। सड़क चौड़ी और खुली है, और विजय महसूस करता है कि वह आने वाली चुनौतियों का सामना करने के लिए तैयार है, अपने समर्थकों के विश्वास से प्रेरित।

अनकही भावनाओं का सफर

मिनी सड़क पर कार चलाती है, इंजन की मद्धम आवाज़ उसके विचारों की लय में घुली हुई है। तेज सुबह की रोशनी विंडशील्ड से छनकर उनके चेहरों पर झलकती है। विजय चुपचाप पैसेंजर सीट पर बैठा है, बाहर की हरियाली और सड़क के नज़ारों को देखते हुए। उसका दिल भारी है—इस बार घर की याद से नहीं, बल्कि उन अनकही भावनाओं से जो उसके अंदर कहीं गहरी दबी हुई हैं।

ड्राइव शांत है, लेकिन असहज नहीं। मिनी हल्के-हल्के गुनगुनाती है, बीच-बीच में विजय की ओर देखती है, उसकी मुद्रा में कुछ तनाव महसूस करती है। विजय अपने भीतर की लड़ाई लड़ रहा है। जो शब्द वह कहना चाहता है, वे उसके होंठों तक पहुंचने से पहले ही रुक जाते हैं। वह अपने बैग के पट्टों को कसकर पकड़े हुए है, जैसे वे उसे उसके अंदर की हलचल से बचा रहे हों।

जब कार कॉलेज हॉस्टल के गेट के पास पहुँचती है, मिनी धीमी होकर सड़क किनारे रुकती है। वह उसकी ओर गर्मजोशी से मुस्कुराती है।

"लो, हम पहुँच गए, विजय," वह चियरफुल अंदाज में कहती है, लेकिन उसकी आँखें उसके चेहरे पर कुछ ढूंढ रही होती हैं।

विजय गहरी सांस लेता है, उसकी नज़रें मिनी की ओर उठती हैं। उसके होंठ खुलते हैं, लेकिन फिर उसकी झिझक उसे रोक देती है।

"बहुत धन्यवाद, मिनी," वह आखिरकार कहता है, उसकी आवाज़ धीमी लेकिन ईमानदार।

मिनी भौंह उठाती है, उसकी सहज बुद्धि विजय के भीतर चल रही हलचल को भांप लेती है। "तुम्हें कुछ कहना है?" वह पूछती है, उसकी आवाज़ में हल्की जिज्ञासा।

विजय एक पल के लिए ठहर जाता है, उसकी धड़कन तेज़ हो जाती है। वह धीमे से बुदबुदाता है, "जो मैं चाहता हूँ... वो कह नहीं सकता।"

मिनी पूरी बात नहीं सुन पाती, लेकिन उसकी झिझक भांप लेती है। वह सिर हिलाती है, हल्की उलझन के बावजूद आगे कुछ न पूछने का फैसला करती है। वह उसे एक आखिरी बार देखकर हाथ हिलाती है और कार लेकर चली जाती है।

विजय कार को जाते हुए देखता है, उसका दिल और भारी होता जा रहा है। कुछ पलों के लिए वह वहीं खड़ा रहता है, फिर अपने बैग्स को खींचते हुए हॉस्टल की ओर बढ़ जाता है। उसके अंदर का दर्द उसे हर कदम के साथ महसूस होता है।

अंदर जाते हुए वह खुद से वादा करता है, "कभी तो मैं अपनी भावनाओं को शब्दों में ढालूंगा। लेकिन आज नहीं।" लेकिन वह जानता है कि जितनी देर वह करेगा, उतना ही मुश्किल यह होता जाएगा।

कुछ महीनों बाद, घर की याद

लंदन में मोहन के खूबसूरत घर के गलियारे में दरवाजे की घंटी की आवाज़ गूंजती है। मिनी जल्दी से दरवाजा खोलने के लिए दौड़ती है, और जैसे ही दरवाजा खोलती है, विजय को देखकर उसका चेहरा खिल उठता है। विजय की थकी हुई लेकिन गर्मजोशी भरी मुस्कान उसके हालात बयां कर देती है—वह यहाँ आकर सुकून महसूस कर रहा है।

"अंकल, मिनी," विजय अपने डफेल बैग को ज़मीन पर रखते हुए एक गहरी साँस लेता है। "मुझे घर की याद आ रही थी और अपने परिवार को बहुत मिस कर रहा था, इसलिए सोचा कि आप सब से मिलने आ जाऊँ। यहाँ आकर अच्छा लग रहा है।"

मोहन आगे बढ़ते हैं, उनका चेहरा सच्ची मुस्कान से भर जाता है, और वे विजय के कंधे पर एक सांत्वना भरा हाथ रखते हैं। "विजय, यह घर हमेशा तुम्हारा है। अंदर आओ, बैठो। और बताओ, एमडी की पढ़ाई कैसी चल रही है?"

विजय मुस्कुराता है, उसके चेहरे पर गर्व और थकान दोनों साफ़ झलकते हैं। "अच्छी चल रही है, अंकल। चुनौतीपूर्ण है—हर दिन और कठिन होता जा रहा है। यहाँ की पढ़ाने की विधियाँ हमारे भारत की तुलना में बिल्कुल अलग हैं, लेकिन मैं संभाल रहा हूँ।"

मिनी दरवाजे के फ़्रेम पर टिकती है, उसके चेहरे पर एक शरारती मुस्कान है जो माहौल को हल्का कर देती है। "तो, तुम सिर्फ़ हमसे मिलने नहीं आए हो, बल्कि उन भारी किताबों से बचने भी आए हो, है ना?"

विजय हँसता है, उसके कंधे अब थोड़ा आराम महसूस करते हैं। "आधा सच है। लेकिन सचमुच, मैं आप सबको मिस कर रहा था। तुम्हारी पढ़ाई कैसी चल रही है, मिनी?"

मिनी हल्के से कंधे उचका देती है, उसकी मुस्कान थोड़ी फीकी पड़ जाती है, जिससे उसकी कमज़ोरी झलकती है। "ठीक है। लेकिन मुझे तुम्हारे जैसा दोस्त नहीं मिला, जो मुझे गाइड करे, मेरा हाथ पकड़े और कठिन समय में रास्ता दिखाए।"

विजय उसकी बात पर थोड़ी देर शांत हो जाता है, उसकी आँखों में मिनी के लिए कृतज्ञता और स्नेह झलकता है। इससे पहले कि वह कुछ कह सके, मोहन गर्व भरी मुस्कान के साथ बीच में बोलते हैं। "वैसे, बधाई हो, विजय! मिनी ने बताया कि तुमने अपने पहले सेमेस्टर में टॉप किया। यह बहुत बड़ी उपलब्धि है।"

मिनी का चेहरा फिर से खिल उठता है, उसके चेहरे पर गर्व साफ़ झलकता है। "अरे, वह मेरा दोस्त है। वह हमेशा टॉपर रहेगा।"

उनकी हँसी कमरे में गूंजती है, जैसे यह एक गर्मजोशी भरी चादर हो जो उन्हें एक साथ जोड़ती है। पलों के लिए, विजय अपने घर की याद को भूल जाता है, और अपने आस-पास परिवार और दोस्ती की सुकून भरी उपस्थिति का आनंद लेता है।

लंदन की सैर का आनंद

अगली सुबह, मिनी विजय को लंदन घुमाने के लिए अड़ जाती है। वह उसके जवाब देने का इंतजार किए बिना उसे दरवाजे से बाहर खींच लेती है, उसकी ऊर्जा इतनी उत्साहजनक होती है कि विजय भी हंस पड़ता है।

"चलो, विजय!" मिनी चहकती है, उसकी आवाज जोश से भरी हुई है। "तुम हमेशा किताबों में डूबे रहते हो। लंदन के पास दिखाने के लिए बहुत कुछ है!"

पहला पड़ाव होता है आइकॉनिक टॉवर ब्रिज। वहां खड़े होकर वे शहर का दृश्य निहारते हैं, नदी पर पड़ती सूरज की किरणों के बीच तस्वीरें खींचते हैं। हवा उनके बालों को सहलाती है, और शहर की चहल-पहल उनके कानों तक पहुंचती है।

अगला पड़ाव होता है ब्रिटिश म्यूजियम। मिनी जोश से ऐतिहासिक कलाकृतियों के पीछे की कहानियां बताती है, और विजय ध्यान से सुनता है, उसका मन कुछ

समय के लिए पढ़ाई के तनाव से मुक्त हो जाता है। जब वे रोजेटा स्टोन के पास रुकते हैं, मिनी धीमी आवाज में कहती है, "क्या यह अद्भुत नहीं है कि कैसे अतीत के टुकड़े हमें कुछ बड़ा महसूस कराते हैं?"

दिन खत्म होते-होते, वे कोवेंट गार्डन के एक छोटे से कैफे में पहुंचते हैं। कॉफी की महक और बातचीत की नरम गूंज माहौल को गर्मजोशी से भर देती है। मिनी अपनी कुर्सी पर पीछे की ओर झुकती है, उसकी आंखों में शरारती चमक। "तुम्हें टॉप करने की खुशी में मेरी ट्रीट देनी पड़ेगी।"

विजय हंसता है, अपना सिर हिलाते हुए। "ठीक है, अगली बार कॉफी मेरी तरफ से।"

बिदाई के पल

अगली सुबह, रसोईघर में व्यस्तता का माहौल है। मोहन चाय की चुस्कियां लेते हुए अखबार पढ़ रहे हैं, जबकि मिनी कॉलेज के लिए अपना बैग पैक कर रही है। विजय उनके साथ बैठकर उनके साथ नाश्ते का आनंद लेता है।

"तो विजय, कब वापस कॉलेज जा रहे हो?" मोहन पूछते हैं।

"नाश्ते के बाद," विजय जवाब देता है, घड़ी की ओर देखते हुए। "मैं बस से चला जाऊंगा।"

मिनी अपने कॉफी कप को जोर से रखते हुए कहती है, "बिलकुल नहीं, विजय। मैं तुम्हें छोड़ने जाऊंगी। कोई परेशानी नहीं होगी।"

विजय धीरे से विरोध करता है, उसकी आवाज कृतज्ञता से भरी हुई है। "मिनी, सच में, बस ठीक रहेगी। मैं तुम्हें परेशान नहीं करना चाहता।"

"विजय," मिनी दृढ़ता से कहती है, अपने हाथ बांधते हुए, "मैं तुम्हें छोड़ने जाऊंगी, और यह अंतिम निर्णय है।"

मोहन यह सब मुस्कुराते हुए देखते हैं। वे अपनी जेब से एक लिफाफा निकालते हैं और विजय को थमाते हैं। "यह रख लो। ज़रूरत पड़ सकती है।"

विजय थोड़ी झिझक के बाद लिफाफा ले लेता है, उसकी आवाज धीमी और सच्ची है। "धन्यवाद, अंकल।"

मिनी यह देखती है और मजाकिया अंदाज में कहती है, "पापा, जब मैं कॉलेज जाती हूं तो मुझे कभी लिफाफा नहीं देते।"

मोहन हंसते हुए कहते हैं, "क्योंकि तुम्हारे पास अनलिमिटेड क्रेडिट कार्ड हैं। मुझे तो तुमसे पैसे मांगने पड़ते हैं!"

उनकी हंसी कमरे में गूंज उठती है, और वह पल बिदाई की उदासी को हल्का कर देता है। जैसे ही वे ठंडी सुबह की हवा में बाहर निकलते हैं, मोहन विजय के कंधे पर हाथ रखते हैं। "अपना ध्यान रखना, विजय। मुझे तुम पर गर्व है, और मुझे यकीन है कि तुम भारत के सबसे बेहतरीन हार्ट सर्जन बनोगे।"

विजय सिर हिलाते हुए कहता है, "आपकी उम्मीदों पर खरा उतरने की कोशिश करूंगा, अंकल।"

जैसे ही कार आगे बढ़ती है, विजय अपने दिल में नए जोश और संकल्प के साथ तैयार महसूस करता है। उसके आसपास का समर्थन और विश्वास उसे आने वाले हर चुनौती का सामना करने का हौसला देता है।

विछोह का भार: अंतिम विदाई

दो साल बीत चुके थे, समय छोटे-छोटे विजय, रोज़मर्रा की भागदौड़ और चुपचाप बीते पलों के साथ जैसे उड़ गया था। लेकिन एक सुबह, मिनी का ध्यानपूर्वक बनाया हुआ सुकून अचानक टूट गया जब उसके फोन की तेज़ घंटी ने उसे जगा दिया। उसने जल्दी से फोन उठाया, और उसकी सामान्य शांति तुरंत बिखर गई जब उसने दूसरी ओर से चुटकी की कांपती आवाज़ सुनी।

"मिनी दीदी," चुटकी ने धीरे से कहा, उसकी आवाज़ आंसुओं में डूब गई, "पापा अब नहीं रहे।"

यह ख़बर मिनी पर पत्थर की तरह गिरी, उसके दिल में गहरी चोट करते हुए। उसने अपनी आंखें बंद कर लीं, खुद को संभालने की कोशिश की, जबकि उसका अपना दुख भीतर से बाहर निकलने के लिए बेचैन हो रहा था।

"चुटकी, हिम्मत रखना," उसने धीरे से कहा, उसकी आवाज़ में एक शांत दृढ़ता थी। "मैं विजय को बताऊंगी... लेकिन तब तक नहीं, जब तक उसके एग्ज़ाम खत्म नहीं हो जाते। उसे बस कुछ दिनों तक और फोकस करना होगा।"

उनके साझा दुख ने उनके बीच की दूरी को मिटा दिया, और कुछ पलों के लिए, दोनों बहनें एक साथ रोईं, उस इंसान के खोने का ग़म साझा करते हुए, जो उनके जीवन का एक मज़बूत स्तंभ था।

एक बोझिल दिल

अगले कुछ दिन मिनी के लिए असहनीय थे। उसने यह भारी रहस्य अपने दिल में दबा रखा था, जो हर पल उसके भीतर चुभता रहा। हर क्षण खिंचता हुआ महसूस होता था, जबकि वह विजय के एग्ज़ाम खत्म होने का इंतजार कर रही थी। अपना खुद का ग़म उसने छुपा लिया था, उसे भीतर ही कहीं बंद कर दिया, और अपना ध्यान दूर से ही चुटकी को सहारा देने में लगा दिया।

आखिरकार, विजय के अंतिम पेपर का दिन आ गया। मिनी उसके कॉलेज के बाहर अपनी गाड़ी में इंतजार कर रही थी, उसका दिल तेज़ी से धड़क रहा था। उसने छात्रों को परीक्षा हॉल से बाहर निकलते देखा; उनके चेहरे राहत से भरे हुए थे। और फिर उसने विजय को देखा—हमेशा की तरह शांत, हालांकि उसकी आंखों में थकावट की छाया साफ दिख रही थी।

जब वह पास आया, मिनी ने गहरी सांस ली, मन ही मन उन शब्दों को दोहराते हुए, जिन्हें वह जानती थी कि सब कुछ बदल देंगे। "मजबूत रहना," उसने खुद को कहा, अपने बैग को कसकर पकड़ते हुए।

"मिनी," विजय ने हल्की मुस्कान के साथ उसका अभिवादन किया, "क्या बात है? तुम्हें मेरे लिए इंतजार करने की जरूरत नहीं थी।"

"विजय," उसने शुरू किया, उसकी आवाज़ मुश्किल से स्थिर थी, "तुम्हारे पापा... उनकी तबीयत ठीक नहीं है। चुटकी ने पहले फोन किया था।"

उसके माथे पर चिंता की लकीरें उभर आईं। "उसने मुझे सीधे फोन क्यों नहीं किया?" उसने पूछा, उसकी आवाज़ में चिंता की तेज़ धार थी।

मिनी ने खुद को शांत बनाए रखने के लिए मजबूर किया, उसकी आंखों में स्थिरता से देखते हुए। "वह तुम्हारे एग्ज़ाम के बीच में तुम्हें परेशान नहीं करना चाहती थी।"

उसने उसे एक प्लेन टिकट दिया, उसके उंगलियां हल्के से उसकी उंगलियों को छू गईं। "तुम्हें तुरंत घर जाना होगा," उसने धीरे से कहा, उसकी आवाज़ में कोई बहस की गुंजाइश नहीं थी।

विजय ने टिकट को पकड़ते हुए एक पल के लिए मिनी की ओर देखा। उसकी आंखों में मिश्रित भावनाएं थीं—घबराहट, चिंता और कृतज्ञता। उसने कुछ नहीं कहा, लेकिन उसकी चुप्पी बहुत कुछ कह रही थी। दोनों के बीच वह पल, उन अनकहे शब्दों से भरा था, जो उनके दिल में गूंज रहे थे।

मौन की यात्रा

अपने हॉस्टल में, मिनी विजय के साथ उसके सामान को पैक करने में मदद कर रही है। उसके हाथ व्यवस्थित और शांत हैं, लेकिन उसका दिल उन अनकहे शब्दों के बोझ से तेज़ी से धड़क रहा है। विजय, उसकी इस चुप्पी को महसूस करते हुए, पैकिंग करते-करते अचानक रुक जाता है। वह धीरे से पूछता है, "मिनी... क्या ऐसा कुछ है जो तुम मुझसे छुपा रही हो?" मिनी एक पल के लिए ठिठक जाती है, लेकिन तुरंत अपने आप को संभालते हुए सिर हिला देती है। "बस घर पहुंचने पर ध्यान दो, विजय। चुटकी तुम्हारा इंतजार कर रही है।"

एयरपोर्ट के रास्ते में गाड़ी के अंदर खामोशी घनी हो जाती है। गाड़ी की मद्धिम गूंज उस भारी मौन को तोड़ने की कोशिश करती है, लेकिन असफल रहती है। विजय महसूस करता है कि कुछ तो ठीक नहीं है। यह बेचैनी उसके मन के कोनों में धीरे-धीरे दस्तक दे रही है, लेकिन वह मिनी की मजबूती पर भरोसा करना चुनता है। वह उसके साथ होने के लिए आभारी है।

जैसे ही वे टर्मिनल के पास पहुंचते हैं, विजय अंततः खामोशी को तोड़ता है। "मिनी, हर चीज़ के लिए शुक्रिया। मैं नहीं जानता कि तुम्हारे बिना मैं क्या करता।"

मिनी स्टीयरिंग व्हील को कसकर पकड़ती है और एक हल्की मुस्कान अपने चेहरे पर लाने की कोशिश करती है। "घर जाओ, विजय। अपने परिवार के साथ रहो।"

वह देखती है कि विजय एयरपोर्ट के दरवाजों से अंदर जा रहा है। धीरे-धीरे, वह भीड़ में खो जाता है।

तन्हाई और टूटन

मिनी चुपचाप अपनी गाड़ी में लौटती है। जैसे ही वह दरवाजा बंद करती है, उसके हाथ कांप रहे होते हैं। खुद के साथ अकेली होते ही, उसकी दृढ़ता कांच की तरह

टूट जाती है। वह सारी भावनाएं जो उसने भीतर छुपा रखी थीं, अचानक बहार आ जाती हैं। आंसू उसकी आंखों से धार बनकर बहने लगते हैं। वह स्टीयरिंग व्हील को कसकर पकड़ लेती है और अपना माथा उस पर झुका लेती है। उसके कंधे मौन सिसकियों के साथ कांप रहे हैं।

"मुझे माफ करना, विजय," वह खाली कार में फुसफुसाती है। उसकी आवाज़ दर्द से टूटी हुई है। "मैं तुम्हें यह नहीं बता पाई... इस तरह नहीं।"

उसके शब्द कार की स्थिर हवा में लटक जाते हैं, और उसका दर्द उस छोटे से स्थान में गूंजने लगता है। उसकी छाती तेज़ी से उठती-गिरती है, और सच्चाई का भार उस पर हावी हो जाता है। उसने यह सच छुपाया, इस जिम्मेदारी को उठाया, और अब उसने विजय को घर भेजा है, जहां उसे वह दिल तोड़ने वाली सच्चाई का सामना करना होगा, जिसे मिनी उससे छुपाने की कोशिश कर रही थी। उसका फैसला अब उसे असहनीय लग रहा है, जैसे यह उसे भीतर से तोड़ रहा हो।

आंसुओं के बीच, मिनी अपने हाथ जोड़ती है और अपनी आंखें कसकर बंद कर लेती है। वह दिल से एक दुआ मांगती है। "भगवान, उसे ताकत देना। उसे इस सब से निकालना। उसे अकेलापन महसूस मत होने देना।" उसकी आवाज़ कांपती है, और उसके शब्द उस दर्द को व्यक्त करते हैं जो वह विजय के लिए महसूस कर रही है।

गाड़ी का माहौल भारी और घुटन भरा लगता है। मिनी वहीं बैठी रहती है, अपने भावनाओं के तूफान में फंसी हुई। वह जानती है कि विजय के घर पहुंचने पर जो सच उसका इंतजार कर रहा है, वह उसे तोड़ देगा। वह सिर्फ उम्मीद कर सकती है कि विजय खुद को फिर से संभालने की हिम्मत जुटा पाएगा।

अचानक खोने का दर्द

सुबह-सुबह फ्लाइट लैंड करती है, और विजय अपने घर की परिचित गलियों में उतरता है, उसके मन में अनजाना सा भय पनप रहा है। वह तेजी से अपने घर की ओर भागता है, उसका दिल तेज़ी से धड़क रहा है। लेकिन दरवाजे पर पहुँचते ही वह ठिठक जाता है। उसके पिता की तस्वीर, माला से सजी हुई और फ्रेम में जड़ी, उसकी ओर देख रही होती है। हवा अचानक भारी और दम घोंटने वाली लगती है, जैसे शोक का अंतिम सत्य उसके सिर पर आ गिरा हो।

विजय लड़खड़ा जाता है, उसके गले से सांस रुक-रुक कर निकलती है। उसकी बहन चुटकी, जिसकी आंखें सूजी हुई और आंसुओं से भरी हैं, उसकी ओर बढ़ती

है और उसे कसकर गले लगा लेती है। दोनों चुपचाप एक-दूसरे को थामे रहते हैं, उनकी पीड़ा इतनी गहरी है कि शब्द भी उसके सामने फीके पड़ जाते हैं।

कुछ देर बाद, चुटकी पीछे हटती है और विजय के हाथों में एक छोटी सी राख की कलश सौंपती है। वह धीरे से कहती है, "ये बाबा की अस्थियां हैं। हमें इन्हें विसर्जित करना है।"

विजय कलश को कसकर पकड़ता है, उसकी आवाज़ दर्द से टूटी हुई है। "मैं कितना दुर्भाग्यशाली हूँ... जिसने अपनी पूरी जिंदगी मुझे डॉक्टर बनाने के लिए कुर्बान कर दी, वो इसे देखने के लिए यहाँ नहीं हैं।"

चुटकी उसके कंधे पर हाथ रखती है, उसकी आवाज़ अपने दर्द के बावजूद स्थिर है। "भैया, हमें उन्हें सम्मान देना है। चलो, उन्हें समुद्र तक ले चलते हैं।"

अंतिम विदाई

उस सुबह, भाई-बहन एक छोटी नाव पर सवार होते हैं। समुद्र की लहरों की हल्की थपकियाँ एकमात्र आवाज़ हैं, जब वे खुले समुद्र की ओर बढ़ते हैं। पानी का अंतहीन विस्तार उनके सामने फैला हुआ है, और क्षितिज पर सुबह के हल्के रंग बिखरे हुए हैं। विजय कलश को सीने से लगाए हुए है, उसका मन अपने पिता की यादों से भरा हुआ है—उनकी हंसी, उनकी समझदारी, और उनका अथक परिश्रम, जो उनके बच्चों के भविष्य को सुरक्षित करने के लिए किया गया था।

नाव के किनारे पर, विजय घुटनों के बल गिर जाता है। उसकी सिसकियाँ समुद्र की लहरों के साथ गूँजने लगती हैं। उसका दुख उसे दबाए जा रहा है, जैसे वह सहन करने की हद पार कर चुका हो। चुटकी उसके पास बैठ जाती है, उसके कंधों को थामे हुए, उसे मौन सहारा देती है। वे लंबे समय तक वहीं बैठे रहते हैं, उनके साझा दुःख ने उन्हें एक गहरे शोक के क्षण में बाँध दिया है।

"समय आ गया है, भैया," चुटकी धीरे से कहती है।

कांपते हाथों से, विजय कलश को पानी में उतारता है। अस्थियां धीरे-धीरे लहरों में बिखर जाती हैं, और उनकी जगह एक गहरी खालीपन भर जाती है। जैसे ही उनके पिता की आखिरी निशानी समुद्र में विलीन होती है, एक याद उनके दिल में उभरती है—लंदन जाने से पहले उनके पिता के कहे आखिरी शब्द।

"पूरे मन से पढ़ाई करना और एक महान डॉक्टर बनकर वापस आना," उनके पिता ने कहा था, उनकी आवाज़ गर्व से भरी हुई थी। "मैं बनूँगा, बाबा। अपना ख्याल रखना... और चुटकी का भी," विजय ने जवाब दिया था, उसकी अपनी आवाज़ भावनाओं से भारी थी।

उनके पिता की हल्की कड़वाहट भरी मुस्कान विजय के मन में अटकी रहती है। "अपने लक्ष्य को मत भूलना, बेटा। और अगर मैं तुम्हारे बाहर रहने के दौरान चला जाऊं, तो पहले अपने पेपर पूरे करना। तभी मेरी आत्मा को शांति मिलेगी।" यादें विजय के भीतर लहरों की तरह टकराती हैं, और वह अपने आंसुओं के बीच फुसफुसाता है, "मैं बाबा को छोड़कर गया ताकि कुछ बन सकूं... और अब, बाबा की बस यही राख बची है।" वह खुलकर रोता है, उसका दुःख अंतहीन समुद्र में विलीन हो जाता है।

कॉल

उसी क्षण, विजय के जेब में रखे फोन की हल्की कंपन उसे वास्तविकता में खींच लाती है। वह फोन उठाता है, उसकी आवाज़ भावनाओं से भरी और भारी है। "हैलो, मिनी।"

मिनी की आवाज़ धीमी और सहानुभूति से भरी हुई है। "विजय, तुम्हें और चुटकी को मेरी गहरी संवेदनाएं। मैंने तुम्हारे पिता की आत्मा की शांति के लिए प्रार्थना की है।"

विजय की आवाज़ दर्द से भर जाती है, उसमें एक हल्की खीज झलकती है। "तुम्हें पता था... और तुमने मुझे नहीं बताया।"

मिनी कुछ पल चुप रहती है। उसकी आवाज़ स्थिर है, लेकिन उसमें पछतावे का वजन है। "कुछ बातें समय के साथ ही समझ में आती हैं, विजय। कभी-कभी, कुछ पाने के लिए हमें पहले कुछ खोना पड़ता है।"

उसके शब्द हवा में लटक जाते हैं, विजय के दर्द को और गहरा करते हुए। "मैंने कभी नहीं सोचा था कि कीमत इतनी भारी होगी," वह फुसफुसाता है।

"मजबूत बने रहो," मिनी धीरे से आग्रह करती है। "इस समय चुटकी को तुम्हारी सबसे ज्यादा जरूरत है।"

विजय कुछ नहीं कहता, उनके बीच की खामोशी में अनकही समझदारी घुल जाती है। कुछ पल बाद, वह कॉल काट देता है। दूसरी तरफ, मिनी फोन को कसकर पकड़ लेती है, उसकी आँखों से आंसू बहने लगते हैं। वह भी उसी दर्द में डूबी हुई है, अपने दोस्त के लिए शोक करती हुई, जिसे वह इस पीड़ा से बचा नहीं सकी।

चोट के बाद आरंभ

नाव धीरे-धीरे किनारे की ओर बढ़ती है। विजय खड़ा होता है, उसकी नजरें क्षितिज पर टिकी रहती हैं। लहरें उसके दुख को थोड़ा-थोड़ा करके बहा ले जाती हैं, उसके भीतर एक शांत दृढ़ता छोड़ जाती हैं। वह चुटकी की ओर मुड़ता है, उसकी आवाज़ अपने दर्द के बावजूद स्थिर है। "हम बाबा का सम्मान करेंगे, उनके सपनों को पूरा करके।"

चुटकी सिर हिलाती है, उसकी आँखों से आँसू बहते हैं, लेकिन उसके होंठों पर हल्की मुस्कान उभरती है। दोनों साथ-साथ घर की ओर कदम बढ़ाते हैं, अपने पिता के प्रेम की ताकत और अब तक अधूरे सपनों को पूरा करने का वादा अपने साथ लेकर।

पाँच साल बाद,

यादगार वापसी

मिनी लैपटॉप पर काम कर रही थी, तभी उसे एक ईमेल दिखा जिसका विषय था: 'कॉलेज एलुमनाई रीयूनियन—60वीं वर्षगांठ का जश्न'। ईमेल में ड्रिंक्स, डिनर, म्यूजिक और यादों की बातें लिखी थीं। मिनी सोचने लगी कि क्या सच में पाँच साल हो गए हैं जब वो आखिरी बार कॉलेज गई थी? उसे कॉलेज के दिन याद आने लगे - दोस्तों के साथ मस्ती, पढ़ाई, और अपने पसंदीदा पेड़ के नीचे बैठना।

रीयूनियन में जाने का ख्याल उसे अच्छा लग रहा था, ये एक मौका था पुराने दोस्तों से मिलने का और पुरानी यादें ताज़ा करने का। लेकिन उसे थोड़ी हिचकिचाहट भी थी। क्या वो उन बीते पलों का सामना कर पाएगी?

वो खिड़की के पास गई और बाहर देखने लगी। उसे कॉलेज का कैंपस याद आ रहा था, दोस्त, क्लास, और वो सारी आवाज़ें जो उसे बहुत प्यारी थीं।

उसने गहरी साँस ली और सोचा कि जाना तो चाहिए। फिर वो लैपटॉप पर वापस आई और RSVP में 'हाँ' पर क्लिक कर दिया। उसने विजय और अपने बाकी दोस्तों को मैसेज किया कि वो रीयूनियन में आ रही है और बहुत उत्साहित है। उसने अपनी आंटी और अंकल को भी मैसेज किया कि वो उनसे मिलने के लिए बेताब है।

मैसेज भेजने के बाद मिनी को बहुत अच्छा लग रहा था। उसे लग रहा था जैसे अतीत और वर्तमान एक साथ आ रहे हैं। उसे एक नई उम्मीद और रोमांच का एहसास हो रहा था।

जश्न और अकेलेपन की रात

कॉलेज का मैदान रोशनी से जगमगा रहा था, रंग-बिरंगी लाइटें झिलमिला रही थीं। "वेलकम एलुमनाई" का बोर्ड लगा था। माहौल में पुराने दोस्तों से मिलने की उत्सुकता थी। सूट-बूट और गाउन पहने, कुछ लोग अपने जीवनसाथी के साथ आ रहे थे।

शाम होते ही मैदान पर सुनहरी रोशनी फैल गई। रास्ते की लाइटें जुगनुओं की तरह चमक रही थीं। हंसी-मजाक की आवाज़ें आ रही थीं। दोस्त ग्रुप में खड़े बातें कर रहे थे, उनकी आँखें पुरानी यादों से चमक रही थीं।

लेकिन इस ख़ुशी के बीच, आकाश एक कोने में अकेला बैठा था। सूट पहने होने के बावजूद, उसकी आँखों का खालीपन छुप नहीं रहा था। वो भीड़ में अपने पुराने दोस्तों को ढूंढ रहा था, जिनके साथ उसने कॉलेज के दिनों में खूब मस्ती की थी। लेकिन अब सब अपनी-अपनी दुनिया में मगन थे। कोई उसकी तरफ़ ध्यान नहीं दे रहा था। आकाश का दिल उदासी से भर गया। उसे लग रहा था जैसे दोस्ती बस नाम की रह गई है।

अकेलापन उसे जकड़ रहा था। वो अपनापन, जो कभी उसे महसूस होता था, अब ख़ालीपन में बदल गया था। निराशा में उसने अपना गिलास उठाया, उसके हाथ थोड़े काँप रहे थे। व्हिस्की उसके गले में जलन पैदा कर रही थी, जैसे उसके अंदर का दर्द हो।

उत्सव की आवाज़ें उसके चारों ओर गूंज रही थीं, लेकिन आकाश खुद को एक दर्शक की तरह महसूस कर रहा था। सब कुछ उसे बेगाना लग रहा था।

पार्टी पूरे ज़ोरों पर थी, हंसी-मज़ाक और संगीत गूंज रहा था। तभी विजय की नज़र एक कोने में अकेले बैठे आकाश पर पड़ी। आकाश के हाथ में गिलास था और

उसकी चमक खोई हुई थी। विजय का दिल भर आया, ये वो आकाश नहीं था जिसे वो जानता था।

विजय तुरंत उसके पास गया और उसके कंधे पर हाथ रखा, "आकाश, क्या हो रहा है? अकेले क्यों बैठे हो?"

आकाश ने नज़रें नहीं उठाईं, उसकी निगाहें गिलास में घूमती व्हिस्की पर टिकी थीं। "वक़्त ने मुझे बेगाना बना दिया है," वो उदास आवाज़ में बोला।

विजय उसके बगल में बैठ गया, "ये वक़्त की गलती नहीं है। किसी ने कहा है, 'तुम औपचारिकता को सच्चाई समझ लेते हो; हर हाथ मिलाने वाला दोस्त नहीं होता।'"

आकाश हल्का सा मुस्कुराया, लेकिन उसकी आँखों में कोई ख़ुशी नहीं थी। "ये बातें तभी समझ आती हैं जब वक़्त सबक सिखाता है," वो बोला।

विजय चुप रहा, वो समझ रहा था कि शब्दों से गहरे घाव नहीं भरते।

फिर आकाश बोला, "अगर वक़्त ने हमें सही क़ीमत सिखाई होती, तो हम इसे यूँ नहीं जाने देते।" उसने गिलास उठाया और एक घूँट लिया, लेकिन व्हिस्की भी उसके दर्द को कम नहीं कर पाई।

विजय बोला, "हिम्मत रखो, वक़्त बदलता रहता है।"

तभी आकाश की नज़र कमरे में घूम रही थी कि उसकी नज़र मिनी पर पड़ी। मिनी के आते ही माहौल बदल गया। उसकी चमक और गर्मजोशी साफ़ दिख रही थी। आकाश के चेहरे पर उम्मीद की एक हल्की सी किरण दिखाई दी।

"शायद मेरा पल आ गया," वो धीरे से बोला, लेकिन विजय ने उसकी आवाज़ में छिपी चाहत को सुन लिया।

विजय ने पूछा, "तुमने इतनी पीना कब शुरू कर दिया?"

आकाश हँसा, लेकिन उसकी हँसी खोखली थी। "एक दिन मैंने परवाह करना छोड़ दिया, और वक़्त सब कुछ बहा ले गया। तब से..." उसके शब्द अधूरे रह गए।

विजय का चेहरा गंभीर हो गया, "क्या हुआ, आकाश?" उसने धीरे से पूछा।

विजय ने गंभीर होकर पूछा, "क्या हुआ, आकाश?"

आकाश ने मिनी की तरफ़ देखा, जैसे जवाब वहीं हो। उसकी आँखों में दर्द और गहरा हो गया। गहरी साँस लेकर, बोझिल आवाज़ में वो बोला, "ग्रेजुएशन के बाद पापा ने एक अस्पताल बनाया, हमारा सपना था। पर उद्घाटन के दिन ही ईडी का छापा पड़ा। सब ख़त्म। पापा पर मनी लॉन्ड्रिंग का इल्ज़ाम लगा, वो जेल चले गए, हमारा सब कुछ बर्बाद हो गया।"

उसकी नज़र गिलास पर टिक गई, "दोस्त, परिवार... सब ग़ायब हो गए, जैसे हम उनकी ज़िंदगी में कभी थे ही नहीं।"

विजय चुप रहा, वो आकाश का दर्द समझ रहा था।

आकाश ने एक घूँट भरा, "और जिससे शादी की थी, वो भी चली गई, किसी अमीर से शादी कर ली। जैसे मैं बस एक सीढ़ी था उसकी ज़िंदगी में।" वो कड़वा हँसा, "और अब मैं यहाँ हूँ।"

कुछ देर सन्नाटा रहा। आकाश ने फिर गिलास घुमाया, "शायद यही सबक था। वक़्त ने मुझे लोगों की असली पहचान दिखा दी, पर बहुत देर से।"

विजय ने कुछ कहने की कोशिश की, "जब वक़्त बदलता है, तो नए दरवाज़े खुलते हैं।" वह धीरे से कहता है, उम्मीद करता है कि यह थोड़ी राहत दे सके।

आकाश बेरुखी से हँसा, "मैंने तो बस इस शराबखाने का दरवाज़ा खोला है।" उसने एक और ड्रिंक माँगी, उसकी आँखें टूटी हुई थीं।

पार्टी का शोर उनके कोने की उदासी से बिलकुल अलग था। विजय चुपचाप आकाश के साथ बैठा रहा, वो जानता था कि बस साथ देना ही काफ़ी है—ये बताना कि वो अकेला नहीं है।

पुराने ज़ख्मों का सामना

आकाश बार की तरफ़ बढ़ा, उसका गिलास लगभग खाली था। तभी उसकी नज़र राधा पर पड़ी, जो अपने पति हेमंत के साथ हँस रही थी। वो हमेशा की तरह खुश दिख रही थी। आकाश रुका, फिर बनावटी मुस्कान के साथ बोला, "हाय, राधा! कैसी हो?" उसकी आवाज़ में बनावटीपन साफ़ था, उसके अंदर का तूफ़ान छुपाए नहीं छुप रहा था।

राधा ने पलट कर कहा, "बहुत बढ़िया, आकाश। और तुम?" उसकी आवाज़ में चिंता थी।

आकाश की मुस्कान फीकी पड़ गई, उसकी आँखें उदास हो गईं। "मेरे लिए ज़िंदगी रूठ गई है, या शायद...मैंने उसे धोखा दिया।" उसकी आवाज़ काँप रही थी, उसमें पछतावा साफ़ झलक रहा था।

हेमंत भी मुस्कुराए। राधा ने उनका परिचय कराया। आकाश ने धीरे से अभिवादन किया, पर उसका ध्यान कहीं और था। उसकी नज़र मिनी पर थी, जो दूसरी तरफ़ बात कर रही थी। वो बहुत खूबसूरत लग रही थी। "मैंने अभी मिनी को देखा," आकाश धीरे से बोला, उसकी आवाज़ में एक कसक थी, "लगता है वो अकेली आई है।"

राधा का चेहरा बदल गया, उसकी आँखों में एक पल के लिए कुछ दिखा—शायद उलाहना या समझ। "हाँ," वो बोली, "उसकी शादी नहीं हुई। कहते हैं, प्यार ज़िंदगी में एक ही बार होता है।"

आकाश उदास हो गया, राधा की बात उसे चुभ गई। "मैंने तो बस पैसे और घमंड से प्यार किया," वो धीरे से बोला, उसकी आवाज़ भारी थी, "मैं कितना ग़लत था।" एक आँसू उसकी गाल पर गिर गया, किसी ने नहीं देखा।

फिर आकाश विजय को ढूँढ़ने लगा, जो कुछ दोस्तों के साथ खड़ा था। उसके पास जाकर उसने गंभीर आवाज़ में पूछा, "तुमने अब तक शादी क्यों नहीं की?"

विजय चौंक गया, "बस...ज़रूरत महसूस नहीं हुई।" उसकी आवाज़ में हिचकिचाहट थी।

आकाश गंभीर हो गया, "ज़रूर कोई तो होगी जो तुम्हारे दिल की धड़कन तेज़ करती हो?"

विजय की नज़रें झुक गईं, "मेरा मन मेरे दिल को चुप करा देता है। मेरे जज़्बात अनकहे रह जाते हैं।"

आकाश की आवाज़ नरम हो गई, पर उसमें दृढ़ता थी, "हमने हमेशा अपने मन की सुनी है, पर देखो, हम कहाँ पहुँच गए।" उसने एक घूँट लिया। विजय असहज था। "मुझे डर है कि मैं अपना दोस्त खो दूँगा," वो धीरे से बोला।

आकाश ने उसके कंधे पर हाथ रखा, "पर तुमने कोशिश भी नहीं की। हो सकता है, वो तुम्हारे दिल की बात सुनने का इंतज़ार कर रही हो।"

विजय चुप रहा, आकाश के शब्द उसके दिमाग में गूंज रहे थे।

"दोस्त," आकाश की आवाज़ में दर्द था, "अपने दिल की बात कह दो। पछतावा तुम्हें चैन से जीने नहीं देगा।"

आकाश चला गया, विजय वहीं खड़ा रहा, उसे फ़ैसला करना था कि वो प्यार को आवाज़ देगा या उसे हमेशा के लिए ख़ामोश कर देगा।

अतीत और वर्तमान की टकराहट

पार्टी पूरी तरह से ज़ोरों पर थी, संगीत और हंसी-मज़ाक का शोर मचा हुआ था, लेकिन आकाश के लिए सब कुछ धुंधला सा था। उसके दिल पर एक भारी बोझ था और दिमाग में बस पछतावा और कसक घूम रहे थे। वो भीड़ में इधर-उधर भटक रहा था, जैसे खोया हुआ हो। तभी अचानक वो मिनी से टकरा गया।

टक्कर हल्की थी, पर जैसे किसी ने उसे झकझोर दिया हो। मिनी ने उसे हैरानी और शांति से देखा, जैसे ये मुलाक़ात कोई इत्तेफ़ाक नहीं, बल्कि किस्मत का लिखा हो।

"हाय, मिनी, कैसी हो?" आकाश ने धीमी और ईमानदार आवाज़ में पूछा, जैसे शोर में भी उसकी आवाज़ साफ़ सुनाई दे।

मिनी ने खुद को संभाला और उसकी आँखों में देखा। "मैं ठीक हूँ," उसने कहा, पर उसकी आँखों में एक उदासी छिपी थी, जिसे वो ज़ाहिर नहीं करना चाहती थी।

आकाश ने गहरी साँस ली, "मुझसे मत पूछो कि मैं कैसा हूँ," वो धीरे से बोला, उसकी आवाज़ में पछतावा साफ़ झलक रहा था, जैसे हर शब्द सालों का बोझ लिए हो।

मिनी के होंठों पर एक हल्की सी मुस्कान आई, जो पूरी मुस्कान नहीं थी। वो समझ गई थी कि दोनों ने कितने तूफ़ान झेले हैं और कितने टुकड़े जोड़े हैं। "मैं देख सकती हूँ," उसने बस इतना ही कहा, उसकी आवाज़ नरम पर गहरी थी।

आकाश की आँखों में दर्द साफ़ दिख रहा था, वो अपनी भावनाओं को रोकने की कोशिश कर रहा था, पर अब वो और नहीं रुका। "ज़िंदगी ने मुझे बहुत बड़ी सज़ा दी है," वो फुसफुसाया, उसकी आवाज़ पछतावे से भरी हुई थी, "तुम्हें धोखा देने की सज़ा।"

मिनी की नज़रें उस पर टिकी रहीं। वो धीरे से बोली, "सज़ा या सबक?" उसकी आवाज़ में एक अजीब सा ठहराव था, जैसे वो खुद भी इन शब्दों का मतलब समझने की कोशिश कर रही हो।

आकाश एक पल रुका, फिर धीरे से अपना हाथ मिनी की तरफ़ बढ़ाया। उसका स्पर्श काँप रहा था, उसकी आँखों में गहरी पीड़ा थी। "ज़िंदगी ने मुझे सबक सिखाया है," उसने कहा, उसकी आवाज़ अब दयनीय और ईमानदार थी, "अगर तुम मेरी ज़िंदगी में वापस आ जाओ, तो ये सज़ा कम हो जाएगी।"

मिनी का दिल एक पल के लिए तेज़ी से धड़का। उसने आकाश की आँखों में साफ़ ईमानदारी देखी, एक ऐसा दर्द जो दिल को छू गया। पर तभी उसकी नज़र भीड़ में विजय पर पड़ी। विजय मुस्कुरा रहा था, और उसकी मौजूदगी से एक सुकून और सुरक्षा का एहसास हो रहा था।

मिनी का दिल दोराहे पर था। उसने फिर आकाश की तरफ़ देखा, "मुझे थोड़ा वक़्त चाहिए," वो धीरे से बोली, उसकी आवाज़ में गहराई थी, "खुद को संभालो, आकाश।" कहकर वो अपना हाथ पीछे खींच ली और भीड़ में चली गई।

आकाश उसे जाते हुए देखता रहा। उसकी आँखें नम थीं, पर जैसे उसके दिल का बोझ थोड़ा हल्का हो गया हो। वो धीरे से बुदबुदाया, जैसे खुद से बात कर रहा हो, "अपने दिल की बात कह देने से जो सुकून मिलता है, वो शराब कभी नहीं दे सकती।"

वो वहीं खड़ा रहा, चारों तरफ़ हंसी और शोर गूंज रहा था, पर उसके लिए वक़्त जैसे थम गया था। उसका दिल एक तरफ़ हल्का महसूस कर रहा था, तो दूसरी तरफ़ अनिश्चितता से भरा हुआ था। ये रात सिर्फ़ एक मुलाक़ात नहीं थी, ये वो रात थी जब उसने अपनी ग़लतियाँ मानीं, अपने पछतावे को आवाज़ दी और एक नई शुरुआत की तरफ़ पहला क़दम बढ़ाया। पर ये रास्ता उसे मिनी के करीब ले जाएगा या हमेशा के लिए अकेला छोड़ देगा, ये तो वक़्त ही बताएगा।

अनकही मोहब्बत और इकरार का पल

मिनी धीरे-धीरे विजय की तरफ़ बढ़ी, जैसे ही वो उसके पास पहुँची, आस-पास की दुनिया थम सी गई। भीड़ का शोर, हंसी-मज़ाक, संगीत सब कुछ पीछे छूट गया। उसके दिमाग में विचारों का बवंडर उठ रहा था - आकाश की बातें, उसका बेबाक इज़हार, और अब विजय, जो उसके सामने एक शांत तूफ़ान की तरह

खड़ा था, उसकी आँखों में अनकही भावनाएँ साफ़ झलक रही थीं। ये पल एक मोड़ जैसा लग रहा था, और वो जानती थी कि अब पीछे हटना मुमकिन नहीं है।

"विजय, मैं तुम्हें ही ढूँढ़ रही थी," मिनी ने धीरे से कहा, उसकी आवाज़ में वो सारी भावनाएँ थीं जो उसके दिल में उमड़ रही थीं।

विजय ने उसकी तरफ़ देखा। उसकी आँखें शांत थीं, पर उनमें गहराई थी, जैसे वो मिनी की हर भावना को पढ़ सकता हो। उसने एक हल्की सी मुस्कान दी। "और मैं भी तुम्हें ही ढूँढ़ रहा था," उसने धीरे से जवाब दिया। "कैसी हो? और तुम्हारे पापा कैसे हैं?"

"सब ठीक हैं," मिनी ज़बरदस्ती मुस्कुराई। उसकी आवाज़ में बनावटीपन था, पर दिल का तनाव उसकी आँखों में छुपा नहीं रह सका।

विजय की नज़रें नरम पड़ गईं, उसकी आवाज़ में कृतज्ञता थी। "तुम्हारे पापा ने मेरे लिए बहुत कुछ किया है - मुझे MD और हार्ट सर्जन बनने में मदद की।"

मिनी ने सिर हिलाया, पर उसकी नज़रें कुछ पल के लिए कहीं और भटक गईं, जैसे वो अपनी भावनाओं को छुपाने की कोशिश कर रही हो। "वो तुम्हें बहुत पसंद करते हैं," उसने धीरे से कहा।

विजय की आवाज़ हल्की और विनम्र हो गई। "मुझे पता है। मेरी MD की सारी फ़ीस उनकी कंपनी ने ही दी थी।"

ये सुनकर मिनी के क़दम हल्के से रुक गए। "पापा ने मुझे ये कभी नहीं बताया," उसने हैरानी से कहा।

विजय ने कंधे उचकाए, उसकी आँखें स्थिर थीं। मिनी धीरे से मुस्कुराई, फिर खुद को संभाला। "खैर, तुमने वो क़र्ज़ सौ गुना चुका दिया है। तुम भारत के सबसे अच्छे हार्ट सर्जन हो।"

पर विजय की मुस्कान और गहरी हो गई, जैसे कुछ अनकहा उसके अंदर छुपा हो। "तुम्हारा क़र्ज़ अभी बाक़ी है," उसने धीरे से कहा।

मिनी ने भौंहें उठाईं, उसके होंठों पर एक शरारती मुस्कान आई। "दोस्ती का क़र्ज़?" उसने मज़ाक़िया लहजे में पूछा। "ठीक है, तुम इसे मेरे बच्चों को उनके सपनों तक पहुँचाने में मदद करके चुका सकते हो।"

उनकी हल्की हँसी ने कुछ पल के लिए माहौल को हल्का कर दिया, पर जल्द ही हवा में एक गहराई छा गई। विजय का चेहरा गंभीर हो गया, उसकी नज़रें मिनी पर टिक गईं।

"तुमने अब तक शादी क्यों नहीं की?" उसने आखिरकार पूछा, उसके शब्दों में एक झिझक और संवेदनशीलता झलक रही थी।

मिनी ने सिर झुकाया, भौंहें उठाकर धीरे से कहा, "किसी ने पूछा ही नहीं।"

"शायद लोग पूछने से डरते हैं," विजय ने धीरे से कहा, उसके शब्दों में अनकही भावना और गहराई थी।

मिनी का चेहरा एक पल के लिए बदल गया, उसकी आँखों में हैरानी की एक झलक थी। "डरते हैं? कौन डरता है?"

"दिल के डॉक्टर," विजय ने धीरे से कहा, उसके शब्दों में गहरा अर्थ छुपा था। उसकी नज़रें मिनी पर टिकी रहीं, जैसे वो अपना सब कुछ उसके सामने खोल देना चाहता हो।

मिनी ने उसे ध्यान से देखा, उसकी आँखों में उलझन और जिज्ञासा थी। "तुम भी दिल के डॉक्टर हो," उसने धीरे से पूछा। "तुमने शादी क्यों नहीं की? क्या कोई है जो तुम्हारा दिल धड़काता है?"

विजय कुछ पल रुका, जैसे अपने अंदर की भावनाओं को तोल रहा हो। "मुझे अपने दिल को खोलने का डर नहीं है," उसने आखिरकार कहा, उसकी आवाज़ में एक कसक थी। "मुझे इसे ज़ुबान देने से डर लगता है।"

मिनी की साँस थम गई, उसका दिल तेज़ी से धड़कने लगा। "हिम्मत से कहो," वो फुसफुसाई, उसकी आवाज़ धीमी पर आत्मविश्वास से भरी थी।

विजय ने गहरी साँस ली, उसकी आँखों में संवेदनशीलता साफ़ झलक रही थी। "मुझे दोस्त खोने का डर है," उसने माना, उसकी आवाज़ में डर और उम्मीद दोनों थे।

मिनी की मुस्कान नरम हो गई, उसकी गर्मजोशी विजय के इज़हार को थाम रही थी। "दोस्ती हमेशा रहती है, चाहे कुछ भी हो," उसने उसे भरोसा दिलाया, उसकी आवाज़ स्थिर थी पर दिल तेज़ी से धड़क रहा था।

वो दोनों भीड़ में खड़े रहे, पर उनकी दुनिया जैसे फिर से थम गई। उनकी खामोशी में कुछ बदल गया था - कुछ ऐसा जो एक अनकहे वादे जैसा था, जो खुलने का इंतज़ार कर रहा था।

परछाइयों का अंतिम नृत्य

जैसे ही पार्टी ख़त्म हुई, उत्सव का शोर शांत हो गया, और एक शांत माहौल छा गया। मेहमान धीरे-धीरे जाने लगे, उनकी हँसी की जगह विदाई की धीमी आवाज़ें सुनाई देने लगीं। मिनी अपनी सबसे अच्छी दोस्त के साथ रुकी हुई थी, पर उसके विचार शाम की यादों में उलझे हुए थे। राधा, शांत और स्थिर, बस ये याद दिला रही थी कि रात, और जो कुछ भी हुआ, वो अब ख़त्म हो रहा है।

"क्या चलें?" राधा ने धीरे से पूछा, उसकी नज़रें सब समझ रही थीं।

मिनी ने सिर हिलाया और उसके पीछे चल दी, शाम का बोझ जैसे उसके कंधों पर था। वो दोनों बाहर निकलने लगीं, कुछ बचे हुए लोगों के बीच से गुज़रते हुए। जैसे ही वो दरवाज़े के पास पहुँचीं, उनकी मुलाक़ात आकाश से हो गई। वो थोड़ा लड़खड़ा रहा था, उसके क़दम ठीक नहीं पड़ रहे थे, और व्हिस्की की हल्की सी महक उसके आस-पास थी।

मिनी ने बिना सोचे-समझे उसका हाथ थाम लिया, उसे सहारा दिया। एक पल के लिए, जैसे वक़्त थम गया। आकाश ने उसकी तरफ़ देखा, उसकी आँखों में उम्मीद की चमक थी। उस छोटे से स्पर्श ने उसके दिल को छू लिया, और उसके मन में एक उम्मीद जागी: शायद, बस शायद, वो मेरे पास वापस आ गई है।

लेकिन वो पल बहुत जल्दी बीत गया। जैसे ही वो दरवाज़े पर पहुँचे, मिनी ने आकाश का हाथ छोड़ दिया, उसकी नज़रें नरम पर दृढ़ थीं। वो आगे बढ़ी और सीधे विजय की तरफ़ गई, जो दरवाज़े के पास इंतज़ार कर रहा था। ये बदलाव साफ़ दिख रहा था, यहाँ तक कि आकाश को भी, जो भारी मन से उसे जाते हुए देख रहा था।

मिनी और विजय के आस-पास का माहौल बदल गया था—जीवंत, कुछ अनकहे पर ज़रूरी बातों से भरा हुआ। विजय, चुपचाप खड़ा, मिनी के बर्ताव में एक छोटा सा बदलाव देख रहा था। उसकी नज़र पास के एक पोस्टर पर पड़ी जिस पर एक प्यारा सा परिवार था और लिखा था

"हम दो, हमारे दो।"

विजय ने चुप्पी तोड़ी, थोड़ी शर्म और उम्मीद के साथ।

"क्या तुम्हें लगता है कि हमारे बच्चे ऐसे होंगे?"

उसकी आवाज़ विनम्र थी, पर उसमें एक लंबे समय से पाले हुए सपने का वज़न था।

मिनी के होंठ एक मीठी हँसी में खिल गए, माहौल का तनाव कम हो गया। "पूछने में तुम्हें बहुत देर लगी," उसने मज़ाक में कहा, उसकी आवाज़ में प्यार था और उसकी नज़र विजय पर टिकी थी।

उसकी बात ने शाम के तनाव को कम कर दिया, और मिनी ने अपना फ़ोन निकाला।

"चलो इस पल को क़ैद कर लेते हैं,"

उसने कहा, उसकी आवाज़ हल्की-फुल्की पर ख़ुशी से भरी थी। उसने एक तस्वीर ली, उनकी नज़दीकी को, एक नई शुरुआत के वादे को क़ैद किया।

उसने जल्दी से वो तस्वीर अपने पापा, रीता और छुटकी को भेज दी। उसका फ़ोन ख़ुशी के संदेशों से गूंज उठा, और हर मैसेज उसके फ़ैसले की पुष्टि जैसा लग रहा था। राधा, पास में खड़ी, मुस्कुरा रही थी, उसकी ख़ुशी साफ़ दिख रही थी। वो चुपचाप बाहर चली गई, मिनी और विजय को उनके नए रिश्ते का आनंद लेने के लिए छोड़ कर। लेकिन भीड़ के किनारे, परछाइयों में, आकाश अकेला खड़ा था। उसकी सिगरेट जल रही थी, धुआँ उसके चारों तरफ़ घूम रहा था जैसे किसी सपने के आख़िरी निशान मिट रहे हों। उसकी नज़र मिनी और विजय पर टिकी थी जैसे वो हाथ में हाथ डाले जा रहे थे, मिनी का सिर विजय के कंधे पर था। उनकी नज़दीकी उसके दिल में एक दर्द पैदा कर रही थी। एक अकेला आँसू उसके गाल पर लुढ़क गया, अधूरी उम्मीदों का बोझ उस पर भारी पड़ रहा था। बैकग्राउंड में, एक ग़ज़ल की उदास धुन रात में बह रही थी, उसकी तन्हाई में घुल रही थी। गाने उसके दुख से मेल खा रहे थे और उसके दिल में गूंज रहे थे।

"वो मेरे नसीब की बारिशें किसी और छत पे बरस गईं"

ये लाइनें उसे गहरी चोट पहुँचा रही थीं, उस प्यार की एक काव्यात्मक तस्वीर जो उसने खो दिया था और जो मौक़े उसने गँवा दिए थे। वो भीड़ के किनारे खड़ा था, बाहर का शांत माहौल उसके अंदर के तूफ़ान के बिलकुल उलट था। एक बार

फिर अकेला, उसने धुएँ का एक लंबा कश लिया, उसकी सिगरेट की चिंगारी रात में धुंधली होने से पहले टिमटिमाई।

www.ingramcontent.com/pod-product-compliance
Lightning Source LLC
LaVergne TN
LVHW090311051026
849518LV00005B/1732
* 9 7 8 9 3 6 4 3 1 3 4 5 2 *